Le Gardien de la Source

DU MÊME AUTEUR

« L'Ivresse du djinn », in *Black Mambo*, 2015, éd. du Chat noir

Par ton regard, nouvelle numérique, 2014, éd. Laská

Cinq pas sous terre, 2013, éd. du Petit Caveau

Les Vagues de Clamatlice, recueil numérique, 2013, éd. Voy'[el]

Ralvn, nouvelle numérique, 2013, éd. du Chat noir

L'Aube de la guerrière, 2012, éd. du Chat noir

« Les Flûtes enchantées », in *Le Lamento des ombres*, 2011, éd. du Chat noir

Vanessa Terral

Le Gardien de la Source

Pygmalion

ISBN : 978-2-7564-1873-5

À ma mère, pour avoir toujours été présente.

À la jeune fille que je n'ai pas été
et que je deviens.

À Célia, qui m'a si bien accompagnée,
écoutée et motivée.

À Jessica, la seule et l'unique,
devenue au fil des années l'indispensable.

À l'OD et sa fondatrice.

Prologue

Des rires résonnèrent dans la demeure aux murs blancs. Nous n'étions qu'en mai, toutefois le soleil se faisait fort de montrer que l'été piaffait à la porte de l'enclos. Ses rais frappaient le gravier de la cour avec une vigueur juvénile. Les femmes, qui riaient comme rient les jeunes gens aux beaux jours de printemps, mettaient la même ardeur dans leur jeu. Ce qui avait débuté comme des essayages de toilettes s'était métamorphosé, par leur joie gracieuse, en une course-poursuite pleine de froufrous et de couleurs à travers les pièces aux ombres claires et les entre-deux plus sombres. Une première, brunette de dix-sept années vêtue d'une simple chemise, courait en brandissant un ruban brodé. La deuxième, d'un âge et d'une tenue identiques, avait pris le temps de jeter sur ses épaules une veste d'intérieur que la course menaçait d'arracher. La dernière, plus petite et à la peau déjà hâlée par des journées sauvages, suivait la poursuite d'un pas vif, la mine hilare.

— Ma ceinture ! Viens ici, fripouille.

— Que non, mademoiselle ! Et sûrement pas tant qu'une *dâââme* de votre rang utilisera ce langage de poissonnier.

— Écoutez-la, celle-là, se gaussa la troisième. Té ! Tu ne voudrais pas nous faire croire qu'on te voit à la criée tous les vendredis de grand vent, quand même ?

Pour toute réponse, la première se retourna et lui tira la langue, alors même qu'elle négociait un virage rendu périlleux par la patine des années sur les tomettes de bruns chamarrés. Sa manœuvre n'eut pas le succès escompté.

Au rez-de-chaussée, Marie-Constance de Varages, marquise du bourg d'Allemagne en terre de Provence, faisait mine de ne pas entendre les cavalcades sur le plancher grinçant. Elle se préparait pour accompagner l'un de ses meilleurs paysans : le bougre avait quelques soucis avec un champ de lavandin. Un choc sourd, suivi d'éclats de rire perçants, la fit hésiter. Elle secoua la tête : quand sa fille était avec ses amies, il était inutile de les raisonner.

La châtelaine reporta son attention sur l'homme. Patient, il la regardait avec une confiance intimidante. Elle avait toujours soutenu ces gens. Ses parents et elle étaient restés sur ces terres lors des temps de Terreur, alors que tant d'autres avaient fui à l'étranger. Et dire que cela s'était passé voilà vingt ans, déjà… Bien que son titre de noblesse ne lui conférât plus aucun droit, la marquise continuait à penser ces paysans comme les siens : non pas en tant que serfs – même à l'ancienne époque, avant la Révolution, elle ne les avait jamais perçus comme des serviteurs corvéables à discrétion –, mais parce qu'elle se sentait responsable d'eux. Son don pour les cultures l'avait rendue très populaire parmi le peuple, et son caractère doux et égal ne gâchait rien à la chose. Un champ menacé par la vermine, un verger infiltré par un champignon et elle voyait le propriétaire ou un de ses employés toquer à sa porte. On était même venu la consulter lors d'un été de sécheresse, croyant sans doute qu'elle pouvait commander à la pluie ! Malgré tout, ses conseils avaient permis aux paysans d'engranger assez de blé pour passer l'hiver.

Il y eut un nouveau fracas, suivi cette fois-ci d'un silence plus inquiétant. Soit les demoiselles avaient cassé un objet auquel elle tenait, soit l'une d'entre elles s'était fait mal. La marquise soupira, puis s'excusa auprès de son visiteur. Il lui répondit d'une courbette. Ses yeux fixèrent le plafond que perçaient les marches, avec un large sourire. Elle ne s'offusqua pas des manières de cet homme vis-à-vis de son héritière : si elle-même était aimée et estimée, tout le monde adorait Anne-Hélène. Ce qui la rendait beaucoup plus difficile à gronder, sans même parler de la punir.

Les domestiques se débrouillaient toujours pour alléger sa peine, qui n'était déjà pas bien lourde. Marie-Constance avait elle aussi des difficultés à se montrer sévère avec cette unique descendante. Heureusement, celle-ci ne profitait pas de la faiblesse maternelle. Elle ronchonnait pour la forme et se rendait, le pas lourd, au lieu de sa condamnation – en général, sa chambre. Pour ce caractère aimable et enjoué qui ensoleillait son quotidien, la vie avait été généreuse avec la marquise d'Allemagne. Une façon, peut-être, de la dédommager de la mort de son époux.

Alors qu'elle quittait la tour des escaliers pour s'avancer dans le second étage, la marquise vit Anne-Hélène se diriger vers elle. Son attitude, yeux baissés et mains derrière le dos, laissait présager l'annonce d'une bêtise. Au moins, personne n'était blessé. Marie-Constance en ressentit un paisible soulagement.

Hélas, il ne fut que de courte durée. Des larmes coulaient sur les joues trop pâles de l'adolescente. Virginie et Joséphine se tenaient plusieurs pas derrière. Elles qui n'avaient jamais craint la mère de leur amie semblaient marcher vers un échafaud. Le cœur de la marquise se serra.

— Maman…

Elle tressaillit. Jamais Anne-Hélène ne l'avait appelée ainsi autrement qu'en privé – et encore, plus depuis son enfance. Elle se précipita sur elle et la prit dans ses bras. Sa fille y tomba, libérant ses pleurs.

— Qu'y a-t-il ? Qu'avez-vous fait ?

Elle les regarda plus attentivement. La tenue impudique des deux plus âgées lui permettait de voir qu'elles allaient bien – physiquement, du moins. Joséphine, qui dansait d'un pied sur l'autre, n'avait pas l'air de souffrir non plus. Qu'est-ce qui pouvait être si grave pour que son enfant se retrouve effondrée dans son giron, sanglotant et poussant des soupirs déchirants ? La marquise ne possédait aucun bien de valeur dont le bris aurait causé de telles démonstrations. Pourquoi demeuraient-elles muettes toutes les trois, à croire qu'elles avaient croisé la Mort en personne ?

Marie-Constance blêmit à son tour. Elle se redressa avant même de l'avoir voulu. Se pouvait-il que… Non, elle était bien rangée et la marquise interdisait l'accès à son bureau lorsqu'elle-même ne s'y tenait pas. De plus, elle avait averti sa descendante à de nombreuses reprises ; elle lui avait dit, depuis que celle-ci savait marcher, qu'elle ne devait pas toucher à cet objet. Malgré elle, ses jambes l'emportèrent vers l'antichambre qu'elle avait transformée en cabinet de travail : elle avait besoin d'être sûre.

— Maman !

Elle s'arrêta aussitôt et se retourna. Anne-Hélène, à genoux, tendait la main vers elle. La marquise se figea. Elle n'avait plus de doutes à présent. La malheureuse avait brisé ce qui ne devait pas l'être. Inutile de constater l'étendue des dégâts ; une fêlure suffisait. Il ne lui restait qu'à réparer ce qui pouvait l'être : ôter cet air d'épouvante et de désespoir du visage de sa toute-petite. Elle s'entendit ordonner à Joséphine de prévenir l'homme sur le palier qu'il devait s'en aller, lui aussi. Elle irait le visiter dès qu'elle le pourrait. Elle dit à Virginie de s'habiller et de demeurer dans la chambre. Elle avait une mission à lui confier.

Alors que les jeunes femmes s'éloignaient, la marquise s'accroupit auprès d'Anne-Hélène qui se réfugia contre son torse. Tout doucement, Marie-Constance la berça. Sa main caressait les cheveux dénoués, sa bouche murmurait une vieille comptine. Son esprit s'accrocha à cet air simple. Elle accusait le coup. La malédiction était très claire : celui qui portait atteinte à la statuette verrait la mort avant la prochaine saison. Sa fille ne vivrait pas deux mois. Marie-Constance sentit sa gorge se nouer. Comment le destin pouvait-il lui arracher la dernière personne qu'elle aimait sur cette Terre ? Les voies divines ne seraient-elles toutes qu'épines sous ses pieds nus ? Elle serra ses mâchoires. Elle ne pouvait pas s'effondrer : elle avait son enfant à rassurer.

Se ressaisissant tant bien que mal, la marquise l'entraîna jusqu'à son lit. À cette heure, leurs quelques domestiques se trouvaient à l'extérieur et elles ne croisèrent personne. Virginie attendait encore dans la chambre d'Anne-Hélène. Elle faisait les cent pas à leur arrivée. Quand elle les vit, elle bondit jusqu'à elles et aida la marquise à coucher la malheureuse. Son attitude était un étrange mélange d'empressement et de répulsion. Elle désirait vraiment assister son amie, mais aspirait aussi à mettre toute la distance possible entre la malédiction et elle. Après tout, elle avait été très proche de la pierre quand le coffret était tombé. Et si l'artéfact se trompait ? Et s'il décidait qu'elle était tout autant en cause, puisqu'elle avait provoqué la chute d'Anne-Hélène ?

Ses poumons se chargèrent d'un air moite et vicié : la culpabilité avait l'haleine des marais. Elle avait tué sa camarade. Ses talons se tournèrent pour la diriger vers la sortie. Elle ne pouvait pas rester dans cette chambre, ni se tenir, bras ballants, auprès de sa victime.

— Virginie.

La voix de la marquise était froide. Est-ce qu'Anne-Hélène lui avait dit que c'était sa faute ? Quel serait le prix à payer pour sa maladresse ? L'adolescente pivota. Dans ses draps blancs, sa sœur de cœur semblait déjà morte. Virginie étouffa un sanglot. Elle était prête à donner beaucoup – autant que son affection profonde lui laissait entrevoir – pour effacer cet instant horrible où le ruban avait craqué. Elle aimait Anne-Hélène – sa petite Agnelle, comme on la surnommait au village. Les châtelains ne les avaient jamais traités de haut ; et avec elle, en particulier, l'Agnelle n'avait toujours montré qu'affection et tendresse, sans même songer à la distance qui séparait leurs deux mondes. Elle ne voulait pas qu'elle meure – et surtout pas comme ça, aussi tôt et à cause d'elle !

La marquise l'appela de nouveau. Virginie se résigna à l'approcher. Marie-Constance était en costume de voyage. Sa bourse pendait à sa ceinture. Elle en sortit un écu.

— Va trouver la Marinette et donne-lui cette pièce. Dis-lui de venir ce soir, pour son autre travail.

La villageoise sentit un poids tomber dans son estomac. Ladite Marinette, non seulement vendait ce qui restait de ses charmes aux bergers et aux ouvriers trop pauvres pour être regardants sur son âge, mais traînait une réputation de faiseuse d'angelots. De plus, toute la contrée savait qu'elle jetait le mauvais œil. Le troupeau que gardait l'Antoine y était passé, quand cet imbécile avait refusé de la payer et l'avait injuriée, par-dessus le marché. Une maladie dont personne n'avait su dire le nom avait décimé la moitié des bêtes, tandis que l'autre s'était jetée d'une falaise par une nuit sans lune. La Marinette n'était pas une personne avec laquelle frayer quand on se piquait d'être une jeune femme correcte, encore moins pour une bonne chrétienne. Mais il y avait son Agnelle, là, abattue par l'angoisse comme elle le serait bientôt par le sort. Le lin blanc prenait des allures de linceul ; les pans du lit à baldaquin formaient les murs de son proche tombeau. La balance ne mit pas longtemps à indiquer un choix à Virginie. Elle saisit l'écu.

— D'accord, j'y vais de suite.

La marquise tira un autre sou.

— Celui-ci est pour toi. Ne parle à personne de ce qui s'est passé, ni de ta mission. Joséphine n'est pas suffisamment au fait de la maison pour connaître exactement l'étendue de la malédiction. Nul ne doit savoir, c'est bien compris ?

Elle acquiesça. De toute façon, à qui irait-elle raconter qu'elle s'était précipitée dans la masure d'une vieille fille de joie ?

— Oui, madame.

La châtelaine parut soulagée.

— Bien. File vite, maintenant. Oh, Virginie ?

La paysanne, déjà à mi-chemin de la porte, se retourna.

— Oui ?

Marie-Constance lui offrit un fragile sourire.

— Merci. Tu es une très bonne, très chère amie pour ma douce petite.

Un frisson parcourut l'échine de Virginie. Quand la marquise saurait…

— C'est le moins que je puisse faire, madame. Je tiens beaucoup à Anne-Hélène. Je donnerais tout ce que j'ai pour revenir en arrière et empêcher cela.

— Tu es gentille… Ne te ronge pas les sangs à cause du passé. Ce qui est fait est fait, et sans doute la statuette avait-elle choisi mon enfant depuis longtemps. Une malédiction parvient toujours à ses fins, on ne peut que la biaiser pour en souffrir le moins possible. Je place mes espoirs en Marinette… Et en la rapidité de ta course. Pars, s'il te plaît, et transmets-lui ma demande.

Virginie esquissa une révérence et fila.

Marie-Constance la regarda quitter la chambre. Pourvu que la sorcière accepte de venir ! L'attrait de l'argent suffirait à la motiver, espérait la marquise. À dire vrai, elle priait surtout pour que la vieille femme fût en mesure de contrer le maléfice.

Les pleurs d'Anne-Hélène coulaient toujours, sans faire de bruit, sans même un tressautement de ses traits. Une source amère prenait naissance au coin de ses paupières et versait sa détresse muette sur l'oreiller en plumes d'oie. Son âme paraissait déjà détachée de sa chair, au point que sa mère s'en inquiéta. Elle se pencha sur elle, la prit de nouveau dans ses bras et l'embrassa sur le front.

— Tout ira bien, mon cœur. La Marinette est renommée parmi le peuple mais aussi chez certains barons, dont j'ai l'heur de fréquenter les femmes. Elle saura comment neutraliser ce coup du sort, j'en suis persuadée.

Une main fraîche et menue attrapa le revers de sa veste. Les doigts la serrèrent aussi fort qu'un naufragé agrippe la corde lancée.

— Maman, tu ne sais pas ce que c'est d'être dans l'ombre de la Glorieuse. La mort ne tranchera pas ma vie par un accident vif et soudain, ni même ne l'usera d'une maladie.

Sa voix faiblit jusqu'à n'être qu'un murmure que la marquise devait chercher pour l'entendre.

— Je la sens en moi. Je la sens installée dans mon ventre, dans ma poitrine. Elle suce ma force. Elle aspire les viscères ceinturés par mes hanches. Maman, je sens la mort bouger quand je respire…

La jeune fille se tut et reprit son masque figé. Ses cheveux, à la chaude teinte des bois de noisetiers, paraissaient la seule partie encore vivante de son corps à l'abandon. Marie-Constance comprit qu'elle s'astreignait à l'immobilité pour ne pas sentir plus que nécessaire le parasite s'agiter en elle. Anne-Hélène gardait les yeux fermés ; la marquise s'autorisa quelques larmes, se couvrant du même silence que son enfant.

Un souffle froid remonta la vis des escaliers et se blottit dans les chambres. Sa caresse fit frissonner Marie-Constance, qui resserra le châle de cachemire autour de ses épaules. La nuit était tombée depuis longtemps, venue téter la chaleur des pierres. Sur la commode, la petite aiguille de l'horloge marquait une pause avant d'atteindre les trois heures. Un pressentiment serra la poitrine de la marquise. Elle se leva et emprunta la spirale qui traversait la demeure, la clouant à sa terre. Une lampe à huile éclairait ses pas. À chaque marche, son intuition se muait en certitude : il y avait des présences derrière la porte, des esprits muets et attentifs, à la patience infinie et à la morgue tout aussi vaste.

Marie-Constance n'avait jamais aimé les ténèbres. Elles ne lui rappelaient que trop les heures sombres de son enfance, lorsque le peuple de Paris avait menacé le roi et, par là même, la noblesse de France. En ces temps incertains, ses parents parlaient avec inquiétude d'une certaine « Société révolutionnaire ». À plusieurs reprises, sa mère, ses sœurs et elle avaient dû se réfugier dans la cave de la demeure tandis que son père restait sur le perron à calmer les émeutiers. Vingt-trois années étaient passées et, cette nuit, des créatures dangereuses et puissantes se présentaient à nouveau à la porte. Mais, cette fois-ci, la châtelaine les avait conviées.

La marquise posa sa main sur la poignée. Elle l'ôta rapidement : le métal gelé lui avait brûlé la paume. La peur la saisit, infiltrant sa morsure jusque dans sa moelle. Qu'était-elle en train de faire ? Comment pouvait-elle être certaine que la Marinette se trouvait bien derrière ces battants, et non quelques spectres errant par les collines, appelés ici par le malheur de la maison ? L'image de sa fille s'imposa à ses pensées. Ses longs cils sous lesquels roulaient des larmes inextinguibles, elle les tenait de sa mère, mais son menton volontaire et sa moue farouche lui venaient de son père. Marie-Constance voulait revoir le rouge enflammer les joues de sa descendante essoufflée et riante ; elle voulait revoir cette mimique décidée, avec un soupçon de caprice qui ravivait le souvenir de feu son époux. Il était hors de question qu'elle soit présente, acculée au désespoir et le cœur comme une coquille vide quand mourrait son enfant. Selon l'ordre naturel des choses, elle périrait d'abord.

Le châle de cachemire quitta son dos et vint enrober la poignée. D'un geste brusque, la châtelaine ouvrit la porte. Le vent s'engouffra, faisant vaciller la flamme dans sa cage de verre. Marie-Constance s'arc-bouta contre la furieuse intrusion. Ses bras s'étaient levés, protégeant son visage. La bourrasque retomba de façon aussi soudaine qu'elle avait frappé. La châtelaine manqua tomber, son équilibre démuni face aux caprices de cette étrange intempérie. Lorsqu'elle se redressa, un sursaut lui fit lâcher la lampe. L'objet heurta les dalles sans un bruit, sans même un sifflement. La mèche s'éteignit aussitôt.

Trois silhouettes se tenaient sur le palier. D'épaisses capes noires, dont la capuche était rabattue sur les visages, empêchaient de discerner leurs traits. Les replis des larges pans dissimulaient leur taille et leur corpulence, laissant leur observatrice dans l'ignorance de leurs formes et de leur sexe. La marquise, délestée de sa lampe, pouvait cependant les observer grâce à la torche que tenait l'inconnu, au centre du trio. La personne de droite portait un anneau de métal grossier où de lourdes et vieilles clefs étaient enfilées. Marie-Constance chancela en voyant la dague dans les mains jointes de la troisième, à gauche.

— Tu nous as appelées, marquise d'Allemagne, et nous voici.

Comme celle-ci demeurait muette et figée, la voix reprit :

— N'as-tu pas envoyé quérir par la jeune Virginie les services de la Masco ?

Le nom de l'amie d'Anne-Hélène parut la sortir de sa stupeur. Elle s'effaça et laissa entrer les trois formes. Dans son mouvement, ses pieds heurtèrent la lampe, qu'elle ramassa.

— Laisse-la éteinte, fit la voix en prévenant son geste. Notre torche seule doit éclairer le mystère qui se jouera ce soir. Mène-nous à ta fille.

Marie-Constance hocha la tête et s'avança dans l'escalier. Les trois silhouettes la suivirent, l'une derrière l'autre : le flambeau en premier, les clefs en second, puis la dague, qui fermait la marche. Dans le silence d'avant l'aube, c'était un bien étrange tableau que ces ombres chinoises semblables et secrètes, chacune décalée d'un degré dans la spirale de la cage. Fantômes de conspirateurs, images troubles projetées par un soleil en trois temps, elles appartenaient à la frontière incertaine des *sidh*, à l'orée de ces forêts où les humains ne peuvent pénétrer. Arrivée au deuxième étage, la châtelaine prit vers l'est et pénétra dans une première antichambre. La procession se mouvait sans bruit entre les meubles de velours tendu. Même le cliquetis du trousseau, qui marquait chaque pas d'une saccade, était étouffé par un charme inconnu. La lune brillait par son absence tandis que les nuages filaient dans le ciel, traçant d'incompréhensibles fuseaux d'argent. La dernière des capes s'arrêta. Son étape entraîna celle de la troupe. Elle se dirigea vers une fenêtre, l'ouvrit et tendit la main. Au loin, des chiens aboyèrent. Une voix vibrante et juvénile coula entre les grandes ombres bleues piquetées d'étoiles que peignaient les marronniers.

Mère, Toi qui nous inspires,
Entends le souffle des sorcières,
Entends l'envol de nos prières
Quand claque l'aile de la chouette
Et que s'ébrouent les dracs
Aux rivières de minuit.

Nous sommes trois,
Ainsi qu'aux premiers temps,
Trois pour te servir
Et donner formes au silence.

Trois femmes pour un costume,
Trois âmes pour la Masco,
Car les grandes œuvres ne sauraient
Trouver dans un seul miroir leur écho.

Ô Mère,
Initiatrice,
Instigatrice,
Puissance rugissante des nuits
Noires où galope le noiraud,
Où aboient les corniauds,
Que tombent les étoiles,
Que s'assemblent les errants :
Ici, ton Œuvre sera nouée
À la croisée d'une destinée.

Rien n'advint, mais les silhouettes hochèrent la tête d'un air approbateur – à moins qu'elles ne saluassent une secrète présence. La femme à la dague reprit sa place dans le cortège, qui poursuivit son chemin. Elles entrèrent dans la chambre de la maudite. Marie-Constance fut étonnée de voir qu'il n'y avait plus aucune lumière, alors qu'elle avait laissé deux lampes en veilleuse. Elle s'apprêtait à en rallumer une quand elle se souvint des recommandations de la Masco.

— Va nous chercher la Glorieuse.

Cette fois-ci, la châtelaine reconnut une voix usée et rauque, celle de la Marinette. Elle provenait de la cape qui tenait la torche.

Sans se troubler devant le savoir de cette femme – la statuette dormait dans le secret de sa maison depuis plusieurs générations –, elle se rendit dans son bureau et en revint avec l'artéfact entouré d'une étole. À la lueur du flambeau, elle défit le paquet. La pierre était sombre et trop légère pour sa taille. On ne trouvait pas cette matière dans la région. Un ouvrage sommaire représentait une femme assise sur un siège flanqué de deux lions. Cette déesse païenne était censée apporter gloire, pouvoir et prospérité à ceux qui l'abritaient, mais malheur à eux si les lois de l'hospitalité n'étaient pas respectées. Le coin en bas, à droite, présentait un aspect lisse et brillant, ainsi qu'un angle différent. Il s'agissait de l'endroit qu'Anne-Hélène avait ébréché. La chute avait détaché un petit morceau de l'ensemble.

— Pose-la près du poignet gauche de ta gamine.

La marquise obéit.

Derrière elle, la silhouette aux clefs alla rabattre les volets et ouvrir les vitraux. Puis sa main brandit le trousseau et fit mine de déverrouiller une serrure invisible. Elle poussa des ventaux d'air et de rêves et se pencha vers le jardin. L'herbe prenait, en cette obscurité, le vert sombre et gras des buis. La femme fit claquer sa langue contre son palais. L'instant d'après, une douce mélodie s'éleva, berçant le vol des chauves-souris. Marie-Constance reconnut une comptine que l'on chantait pour endormir les marmots. Un miaulement répondit à la femme ; un autre suivit.

— Venez, venez, mes gentils matagots. Soyez témoins d'un mariage dont Notre-Dame la Rousse se souviendra longtemps.

La châtelaine sursauta en voyant un énorme chat noir au poil luisant bondir sur le rebord de la fenêtre, puis rejoindre le plancher. Cinq autres suivirent. Jamais elle n'aurait imaginé qu'il existait autant de ces gros matous dans les environs – et l'agilité qu'ils avaient montrée pour grimper jusqu'au second étage prouvait assez leur nature exceptionnelle, pour ne pas dire merveilleuse. Ils trottèrent jusqu'au lit et se postèrent autour : un à la tête d'Anne-Hélène, un à ses pieds et deux autres de chaque côté. Voir sa fille ainsi encerclée par ces créatures inquiétait la marquise. Elle allait et venait, tour à tour se rapprochant des bêtes ou s'éloignant pour laisser la Masco travailler. Les trois femmes sortaient des herbes des tréfonds de leurs vêtures. Elles en passaient certaines dans la flamme, d'autres étaient soufflées sur le corps de la maudite. La vieille s'approcha de la Glorieuse et badigeonna la statuette d'une pommade qui sentait fort le gibier. Elles accompagnaient leurs simagrées de chants et de murmures, hurlant parfois, bruissant souvent, de ce sifflement lascif qui ondulait entre les crocs des serpents.

— Les fiancés sont apprêtés, annonça celle qui chantait des comptines.

— Que les épousailles commencent ! proclama le tendron des trois.

Elle bondit à la gauche d'Anne-Hélène. De sa dague, elle coupa le poignet jusqu'au sang, qui jaillit en un sillon vermeil. Marie-Constance cria. Elle s'élança pour arracher cette folle du bras de son enfant, mais le cercle des matous feula à son attention. Elle en conçut une telle peur qu'elle s'effondra sur le sol, pâle et palpitante. La Masco ne lui avait pas même adressé un regard. Imperturbable, elle poursuivait son œuvre. De son index, la plus jeune avait tracé un bracelet rouge à l'endormie. Au rythme de chants gutturaux, elle trempa de nouveau ses doigts dans le sang et posa la statuette sur la plaie, face contre la chair. Son trait partit d'un rebord et fit le tour de l'artéfact. Durant l'opération, la pierre ne quitta pas le corps d'Anne-Hélène.

La silhouette se redressa, essuya sa dague dans les plis de sa cape et rejoignit le cercle des sorcières et de leurs matagots. Elles dirigèrent leurs mains vers le lit, désignant la maudite. Leurs doigts repliés formaient des cornes. Toutes les trois entonnèrent en chœur, dans les ronronnements puissants des chats sorciers :

— Anne-Hélène l'ancienne déesse a blessé, Anne-Hélène par sa vie doit payer. Qu'elle soit liée à la Mort, nous le savons, nous le savons. Nous reconnaissons la sagesse de ton glorieux jugement. À nous, les sorcières, nulle chose n'est cachée. Là où le vulgaire voit la maladie et la pierre, nous discernons, nous, la force qui tourmente enfermée dans l'écorce vive, aussi prisonnière de sa victime que la victime de son bourreau.

Anne-Hélène gémit. Elle s'agita, mais retrouva bien vite le calme des gisants.

— Par Celle qui nous ordonne, nous t'ordonnons, esprit tourmenteur, de quitter ce corps par le chemin tracé. Suis le ruban de sang et regagne la pierre sacrée. Que les liens entre vous ne soient plus ceux de l'eau dans un broc, d'un ver dans sa noix, mais de deux esprits placés chacun sur le côté de l'autre : ceux d'un époux et de son épousée.

La maudite sursauta. Le trait qui entourait son poignet grésillait contre sa peau. Ses yeux s'ouvrirent et sa gorge hurla. De sa main droite, elle essaya d'ôter la pierre de la Glorieuse, mais celle-ci semblait collée contre elle, tandis que dans l'air se répandait une odeur de porc brûlé.

— En cette nuit, par la Lune et ses filles – errants et matagots en sont témoins –, nous célébrons l'union d'Anne-Hélène et de la Mort. Son ventre restera froid et vide de descendance, sa beauté de marbre de Carrare. En échange, la Mort lui vouera protection et reconnaissance pour sa chaleur. Ainsi ont parlé les sorcières, les prêtresses des temps anciens. Le sort est noué ; une pierre blanche marque désormais le croisement des destinées.

La Masco baissa les bras. La pierre se décolla du poignet d'Anne-Hélène, qui l'inspecta avec fièvre. Le filet de sang avait séché, laissant une légère trace brune sur sa peau plus blanche que l'instant d'avant. Elle était sauvée, mais à quel prix ?

Deux des silhouettes s'approchèrent de l'artéfact et l'emballèrent de nouveau dans l'étole. La Marinette s'accroupit devant la marquise. Elle déposa l'écu dans sa main.

— Pour paiement de notre travail, nous prendrons la Glorieuse. De toute façon, elle vous refusera ses faveurs, désormais.

La vieille femme saisit la châtelaine par le coude et, avec une vigueur insoupçonnée, l'aida à se relever.

— D'ailleurs, j'y pense : mes félicitations pour l'heureuse union de votre donzelle… Faut reconnaître que peu de personnes reçoivent la vie en guise de dot.

Chapitre 1

La voiture menait bon train depuis cinq heures déjà. Le cocher et les chevaux commençaient à accuser la fatigue, mais les plus jeunes des passagères bavardaient avec la même allégresse qu'à la première minute du voyage.

Une semaine plus tôt, la marquise d'Allemagne avait reçu une missive du comte de Forcalquier. Celui-ci la conviait à participer au bal qu'il organisait afin de fêter son retour, maintenant que le Corse avait été déporté sur l'île d'Elbe. Une telle invitation ne se refusait pas. Et puis, un peu d'action et de mondanité ferait le plus grand bien à son agnelle après la maladie foudroyante qui avait manqué l'emporter, voilà trois semaines seulement. La vitesse avec laquelle elle s'en était remise n'avait d'égale que la rapidité de l'infection : le mal l'avait presque abattue en une poignée d'heures. À la perspective d'amener un peu de gaieté à son enfant encore convalescente, la châtelaine avait volontiers accepté de quitter ses terres et de supporter l'épuisement du trajet.

Anne-Hélène avait demandé à ce que Virginie et Joséphine l'accompagnassent en tant que dames de compagnie. La marquise savait que les demoiselles, toutes braves qu'elles étaient, ne feraient pas illusion, mais elle s'était laissé convaincre de bonne grâce. De toute façon, qui trouverait à redire à la manière dont elles vivaient, sa fille et elle, isolées du monde et de ses commérages ? Alors, peu importait si ces paysannes montraient plus de familiarité qu'elles ne l'auraient dû avec leur camarade au sang bleu.

Bien loin de ces préoccupations, lesdites demoiselles brodaient sur la soirée. Entre les manchettes des journaux et les ouï-dire qui battaient leurs ailes sur la lande, il y avait de quoi s'occuper et chauffer quelques gorges.

— Il n'a pas dix ans de plus que nous, tu imagines ? babillait Virginie. Et dire qu'il a déjà combattu contre les armées de Napoléon, obtenu le grade de capitaine par sa seule bravoure…

— Et son implacable intelligence tactique, compléta Anne-Hélène avec une pointe d'ironie.

Elle songeait par-devers elle qu'avec huit années de plus, elle aussi aurait eu le temps d'accomplir quelque action d'éclat, si elle avait été un homme.

— Sans compter que sa vaillance et son courage, poursuivit la paysanne qui ne se démontait pas pour si peu, lui ont valu d'hériter du titre de comte de Forcalquier, alors qu'il est le cadet d'une fratrie de trois garçons ! Je suis certaine qu'il est bel homme, et vigoureux !

— S'il s'est comporté aussi vaillamment à la guerre que tu le dis, je doute fort qu'il soit parvenu à garder une allure bien droite, la contra Anne-Hélène. Ces bêtises-là font autant d'estropiés que de cadavres.

Marie-Constance observa sa fille d'un air inquiet. Jamais elle n'aurait prononcé une telle remarque autrefois. La marquise devait reconnaître qu'avant sa maladie, son héritière était quelque peu frivole. Le ton cynique qu'elle venait d'employer et la rudesse de ses propos prouvaient que son calvaire l'avait davantage marquée qu'elle le laissait voir.

— Pas tant des bêtises que ça puisque ce monsieur n'était rien et qu'aujourd'hui, il a une terre, des serviteurs et une belle salle où organiser des bals, répliqua Virginie en tirant la langue. Ça vaut le coup d'en sortir la jambe un peu raide et – pour ma part – de glisser un œil vers son annulaire.

Ledit œil cligna en direction de son amie. Si la paysanne parlait dans le vent, Anne-Hélène, par son lignage, était en droit d'espérer une alliance. Hélas, l'espoir se tarissait au regard des finances du domaine d'Allemagne-en-Provence et du modeste château de Varages. Elle ouvrit la bouche en vue de dévier la conversation, mais Joséphine la devança.

— Un des colporteurs m'a raconté que sa blessure la plus sévère se situerait à son fondement, pouffa-t-elle, polissonne.

Sa remarque fut accueillie par le silence navré de ses compagnes. Devant cette réaction, elle se reprit bien vite.

— Enfin, ses mots exacts étaient « près d'une partie inavouable de sa noble personne ».

Le rouge monta aussitôt aux joues de ses aînées. Filles de la campagne, elles voyaient très bien ce que le rustre avait voulu désigner par ces termes. La marquise d'Allemagne, qui écoutait depuis des heures les bavardages des demoiselles avec un sourire bienveillant, se dit qu'il serait avisé d'intervenir.

— Cela suffit. Discuter des blessures d'inconnus n'est pas une occupation digne de personnes bien élevées. Vous ne parlez pas de bêtes de pâture, tout de même, alors montrez un peu de compassion pour ces soldats, royalistes ou pas, qui ont souffert et perdu parfois un membre, parfois la vie sur ces champs de bataille.

Elle soupira et reprit :

— Quelle horrible façon de nommer ces endroits. En quoi ces parcelles gavées de sang et de souffrance ont-elles à voir avec ces belles terres de chez nous, où l'or monte en grains et danse pour la Saint-Jean ?

— Dans un cas comme dans l'autre, on y fauche des vies, mère.

Le ton clair et tranchant d'Anne-Hélène surprit tout le monde, y compris elle-même. Elle battit des cils, cherchant à émerger de la profonde stupeur qui l'avait saisie. Virginie échangea un regard inquiet avec la châtelaine.

— Heureusement, la guerre est terminée et tu vas pouvoir assister à ton premier bal. Peut-être même danser avec monsieur le comte ! tenta la brunette.

Soulagée de pouvoir se raccrocher à un sujet familier, Anne-Hélène abonda en son sens.

— Oui ! Et il va tomber amoureux de moi, et je succomberai à son charme, et c'est ainsi que j'épouserai un vieillard à la moustache patinée de Niger.

— Ça pourrait être bien pire, lança Virginie avec une mine de conspiratrice.

— Ah oui ?

— Il pourrait s'éprendre de Joséphine, qui deviendrait alors comtesse de Forcalquier et à qui nous devrions faire des courbettes.

La cadette se frotta le menton.

— Ma foi, ça me plairait assez. Vous devriez commencer tout de suite, pour vous entraîner : je suis certaine que « môsieur » le comte ne saura résister aux nombreuses ruses d'amour que m'a enseignées ma sœur aînée. Et puis, n'ai-je pas la délicatesse et l'autorité nécessaires pour être comtesse ?

Disant cela, elle se drapa fièrement dans son châle, pointa son nez en l'air et loucha sur ses camarades avec un air terrible. Toutes éclatèrent de rire ; même la marquise ne put s'empêcher de pouffer.

Elles riaient encore lorsque le cocher frappa deux coups sur le toit de la berline, indiquant qu'ils approchaient de Mane, où ces dames résideraient le temps des festivités. Quinze heures venaient de sonner ; elles auraient le temps de se préparer et, avant cela, de prendre une collation pour se remettre du voyage.

L'établissement avait une façade avenante et une cour large, aux parterres de fleurs soignés. La châtelaine approuva d'un discret signe de la tête. Elle avait réservé à l'hôtel de Plaisance sur les recommandations des quelques dames qu'elle fréquentait et l'endroit lui paraissait à la hauteur de ses attentes. L'intérieur ne dérogea pas. La salle commune était grande et lumineuse, les tables propres. Elle s'installa à l'une d'elles, entourée des demoiselles, tandis que le cocher et le garçon d'auberge montaient les bagages. Une serveuse entre deux âges vint prendre leur commande.

— Servez-nous un bouillon de légumes et apportez-nous votre meilleur pain, du bon pâté et une motte de beurre bien crémeux.

— Tout de suite, madame.

La femme s'inclina légèrement avant de repartir en cuisine. Lorsqu'elle réapparut avec les plats, la marquise lui demanda de préparer un bain pour sa progéniture et un autre pour elle. La serveuse hocha la tête et répondit que l'un serait prêt dans une demi-heure, l'autre peu de temps après. Une fois qu'elles furent seules, Marie-Constance se pencha vers ses protégées.

— Je vous autorise à profiter du baquet d'Anne-Hélène, mais attention ! Nous ne sommes pas à Allemagne, ici. N'allez pas éclabousser toute la pièce.

Les demoiselles protestèrent de la plus innocente façon.

Deux heures plus tard, dans une chambre transformée en rizière, le cocher surveillait Virginie et Joséphine qui réparaient les dégâts tandis qu'Anne-Hélène se faisait coiffer dans la chambre de sa mère. Si Marie-Constance avait l'air de fulminer, elle rayonnait dans le secret de son cœur. Sa fille, son trésor, retrouvait gaieté et joie de vivre. Quelles frayeurs l'avaient taraudée à la suite de cette funeste nuit où elle l'avait vue, immobile dans son lit, porter le masque mortuaire ! À présent, son amour pour sa toute-petite l'emplissait d'un doux nectar. Certes, Anne-Hélène ne pourrait pas avoir de descendance ; il lui serait difficile de se marier, de trouver un parti qui voudrait bien d'une épouse stérile. Vétilles que cela ! Elle pourrait demeurer aux côtés de sa mère et faire le bonheur de ses jours, au crépuscule de son existence. Dès qu'elles seraient rentrées, la châtelaine commencerait à prendre des dispositions. Il ne faudrait pas que son enfant manque de quoi que ce fût s'il lui arrivait malheur. La vie était plus fragile qu'on ne le pensait.

En attendant, elle souriait derrière son éventail pendant qu'Anne-Hélène pestait contre la camériste de l'hôtel.

— Mère, suis-je vraiment obligée d'en passer par ces tortures ? fit-elle en lui lançant un regard éploré.

La femme de chambre lui redressa la tête d'un geste sec. Le personnel n'avait guère apprécié la vigueur que ces clientes juvéniles avaient mise dans leurs ablutions.

— Oui, et ne va pas te plaindre ! Cette personne a l'air de parfaitement connaître son métier. Au temps de mon entrée dans le monde, nous avions des tenues autrement plus incommodes. Cette mode actuelle, à l'âme antique, présente hélas certains drapés impudiques, mais est bien plus adaptée à une motricité saine et à une respiration libre d'entraves.

— Je remercie le Ciel de ne pas avoir à porter l'un de vos horribles attirails, té ! s'écria la noblesse en jupon, songeant aux corsets dont sa mère lui avait expliqué l'usage.

— Anne-Hélène ! Pas de cela dans ta bouche, et certainement pas à un bal officiel où nous serons amenées à côtoyer des gens au-dessus de notre rang. De notre tenue et de notre dignité dépend le respect que l'on nous accordera.

L'héritière crut entendre un « Eh bé, c'est pas gagné » de la part de la camériste, mais la retenue qu'elle avait montrée jusque-là poussa Anne-Hélène à croire qu'elle avait fabulé.

— N'oublie pas que nous ne sommes que deux femmes, sans homme pour défendre les droits de notre domaine, poursuivait la marquise, inquiète à l'idée que sa progéniture puisse faire un faux pas.

Percevant la note anxieuse dans la voix de sa mère, Anne-Hélène voulut se retourner pour la rassurer. La coiffeuse lui replaça aussitôt le visage bien en face du miroir. La suppliciée reconnaissait que cette dernière faisait du très bon ouvrage. Le reflet lui présentait ses cheveux châtains, à la nuance foncée du noisetier, rassemblés en une structure hiératique. Un tortillon posé sur la nuque les fixait dans une sorte de chignon à la base très large, retenu par un mince fil d'or en guise de tiare. Des mèches courtes revenaient en frisettes sur le front et autour des oreilles. Elles donnaient à la jouvencelle un air mutin, que venait renforcer son menton fin mais volontaire. Une bouclette plus longue que les autres s'échappait de sa tempe gauche, créant un effet de négligé qui ajoutait à son air d'innocence. Anne-Hélène contempla le contraste avec sa peau. Celle-ci lui paraissait bien blanche, alors que les générations qui avaient marché avant elle brunissaient de la Provence mêlée à leur sang.

La châtelaine continuait ses recommandations.

— Reste polie et aimable vis-à-vis de ma sœur. Je ne sais pas ce que tu as fait à Hilaria lors de sa dernière visite, mais elle m'avait paru proprement scandalisée.

— Mère, vous savez bien que ma tante s'émeut d'un rien, rétorqua Anne-Hélène en prenant soin, cette fois-ci, de demeurer immobile.

— Mélanger des excréments d'oiseau au contenu de son encrier n'est pas exactement un « rien »…

La demoiselle crut entendre la camériste pouffer, mais il s'agissait sans doute d'une autre illusion.

— … sans oublier les limaces glissées dans son lit.

— Mais j'avais sept ans ! Et elle m'avait punie alors que ce n'était pas moi la coupable !

— Peu importe le passé. Ce soir, j'aimerais que tu montres à Hilaria la belle jeune femme raffinée et pleine de vie que tu es devenue.

Anne-Hélène baissa les yeux, à défaut du front.

— Oui, mère.

— Je compte sur toi.

L'adolescente releva le regard et croisa son image dans le miroir de la commode. Décidément, sa carnation lui semblait bien crayeuse.

Enfin, il fut dix-huit heures. Les premiers invités devaient déjà se présenter au château de Sauvan, situé à vingt minutes de l'hôtel. Il était temps de partir. Les demoiselles montèrent en voiture. L'auberge tenait à disposition de ses hôtes de marque une calèche, plus légère et agréable en ces chaudes soirées. Virginie et Joséphine étaient vêtues de robes simples, mais qui ne feraient pas honte à Anne-Hélène. Il avait été décidé que la cadette se nommerait Josiane pour la soirée. Le parfum napoléonien de son prénom aurait pu attirer une attention soupçonneuse qui n'était pas souhaitable pour une maison engagée dans une saine et prudente neutralité.

Les jouvencelles portaient des fleurs piquées dans leurs cheveux et des couronnes de chèvrefeuille léger. Durant le trajet, elles s'occupèrent les mains en tressant de nouveaux diadèmes, mêlant les pétales graciles des androsaces rosées aux adonis, de couleurs plus éclatantes, et à blancheur du lin délicatement veiné de mauve. Une foule de « Et si… ? » ponctuait leur conversation, toujours aussi enthousiaste. Mais leurs principaux cancans tournaient autour de l'héritière, laquelle s'apprêtait à faire ses premiers pas dans le monde. Même blasée comme elle affectait de l'être, cette dernière éprouvait un soupçon d'appréhension. Elle avait beau vivre dans le trou perdu d'un village abandonné des troubles et des honneurs, cette présentation restait une étape importante. Et puis, elle ne parvenait pas à se défaire d'une fascination exaltante pour cette fête dont elle serait l'un des joyaux.

Alors que les chevaux franchissaient les grilles des jardins du comte, elles s'échangèrent leurs créations. Des fleurs au rose violacé s'étaient glissées dans celle que reçut Anne-Hélène. Elles illuminaient ses mèches sombres et leurs cœurs pâles reflétaient l'ivoire de sa tenue. Marie-Constance serra les dents en les apercevant, mais il ne s'agissait sans doute que d'une coïncidence et sa fille était tellement heureuse, ainsi couronnée…

La voiture s'arrêta à la hauteur du large escalier. Deux autres la précédaient et une arrivait déjà. Le cocher sauta en bas de son siège pour aider ces dames à descendre. Virginie et Joséphine furent surprises de cette attention et Anne-Hélène dut se retenir de rire en voyant leur mine effarée. Toutefois, le geste eut le mérite de leur faire prendre conscience du monde dans lequel elles se préparaient à entrer. Les paysannes se redressèrent immédiatement, le menton tremblant et le sourire gêné. Leur amie fronça les sourcils : si elles regardaient toutes ces simagrées avec sérieux, la soirée serait beaucoup moins amusante.

— Respirez ! Vous allez ressembler à deux grosses écrevisses toutes les deux, si vous vous constipez à ce point.

— Anne-Hélène ! s'écria la marquise, scandalisée. À partir de maintenant, je ne tolérerai plus ce genre de langage.

La fautive baissa les yeux tandis que Joséphine s'étranglait de rire.

— Je ne le ferai plus, mère, je vous le promets.

Marie-Constance n'était guère convaincue par ce serment, mais elles ne pouvaient patienter plus longtemps sur le gravier. Elle soupira.

— Fais attention, je t'en prie. Et vous, mesdemoiselles, conduisez-vous comme nous l'avons travaillé. Lorsque ma fille et moi nous déplaçons, restez en retrait d'un ou deux pas.

— Bien madame, répondirent-elles ensemble.

De plus en plus inquiète quant à la tournure que prendrait la soirée, la marquise se dirigea vers la porte d'entrée. Trois silhouettes la suivirent sagement.

Alors qu'elle posait son pied sur la première des cinq marches – sa mère, ouvrant la voie, se trouvait déjà sur le perron, et ses compagnes atermoyaient dans son dos –, Anne-Hélène eut l'impression d'être observée. C'était une sensation qui lui nouait le ventre et rendait sa peau frémissante. Elle étudia les environs, mais ne vit rien. L'occasion de découvrir quel malotru pouvait la scruter ainsi disparut avec le vent : une gigantesque bourrasque s'abattit sur elle et la fouetta en tous sens. Ses mains bondirent à ses cheveux, empêchant couronnes et coiffure de s'envoler. Elle glapit, se tordit à droite, à gauche ; chercha tant bien que mal à éviter les morsures de la tempête.

De façon aussi abrupte qu'il s'était jeté sur elle, le sirocco s'enfuit. Effarée, Anne-Hélène sentit ses camarades la soutenir, chacune d'un côté. Face à elle, se tenait sa mère. L'angoisse creusait ses traits. La jouvencelle se dégagea avec douceur.

— C'est bon, c'est bon, ne vous inquiétez pas. Je vais bien, j'ai été surprise, voilà tout.

— En es-tu certaine ? Tu n'as pas de vertige ou mal au ventre ? s'empressa Marie-Constance.

La dernière question surprit l'héritière.

— Non… Non, tout va bien. Reprenons notre progression, voulez-vous ? C'est très gênant d'être ainsi exposée aux regards alors qu'on n'a à déplorer en lieu et place d'une charge de cavalerie que les assauts d'un vent un peu trop joueur.

La marquise se recomposa aussitôt une attitude compassée. Elle complimenta son enfant pour cet à-propos, accompagnant sa phrase d'un doux sourire où rayonnait sa fierté. Les quatre femmes entreprirent la montée de l'escalier, avec cependant une différence notable : cette fois-ci, Virginie et Joséphine se tenaient de part et d'autre de leur amie et châtelaine.

D'une fenêtre au premier étage, Lazare, comte de Forcalquier par le droit du sang, mais simple baron d'Oppedette par les aléas de la vie, observait les invités de son frère.

Il n'en connaissait que la moitié. Toutefois, pour cette moitié-là, il savait jusqu'aux manies des hommes autour d'une table de jeu – ou dans les jupons d'une femme plus joyeuse que la leur. Les secrets, les rumeurs, les vices tenus sous clef, au fond des tiroirs ou dans l'obscurité des caves, étaient sa substance vitale. D'un bout à l'autre du comté, on le disait trafiquant et il ne le niait pas.

Ses regards gravitaient autour de ces gens encore inconnus. Nombre d'entre eux avaient fui la Provence lors de la Terreur et ne revenaient que maintenant. Un Empereur enfermé dans sa cage ne valait plus tripette comme épouvantail. Des lâches. De pauvres âmes, aussi froides et molles que les poissons de la Durance… Lui, des regards, il n'en attirerait pas, ni ce soir ni jamais – nobliau répudié par un père mort en exil. Ou alors des œillades sous cape, pimentées de médisances. Il profitait de cette indifférence teintée de dédain pour gratter ici et là, découvrant parfois de nouveaux filons à exploiter.

Un fiacre s'arrêta – celui que louait le tenancier de la Plaisance, sise à quelques lieues vers Mane. Une femme en descendit. Il reconnut la marquise d'Allemagne, qu'il avait croisée quelques rares fois sans trouver utile de venir la saluer. La brave dame vivait en recluse depuis la mort de son époux. Sa maison était restée en France, affrontant les révoltes grâce à la protection indirecte de l'amiral de Villeneuve et de son frère, l'abbé Jean-Baptiste, ancien évêque constitutionnel de Digne. Une famille bien, sans intérêt.

Son attention allait se porter sur la voiture suivante quand une silhouette la retarda. Une jouvencelle descendait du marchepied, aidée par le cocher. Si sa mémoire était bonne – et elle était infaillible –, il s'agissait de l'unique descendante de la marquise, Anne-Hélène de Varages. Quelque chose en elle le troublait. Il se pencha, plissa les yeux. Ses formes fermes et juvéniles n'avaient rien à voir avec son émoi – voilà belle lurette qu'il ne regardait plus une femme pour ces raisons-là – et, pourtant, il ressentait dans son physique comme une ombre, un mystère… Voilà, il avait mis le doigt dessus ! Cette âme renfermait l'un de ces sombres secrets qu'il avait l'habitude de peser entre ses mains. Néanmoins, cette frêle pousse de femme ne semblait pas en être l'instigatrice – trop innocente, de cet enthousiasme naïf des jeunes aventuriers faussement blasés. Il pouvait le deviner à sa façon de se comporter avec ses demoiselles de compagnie. Le baron se dit qu'il y avait là matière à enquêter.

Il la détailla. Une allure fraîche et vive, une de ces robes à la mode, inspirée de l'Antiquité, dont les drapés tombaient droit. Ses formes n'étaient révélées que par un ruban passé sous la poitrine, qui soulignait la rondeur de ses seins – rien dont une femme de son âge pouvait se vanter. La nudité de ses épaules, brisée par une lanière, disparaissait sous un châle lilas brodé de motifs floraux. Une coupe simple dans un tissu léger, adapté à sa fraîcheur et à son rang. La seule extravagance que s'était permise cette demoiselle résidait dans sa coiffure, qu'elle avait parée d'une avalanche de fleurs. Cette exubérance la qualifiait de benoîte – la fille chérie un peu trop couvée et laissée à ses caprices d'enfant sauvage. Quelle bête sombre et venimeuse avait pu se faufiler dans l'âme d'une telle créature ?

Un coup de vent balaya le perron et frappa la demoiselle de plein fouet. Malgré sa surprise et la violence du sirocco, elle ne cria pas – ce que Lazare approuva. Le souffle entortilla sa robe autour de son corps dans une valse impudique. Une bonne averse aurait pu coller le tissu plus près encore. Le baron s'amusa à l'idée de lui jeter un seau d'eau sur la tête.

Son cœur rata un battement.

Stupéfait, il se ressaisit une seconde trop tard. Quelque chose était passé sous ses yeux, un indice quant au secret qu'elle abritait, et il l'avait raté. Ses lèvres se plissèrent en une moue agacée. Son rictus ne dura qu'un instant. Il aurait toute la soirée pour se pencher sur ce cas… et la prison lui avait appris à être patient.

Chapitre 2

Le soleil jetait de grands pans de soie vermeille sur les murs crème. À travers les larges fenêtres, l'or coulait à flots, en fragrance d'oranges douces et de fleurs virginales. Les libéralités de l'astre agrémentaient davantage la salle que tous les portraits aux poses altières accrochés à cet effet. Les vitres, semblables au cristal, sublimaient les rayons. Elles avaient cette pureté étincelante des glaçons qui se suspendaient aux toits les matins de froid sec en hiver. La belle assurance d'Anne-Hélène se rafraîchissait, elle aussi. Jamais elle ne s'était engagée dans un lieu à la richesse tellement éclatante. Et, comme si l'endroit ne l'impressionnait pas assez, il s'agissait de son premier bal, de son entrée dans le monde ! Un faux pas serait aussitôt remarqué et commenté plus encore – d'autant que chacun s'y attendait de la part d'une campagnarde dans son genre.

La jeune femme sentit l'angoisse lui serrer la gorge. Elle lissa sa robe, inquiète à l'idée que le coup de vent eût défait sa mise. Sa main droite s'éleva comme pour dégager une mèche, mais ses doigts continuèrent leur course et vérifièrent sa coiffure. La présence de ses deux amies, qui aurait dû la réconforter, ne faisait que l'encombrer davantage. Quelle idée avait-elle eue de les amener, elles qui n'étaient pas formées aux manières de la bonne société ? Elle avait elle-même tendu à ces gens le bâton pour se faire battre. Sur le moment, elle s'était dit qu'elle s'ennuierait lors de cette soirée et qu'avoir ses camarades auprès d'elle lui permettrait d'agrémenter cette réunion, mais elle n'était plus si certaine de son raisonnement.

L'annonce des nouveaux arrivants résonna sous le haut plafond de la pièce principale. Au fond de celle-ci, une porte immense ouvrait sur le salon d'été, transformé pour l'occasion en salle de bal. Peu de têtes se tournèrent à l'entrée de la marquise d'Allemagne-en-Provence et de son héritière. Elles n'attiraient guère l'intérêt ni la sympathie – ni même une quelconque forme d'acrimonie. Elles n'avaient simplement plus grand-chose à voir avec cet univers de lustre ancien et de rancœurs sordides. En silence, Anne-Hélène soupira de soulagement. Elle qui, d'habitude, était au centre de l'attention préférait ce dédain à une curiosité malveillante. L'inquiétude lui avait fait joindre les mains. Lorsqu'elle les desserra, ses ongles laissèrent des croissants de lune dans la pâleur de sa peau.

La foule était éparse : toute la noblesse n'avait pas encore rejoint cette France qui avait enfin recouvré le sens commun. Les toilettes affichaient des couleurs vives ; les parures resplendissaient. Ces grands messieurs qui avaient fui devant la Révolution et les rejetons tumultueux de celle-ci arboraient des costumes militaires agrémentés de quelques médailles. Combien d'entre eux étaient réellement montés à l'assaut des rangs ennemis ? Combien cachaient leur couardise derrière les galons et le bleu de l'uniforme ? Certains de ces hommes portaient leur sabre à la ceinture. Même s'ils avaient bel et bien combattu afin que leur fussent rendus leurs privilèges, c'était le sang de Français qu'ils avaient fait couler.

La demoiselle avançait dans un état second. La pièce rectangulaire et ses baies vitrées trop grandes formaient les parois d'une cage de verre où elle évoluait avec difficulté. La voix de sa mère lui parvenait de loin, à travers une chape liquide qui engourdissait les sons. Son regard restait attaché aux armes. Un homme d'une trentaine d'années passa à côté d'elle. Son épée pendait sur sa hanche gauche. Une humeur épaisse et noire coulait le long du fourreau. Elle s'épanchait en gouttes bordeaux sur le sol, traçant derrière ses pas une piste macabre.

— Anne-Hélène ?

La jeune femme sursauta. La fraîcheur de la main maternelle sur son bras déchira un brouillard dont elle n'avait pas eu conscience jusque-là. Face à elle se tenait sa tante Hilaria. Avant même d'y avoir songé, elle plongea dans une révérence parfaite. La surprise avait le mérite de lui ôter toute velléité d'espièglerie. Le visage soulagé et ravi de la marquise la consola de cette occasion manquée.

— Ma chère nièce… On dirait que le nombre des années t'a enfin assagie. Je suis heureuse de te voir en ces dispositions auxquelles ne manque que le renvoi de ces paysannes.

Anne-Hélène coupa de justesse son réflexe de se retourner vers ses compagnes. À la place, un sourire fielleux s'épanouit sur son visage. Ses parentes tiquèrent.

— Très chère Hilaria, votre sens de la bienséance me fait tellement défaut. Je souhaite vous exprimer de la plus vive façon mes remerciements pour cette leçon de savoir-vivre donnée à la pauvre campagnarde que je suis et qui, enracinée à sa terre, n'a pas su fuir piteusement devant l'avancée de la République et de l'Empire.

La femme pinça les lèvres, mais ne sut que répondre. Cette mine de fierté outragée rehaussait sa beauté hiératique. Un nez droit et fin, des sourcils bien dessinés, un port solennel et des yeux noirs sans cesse voilés par des paupières baissées dans un air d'indolence ajoutaient à ses manières parfaites l'apparence d'une duchesse. Ses longs cheveux bruns prenaient des reflets acajou dans le rai de lumière où elle se trouvait mais, plongée dans l'obscurité, sa chevelure devenait semblable aux prunelles des génisses. Le seul défaut dans son maintien était la moue qu'elle affichait en cet instant et, dans sa physionomie, un menton un peu trop volontaire. Peut-être bien, finalement, que celui d'Anne-Hélène venait de la branche maternelle de sa famille.

Marie-Constance rompit le silence qui s'installait en proposant une coupe de champagne, alors qu'un serviteur passait près d'eux. Toutes acquiescèrent avec entrain. Virginie et Joséphine n'avaient jamais eu l'occasion de goûter cette boisson. Elles portèrent le verre à leur bouche avec un enthousiasme mal dissimulé. Leur amie surveillait la benjamine du coin de l'œil, se retenant de rire. Ce qu'elle guettait ne manqua pas d'arriver : la cadette avala sa gorgée les yeux ronds, puis fit une de ses plus hideuses grimaces.

— Mais c'est de la piquette, cette gnôle !

— José… Josiane ! se reprit *in extremis* la marquise.

Les joues de la coupable s'enflammèrent d'un coup.

— Pardon, madame. Excusez-moi, c'est juste que… D'habitude, quand j'ai droit à la goutte, ça attaque moins la langue. Là, ça pique.

La châtelaine dut faire appel à toute sa force de caractère pour ne pas porter la main à son front et révéler sa contrariété.

Un rire bas fit se raidir le petit groupe. Même Hilaria, impassible dans les émotions qui dénotaient une faiblesse, contracta ses épaules en l'entendant. C'était le genre de gaieté qu'on priait de ne pas croiser dans une ruelle, une nuit d'hiver. Pourtant, il glissait de la bouche du seigneur de la province.

Dès qu'elles aperçurent Jean Pietro de Forcalquier, les dames plongèrent dans une révérence empressée. Les demoiselles de compagnie firent de leur mieux, mais la confusion leur emmêla les tibias. Fort heureusement, le seigneur ne les regarda pas.

— Monsieur le comte ! Quelle inconvenance de ma part… Vous me plongez dans un embarras sans nom.

En effet, Hilaria semblait troublée, les joues rouges et les prunelles lumineuses. Pour la première fois, Anne-Hélène la voyait manifester une autre émotion que du mépris ou de la colère. La nièce se tourna vers leur hôte, qui répliqua :

— Je vous en prie. C'est moi qui fais preuve de la plus incroyable des impolitesses en vous abordant ainsi, sans même que nous ayons été présentés. Toutefois, voyant mon salon s'enorgueillir de la présence de dames de votre qualité, je n'ai pu résister au désir de porter auprès de vous mon admiration et le témoignage de mes remerciements confus par votre généreuse bienveillance.

L'héritière des Varages étouffa une grimace. Ces propos trop sirupeux mis à part, il fallait reconnaître que ce Jean Pietro était bel homme, doté de traits virils et harmonieux que parachevait une bouche presque féminine. Celle-ci lui donnait un air d'innocence que son sourire démentait aussitôt. Son torse large, ses gestes fluides prouvaient qu'il ne devait pas qu'à sa verdeur l'éclat de sa personne. Certes, on ne pouvait nier qu'il était bien – et même très bien – fait de sa personne. Cependant, une sorte d'imprégnation glacée émanait de lui. Dès qu'elle le regardait, la jeune femme avait l'impression qu'un manteau de minuscules gouttelettes s'accrochait à elle, s'excitant contre sa peau pour en pénétrer les pores.

Incertaine de parvenir à maîtriser son expression, elle préféra porter attention à son uniforme. Il ne s'agissait pas du costume français et elle n'en savait pas assez sur les affaires militaires pour en deviner l'origine. Sa mère et sa tante devisaient avec le comte sans paraître se souvenir de sa présence. Même ses amies se montraient soudain obnubilées par cet éphèbe à la sombre chevelure trop longue selon la mode de leur temps. Visiblement, elle était la seule à rester insensible à ses charmes. Les adultes s'échangeant des platitudes grotesques, elle laissa son esprit vagabonder. L'accession du cadet au titre de comte alors que ses deux aînés étaient encore en vie lui paraissait moins surprenante, maintenant qu'elle l'avait rencontré. Qui pouvait rivaliser avec une telle envergure ? Et que dire de cette sorte de vicissitude qu'elle sentait sourdre de sa présence... ? Un vague malaise lui serrait l'estomac. Pourtant, elle ne parvenait pas à poser le doigt sur ce qui lui déplaisait tant chez cet homme.

Un frisson rampa le long de sa colonne. Sa peau crépita et son cœur battit plus vite. Le regard qui pesait sur elle tout à l'heure, alors qu'elle s'apprêtait à monter les marches, l'emprisonnait de nouveau. Bien décidée à découvrir qui la dévisageait ainsi – et ravie de trouver une occupation qui la détournerait de cette sombre impression que lui imposait leur suzerain –, Anne-Hélène jeta des coups d'œil alentour. Tout d'abord, elle n'obtint aucune réponse –

seulement les doigts de sa mère sur son épaule, qui, sans un mot, lui intimait de rester tranquille. Elle poursuivit néanmoins, mettant plus de discrétion dans sa quête.

Autour du petit groupe qu'ils formaient se pressait une foule de plus en plus dense. Des hommes graves se serraient les mains et échangeaient des congratulations aussi flasques que leurs bedaines. Des dames aux toilettes trop riches dans cette France saignée par les guerres péroraient sur celles qui n'étaient pas aussi bien vêtues. Cet essaim cancanait, pontifiait et gesticulait, provoquant un tumulte qui n'avait rien à envier à celui de guêpes surexcitées par une tartine de confiture. La jeune femme n'aimait pas cette agitation. Le vacarme n'avait rien à voir avec l'exubérance des fêtes du village : ici, l'atmosphère empestait l'envie, l'aigreur et la fatuité. Elle pouvait presque les lécher dans l'air, avec leur saveur âcre et faisandée. La nausée faisait se dérober ses genoux. Trop de gestes, trop de bruits lui tournaient la tête. Le souffle lui manquait. Et ce regard qui ne la quittait pas, qui l'étouffait un peu plus, la cisaillant de ses rets !

Puis elle le vit. L'individu qui l'observait se tenait en retrait, à l'opposé de la pièce. Le dos appuyé contre le mur de l'escalier qui menait au premier – et seul – étage, les bras croisés, il était en partie caché par l'une des deux colonnes antiques qui soutenaient le palier supérieur. Il ne cherchait pas à se fondre dans l'assemblée des gens bien nés. D'ailleurs, ceux-ci l'évitaient. C'était presque imperceptible, mais le flot des civilités s'écartait de lui dans une valse consommée. Ce mouvement feutré rappelait celui d'un banc de sardines éludant un mérou.

Il était grand et sombre, plus vieux qu'elle d'une dizaine d'années. Une barbiche étirait un visage émacié, aux pommettes hautes et aux mâchoires fuyantes. Malgré sa posture négligée et bien qu'il se trouvât à l'intérieur, il avait gardé sa redingote. L'immense pièce était éclairée par une fin d'après-midi lumineuse. Dans cet apanage des printemps bleus, son ombre semblait trop noire, les contours de celle-ci trop larges. Sa présence avait l'amertume et le vernis des colchiques. Cet homme possédait une beauté farouche, lisse et ténébreuse…

En un éclair, Anne-Hélène comprit qui la scrutait avec autant d'intérêt, lui rendant son regard sans paraître le moins du monde gêné : le frère du comte, l'ancien prétendant au titre, Lazare de Forcalquier.

Elle rougit soudain et détourna les yeux. Elle eut toutefois le temps d'apercevoir l'homme lever les siens au ciel, comme exaspéré. Une bouffée de colère l'enflamma plus sûrement que son précédent élan de pudeur. De quel droit ce malotru la jugeait-il ? Furieuse contre un prétentieux qui avait non seulement la goujaterie de l'examiner comme une pièce de boucher mais qui traitait ses manières convenables avec un horripilant dédain, elle serra les poings. L'attention de Jean Pietro se porta sur elle. Aussitôt, la demoiselle offrit au comte son sourire le plus innocent et dissimula ses mains dans son dos. Hélas, son ire refusait de la quitter. Exaspérée, elle s'invectiva – ainsi que le mufle qui osait troubler sa présentation au suzerain et gâcher son premier bal. Dans un sursaut d'agacement, elle leva l'index et l'auriculaire droits qu'elle pointa vers l'escalier. Sans doute avait-elle brandi les cornes dans le vent – le baron avait dû se désintéresser d'elle, à présent. Toutefois, cela la soulagea suffisamment pour afficher un front serein durant quelques secondes de conversation polie.

Deux couples s'approchèrent afin de saluer le seigneur à leur tour. Ce dernier s'excusa auprès d'Hilaria et de Marie-Constance. Alors qu'il prenait congé, les cinq femmes s'appliquèrent à réaliser de dignes révérences. Joséphine se retenait de tirer la langue sous l'effort. Sa grimace amusa Anne-Hélène et chassa de son esprit les impressions maussades qui la taraudaient. Dès que le comte se fut éloigné, la marquise se tourna vers sa fille.

— Je peux connaître la raison de ton attitude ? Qu'avais-tu à te tortiller ainsi, alors que nous nous tenions devant la seule personne pour laquelle je te demandais d'être irréprochable ?

L'héritière manqua rétorquer à sa mère que celle qui correspondait à cette définition était davantage sa sœur que leur suzerain, mais cela aurait été mal pris. Dans le même temps, elle comprit qu'elle ne pourrait jamais lui raconter son échange avec le frère déshérité. Il y avait là quelque chose d'inconvenant qu'elle ne parvenait pas à s'expliquer.

— Je suis désolée, c'est qu'il m'impressionnait... Je crois bien que je n'ai jamais rencontré une personne aussi imposante que monsieur le comte.

— C'est vrai, l'approuva Hilaria, qu'il a une prestance qui manque à bien des nobles.

Un air songeur apaisait ses traits, mais seule Anne-Hélène le vit : la marquise n'en avait pas terminé avec son enfant.

— Ce n'était pas une raison pour t'agiter de cette manière ! À minauder ainsi, tu auras persuadé le comte que je projette de vous unir. Heureusement, il n'a pas semblé remarquer ton attitude.

— Oui, heureusement que madame Hilaria était là, lança benoîtement Virginie.

L'intéressée ne releva pas. Il fallait beaucoup plus que cela pour la convaincre d'argumenter avec une domestique.

Les remontrances furent très vite étouffées : elles ne pouvaient guère durer au milieu de cette foule avide de gober les miettes des disputes afin d'en nourrir leurs cancanages. À présent que ces dames avaient été adoubées par Jean Pietro lui-même, quelques personnes les abordèrent afin de prendre des nouvelles du pays et de savoir comment s'était passé leur exil. Plusieurs eurent un air gêné lorsque la marquise d'Allemagne leur annonça qu'elle n'avait pas quitté ses terres. D'autres en prirent ombrage. Quelques-uns, enfin, n'en eurent cure et préférèrent discuter de l'avenir et des grands chantiers politiques qu'il fallait mettre en place pour effacer ces aberrations hideuses et sanglantes dans l'Histoire des peuples que constituaient la Révolution et l'Empire.

De manière imperceptible, la maison d'Allemagne approchait du salon d'été. Joséphine se mettait à rire pour des peccadilles, aussi Marie-Constance lui avait-elle interdit de reprendre du champagne. Hilaria se montrait aussi précieuse qu'à son habitude, mais Anne-Hélène trouvait qu'elle injectait un peu moins de venin dans ses répliques qu'à l'ordinaire. Les trois amies ne pouvaient s'éclipser : la plupart des personnes présentes rencontraient les châtelaines pour la première fois et la marquise tenait à respecter les convenances en présentant son héritière à chacun.

Quand elles passèrent dans la salle de bal, les platitudes perdirent de leur fadeur et les esprits comme les voix s'échauffèrent. La cadette du petit groupe hoqueta lorsqu'elle entendit l'un de ces messieurs portant un sabre à la ceinture annoncer qu'il aurait bien guillotiné le Corse, sa Joséphine et l'assemblée de ses putains, si on lui en avait donné les moyens. Terrifiée, les prunelles brillantes de larmes, elle regarda Anne-Hélène avec un air si implorant que celle-ci en frissonna jusque dans son cœur. Elle se tourna derechef vers sa mère.

— Madame, s'il vous plaît, pourrions-nous prendre l'air un instant ? Cette foule me monte à la tête ; il y a tellement de visages inconnus...

La marquise couvrit sa fille d'un sourire.

— Il est vrai que nous n'avons que trop atermoyé notre repos. Vous pouvez vous rendre dans les jardins, je vais m'entretenir avec Hilaria. Il est inutile que je vous ordonne de rester ensemble, toutes les trois, n'est-ce pas ?

— Tout à fait, mère. Nous resterons plus unies et gracieuses que le vol des cygnes.

— Qu'une nuée de moineaux, plutôt, assena sa tante.

La nièce préféra ignorer la remarque. Le plus urgent était de sortir Joséphine de ce voisinage odieux.

Les trois demoiselles traversèrent la pièce en longeant les murs. Elles s'empressèrent tant qu'elles ne portèrent aucune attention aux cercles de conversation ni au magnifique lustre de cristal où se trouvait suspendue une bulle à la paroi si fine qu'elle paraissait prête à éclater sous la pression d'une brise. Les danses n'avaient pas encore commencé mais elles ne tarderaient plus, au vu de l'obscurité qui tombait en toute discrétion sur ce coin de Provence. Pour l'instant, les musiciens proposaient leur art dans un petit salon mitoyen.

Le petit groupe déboucha sur l'extérieur, à l'opposé de la porte d'entrée. La terrasse offrait une vue magnifique sur les jardins à la française, la vallée de la Laye et, au-delà, sur la ville de Mane. Au loin, les formes rondes et douces de la montagne de Lure empruntaient leur bleu au ciel. La roche s'unissait au firmament alors que l'horizon sombrait. Joséphine respira un grand coup. Son soulagement était celui d'un poisson qu'on remettait à l'eau. Ses amies et elle s'approchèrent de la balustrade de pierre sans prononcer un mot. Les deux paysannes étaient impressionnées par cet univers et se sentaient mal à l'aise. Chez Anne-Hélène, les émotions se révélaient si nombreuses et emmêlées qu'elle ne ressentait plus qu'une vague inquiétude et une boule cotonneuse dans son estomac – à moins que ce ne fût le champagne qui l'anesthésiait…

Alors que la pénombre habillait les choses d'un manteau gris souris, ces demoiselles entendirent résonner des rires légers et joyeux. Le bruit contrastait si violemment avec l'ambiance qu'elles venaient de quitter que, durant un instant, elles ne purent que se regarder, se demandant si elles avaient bien entendu. Puis elles se penchèrent par-dessus le parapet et aperçurent quelques jeunes personnes en train de jouer à colin-maillard sur la pelouse. À quelques mètres, des maillets de croquet étaient abandonnés dans l'herbe. L'obscurité enveloppait les arches et les dérobait aux regards.

— Mais on aurait dû commencer par là ! s'exclama Joséphine en battant des mains.

Avant même que les autres aient réagi, elle courut vers les escaliers et les dévala, oubliant toute manière dans son empressement à participer à des festivités de son âge. Virginie haussa les épaules.

— Qu'y pouvons-nous ? Il nous faudra plaider auprès de madame la marquise la folie des tendres années.

Elles pouffèrent de cette phrase si bien tournée et, plus encore, inhabituelle dans la bouche de la paysanne. Celle-ci paracheva son effet d'un petit geste du poignet, laissant tomber sa main avec une grâce discutable, mais convaincue. Les jouvencelles s'avancèrent en riant, heureuses de sentir la chape des mondanités rester accrochée à la grande porte derrière elles.

Dans les jardins, elles retrouvèrent les neveux et nièces de l'abbé Sollier qui, apprirent-elles, avait racheté le château voilà bientôt quatre ans. L'ecclésiastique le prêtait fort obligeamment au comte de Forcalquier afin de célébrer avec toute la dignité nécessaire le retour de la noblesse, heureuse issue à cette lourde période de troubles dont se réjouissait l'Église, sa compagne de toujours. Il fallait reconnaître que les prises de bec souvent violentes des révolutionnaires, puis des républicains avec le clergé portaient celui-ci à accueillir l'exode du Corse et le retour de la noblesse de France avec allégresse.

Pour l'heure, loin de ces réflexions et de ces marasmes politiques, les trois jeunes effrontées du domaine d'Allemagne partageaient les jeux de compagnons peu regardants sur le flacon, pourvu que l'ivresse du badinage fût invoquée.

Chapitre 3

Lazare arpentait d'un pas rapide et lourd le corridor aux tomettes lustrées par le passage des hommes. Pourtant, malgré la précipitation qui l'habitait et le poussait à courir vers la dernière pièce de l'étage, un silence diffus étouffait l'écho de ses pas. Lui-même ne s'expliquait pas ce besoin de discrétion qui l'avait si souvent protégé dans nombre d'affaires tortueuses et, plus important encore, alors qu'il se trouvait embastillé. Il atteignit la petite chambre des invités, à laquelle une minuscule pièce aménagée en bureau faisait face. L'abbé Sollier la lui avait proposée pour la nuit, bien à regret au vu de sa mine chiffonnée. Le comte déchu savait que la société ne souffrait l'ignominie de sa présence que grâce à son cadet qui portait si bien le faste et la respectabilité. À chaque bal, à chaque rencontre se renouvelait cette suspicion effarée : est-ce que tous ces gens étaient aveugles ou faisaient-ils semblant de ne rien voir de la vraie nature de son frère, cette créature façonnée par la puissance et la cruauté qu'elle insuffle aux âmes immatures ? Car, partout, Lazare ne constatait qu'un empressement naïf à le servir. Souvent, la soumission à un homme de haute condition contenait quelque particularité obséquieuse mais ici l'admiration brillait dans tous les regards. L'abbé avait eu plaisir à offrir sa propre chambre au seigneur. Les bonnes gens le traitaient comme un homme d'honneur et de parole, comme un de ces grands personnages à qui la postérité élève des statues.

Lazare serra les dents. Jean Pietro avait fait en sorte qu'il en soit ainsi : lui sous les feux des chandeliers au cristal rutilant de lumière ; son aîné enterré dans un fossé glissant et méphitique, où nul ne se penchait jamais. Malgré les ravages que la vie lui avait causés, le comte déchu en savait gré au destin de ne lui avoir permis de rencontrer ses deux frères qu'une fois formé à la malveillance des hommes et à ses différents visages. La proposition qu'ils lui avaient faite lors de leurs retrouvailles aurait pu l'amener loin, bien trop loin dans le dédale des conspirations et des traquenards où il n'aurait été que l'agneau bêlant, frêle et stupide. Il ne leur en voulait pas d'avoir tenté le coup. À cette époque, il n'était rien pour eux et pas plus aujourd'hui, reconnaissait-il avec indifférence. Jean Pietro et Joseph Dario – qu'il voyait peu, ce dernier s'étant pris de passion pour la marine lors de la dernière guerre – avaient escompté sur les liens du sang pour convaincre Lazare. Hélas pour eux, ils avaient découvert que ce fluide vermeil était aussi noir chez lui que dans leurs propres veines, charriant l'écume du vice et de la corruption.

Il déposa le chandelier sur le bureau et pénétra dans la chambre déjà gagnée par l'obscurité. À tâtons, il ouvrit la fenêtre. L'air rafraîchi par les embruns du crépuscule le frappa, puis vinrent les rires de cette jeunesse frivole qui jouait sur la pelouse. Peut-être son cœur se crispa-t-il un instant ? Il se contenta d'un rictus méprisant pour cette insouciance qui ne durerait plus guère. Les hommes aimaient le meurtre et la violence. Si le temps des Jacobins et autres Enragés était révolu depuis longtemps, la faction inverse ne tarderait pas à naître, impatiente de se venger des vieux crimes commis par ces partisans frénétiques – sans compter les *vendettas* de clochers qui agitaient la politique comme excuse. Ces enfants si frais, à l'âme immaculée, prendraient peut-être plaisir à égorger quelques corniauds ? De toute manière, qu'ils tuent le peuple à coups de dague ou de mesures esclavagistes, la seule différence résidait dans le temps d'agonie.

Un éclat de rire l'interpella. Sans qu'il y prête garde, son regard fixa la tendre linotte qui en était l'auteure. L'héritière du domaine d'Allemagne jouait à colin-maillard au milieu d'autres adolescents. Les domestiques avaient commencé à allumer les torches. La voir ainsi dans sa robe blanche, bras tendus et les yeux bandés, avec ce sourire en coin, l'ébranla sans semonce.

Il se détourna. La raison qui l'avait poussé à quitter la réception pour le calme de cette chambre lui revint. Pourtant il ne mangeait pas de ce foin-là. Ses dents grincèrent. Se laisser guider par ses pulsions était gage de défaite et d'humiliation. Il alla s'asseoir sur le lit, les mains jointes sous le menton. Elle avait senti son regard, tout à l'heure. D'habitude, cela n'arrivait pas lorsqu'il souhaitait ne pas être remarqué. Mais elle, elle l'avait perçu. Surpris, il s'était amusé de son trouble et des efforts qu'elle prodiguait dans une recherche qu'elle imaginait discrète. Puis ce signe des cornes qu'elle lui avait adressé ! Pensait-elle réellement l'insulter par un geste aussi minot ? Elle se révélait encore si pure, ingénue… Une vraie petite oie immaculée. Elle ne tarderait pas à se faire plumer. Un tressaillement à cette pensée. Diantre, il ne se savait pas si pusillanime.

Ses sourcils se froncèrent. Il tomba sur le dos. Le matelas amortit cette courte chute : une pièce de bonne facture, moelleux et ferme à la fois. L'abbé avait les finances nécessaires. Lazare avait projeté de profiter sans vergogne de ces quelques heures de plaisirs simples mais onéreux. À présent, son propre esprit le trahissait. Pourquoi cette gamine ? Il l'avait bien regardée, elle n'avait rien de spécial. Belle, oui, et de cette ardeur éclatante d'une éducation affectueuse et libre, dans un cadre sain. Un joli petit bichon de compétition. Pourquoi…

Il n'avait pas réussi à épingler ce détail qui l'avait interpellé, alors qu'elle montait les marches de l'entrée. Le baron se releva. Simple vérification. Anne-Hélène et ses deux roturières d'amies jouaient toujours en compagnie des jeunes pousses destinées au gratin provençal. Il observa avec attention ce sympathique tableau – un peu dadais, certes, mais cela le rendait si facile à déchiffrer. Détail surprenant, ces graines de noblesse ne s'offusquaient pas des deux paysannes, ni de leur consœur qui avait osé convier des traîne-misère à la réception donnée pour le retour des sang bleu en cette terre de France aussi bonne que du pain blanc. Elle aurait dû être moquée, couverte d'opprobre. Pourtant, elle se mêlait avec bonheur à ceux de son rang, entraînant les pécores dans son sillage. Il devait lui reconnaître du courage – ou une forte dose d'inconscience –, ainsi qu'une aisance naturelle à captiver l'attention d'un sourire. Avec quelques années de plus et autant d'expériences difficiles, elle serait aussi redoutable que Jean Pietro, si elle conservait son minois avenant.

Il soupira. Cette toquade commençait à l'ennuyer. Certes, la donzelle possédait des qualités, mais rien de si exceptionnel. L'homme recula d'un pas, retournant aux ombres qui lui plaisaient tant. Fidèles compagnes, elles ne sauraient pas l'aider cette nuit. Il se faisait l'effet d'un papillon, à se frapper la tête contre ce problème insensé. Autant redescendre, il parviendrait toujours à garder contenance devant la foule, et le spectacle des nantis baignant dans leur suffisance le distrairait.

Il rajusta son costume, vérifia que sa chute sur le sommier n'avait pas dérangé sa coiffure. Être toujours impeccable, d'une perfection à peine humaine, était sa meilleure défense et son plus efficace levier pour faire plier les âmes faibles. Jean Pietro utilisait également cette technique. Son second frère, quant à lui, comptait davantage sur une intimidation classique, dont le socle consistait en sa masse musculaire, son nez cassé et son regard d'un bleu si translucide qu'il mettait tout le monde mal à l'aise – hormis ses frangins chéris, bien évidemment.

Dangereux, d'une acidité mortelle, les hommes de sa lignée avaient toujours su l'être. Peut-être que l'essence de leur sang vénéneux se reflétait dans la source de la malédiction qu'il avait été – élu, ou plutôt déchu, parmi les trois – désigné pour porter. Unique lot de consolation, le domaine d'Oppedette allait de pair avec la souillure… Un maléfice qu'aucune âme ne saurait approcher sans faiblir. Seuls les enfants de feu Crosne, comte de Forcalquier, décédé accidentellement en Italie, pouvaient prétendre à un semblant de maîtrise sur la fascination qu'elle exerçait.

Et Anne-Hélène.

Ainsi, il y revenait. La fille Varages pourrait contrer la répulsion que causait le contenu de ce bagage. Il ignorait comment et pourquoi, mais la certitude courait dans ses veines. L'idée ne lui plaisait pas. En revanche, celle de croiser la route d'une personne capable tout autant que lui... Il sortit de la chambre à pas vifs, claquant la porte derrière lui. Capable de quoi, exactement?

Un sourire mauvais assombrit ses traits. Ainsi, toute flétrissure de candeur ne lui avait pas été arrachée, s'il se surprenait à rêver encore. Son propre esprit n'avait-il toujours pas compris la leçon ? L'âme suintant de fiel et de rancœur, il descendit l'escalier blanc qui menait au grand hall d'entrée.

Jean Pietro discutait avec une femme. Lazare remit aussitôt Hilaria, la sœur de la marquise d'Allemagne. Une très belle personne, devait-il reconnaître – avec cette touche d'âpreté qui semblait éveiller l'intérêt du comte en titre. Lui-même était assez curieux de sa conversation. Il la devinait inflexible. Jean adorerait la faire plier, elle aussi. Le seigneur d'Oppedette sentit la lassitude l'envahir. Les jeux de cour, les valses à tiers et contretemps entre des intérêts à peine masqués et souvent contraires lui sautaient aux yeux avec une lucidité éreintante. Chacun essayait de tromper l'autre, de le manipuler ou d'en faire son obligé, parfois sans raison – juste le plaisir d'enserrer de son pouvoir un être vivant, de pousser un petit cœur à battre si vite entre des côtes que l'on pourrait briser d'une pression du pouce.

Bien sûr, il avait lui-même expérimenté cette jouissance extatique jusqu'à en être écœuré, malade de la facilité avec laquelle il décelait les leviers sur lesquels appuyer pour que son interlocuteur se livre, pieds et poings liés. Jean Pietro fronça les sourcils. Il était trop sûr de lui : lorsqu'un détail ne se conformait pas à son plan, il ne pouvait s'empêcher de manifester son ennui et sa surprise. Tel un marmot capricieux, il ne savait cacher sa frustration et la faisait bien vite payer à son entourage. Hilaria eut un sourire mielleux, qui estomaqua le comte déchu. Si elle voyait clair dans le jeu de son interlocuteur et parvenait à y répondre, la dame montait dans son estime, frôlant les cimes enneigées et glaciales des maîtres manipulateurs, où siégeaient Talleyrand et Joseph du Tremblay. Il se ferait un plaisir d'engager la conversation avec elle, plus tard dans la soirée. Pour l'instant, il avait des affaires à mener et l'attention des invités s'était suffisamment relâchée pour qu'il les aborde avec discrétion.

Lazare abattit les cartes sur la table. Il avait perdu, mais pas beaucoup : juste ce qu'il souhaitait pour continuer à paraître menaçant sans se mettre sous les feux de la rampe. Son voisin, en revanche, venait de rafler la mise. Néanmoins, la victoire n'habitait pas ses traits. Au contraire, une pâleur verdâtre avait gagné son visage et s'étendait à son cou et ses oreilles. Il n'allait pas tarder à tourner de l'œil. Lazare lui avait glissé un mot alors que le sourire du triomphe étirait déjà ses lèvres – une phrase, pour être précis. À présent, le gagnant offrait une peinture plus pitoyable que le petit nobliau assis en face d'eux, dont le dernier cheval de race venait d'être happé par l'appétit du jeu. Tout le monde l'avait vu faire. Personne n'irait demander les paroles soufflées au pauvre homme. Le seigneur d'Oppedette pouvait ajouter une marque de plus sur le tableau noir de sa réputation. Il posa ses deux paumes sur le tapis vert et se dressa de toute sa stature. L'imbécile à sa droite n'avait qu'à éviter ses plates-bandes ; le trafic d'opium, qui arrivait par double fond dans les cales marseillaises, faisait partie de ses attributions – tout comme celui du tabac espagnol qui pénétrait en Provence par les calanques, si secrètes la nuit, ou encore l'export de tonneaux de vin en direction des îles Britanniques.

Alors qu'il atteignait la porte du petit salon, il manqua de percuter un majordome qui se déporta aussitôt. L'homme venait annoncer le début du bal. Encore une mondanité dont Lazare ne percevait pas l'intérêt. Ou plutôt, il ne la voyait que trop bien : l'occasion pour les femmes en âge de se marier de taquiner les désirs masculins, visant avec une précision d'artilleur les plus beaux partis ; celle pour lesdits partis de faire leur marché, choisissant les mieux dotées et les prétendantes dont les manières présentaient une distinction nécessaire aux intérêts de la maison. Bien sûr, venait, parmi ces prétentions légitimes et ennuyeuses, la pléthore des aventuriers de tout poil. Il y en aura certainement une ou deux pelletées dans les démonstrations de ce soir, au vu du nombre de déshérités par la République qui revenaient piteusement sur leurs terres confisquées.

Si l'envie saugrenue d'y participer avait traversé Lazare, celui-ci aurait appartenu au dernier tiers, cette frange sauvage et louche, plus hétéroclite que la masse du peuple et qui, pourtant, présentait si bien sous ses habits vernis loués trois francs six sous. À la différence de l'écrasante majorité de ses condisciples du petit bonheur la chance, le comte déchu possédait terres et biens. Toutefois, aucune matrone n'accepterait d'y souiller sa progéniture. Il était des choses avec lesquelles on ne négociait pas. Tout ce remue-ménage ne représentait donc pour le baron qu'une perte de temps. Peut-être en profiterait-il pour demander une danse à Hilaria et tenter d'en savoir davantage sur les capacités réelles de cette noble sans terre et déjà âgée qui, pourtant, retenait l'attention de son cadet. Car c'était accompagné de ce profil hiératique à la finesse sculpturale que Jean Pietro, comte de Forcalquier, s'avançait à présent sur la piste afin d'ouvrir le bal.

Dans l'assemblée, bien des personnes affichaient un air outré. La sœur cadette de la marquise d'Allemagne n'avait pourtant que deux années de plus que son cavalier, et c'était bien trop – surtout pour ces mères maquerelles qui voyaient déjà avec conviction leurs précieuses ouailles virevolter dans les bras du fort viril et resplendissant seigneur de ces lieux. Lazare se détourna juste à temps pour dissimuler une grimace. Malgré tous ses efforts, il ne parvenait pas à tuer sa jalousie vis-à-vis de son frère. Cela l'ennuyait. Il ne pouvait se permettre de risquer un faux pas dans ses relations avec Jean. Celui-ci en profiterait pour lui rappeler lequel des trois était le maître – sans compter sa jubilation d'apprendre que son propre sang l'enviait. Grimper toujours plus haut sur la montagne de sa suprématie, rien ne comptait davantage pour lui – et les têtes sur lesquelles il prenait appui lui servaient également de mètre-étalon pour son ascension.

Lazare se renfonça dans les ténèbres. Là était sa place, là devaient demeurer ses sentiments. Il en allait de sa propre sécurité et de celle du domaine d'Oppedette.

Ainsi pensait-il, et Anne-Hélène pénétra dans la salle. Ce fut comme un soleil noir qui se levait depuis l'abysse. Son sourire contenait les ombres de la nuit et le vif éclat des dagues. Le rouge de ses lèvres rappelait de tendres minauderies tranchées à même la carotide. Lazare en eut le souffle coupé.

Elle investit la pièce sans se soucier des regards, tout occupée à ses rires et à affrioler ses nouveaux amis. Derrière elle, marchaient les fantômes des chevauchées sauvages ;

leurs brumes mortuaires rampaient sur les dalles et s'évanouissaient à la flamme des chandeliers. Les personnes qui l'entouraient se déportèrent avec une vivacité qui faisait trembler leurs panses flasques – à croire qu'elle les brûlait par sa simple présence. Les jeunes gens qui la suivaient formaient une traîne hallucinée à sa robe légère.

À la voir traverser la salle telle une fleur vénéneuse sous la brise du temps, le comte déchu mourait de chaleur. Pourtant, un froid terrible raidissait sa peau. La moitié de la salle avait cessé sa ronde. L'autre moitié s'enroulait autour du couple altier formé par Jean Pietro et sa dame. L'instant de stupeur passé, de même que cède lentement un barrage de branchages lors d'une inondation, la force d'inertie de la seconde entraîna la première à reprendre son rythme. Le seigneur de Forcalquier n'avait pas jeté un regard en direction de la nouvelle venue ; il poursuivait sa valse avec une grâce admirable. Néanmoins, Lazare devinait qu'il n'avait rien raté de l'incident et que la curiosité le dévorait – moins, toutefois, que la nécessité de faire bonne figure et que cette obséquiosité incongrue qu'il manifestait envers Hilaria.

La fille Varages fila dans un coin de la salle avec sa petite cour personnelle. Cette valetaille de blancs-becs irritait le baron : tant qu'ils la distrairaient, elle ne se révélerait pas ; tant qu'ils seraient à ses côtés, il ne pourrait pas l'approcher. Et que lui dirait-il, d'ailleurs ? Il trouverait bien. Il trouvait toujours les mots, à croire que l'âme humaine, si vile et retorse, lui soufflait ses répliques. Prenant son mal en patience, Lazare recouvrit cette équation d'une bâche, à l'intérieur de son esprit. Cloisonner ses préoccupations lui permettait d'être tout à l'une ou à l'autre, et de les réussir d'égale manière. Pourtant, son regard ne cessa de glisser vers Anne-Hélène durant les heures suivantes…

Bien entendu, il prit grand soin de cacher cette marotte alors qu'il partageait une coupe de champagne avec la tante. Les conventions auraient voulu qu'il jette son dévolu sur celle-ci – tant en raison de leurs âges respectifs que de leurs situations dans cette bonne société –, aussi évita-t-il soigneusement le moindre mot ou geste équivoque, tout en déployant le charme de la lignée du feu Crosne afin de dissimuler les petites pointes de ses sondes. Hilaria se révéla un merveilleux adversaire. Aussi inflexible qu'il l'avait soupçonnée, elle ne cessait de se dérober pour se parer, trois pas plus loin, de cette dignité majestueuse qui intriguait chez une femme de sa condition. Une telle repartie était chose rare, surtout chez ces dames à qui on avait seriné des convenances depuis leur enfance. Ainsi, le baron sortit de cette conversation sans avoir saisi de réponses, ni pêché l'une de ces informations dont il se servait pour ligoter les gens. Pourtant, il se trouvait étrangement satisfait d'avoir échangé avec un combattant de cette valeur.

Épuisé par la joute et embrouillé par l'éclat des voix percutant les murs, il décida de sortir prendre l'air. En cette nuit de mai, le parfum des fleurs qui embaumait l'espace était la première chose qu'on percevait depuis la terrasse. Ensuite venaient les murmures : doux et amusés, cyniques ou agacés. Quelques flambeaux avaient été disposés ici et là, soulevant à peine le voile sur cette ambiance intimiste. L'inconvenance de celle-ci n'avait d'égale que l'impudeur des robes, si légères et proches des ornements féminins qu'un nourrisson aurait pu y reconnaître sa mère – si celle-ci avait consenti à l'allaiter. Lazare resta de pareille façon stoïque aux beautés du minuit approchant, dont seule la lune donnait réellement la profondeur troublée.

L'homme s'éloigna des portes et de leurs lumières. Il dépassa l'escalier qui menait au jardin et s'arrêta un instant. Les lueurs de Mane, au loin, formaient de nouvelles étoiles à l'horizon. Lazare ne put s'empêcher de calculer la distance entre le domaine de Sauvan et cette ville, de l'autre côté de la Laye. Il y avait assez de place pour y transposer les gorges d'Oppedette dans toute leur longueur. Pourtant, cette vue qu'il embrassait ne représentait qu'une infime partie du comté. L'injustice de sa spoliation ne l'avait jamais autant agacé que depuis le retour de Jean Pietro. Ses doigts tapotèrent la rampe de pierre, dans une rare démonstration d'émotivité. Bien sûr, ses gens ne pourraient vivre s'il ne visitait ses terres de façon régulière. Ils avaient besoin de sa présence comme des canetons de leur mère. N'aurait-il pas pu, tout simplement, y faire de courts séjours qui auraient entrecoupé de leur rudesse sa résidence à la forteresse de Sisteron, rendant par contraste encore plus agréable le luxe de celle-ci ? Ainsi avait fait son père avant lui. Les révolutionnaires en avaient décidé autrement. Quel âge avait-il, déjà, lors de cette nuit de terreur et des jours de crasse et de souffrances qui avaient suivi ? Neuf ans ? Cela faisait presque un quart de siècle, et le cauchemar le reprenait toujours, choisissant les instants où il s'y attendait le moins pour dévaster son âme.

Il soupira. Des rires lui parvinrent, qui montaient des franges végétales bien taillées. Il eut l'impression d'être projeté une poignée d'heures en arrière – sauf que cette fois-ci, ces sons n'avaient plus rien d'innocent. Peut-être que l'héritière des Varages se trouvait parmi eux, découvrant les plaisirs de son âge qui deviendraient péchés lorsque l'hymen serait rompu…

Les premières gouttes de rosée perlèrent sur son épiderme, posant leur baiser gelé sur son front, ses joues et son nez. Il ne se protégea pas. Cette froidure l'accompagnait partout. Le soleil de juillet ne pouvait pas la chasser, alors que, sous la hargne de la chaleur estivale, elle se retranchait dans la source même de sa vie et enserrait son cœur d'une neige éternelle. Il la portait en lui depuis ses neuf ans, depuis que ceux d'Oppedette étaient venus le chercher et l'avaient conduit à… Un bruit rompit le fil de sa mémoire : des pieds faisaient crisser le gravier. Il fit volte-face, surpris. À six pas de lui se tenait Anne-Hélène, une lanterne à la main.

Le saisissement ne l'empêcha pas de se reprendre. Comme s'il endossait un uniforme, son dos redevint droit, ses épaules se redressèrent. Il sentit son visage se fermer, qui suivait par instinct les transformations de son attitude. Il se maudit *in petto*. Plaire lui était moins naturel que dissimuler, alors que Jean Pietro possédait les dispositions inverses. Ce n'était pas ainsi qu'il allait lui extirper son secret.

— Mademoiselle…

Sa voix était profonde et chaude – le genre de ton qu'il prenait avant d'infliger un coup mortel. Peut-être que la douleur était moins vive, enrobée dans le miel de son timbre ? Il fermait toujours les paupières de ses victimes, les rares fois où le recours à l'arme blanche avait été nécessaire.

Anne-Hélène cligna plusieurs fois des yeux. Elle semblait s'éveiller d'une errance somnambule.

— J'ai vu quelqu'un de seul et de triste. Je me suis dit que je pourrais l'aider.

Elle ne semblait pas bien certaine de ce qu'elle avançait. Toutefois, ces mots giflèrent le baron. Lui, triste ?

Ses mains la saisirent et l'attirèrent contre lui. Elle allait hurler, la foule arriverait en courant et l'apercevrait dans les bras de l'homme le moins recommandable de toute l'assemblée. Sa présence à ses côtés, dans un endroit éloigné et sombre, ferait jaser pendant quelques semaines.

Mais elle ne cria pas. Elle se contentait de le fixer, les sourcils froncés et dans l'expectative. Était-elle benoîte à ce point ?

— Monsieur, je ne parlais pas de cette compagnie-là.

Les paroles le frappèrent de nouveau. Bon sang, qui était-elle pour se glisser entre les schémas convenus, sans peur aucune, libérée du protocole et vierge de préjugés ? Ne pas laisser voir son trouble ; ne laisser aucune prise…

Il leva la main. Le corps de la jeune femme frémit, comme dans un sursaut qu'elle aurait refréné. Elle savait donc craindre – et se maîtriser. Ses doigts effleurèrent la chevelure châtaine, s'enfoncèrent dans l'auréole végétale aux pétales encore frais. Il en tira une fleur violette, dont le cœur blême luisait ardemment dans les ténèbres et le clair de lune.

— La « couronne des champs »… L'autre nom de la nielle des blés. Il est étonnant que votre mère, botaniste discrète, mais savante, vous ait permis de porter cette petite roublarde. Voyez-vous, les paysans la redoutent pour ses empoisonnements tant sur le bétail que sur l'homme. Certes, ce n'est pas le mince contact de vos mèches qui vous sera toxique. Néanmoins, pour qui connaît la plante, la symbolique intrigue. Est-ce que, vous aussi, sous ces dehors frêles et innocents, vous abritez les graines noires d'un dangereux secret ?

— Une question étrange, monsieur, qui appelle son reflet. Pourquoi avez-vous été destitué de votre titre ? Et, avant tout, pourquoi cette pâleur extrême sur votre front et dans toute votre âme ?

La lumière blanche de l'astre se reflétait sur la cornée humide de la mignonne. Lazare sentit le froid qui le possédait se contracter, égratignant davantage l'envers de sa peau.

— Sorcière…

L'insulte parvint enfin à faire plier la nobliette : le sang se retira de ses joues.

— Je ne vous permets pas !

D'un geste brusque, il lui saisit le poignet.

— Alors comment…

La phrase ne fut jamais achevée. Une brûlure terrible faucha le comte déchu. Un fil de métal chauffé à blanc s'incrusta dans sa chair, traversa la longueur de sa paume. Il tomba à genoux, étouffant un hurlement. Délivrée de sa poigne, Anne-Hélène s'enfuit. Elle courait, nuage de pâquerettes portées par la brise. Ne se retourna pas. Elle lui échappait.

Le baron mit un moment à retrouver le contrôle de lui-même. Au bout de plusieurs minutes, il réussit à secouer l'engourdissement provoqué par la décharge et reprit pied. Inutile de chercher à la rejoindre. D'ailleurs, elle avait sans doute quitté les lieux, persuadant la marquise de ne pas s'éterniser après ce coup d'éclat.

Dans l'obscurité, il sourit. Ses lèvres étirées découvrirent ses canines et la faim de la traque. La prochaine fois qu'ils se rencontreraient, il saurait où regarder. Dans sa main vibrait encore un chant d'infamie ; la demoiselle d'Allemagne portait celle-ci à son poignet gauche, là où il l'avait serrée si fort.

Chapitre 4

Qu'est-ce qui lui avait pris, mais qu'est-ce qui lui avait pris ?

Anne-Hélène tournait en rond dans sa chambre d'auberge, martelant le plancher d'une cadence rageuse. Elle ne revenait pas de sa sottise. Pourquoi ce soudain élan d'approcher le baron d'Oppedette, un homme sans morale ni valeurs, tandis qu'il se trouvait isolé dans un endroit où régnaient les ombres et les soupçons ? Alors qu'à bout de souffle, elle sortait respirer entre deux valses, elle avait aperçu une silhouette solitaire près de la rampe de pierre qui donnait sur les jardins. La forme dessinait un espace vide au milieu des étoiles, à croire qu'on avait découpé le ciel – et qu'au-delà, il n'y avait rien.

Sa main avait saisi une lanterne ; ses pieds s'étaient avancés. Lorsqu'il l'avait serrée contre lui, un grand frisson avait retourné ses sens. À quel point avait-elle paru ridicule aux yeux de ce Lazare ? Elle n'osait y songer. « Aider »... Comme si des malotrus dans son genre en avaient besoin ! Avec quelle sournoiserie avait-il répondu à sa gentillesse : la traiter de sorcière en remerciement d'attentions qu'il savait ne pas mériter ! Et sa tirade sur cette fleur qui ornait sa chevelure : qu'entendait-il avec tout ce fatras d'allégations et de galéjades ?

La jeune femme attrapa l'oreiller et le bourra de coups de poing. Que ce rustre l'énervait ! La façon dont il l'avait dévisagée, caché dans son coin – et pensait-il réellement l'intimider à la serrer contre lui ? Le souvenir de ce moment la troublait, cependant. Elle ne comprenait pas comment elle avait fait pour ne pas paniquer. Peut-être parce qu'elle n'avait pas trouvé dans son regard l'éclat lubrique qui aurait dû accompagner son geste ? Il ne l'avait pas désirée, juste voulu lui imposer sa force – qu'elle ressente tout le poids de son étreinte et la possibilité qu'il avait de les briser, sa réputation et elle, n'importe quand. Quel ignoble maroufle ! De rage, ses frappes redoublèrent et déchirèrent la taie. Un bouquet de plumes blanches se répandit dans les airs. Une poignée se colla sous son nez, la faisant éternuer. Maman allait être furieuse – sans compter la caméριste qui prendrait certainement beaucoup de plaisir à tirer sur ses cheveux en les coiffant, demain matin. De toute évidence, la vie s'acharnait sur elle.

Elle se laissa tomber sur le lit. Le duvet qui avait eu le temps de se poser s'envola à nouveau. Le spectacle la captiva un instant, avant que sa colère ne s'échappe en un éclat de rire. Elle se tourna vers la chandelle qui reposait sur la commode et la fixa, songeuse.

— Peu me chaut cet homme et ses manières ! De toute façon, nous ne nous reverrons plus. Et les rares fois où nous partagerons un bal, je saurai bien l'éviter.

Pourtant, se dit-elle, *quelle tristesse il portait en lui…*

— Oui, eh bien, s'il a envie d'être consolé, qu'il se montre plus aimable ! Je ne me ferai pas prendre. Ce n'est pas un chiot battu, mais un humain avec toutes ses capacités de réflexion. S'il est seul, c'est que ça lui convient.

Toutefois, Anne-Hélène avait beau essayer de se convaincre, sa volonté lui paraissait toujours moins ferme que ses paroles. Elle souffla vers la flamme, essayant de la faire ployer.

Elle commençait à maîtriser la direction de son haleine quand quelqu'un gratta à la porte.

— Ah, enfin !

Elle bondit de son lit pour ouvrir à Virginie et Joséphine. Celles-ci se faufilèrent sans un mot et ne parlèrent qu'une fois le battant refermé.

— Alors, lança la plus âgée, qu'est-ce qui s'est passé pour que tu nous aies fait quitter la réception comme des voleuses ?

Puis, après un instant d'hésitation et tandis que la benjamine poussait un long et discret sifflement devant le spectacle :

— Et qu'est-ce que c'est que cette pagaille dans ta chambre ?

Leur amie secoua la tête.

— Ne m'en parle pas, je suis bonne pour une belle remontrance et des excuses à présenter à l'aubergiste.

— Mais qu'est-ce qui t'a mise dans cet état, et ton oreiller avec ?

Les deux filles s'étaient assises sur le lit, au côté de l'héritière de Varages. Cette dernière se pencha vers elles.

— Le frère de notre hôte, celui qui a été déshérité.

Un large sourire s'étala sur la figure de Joséphine, ravie d'entendre une aventure, alors que Virginie se montrait plus circonspecte.

— Le seigneur d'Oppedette est un homme qu'il vaut mieux éviter de fréquenter. Tout le monde le sait, dans la région. Il en a poussé plus d'un au suicide, avec ses combines.

Anne-Hélène se renfrogna.

— Je sais, mais c'est lui qui a commencé ! Il m'a fixée durant tout le temps où ma mère et ma tante conversaient avec monsieur le comte.

Les yeux de ses compagnes s'allumèrent à cette mention.

— Il avait de l'allure, tu ne trouves pas ? questionna Virginie sans vraiment attendre de réponse.

— Avec des prunelles noires et luisantes comme des olives trempées dans leur huile ! s'esclaffa la cadette.

Les deux aînées la scrutèrent, stupéfaites. Puis elles éclatèrent de rire.

— Eh bé ! Fan de chichoune, tu ne te mettrais pas à nous tricoter des vers, en plus ? reprit Virginie.

— En tout cas, cet homme aura réussi à instiller un soupçon de poésie dans ton esprit et cet exploit, à lui seul, vaut d'être salué, renchérit l'enfant de la marquise.

Joséphine leur tira la langue, ce qui ne fit qu'accentuer l'hilarité du petit groupe, puisqu'elle se joignit à ses camarades aussitôt son geste de protestation accompli.

La suite de cette réunion au sommet – ou du moins, sur l'édredon – se passa dans la joie et la légèreté. Virginie semblait avoir oublié sa question et Anne-Hélène ne la lui rappela pas. Une part d'elle appréciait ce silence : de pouvoir, pour une fois, garder un secret rien que pour soi au lieu de le jeter à tout vent. Elle ne se souvenait pas d'avoir déjà agi ainsi. Elle ne pensait pas non plus avoir connu cette irritation, tandis que ses amies débattaient sur une énième robe accompagnée de ses fanfreluches. Comme si, cette nuit, le monde s'était brusquement révélé plus vaste qu'elle ne l'avait connu jusqu'alors.

Le réveil fut à la hauteur de ses craintes. La camériste qui était venue la sortir du lit eut l'intelligence de ne rien toucher à la scène du crime. Elle s'éclipsa sans un bruit et partit derechef chercher la marquise afin qu'elle constate l'odieux assassinat de l'innocent oreiller. Marie-Constance parvint à garder un calme admirable. Elle observa le duvet semé un peu partout dans la pièce et remercia le Ciel qu'aucune plume n'eût touché une chandelle pour répandre la flamme. Elle arrangea sa robe et avança de trois pas. La femme de chambre ferma la porte derrière elle.

Anne-Hélène se trouva brutalement tirée de ses songes par un chapelet de réprimandes. Le ton glacial restait dans les octaves habituelles, cependant la voix avait gagné en volume. Malgré le battant de bois, les termes d'« écervelée », d'« irresponsable », de « benoîte sans éducation » et autres douceurs fleurirent dans la pièce jusqu'au couloir. La jeune femme serrait les dents. Les remontrances lui fouettaient les joues autant que les oreilles. Son sang bouillonnait sous le feu des mots honteux que sa mère lui assenait. Elle rejeta ses draps et, pieds sur le plancher, se dressa face à elle.

— C'est juste un oreiller ! Je reconnais que je me suis énervée, mais il n'y a pas mort d'homme. Je vous demande pardon, et j'irai présenter mes excuses à l'aubergiste. Je ne comptais pas fuir mes responsabilités. Si vous pensez que je le mérite, je le recoudrai et le remplumerai moi-même, ce fichu polochon !

Saisie, elle se tut. Les deux femmes s'observèrent, aussi pétrifiées par la réaction d'Anne-Hélène que s'il lui avait poussé des serpents sur la tête. Cette dernière fut la première à briser le silence. Des frissons la parcouraient de haut en bas. Elle ne se reconnaissait plus.

— Pardon, maman. Je ne voulais pas vous parler comme ça, je suis désolée. Vous m'avez crié dessus sans que je sois bien réveillée et je me suis mise en colère. Excusez-moi, je n'aurais jamais dû vous répondre sur ce ton.

Une angoisse glacée tissait son voile sur la peau de la marquise. Qu'arrivait-il à son enfant ? Est-ce que le champagne cognait encore dans son crâne ou un mal plus insidieux devait-il être envisagé ? Était-ce la malédiction de la vieille statuette païenne qui confirmait son emprise ?

La réponse attendrait, comprit-elle en reportant son attention sur Anne-Hélène. Cette dernière tremblait de plus en plus. Marie-Constance franchit le pas qui les séparait encore et prit sa toute petite dans les bras. Elle la recoucha et posa la main sur son front. Il était chaud, un peu fiévreux peut-être, mais pas au point qu'on puisse trouver cela inquiétant. D'ailleurs, une main repoussa la sienne.

— Ne vous tournez pas les sangs, je me suis levée trop vite, c'est tout. Et il fait encore un peu froid le matin.

Elle fronça les sourcils et ajouta :

— D'ailleurs, ne dites rien à Virginie et Joséphine. Elles me traiteraient de petite nature. Imaginez : si elles apprenaient que j'ai fait un malaise parce que j'ai été trop rapide en sortant du lit, nous en entendrions parler jusqu'à la Saint-Jean.

La châtelaine sourit. Néanmoins, elle prit soin de remonter les draps, faisant comprendre à sa fille qu'elle ne quitterait pas le sommier dans les prochaines minutes.

— Je me tairai à condition que tu restes calme. Je vais descendre pour régler cette histoire de champ de plumes et j'en profiterai pour te faire monter un bouillon.

Elle secoua la tête.

— Ah là là, on dirait un véritable poulailler, ici. Repose-toi de ce coup de sang, nous ferons tranquillement nos bagages plus tard.

Anne-Hélène lui adressa l'un de ces grands sourires radieux qui faisaient d'elle le soleil de sa vie.

— D'accord maman. Merci beaucoup. Et puis, je suis vraiment désolée, pour tout à l'heure et pour l'oreiller.

— Chut... Ce n'est rien, c'est oublié. Dors encore un peu ; nous partirons pour Varages dès que possible. Retrouver notre domaine te fera le plus grand bien.

La marquise l'embrassa sur le front et sortit, tirant doucement la porte derrière elle. La jeune femme sombra aussitôt. C'était étrange : elle n'aurait pas dû se sentir si fatiguée après la bonne nuit qu'elle avait passée... À peine eut-elle le temps de remarquer que son poignet gauche la brûlait un peu et que la perspective de rentrer ne lui procurait pas autant de joie qu'elle aurait dû. Ses pensées se noyèrent dans ses rêves sans avoir pu s'exprimer.

Le voyage du retour se déroula dans une allégresse forcée. Marie-Constance n'avait pas eu à parler du malaise aux deux paysannes pour que celles-ci, sensibles à l'atmosphère morose de la berline, devinent toutes seules que quelque chose ne tournait pas rond. Virginie bavassait sans discontinuer sur les gestes et tenues des invitées de la veille, répétant ses remarques dans un babillage redondant d'autant plus agaçant qu'un enthousiasme affecté tentait de cacher son incertitude. Anne-Hélène trouva enfin un peu de repos à mi-parcours, lorsque Joséphine posa d'autorité sa tête dans son giron et s'assoupit. Virginie en resta bouche bée, choquée par l'attitude de la cadette. Heureusement, elle comprit bien vite le message implicite de cette dernière :

leur compagne avait besoin de calme plus que d'autre chose. Elle détourna le regard et se prit d'intérêt pour les champs qui défilaient par la fenêtre.

La marquise opta pour une attitude semblable. Toutefois, sa contemplation fut entrecoupée d'œillades régulières vers sa fille. Celle-ci s'en moquait. Les yeux fermés, alanguie contre le dossier et caressant d'une main la chevelure sombre de sa camarade, elle ressassait ce mal-être dont elle ne parvenait pas à tracer les frontières.

Revint la hanter la pensée qui l'avait traversée la veille, alors qu'elle faisait le trajet inverse. Si elle était née mâle… Si le Seigneur lui avait accordé d'être un homme, elle aurait pu choisir son destin. Elle aurait pu s'installer dans la capitale ; voyager à travers l'Europe maintenant que celle-ci était pacifiée ; prendre les rênes du domaine familial et le faire fructifier, aujourd'hui ou demain, alors qu'il était si difficile à sa mère de négocier ses récoltes à cause de la certitude des marchands que son héritage partait en quenouille.

D'où lui venaient cette soif de liberté, cette conscience des barreaux que lui imposait la bienséance de son sexe et de son rang ? Elle se sentait soudain engoncée dans son rôle de damoiselle honorable et franche, dont on pardonnait les écarts par affection pour sa joie guillerette. Ne l'appelait-on pas « l'Agnelle » au village ? Un animal naïf et fragile, que ses sauts mal assurés rendaient attendrissant. Le baron d'Oppedette, lui, ne l'avait pas trouvée si mignonne. Le comte de Forcalquier non plus, mais cela, songea-t-elle avec un frisson d'épouvante, ne la dérangeait absolument pas, bien au contraire. Ses pensées revinrent à l'aîné des trois frères. Quelle confidence avait-il reçue du destin en apercevant cette nielle nichée dans sa chevelure ? Et quelle impudence avait-elle montrée en lui répondant de la sorte ! Elle ne comprenait toujours pas ce qui l'avait conduite à parler ainsi. Les mots lui avaient semblé naturels, comme si leur rencontre les avait créés dans son âme et le contact de ses doigts poussés hors de sa gorge.

Leur rencontre... Elle s'aperçut avec surprise que l'étreinte qu'il lui avait imposée ne la révoltait pas autant qu'elle aurait dû. Oh, bien sûr, ses menaces à l'encontre de sa réputation l'outraient – encore un privilège d'homme, de ne pas craindre ce genre d'infamies ; ou plutôt, une chaîne ajoutée aux entraves des femmes. Mais pour ce qui était du contact lui-même, elle l'avait trouvé agréable. Non : étourdissant ! De manière fort paradoxale, l'absence de désir charnel de sa part lui avait permis de s'ouvrir aux siens. Elle devait réviser son jugement de la veille : si le baron lui proposait une danse, il se pourrait qu'elle l'accepte, malgré tout.

*

Les journées, de plus en plus longues, passaient avec une lourdeur exaspérante au domaine de Varages. Les champs de lavande qui entouraient le village d'Allemagne fleurirent, portant la fraîcheur de leurs grains en offrande à la canicule. Anne-Hélène partait souvent dans la solitude des collines. Si sa mère s'en inquiétait, elle ne savait pas quoi entreprendre pour rompre cette étrange nostalgie, sans objet ni guide, qui étendait son emprise sur son unique enfant. La jeune femme avait survécu au solstice ; la malédiction semblait bel et bien avoir été déviée par la Masco. Toutefois, les trois sorcières l'avaient avertie : l'âme demeurait attachée à la mort, peu importait si le lien avait pris un autre visage.

Certaines nuits, lorsque la chaleur étouffait même les rêves, Marie-Constance se réveillait comme on se noie : lentement, la poitrine oppressée. La conviction que sa fille se jetterait un jour d'une falaise la saisissait alors. Comment la pauvresse saurait-elle résister au chant des sirènes d'outre-tombe ? Frêle, elle n'avait pas été forgée aux feux de l'existence. Et si la tranquille bonhomie de sa vie à la campagne l'avait rendue trop molle pour résister à cette langueur de l'esprit qui couvrait sa personnalité d'un voile mortuaire ? Où était désormais l'infante candide et heureuse qui riait en courant derrière les lézards ? Le cœur gros de toutes ces craintes qu'elle ne pouvait confier à personne, la châtelaine s'effondrait à l'aube, épuisée par le chagrin. L'oreiller trempé de sueur s'était alors gonflé de bien des larmes.

Empêtrée avec ses propres démons, Anne-Hélène feignait ne pas voir les fantômes qui posaient sur les joues de sa mère des baisers crayeux. L'ombre des chênes convenait mieux à ses réflexions que les exclamations intempestives des paysans. Elle évitait Virginie, trop sage, aux considérations fort convenables. Parfois, sa route la conduisait à l'ouest, jusqu'aux coteaux. Il se trouvait, par hasard, que Joséphine emmenait les bêtes paître dans ce coin. Elles marchaient alors l'une à côté de l'autre, silencieuses, la cadette ne laissant échapper qu'une exclamation de loin en loin pour diriger les moutons. Le son des cloches et ses échos ne dérangeaient pas l'héritière, n'entravaient pas ces grands élans qui portaient sa conscience au-delà du plateau de Valensole, au-delà de la Provence même. Son esprit se changeait en hirondelle, volant bas les jours d'orage. Bien souvent, il empruntait ces routes invisibles qui la guidaient vers des pays aux us exotiques. Lors des heures les plus chaudes, les deux amies s'asseyaient sous les feuillages et sortaient de leur besace du pain et une outre d'eau, quelques poignées de noix et d'olives. La bergère tranchait la croûte et passait sur la tartine une gousse d'ail fraîche.

À l'un de ces repas, elle se pencha et cueillit un pissenlit. Les capitules jaunes feraient bientôt place aux aigrettes.

— C'est mon dernier jour dans les collines. La mère m'a demandé de lui filer un coup de main pour la lessive, elle a une grosse commande qui vient de lui tomber dessus et il y en a bien pour trois jours. Après ça, le père voudrait que je reste un peu avec elle, rapport à des travaux d'aiguille, il paraît. J'ai bien compris qu'ils voulaient m'éloigner de la garrigue. Tu es plus grande et tu es notre châtelaine : je ne voudrais pas te commander, mais évite de trop traîner, toi aussi.

Anne-Hélène prit le temps de mâcher sa tartine avant de répondre. Elle épousseta les miettes de sa jupe, puis se leva.

— Merci pour le repas… et pour ta compagnie. On se reverra à la fête des moissons.

Joséphine acquiesça de la tête. Son aînée poursuivit :

— Bien. Bon courage, le bonjour à tes parents. Et n'hésite pas à venir me voir si tu as besoin de quelque chose.

— Le chocolat que nous donnait la marquise me manque, mais je devrais réussir à m'en dispenser, rétorqua la bergère avec un sourire.

Elle se redressa à son tour et se dirigea vers les bêtes. Sa main salua l'Agnelle ; cette dernière lui répondit de même.

— À bientôt !

— À bientôt, reprit la benjamine. Que Dieu te garde.

Très vite, la cuvette où elles s'étaient arrêtées pour déjeuner disparut derrière la promeneuse. Une nouvelle pente s'ouvrait face à elle avec, à son pied, un maigre ru que malmenaient les flèches du zénith. Elle la suivit, ses réflexions formant une nuée de mouches affolées sous son crâne. Qu'allait-il se produire de si mystérieux dans ces contrées pour que les parents de la cadette lui en refusent l'accès ? Était-il vraiment question de danger, ou de quelque manœuvre secrète à laquelle la populace ne devait pas être mêlée ?

L'après-midi passa vite, toute prise dans ces rêveries dénuées de corps, ces engrenages de l'esprit s'alimentant à une fumée qui n'avait d'autre feu que la fougue d'une jeunesse désœuvrée. Le ciel se lovait dans le velours mauve des nuits d'été quand elle prit le chemin du retour. S'il ne faisait pas noir à son arrivée au château, cela n'était dû qu'à l'approche du solstice. Les fenêtres de la salle à manger étaient éclairées, mais celles du petit salon aussi. Comme chaque soir, peu importait l'heure, sa mère l'attendait pour dîner.

Des domestiques s'attardaient dans la cour. Ils la saluèrent d'un « Mademoiselle » respectueux, mais absent. Elle l'avait déjà remarqué, mais l'évidence la frappait plus fort ces dernières semaines : elle n'était rien d'autre pour eux que la descendante de la châtelaine, la gentille demoiselle bien brave et bien jolie à qui ils offraient une pomme ou une tresse de lavande quand elle venait les voir aux champs. Avec elle, on ne parlait pas des nuisibles, des invasions d'insectes ou de maladies ; on ne rendait pas compte de la rougeole du petit dernier ou de la génisse qui avait eu du mal à vêler. Elle était en partie responsable ; elle ne s'était jamais vraiment intéressée à eux. Mais à dix-sept ans, il devenait urgent pour elle d'apprendre les nombreuses façons de s'occuper d'un domaine. À moins que sa mère n'ait pas prévu de le lui confier ? Le doute la saisit au seuil du petit salon. Et si la marquise ne voyait en elle qu'une tête de linotte incapable d'administrer des terres et de gagner la confiance de ses gens ? Qu'avait-elle décidé, en ce cas ? De la marier avec un bon gars, sobre et honnête en affaires, ou de la montrer comme un singe savant à travers les bals de la région ? Elle avala sa salive et poussa le battant. Marie-Constance brodait dans un fauteuil. Elle lança un regard sévère à l'arrivante.

— Tu nous fais souper à des heures indues, avec tes caprices. Un maraîcher vient me rendre visite demain à la première heure, j'aurais souhaité me coucher un peu plus tôt.

— Excusez-moi, maman. Je ne me suis pas rendu compte que j'étais partie si loin. Il m'a fallu plus de temps que d'habitude pour rentrer.

L'expression de la femme changea. Les coins de sa bouche s'affaissèrent et ses yeux devinrent humides. Anne-Hélène ne vit pas cette transformation, tout à sa réflexion sur le moyen par lequel elle serait digne d'être châtelaine à son tour.

Sa mère quitta le fauteuil et s'avança vers elle. Ses lèvres tremblaient un peu lorsqu'elles se posèrent sur le front de son enfant.

— Ce n'est pas grave. L'important, c'est que tu ailles bien. Allez, viens manger. Tu dois avoir faim à faire de telles promenades dans les collines. As-tu vu Joséphine aujourd'hui ?

— Oui. Elle est drôlement différente avec ses moutons que quand elle est avec nous. Je suis contente de pouvoir la fréquenter dans ces circonstances aussi.

La marquise hocha la tête. Si elle occupait sa fille, peut-être que celle-ci laisserait ses balades fantasques de côté ?

— Tout le monde a plusieurs facettes, qui apparaissent selon le contexte et les personnes. Les ouvriers qui travaillent au domaine comme leurs femmes, comme les paysans, dont Virginie à qui tu ne rends plus guère visite. Pourquoi ne pas te tourner vers ces gens et essayer de les découvrir au-delà des travaux qu'ils effectuent pour nous ?

Anne-Hélène redressa le menton, ébahie.

— Cela me plairait beaucoup, maman. Mais…

Elle chercha un instant à définir ce qui la gênait dans cette démarche.

— Si je ne change rien, je crains qu'ils ne me prennent pas au sérieux.

Ce fut au tour de la châtelaine d'être stupéfaite. Le bal avait-il donné à son héritière quelques notions de ce qu'était le prestige, et de la nécessité de gagner le respect et la confiance du peuple ? Elle ne put qu'acquiescer.

— En effet, mieux vaut qu'ils constatent que tu es plus responsable, que la petite demoiselle a fait place à une jeune femme capable et sûre d'elle.

Elles avancèrent jusqu'à la salle à manger et s'assirent.

— As-tu une idée de comment procéder ?

— Pas encore, mais je vais trouver. Merci, maman.

— Allons, cela devait se faire un jour ou l'autre. Je suis heureuse que tu t'impliques dans cet exercice avec autant d'enthousiasme.

Enfin, son enfant ressentait un intérêt. Était-ce de la joie sur son visage ? Celui-ci gagnait en pâleur, chaque nuit un peu plus et malgré le temps qu'Anne-Hélène passait sous le soleil d'été. En cet instant, il recouvrait un peu de ces couleurs charmantes qui évoquaient sur ses joues la knautie des champs et les centaurées.

— Continue dans cet état d'esprit, même quand leurs propos te sembleront futiles. S'ils t'en parlent, c'est que ton écoute est importante pour eux. Remercie-les de toutes leurs attentions ; ils ont bien moins que nous et chaque cadeau en est d'autant plus précieux. Ce matin, l'un des paysans m'a apporté une peau de renard. La fourrure est abîmée, mais le roux se révèle d'une flamboyance magnifique. Il aurait pu la revendre à bon prix, d'autant que la bête lui avait déjà mangé quelques poules, mais non. Dans des cas comme celui-là, n'hésite pas à promettre qu'on fera un geste, comme remplacer les volailles. C'est le moins qu'on puisse accomplir pour eux.

— Il l'a pris au piège ?

— Non, il l'a aperçu au potron-minet et l'a abattu. Il doit être bon tireur : le voleur a été tué sur le coup. Heureusement, la balle n'a pas fait trop de dégâts.

La lumière se fit pour la jouvencelle. Voilà ce qu'il lui fallait, la réponse à ses questions ! Montrer à ces gens qu'elle était aussi capable qu'eux de protéger ses propres terres. En silence, elle prit sa décision. Dès demain, elle apprendrait à se servir d'un fusil.

Chapitre 5

La poussière s'éleva autour d'elle. Son pied venait de se prendre dans le drap blanc qui recouvrait le bureau de son père. La dernière fois qu'elle était entrée ici, poupon trébuchant, le baron de Varages vivait encore. Sa mère avait longtemps pleuré la mort de son époux, de cette manière digne et secrète des âmes qui savent la valeur du silence. Puis l'absence s'était étendue jusqu'à son souvenir. Anne-Hélène ne comprenait pas pourquoi elle n'avait pas cherché avant ce jour à mieux connaître son père. Pourquoi avoir attendu pour pénétrer ici, dans le but singulier de piller son propre héritage ?

Les volets poussés n'empêchaient pas l'astre radieux, au plus haut de son parcours, d'illuminer les lieux. Ses rais se mêlaient à l'obscur pour donner naissance à une pénombre douce que son regard n'avait aucun mal à percer. Ici, une liseuse ; là, la bibliothèque, puis une armoire vitrée présentant quelques objets d'art et souvenirs précieux. Un long caillou en forme de stalactite, mais plus gris que l'une de ces concrétions n'aurait dû l'être, occupait une place de choix. Si ses parents avaient eu le coup de foudre, la métaphore trouvait également une interprétation plus littérale. Un éclair était tombé à quelques mètres d'eux, ce jour-là. Se rendant à l'endroit de l'impact, une fois l'orage passé, les deux amants y avaient cueilli une fulgurite. Ils avaient voulu voir en cette roche le gage que leur amour durerait des lustres. Il fut le présage de la pierre tombale qui vint, beaucoup trop tôt, recouvrir le front de feu le baron. Elle ne se souvenait même plus du son de sa voix.

Anne-Hélène tira sur un drap. Il s'abattit, libérant un nouveau nuage gris. Une malle apparut. Elle l'ouvrit, farfouilla, mais ne trouva qu'une boîte de plombs et une corne à poudre remplie aux trois quarts. Les mettant de côté sur le bureau, elle entreprit d'ôter tous les tissus. Le linge s'empila au sol. Ainsi dévêtue, la pièce reprenait un aspect familier. Les souvenirs émergèrent, aussi délétères que les flammes de Saint-Elme. Quand il y avait des chiens ici, le plus vieux ne quittait pas la carpette devant la cheminée – ce qui ne l'empêchait pas de participer aux chasses – alors que les autres dormaient au chenil. Elle se tourna vers le foyer, froid et vide de cendres. La mémoire revenait. Le fusil, visible où qu'on soit dans la pièce, reposait à l'époque sur le manteau. Elle s'approcha, repoussa un vieux napperon taché. Un aigle l'ornait, animal étonnant là où l'on ne brodait d'habitude que des fleurs légères et les oiseaux les plus graciles. Dessous, l'arme dormait. Son canon s'alluma d'une étincelle bleue lorsqu'elle la saisit. Elle l'emporta sous un rayon, comme pour réchauffer un mort tiré du tombeau, et entreprit de l'étudier. Elle connaissait de manière vague le principe et espérait que la mécanique l'aiderait à saisir les étapes de son fonctionnement. Enfin, elle y verrait mieux dehors, au grand jour !

Elle entoura son butin d'un torchon qu'elle noua avec de la grosse ficelle, puis fila aux écuries. L'encombrant paquet fut dissimulé avec diligence, glissé sous le rabat de la selle. Les munitions avaient été placées dans la besace, en compagnie de l'outre, de deux pommes et de la miche de pain. Elle posa son chapeau sur sa tête et s'élança sur le dos du cheval. Hercule était placide, parfois un peu long à comprendre les indications, mais avait l'avantage de ne jamais s'effrayer. Pour le faire renâcler, il faudrait que le coup de feu s'égare juste devant ses sabots – et elle espérait bien ne pas être si mauvaise que ça.

Apparaître dans la cour lui donna des sueurs froides, malgré la température. Passé le portique, il lui fallut remonter l'allée. Heureusement, personne ne traînait dehors à cette heure-ci, surtout sans un arbre ou un mur pour se protéger. La chaleur faisait danser l'air qui montait des graviers. Anne-Hélène mit sa monture au petit trot jusqu'à ce qu'elles atteignent l'orée du bois. À une quinzaine de mètres coulait un ruisseau. Elles en suivraient le cours sur quelques lieues avant de bifurquer à gauche, vers l'est, et de pénétrer dans ces collines seulement fréquentées par les buses et les sangliers. Hercule s'arrêta plusieurs fois pour s'abreuver. La chaleur amollissait jusqu'à l'écorce des chênes. Alors que les ombres ressuscitaient – encore minuscules et tremblantes d'avoir été effacées –, la jeune femme choisit un endroit idéal pour s'exercer. Elle sortit les munitions et défit le tissu autour de l'arme. Par prudence, elle enfonça plusieurs fois le goupillon dans le canon, s'assurant que rien ne venait l'obstruer. La lumière entre celui-ci et le bassinet était dégagée ; le silex semblait neuf. Des récits la hantaient – les anecdotes de ces chasseurs à qui le fusil avait explosé au nez. La poudre ne supportait pas la main lourde. Elle décida d'y aller progressivement, tapotant la charge avec une moue très concentrée.

À sa grande joie, la balle partit lorsqu'elle pressa la détente. Son allégresse fut de courte durée lorsqu'elle constata que le projectile ne dépassait pas les trente mètres. Elle rechargea en augmentant un peu la dose. Ce jour-là, elle ne tira que cinq fois – le temps de trouver la bonne quantité. Elle s'était promis de ne pas rentrer trop tard pour que sa mère conserve ses bonnes résolutions à son égard. Puisque la châtelaine lui faisait confiance, son héritière saurait lui montrer qu'elle la méritait ! Elle nettoya le fusil, l'enroba d'un carré de tissu et chercha un endroit où le camoufler. Multiplier les allers-retours avec une arme dépassant d'un tiers de sa cachette ne lui semblait pas la dernière mode en matière de discrétion. Un peu plus loin, les buissons se rassemblaient en une zone impénétrable tant par la vue que par le pied. Un nœud de vipères aurait pu s'y rouler sans qu'on l'aperçoive. Elle n'imaginait pas une meilleure cachette dans un lieu désolé à ce point, où même le feuillage des arbres donnait l'impression d'être rongé aux mites. Anne-Hélène se pencha sur les épineux rachitiques, flétris tant par le cagnard que par le sol, aussi blanc et friable qu'un os de seiche. Elle y glissa le fusil, canon en avant, et masqua la crosse par deux grosses pierres. De cette façon, elle pourrait le repérer sans difficulté et l'attraper sans avoir besoin de plonger sa main là-dedans.

Ainsi fit-elle, mais pas avant le surlendemain. Sa mère avait insisté pour qu'elle l'accompagne lors d'une visite auprès de métayers qui habitaient sur le plateau de Valensole, à la frontière de leurs terres. Même durant le règne de Napoléon, alors que l'endroit ne leur appartenait plus, les gens avaient gardé l'habitude de venir demander de l'aide et des conseils à la marquise. Lazare de Forcalquier était dans le vrai, cette nuit-là, en qualifiant Marie-Constance de botaniste hors pair. Cette excursion avait permis à Anne-Hélène de mesurer la déférence du peuple envers la marquise. Ils avaient discuté librement, sans qu'aucune crainte vienne entacher leur rencontre. Sa mère le méritait bien, comprit-elle en l'entendant prodiguer ses conseils après avoir observé les plants malades. Une sorte de champignon était responsable de l'état des légumes. Elle recommanda de brûler les pieds atteints sur-le-champ, puis fit réaliser à la bonne femme une mixture avec les ingrédients qu'elle avait apportés dans une carriole depuis Varages. Les sacs et bocaux furent laissés sur place. Il suffirait d'en badigeonner les feuilles et les tiges saines tous les cinq jours et la maladie disparaîtrait.

— En revanche, mieux vaudrait que vous changiez l'endroit où vous semez, pour l'année prochaine.

Et voilà que la marquise avait été reprise dans une bourrasque de questions, priée de venir visiter le reste du terrain afin de leur indiquer quel coin possédait un bon sol et les meilleures conditions possibles pour le nouveau potager. Elles repartirent fatiguées, mais satisfaites du devoir bien accompli.

— Tu vois, avait glissé la châtelaine à son enfant alors qu'elles rentraient à leur demeure, ce n'est qu'un petit lopin de culture à nos yeux. Pourtant, il suffit à leur fournir la moitié de leurs repas tout au long de l'année. L'essentiel n'est pas sa taille, mais la richesse de ce qu'il produit au regard de leur besoin. Veille toujours à ce que tes gens ne manquent ni de nourriture, ni d'eau potable, ni de vêtements en période de froidure. Il s'agit de la base, de l'évidence. Après vient le reste – si la survie est difficile, comment voudrait-on qu'ils puissent simplement vivre ?

Ces mots avaient pénétré le cœur de la jeune femme. À cet instant même, alors qu'elle aurait dû être tout entière concentrée sur l'arme, leur souvenir l'en détournait à petites touches subtiles. Elle ne comprenait pas. Quelque chose d'important lui avait été donné, mais essentiel en quoi, pour qui ? Certes, le conseil était bon et l'aiderait à maintenir la paix et la confiance lorsque la gestion du domaine lui reviendrait, toutefois l'impression que cela allait au-delà la titillait.

Verser la poudre la ramena au moment présent. Elle ne pouvait se permettre d'avoir la tête ailleurs lors de cette manipulation particulièrement délicate. Peut-être se fabriquerait-elle des cartouches avec du papier ciré, comme en avaient les soldats du Corse ? Il faudrait aussi qu'elle taille quelques silex. Celui-ci montrait déjà des traces d'usure ; il ne tarderait pas à se fendre ou à être trop effrité pour créer une étincelle. Elle déposa une lichette d'explosif devant la lumière, rabattit dessus le couvre-bassinet, puis en versa dans le canon avant d'y ajouter la balle de plomb. Une petite bourre de charpie les rejoignit, qu'elle poussa au fond du tuyau avec le goupillon. Elle rangea celui-ci dans la glissière et épaula le fusil. Le chien était déjà tiré. Un tronc mort, débarrassé de son écorce et blanchi par la pluie et le soleil, lui servait de cible. Elle avait dessiné les cercles avec un bout de charbon. La demoiselle visa et fit feu.

La détonation claqua dans le ciel pur. Les cigales se turent soudain, inquiètes de ce vacarme saugrenu à cette heure. Personne ne chassait au zénith ; les heures torrides marquaient une trêve pour tous ceux qui s'accrochaient aux pentes arides de ces contrées. Accroupie dans une poussière d'un jaune de chien malade, Anne-Hélène cherchait l'impact des yeux. Elle le repéra à deux mains de distance du point central. Un coin de sa bouche remonta, fronçant son visage dans un air de fierté. Pas mal. Elle retourna se mettre en position et répéta la manœuvre. Cette fois-ci, la balle s'enfonça à une paume du mille. Ce n'était pas si dur, finalement… Oh, bien sûr, elle se trouvait dans des conditions idéales : à quarante mètres d'un gibier immobile, sans stress ni personne pour la déranger. Et, de plus, elle ne tirait pas pour blesser, encore moins pour tuer. Elle espérait ne jamais avoir besoin de se servir du fusil de son père à ces desseins. Néanmoins, si cela advenait, l'entraînement lui fournirait les automatismes dont elle aurait besoin pour faire mouche. La prudence lui fit nettoyer et vérifier l'arme. La pierre ne tiendrait plus longtemps – peut-être un tir ou deux. Elle était en train de la retirer pour en prendre les mesures lorsqu'elle entendit le silence. Les insectes ne bruissaient plus. L'oiseau qui s'époumonait dans un appel monotone depuis son arrivée – et que les tirs n'avaient en rien dérangé – s'était arrêté. Même la chaleur avait cessé de dilater la trame des collines, ses buissons et ses roches. Quelque chose s'était tapi et la nature guettait avec elle.

Les propos de Joséphine lui revinrent en mémoire. Elle n'y avait plus songé après la proposition de sa mère, le soir même. À présent, elle se disait qu'elle aurait dû prendre son avertissement plus sérieusement. Sans un bruit, elle revissa le chien et chargea. Tenant l'arme à deux mains, le dos collé contre le tronc blanchi, la jeune femme se mit elle aussi à l'affût.

L'attente dura. Les ombres commencèrent à réapparaître. Elles peignaient au fusain la profondeur des choses sur l'éclat aveugle du calcaire rongé par le temps. Anne-Hélène ne bougeait pas. Le bêlement d'une chèvre la fit sursauter. La surprise manqua de la faire tirer. Elle fronça les sourcils. L'animal ne pouvait pas être responsable de cette étrange atmosphère qui pesait sur la garrigue, ni même un troupeau entier de biquettes – troupeau qui ne tarda pas à montrer le bout de son museau. Les bêtes avançaient dans sa direction. Elles allaient à pas mesurés, errant de-ci de-là, broutant parfois. On aurait dit qu'elles seules, parmi toutes les vies qui peuplaient ce versant de colline, n'avaient rien à craindre. Quelques génies devaient y veiller. Alors, Anne-Hélène aperçut le premier d'entre eux : un homme brun, hirsute, à peine vêtu d'un pagne. Il était plus sec qu'un rameau de thym et plus poilu que le menton des deux boucs qui l'entouraient. En revanche, ses dents étaient d'un blanc étonnant ; elles tranchaient dans la crasse de son visage.

La demoiselle le voyait d'autant mieux qu'il souriait – une large grimace surplombée par un regard fiévreux. Elle ne s'y trompa pas. L'éclat qu'elle n'avait pas trouvé dans les yeux de Lazare, cette nuit où il l'avait serrée contre lui pour l'effrayer, elle y faisait face maintenant. Ses bras redressèrent le fusil. Le sauvage cessa de sourire. Il cracha par terre et dévala la pente. Il ne se hâtait pas, et sa démarche ferme prouvait assez qu'il pensait qu'elle n'allait pas tirer. Trois de ses comparses apparurent à leur tour. Leurs têtes dépassaient des rochers. Ils s'étaient approchés si près sans qu'elle les entende... Combien étaient-ils, au total ? D'autres étaient-ils cachés dans le bois ?

Le trio quitta sa tanière. La même expression avide et obscène vibrait sur leurs traits, dans leurs attitudes. Leurs pénis dressés déformaient leurs culottes. Pour ceux qui ne portaient qu'un tissu noué autour de la taille, leur membre rigide dévoilait ce qui, d'habitude, demeurait sous le sceau de la pudeur. De toute évidence, ils n'en avaient aucune. Les nouveaux venus s'interpellaient dans une langue chantante dont elle ne comprenait que quelques mots. Ils allaient prendre du bon temps avec elle. Ce n'était pas tous les jours qu'ils tombaient sur une caille si tendre.

Anne-Hélène perdit ses derniers espoirs. Personne ne viendrait l'aider ici. Sa poigne s'affermit. Elle était venue en ces lieux pour apprendre à défendre ses terres. Comment pourrait-elle s'en prétendre capable si elle ne parvenait même pas à protéger sa vertu ? Elle serra les dents et visa. La balle frappa l'homme avant même qu'elle comprenne qu'elle avait appuyé sur la détente. Il tomba, mort. Elle l'avait touché en pleine poitrine. Aussitôt, elle rechargea : tirer le chien, verser la poudre dans le bassinet. Cela prenait trop de temps – vite, plus vite ! Les rôdeurs s'étaient repris. Ils s'élancèrent vers elle. Mettre la bonne dose dans le canon – éviter d'avoir le torse ou le visage arraché par l'explosion – puis y glisser la balle. Elle n'enfonça pas de bourre et se contenta de frapper la crosse au sol pour tasser la charge. Elle épaula et fit feu. Un autre gueux s'effondra, fauché dans sa course. Ce serait le dernier : ils la tiendraient dans un instant. Elle eut à peine le temps de sortir le couteau de sa besace.

Un impact claqua à ses pieds. Elle sursauta, mais pas autant que les cinq gars qui s'apprêtaient à l'attraper. Plus personne ne bougea. Durant un moment perturbant, elle se sentit liée à eux, guettant ensemble d'où venait le tir et qui avait la main sur la gâchette. Ami de l'un ou de l'autre ? Un autre mâle de passage, voulant besogner la blanche brebis sans avoir à partager ? L'un des malandrins s'avança.

Juste devant lui, la pierre perdit un éclat qui vint frapper son gros orteil. Il décida sagement de faire demi-tour. Ses comparses l'imitèrent, bien que jetant des regards suspicieux aux alentours. Ils emportèrent les deux cadavres avec eux.

Anne-Hélène se laissa tomber sur le sol. Fébrile et terrifiée, elle tremblait de froid dans la touffeur estivale. Ses pleurs coulaient en silence, semblable au mutisme des collines. Elle ne réussit à se calmer qu'avec le premier cri d'oiseau. Quand les cigales se remirent à chanter, elle trouva la force de se lever. Elle but, mangea une tranche de pain. Il lui fallait partir vite, mais elle ne voulait pas arriver dans cet état au domaine. Le fusil viendrait avec elle – inutile de risquer de se le faire voler, si ces manants revenaient par ici une fois la nuit tombée.

La chevauchée jusqu'au château de Varages fut éprouvante. La jeune femme ne cessait de se retourner pour vérifier que personne ne la suivait. Elle tenait l'arme chargée sur son épaule, mais elle ignorait si la pierre allait supporter le prochain tir. Elle fit une halte au dernier ru avant le village d'Allemagne. L'eau fraîche lui fit du bien. Elle rajusta sa mise et dissimula ce qui devait l'être. Les premiers paysans qu'elle croisa la saluèrent comme si de rien n'était. Tant mieux, elle parvenait donc à donner le change ! Elle s'avança sur l'allée de graviers. Les silhouettes familières des tours et du petit mur d'enceinte la rassurèrent. Elle était en sécurité, désormais. Son esprit fléchit. L'instinct de survie qui l'avait tenue droite si longtemps s'évapora soudain. Sa monture renâcla en sentant ses émotions basculer. Elle avait tué deux hommes. La réalité la gifla. Ses lèvres devinrent plus pâles que celles des morts. Elle avait volé l'arme de feu son père voilà trois jours seulement et, déjà, son innocence se voyait déchirée par deux âmes qu'elle traînerait jusqu'à sa propre tombe.

Dans la pénombre de l'écurie, elle dessella Hercule et le bouchonna brièvement. Le fusil fut remisé derrière quelques bottes de foin. Elle reviendrait plus tard, sans doute cette nuit, pour le récupérer et mieux le cacher.

Les volets de sa chambre, placés en deçà de la fenêtre, étaient fermés à l'espagnolette. La fraîcheur n'ôtait pas l'impression d'être couverte de plaques de sel et de poussière. Elle se serait volontiers débarbouillée de pied en cap, mais cela aurait semblé étrange en plein milieu de l'après-midi. Quelqu'un frappa à la porte, la faisant sursauter.

— Oui ?

Stéphanie entra. Domestique du château, elle faisait office de femme de chambre quand la nécessité se présentait.

— Ah, j'avais bien dit à madame la marquise que vous étiez revenue ! Vite, nous avons de la visite.

Elle s'interrompit, les sourcils froncés.

— Mais dans quel état vous êtes ! Veuillez me retirer ces oripeaux et me débarbouiller votre frimousse. Je rapporte de suite une cruche.

Étourdie par cette agitation impromptue, Anne-Hélène la rattrapa de justesse alors qu'elle allait passer les portes.

— Attends un instant ! Qu'est-ce que c'est que cette histoire ? Nous n'attendions personne.

— Madame avait l'air aussi surprise que vous. Quant à moi, je n'ai jamais vu ce monsieur. En tout cas, il a l'air de quelqu'un d'important et...

Elle baissa la voix.

— ... à la tête de madame, je crois qu'elle ne l'apprécie pas trop.

Elle se redressa, le regard dur.

— Maintenant, assez discutaillé. Ôtez ces guenilles, ouste !

Un bref moment, la jouvencelle regretta ces années de frivolité où elle se faisait un plaisir puéril de réussir à énerver la bienveillante et très constante Stéphanie. Elle mesura le chemin qu'il lui restait à accomplir avant que leurs gens ne la considèrent comme une personne responsable et avisée. Le découragement commença à la gagner. L'instant suivant, ces préoccupations avaient quitté ses pensées, chassées par d'autres plus pressantes : de qui s'agissait-il et que venait-il faire ici, dans ce coin reculé de Provence où il n'arrivait jamais rien – et surtout pas un événement qui ait à voir avec la bonne société ?

Elle ne portait qu'une chemise quand la camériste improvisée revint avec le broc plein d'eau. L'héritière était plutôt heureuse du hasard qui lui fournissait une bonne excuse pour se débarbouiller avant l'heure, ainsi que du grain à moudre à sa cervelle qui résonnait encore des coups de feu. D'un autre côté, elle ne se sentait guère d'enthousiasme pour jouer le rôle de la demoiselle bien élevée. La toilette fut vite expédiée. Dans la douceur de la pièce, l'été glissait assez de son haleine pour sécher sa peau sans qu'un linge soit nécessaire. Elle revêtit une robe blanche ornée de fleurs du même rose que les dragées, certaines écloses, d'autres encore en bouton. Un ruban vert absinthe la ceignait juste au-dessous des seins. La tenue n'avait pas de manches. À la place, elle enfila des gants de dentelle qui remontaient jusqu'en haut du bras. Stéphanie la maquilla par touches légères, accentuant les lèvres à la limite du convenable pour une demoiselle. Avec sa carnation opaline si extravagante pour la saison, une couleur trop appuyée aurait été plus laide que séduisante. Un chignon haut laissait échapper de nombreuses mèches noisette. Sa chevelure ondulait en boucles souples qui la dispensaient d'une coiffure astreignante.

Malgré leur diligence, les deux femmes procédèrent aux derniers arrangements de la toilette près d'une heure après l'annonce du cavalier. S'activer ainsi avait permis à Anne-Hélène de secouer la stupeur qui la gangrenait avec une lenteur trompeuse, depuis qu'elle avait abattu ses assaillants. Ces crimes lui paraissaient si loin de son monde… Il lui semblait avoir rêvé l'agression, l'uppercut de la crosse dans l'épaule. Tout cela lui évoquait l'un de ces mirages qui envahissaient les esprits enfiévrés, lorsque l'astre du jour, par ses traces, cuisait les humains même au cœur de la nuit.

La camériste la houspilla. Il était temps de descendre une volée d'escaliers et de faire son apparition dans la salle de réception située au premier étage. Pour que sa mère reçoive leur hôte en ce lieu, il devait s'agir d'une visite d'importance. Elle passa les secondes suivantes à s'interroger. La large porte à double battant fut vite franchie ; elle piaffait presque tandis que Stéphanie l'annonçait. Enfin, elle put s'avancer dans la pièce. Deux fauteuils avaient été installés près de la grande cheminée, qu'aucune flambée n'animait en cette saison – mais le manteau ouvragé faisait toujours son petit effet. Des guéridons pourvus de rafraîchissements jumelaient les sièges. La marquise occupait l'un de ceux-ci. Dans l'autre, un homme avait pris ses aises. Installé de façon confortable, il jouait avec son verre, faisant rouler le vin d'un rouge profond. Néanmoins, son flegme n'était que tromperie : la vivacité avec laquelle ses yeux se posèrent sur elle le démasqua derechef. Anne-Hélène sursauta sous l'intensité de son regard. Lazare la guettait avec une attention implacable. Celle-ci se déporta au poignet gauche. La descendante eut le plus grand mal à se retenir de le cacher dans son dos. Ses pensées bénirent maintes fois sa femme de chambre pour ses choix esthétiques : le gant suffisait à masquer sa cicatrice. Elle se souvint que le baron était tombé quand il l'avait touchée. Elle avait cru à un malaise inopiné – pour lui ! Pour elle, il s'agissait davantage d'une bénédiction. Ce n'était tout de même pas le contact avec cette marque étrange qui lui avait fait mettre genou à terre ?

Il se leva et tendit la paume. Elle lui accorda la sienne l'instant d'un baisemain.

— Mademoiselle, c'est un réel délice de vous revoir si peu de temps après notre rencontre.

— Le plaisir est partagé, monsieur. Nous avons rarement de la visite… Quel bon vent vous amène en notre domaine de Varages ?

Marie-Constance se dressa à son tour.

— Veuillez pardonner ma fille, monsieur. Elle a la curiosité des gens de son âge.

— Il n'y a aucun mal, je vous assure, répondit Lazare en effectuant une discrète courbette.

La châtelaine l'accueillit d'un signe de la tête, puis se tourna vers ses serviteurs. Deux d'entre eux s'avançaient déjà, un fauteuil dans les bras. Anne-Hélène les remercia d'un mot. Chacun prit alors place.

— Pour répondre à votre demande bien légitime, mademoiselle, il se trouve que je suis porteur d'un message qui nous concerne tous trois. En effet, nous ferons bientôt partie de la même famille.

La jeune femme eut un coup au cœur. Le sang lui monta aux joues sans qu'elle sache pourquoi.

— Ce qui signifie ?

L'homme eut un sourire en coin, satisfait de l'effet obtenu.

— Votre tante Hilaria va épouser Jean Pietro, comte de Forcalquier par la grâce de Dieu et de notre monarque fraîchement débarqué. La dame aura donc le titre de comtesse pour un tiers de la Provence. Il va sans dire que cette gloire rejaillira sur votre maison.

La surprise moucha l'héritière de Varages. Elle resta immobile, le visage sans expression.

— Allons, souriez ! Il y a là de quoi vous réjouir, assurément, lança Lazare en portant un toast à sa future parenté.

Chapitre 6

La seconde réaction de son interlocutrice surprit Lazare autant qu'il l'avait lui-même troublée : elle éclata de rire.

— Eh bien ! Qui l'aurait cru ? Tata Pète-Sec a réussi son coup cette fois.

— Anne-Hélène !

La marquise était rouge de confusion.

— Allons, mère, le baron n'est pas homme à s'effaroucher pour si peu. Je suis certaine qu'il a déjà calculé les avantages que nous allons tirer de cette union.

Elle se tourna vers lui.

— N'y voyez aucune offense, c'est simplement qu'on vous dit pragmatique.

Il lui rendit son sourire à l'innocence sournoise.

— Si vous ne vous méprenez pas sur ma propre franchise lorsque je me permettrai de vous conseiller sur l'attitude à tenir durant la cérémonie et le bal qui s'ensuivra. C'est une lourde tâche, paraît-il, d'inculquer une once de bonnes manières à la sauvageonne des collines que vous êtes.

Les deux femmes se raidirent.

— Sans offense, bien sûr, poursuivit leur hôte. Je ne parle que de ouï-dire.

Et elles savaient avec certitude d'où venaient ces racontars. Marie-Constance soupira. De toute évidence, elle aurait préféré ne pas être mêlée aux intrigues qui ne manqueraient pas de survenir. Appartenir à la famille d'un comte ne comportait pas que des privilèges. La gestionnaire que le décès de son époux l'avait forcée à devenir entrevoyait fort bien les oiseaux de mauvais augure qui se profilaient au loin, simples silhouettes pourtant bien tangibles. Lazare la jaugea à l'emporte-pièce. Elle ne constituerait jamais une menace. Elle aimait l'équilibre et la tranquillité, deux joies que lui apportaient ses terres et les gens qu'elle avait su garder à sa cause.

La marquise avait atteint son plein potentiel avec l'exploitation du domaine de Varages – et elle le savait. Elle était ce que la nature pouvait former de plus énergique et compétent sans y devoir adjoindre une lichette d'arrivisme. Là-dessus, elle se révélait l'exact opposé de sa sœur. Il lui sourit – un vrai sourire, cette fois. Étonnée, elle le lui retourna avec un temps de retard. Ses lèvres exprimaient une bonté intrinsèque, mais ses prunelles l'observaient avec suspicion – non sans raison, au vu de sa réputation. Il pivota vers la fille. Chez elle, il n'y avait pas que les yeux qui parlaient de défiance.

— Je vous en prie, cessons là ce petit jeu. Nous allons être parents, après tout. Faisons en sorte que l'entente règne entre nos deux familles, malgré leurs disparités.

— Ce sont là de sages paroles, approuva la châtelaine, ravie. Puisque le destin nous réunit, nous qui étions hier étrangers les uns pour les autres, autant lui accorder un bon accueil.

Il savait que ces propos porteraient la mère de son côté. « Entente », « concorde », voilà des mots qui déverrouilleraient l'accès à son cœur. L'héritière poserait davantage souci. Il avait cru la cerner lors de son arrivée à Sauvan, se limitant à son apparence de jeune oie. Son « acte de générosité » aussi puéril que futile, quand elle l'avait rejoint dans la nuit noire en prétextant percevoir en lui une improbable détresse, n'avait fait que confirmer son verdict. Puis elle avait réagi avec un sang-froid étonnant. Elle l'avait mis à terre par un charme qu'il n'avait pas encore déjoué. Son regard glissa une nouvelle fois vers son poignet – damnées dentelles ! Et, histoire de réduire en charpie les dernières miettes de son analyse, il l'avait vue tenir tête à un groupe de maraudeurs prêts à lui passer dessus les uns après les autres, voire sans attendre que le précédent ait terminé. Droite, aussi vaillante qu'un soldat au front, elle avait abattu deux hommes de sang-froid. Quelque part, il ne revenait pas de l'assurance dont elle avait fait preuve. Bien sûr, quand notre vie était menacée, on pouvait commettre des excès, des actes au-delà des frontières de notre morale ordinaire. Néanmoins, il l'avait trouvée si... sereine, implacable – à croire que la mort était son pain quotidien. Il y avait eu dans le tombé de ses épaules, dans l'amplitude de son assise, une pleine acceptation du destin et la conscience de toujours savoir y faire face. Lazare cilla, puis détourna les yeux en pestant. Elle se révélait intrigante, mais de telles donzelles, il en avait déjà rencontré des bateaux entiers ! Non, le seul véritable mystère demeurait le choc qu'il avait reçu à son contact.

Elle ressemblait beaucoup plus à sa tante qu'elle voulait bien se l'avouer. Qu'une telle volonté ait pu éclore dans la cour tranquille d'une campagne généreuse, le comte déchu devait reconnaître que ce paradoxe le fascinait. Elle ferait un merveilleux sujet d'étude – surtout quand il aurait réussi à percer le secret serti sous sa main gauche. Une étrange jouvencelle qu'il surveillerait de loin... De façon confuse, son instinct lui soufflait qu'il devait se méfier de sa compagnie. Pourtant, une seconde voix chantait sous son crâne. Celle-ci lui susurrait de s'approcher, au contraire. Voilà plusieurs années qu'il ne l'avait pas entendue, veillant à respecter ses devoirs envers la Source. Elle ne l'avait jamais trompé. Alors pourquoi, aujourd'hui, se mettait-elle en travers de ce que le bon sens exigeait de lui ?

Le ton chaleureux de la marquise le ramena au présent. Elle lui proposait une chambre pour la nuit : cela ne l'avancerait guère de partir à cette heure, surtout si son cheval avait déjà fait la route depuis Sisteron. Et puis, elle serait heureuse d'accueillir et de faire honneur au frère du prochain époux de sa sœur. Anne-Hélène les interrompit pour s'enquérir de la date du mariage. Sa mère la renseigna : elles auraient deux mois pour préparer l'événement. En réalité, il s'agissait surtout d'acquérir des tenues dignes de leur nouveau rang dans le monde. Quand elles se tournèrent vers lui, Lazare déclina leur offre.

La marquise, désappointée par ce manquement aux convenances, retrouva son aménité à l'instant où il lui apprit qu'il s'inquiétait pour ses gens. Il affirma avec une retenue qui plut beaucoup à la dame que ceux-ci ne pourraient vivre sans lui et qu'il ne saurait prolonger le séjour qui l'avait déjà maintenu si longtemps loin de ses terres. Elle ne put qu'applaudir à ce sens du devoir, devenu si rare parmi la noblesse depuis le désastre de la Révolution. Il salua ses idées et leur conversation se termina en bonne entente – une parfaite thématique pour une parfaite conquête de la châtelaine. Il ne savait pas en quoi cela lui serait utile, pour l'instant, mais il ne doutait pas que le moment arriverait où il aurait à tirer les fils noués lors de cette rencontre.

Bien sûr, il n'avait pas relevé quand Marie-Constance avait repris en chœur le fait que sa présence était tout aussi vitale pour ses propres administrés. Inutile de révéler que, dans son cas à lui, l'expression n'était pas au figuré. Seuls ceux d'Oppedette devaient savoir quelle malédiction gangrenait le village et liait le comte déchu à ses habitants – jusque dans la mort.

*

Il était reparti une demi-heure après. La dame de Varages avait insisté pour qu'il change de cheval, mais même cette bête, Lazare ne pouvait la laisser. Dieu sait qu'il avait prié, hurlé et pleuré dans son enfance pour que lui soit ôté ce fardeau qui touchait jusqu'aux animaux. Il avait imploré pour ça – et pour bien d'autres choses, mais pour ça avant tout. À présent, c'était lui qu'on suppliait. À l'inverse de ce qu'on croyait à son sujet, ce qu'il préférait n'était pas le pouvoir qu'il obtenait sur les faibles dont il recélait le secret des vices et des combines. Ce qui lui plaisait réellement, au fond, c'était que la justice soit assénée. Que les salauds soient humiliés, que les monstres s'enfoncent dans la honte et le désespoir. Qu'ils se goinfrent jusqu'à la lie du mal qu'ils avaient semé pour autrui.

La vision de l'héritière lui revint en mémoire. Sous un zénith de plomb, Anne-Hélène avait merveilleusement équilibré la balance. Elle avait été si… implacable – nette, efficace, d'une intransigeance qu'un ange funèbre n'aurait pas reniée. Mais – bon sang de bois – que diable faisait-elle dans cette galère ? La fille unique d'une noble veuve n'avait pas à être dans la nature, isolée et loin de tout secours. Oh, certes, il se doutait de la raison qui l'avait poussée à chercher la quiétude de ce trou perdu. S'exercer à l'arme à feu n'apparaissait pas dans les tâches habituelles des jeunes femmes de bonne famille. Cependant, quelqu'un avait bien dû lui montrer comment s'en servir. Elle aurait pu continuer à s'entraîner en compagnie de ce gars, au lieu de baguenauder livrée à elle-même – et à tous ceux que le sang bleu, une jolie paire de gambettes, voire les deux imbriqués, excitaient au point de fourrager dedans, du braque ou du couteau.

Il secoua la tête. Il n'avait déjà que trop pensé à Anne-Hélène de Varages. Elle piquait sa curiosité, mais ne méritait pas tant d'intérêt. Pourtant, le visage de la demoiselle ne le quittait pas. Son expression farouche avait un charme certain. Toutefois, il y avait quelque chose d'autre : un détail, une impression, comme un parfum subtil révélateur d'une facette d'elle qu'il ne parvenait pas encore à capter. Il ne s'agissait que d'une question de temps. Elle pouvait se montrer implacable. Il l'était depuis bien plus longtemps.

Vingt heures venaient de sonner quand il arriva en vue de la Durance. Il aurait pu forcer son cheval et prendre le bac dès ce soir, mais il préférait le ménager. Sa monture avait déjà beaucoup accompli, aujourd'hui – sans compter son trajet de la veille, entre Sisteron et Les Mées où il avait passé la nuit. Il avait quitté l'auberge aux aurores, pressé d'en finir. La hâte de revoir celle qui l'intriguait l'avait également aiguillonné. Sur la route d'Oraison, il avait réussi à se persuader que la cravache se résumait au mystère scellé dans son poignet gauche. Désormais, et même si cela l'irritait de le reconnaître, il ne pouvait pas s'offrir le luxe de négliger l'importance que l'ensemble de sa personne prenait dans son esprit. De toute manière, depuis qu'il l'avait vue en contrebas de la falaise, la voix de la Source se chargeait de la ramener au creux de ses pensées dès qu'il l'en écartait.

Un homme, à l'orée d'un champ, lui indiqua le relais le plus proche. Il pourrait y dormir et trouverait assurément de quoi se restaurer. Le conseil était bon : Lazare fut logé de façon plus que convenable sans avoir à révéler son nom. Orphée – le fameux destrier qui supportait ce cavalier taciturne depuis plusieurs jours – reçut du fourrage en abondance et fut bouchonné avec soin. Épuisés, dans un monde idyllique, tous deux se seraient endormis aussitôt. Hélas, le baron ne cessait de se retourner dans son lit. La chaleur n'était pourtant pas si étouffante ! Il finit par se lever et alla ouvrir les volets. Alors que chantaient les cigales, une lune en quartier parcourait le ciel. Le fond de la plaine ouverte par le cours de la rivière lui offrait une vue profonde sur le pays. Entourée de collines, cette parenthèse bâtie par les eaux se révélait une bénédiction pour la population. Le bassin fertile nourrissait son comptant de villageois tandis que les troupeaux d'ovins préféraient les pentes arides.

Les deux paumes appuyées sur le chambranle, Lazare laissa son regard danser sur les reflets des galets clairs. Le silence, aussi nu que la clarté des étoiles, rendait la vision irréelle. On aurait dit que la vie même retenait son souffle. Il lui prit l'envie de sauter par la fenêtre et de suivre la piste argentée. Peut-être découvrirait-il, au bout du sentier, un trésor de calme et de beauté ? Quitter enfin ce monde… Cette échappatoire qu'il ne pouvait choisir sans entraîner ses gens dans sa chute jusqu'aux enfers. Pourtant, une balle suffirait – ou de la belladone ou attendre le prochain printemps et ce joli muguet, dont la candeur lui rappelait sa première impression sur Anne-Hélène ; d'apparence aussi blanche et candide que la plante, la vierge se révélait tout autant mortelle.

L'une comme l'autre foudroyait le cœur des hommes – le sien en particulier. Il aurait aimé partager ce moment avec elle. Sous le clair de l'astre, sa beauté aurait été une coupe d'eau fraîche pour son âme en feu. Il se plaisait à croire qu'elle aurait compris ses sentiments, accepté son désespoir et, peut-être, se serait montrée assez forte pour le partager. Le secret des ombres lui permettait la rêverie, comme un doigt posé sur les lèvres du bon sens. Franchir la porte de minuit accordait l'impunité aux songes. Le sillage des douze coups fleurait bon ces doux fantasmes que s'autorisent les meurtris de longue haleine, quand l'innocence de leurs premières années – ou la sagesse de ceux qui avaient tant vu ? – sourdait sous leurs paupières.

Il avait trente et un ans ; elle en avait dix-sept. Elle vivait dans la lumière et lui végétait au fond des gorges maudites du Calavon. Son frère, de six ans son cadet, se mariait avec sa tante à elle. Il n'avait rien à lui offrir, à part l'opprobre et une cage sans barreau. Il n'était qu'un pauvre fou.

Il aurait tant voulu rêver un peu.

Le réveil fut d'autant plus pénible qu'il venait juste de s'endormir quand le garçon du relais vint le secouer. Il se força à manger : une chevauchée de plusieurs heures l'attendait et il préférait que son corps tienne le coup. La rosée rendait l'air vif – assez pour que le cavalier supporte un bon manteau et un repas chaud dans l'estomac. L'écurie procurait une bulle de tiédeur. Orphée salua son arrivée d'un hennissement enjoué. Au moins, un des deux s'était reposé. Comme il s'agissait de celui qui aurait la plus lourde tâche à accomplir aujourd'hui, Lazare ne râla pas trop. Son cheval sellé, il donna une pièce à l'adolescent et quitta le bâtiment en direction de la Durance. En cette période de l'année, il aurait peut-être la chance de trouver un gué où traverser et éviter ainsi le détour jusqu'au départ du bac. Le chemin le long de la rivière l'exposerait davantage au soleil que le reste de la route. Il se réjouissait de le parcourir au potron-minet, histoire de ne pas griller plus que nécessaire. Lorsqu'il serait rive droite, il se débrouillerait pour passer par les sentiers autant que faire se peut. La végétation lui offrirait un soupçon de fraîcheur et romprait avec la monotonie des voies officielles.

Le voyage se déroula étonnamment bien. Orphée marchait d'un pas sûr et constant ; le baron parvint à le conduire sans s'égarer une seule fois – bon allez, une, peut-être bien… Ils firent quelques pauses, profitèrent de l'eau lorsqu'ils croisèrent – rarement – un ru que juillet n'avait pas asséché. Peu après seize heures, la colline au sommet de laquelle s'accrochait Oppedette fut enfin en vue. Un périple rondement mené – et sans demoiselle à sauver ce coup-ci. Lazare soupira. Il était de retour dans son existence damnée, là où Anne-Hélène n'aurait jamais sa place. Tout cela devenait ridicule. La promenade touchait à son terme et son obsession devait en faire de même. Il résoudrait l'énigme qu'elle représentait en septembre, lors du mariage de son frère. D'ici là, il n'avait plus à y penser.

Alors qu'il pénétrait dans le bourg, les cloches de l'église sonnèrent. Bien que la journée fût proche des dix-sept heures, il ne s'agissait pas de donner aux gens la mesure du temps, mais celle de leur salut : leur seigneur approchait. Une douzaine de pitchouns courut vers lui. Il descendit de cheval et tapota les têtes, embrassant les bambins qui lui tendaient leurs joues. Trois hommes jouaient aux cartes à la terrasse du café jouxtant la route qui poursuivait vers Banon. Ils se levèrent pour lui serrer la main. À l'orée du bâtiment, les vieux du village siégeaient ; ils guettaient son arrivée. Chenus, ils étaient assis en rangs, se soutenant les uns les autres de cette immobilité tassée qui les confortaient. Un lichen brun mangeait leurs bancs sans grand appétit. Il évoquait la barbe clairsemée d'un jouvenceau qui se serait fourvoyée aux côtés de la chevelure d'un aïeul, au gris pareil à la pierre de leurs sièges.

Ces honorables anciens lui indiquaient le chemin plus sûrement qu'une haie de cairns, inamovibles et sans âge. Lazare les salua et ils lui rendirent la politesse. Eux aussi étaient ses enfants, d'une certaine manière. Le baron poursuivit sa route le dos raide et le menton haut. Si, partout ailleurs, les gens le méprisaient, ici, on l'idolâtrait. Il n'avait pas le droit de les décevoir. Auprès d'eux, il ne pourrait jamais montrer le moindre signe de faiblesse – face à ses ennemis non plus, et ses frères en faisaient bien évidemment partie. La grâce d'une nielle des blés le traversa. La vision d'un éclat de lumière sur un canon qui venait de faire feu. Il chassa ces souvenirs comme des mouches importunes et remonta en selle. Ses talons s'enfoncèrent dans les flancs d'Orphée, le déviant vers une côte à gauche qui contournait le lavoir. Se donner à la Source lui ferait oublier toutes ces billevesées. Il s'en était toujours sorti seul, pourquoi diable se mettre sur les bras une jeune femme encore pétrie d'innocence ?

La bastide n'était plus très loin. Accrochée à la falaise, la demeure était une ferme de dimensions honorables que la prudence avait fortifiée au cours des siècles. Des précautions qui s'étaient avérées inutiles. Tous les paysans du coin savaient qu'Oppedette était maudite et aucun ruffian de passage, saisonnier ou bandit, ne s'aventurait jusqu'ici. Bien sûr, il restait la menace des soldats, mais le village se trouvait loin des routes commerciales. De manière fort paradoxale, tous ces éléments faisaient de ce domaine un havre – pour peu que son seigneur ne s'en éloigne pas plus de quelques jours.

Les sabots d'Orphée claquaient sur les pavés de la cour lorsque Lazare vit Luc se presser dans sa direction. Il sourit. L'homme s'avérait le plus proche de ce qu'il pouvait considérer comme un ami. Certains disaient qu'il y avait davantage entre eux et que Dieu punissait les terres par la faute de ses péchés. C'était vite oublier qu'il en allait ainsi du temps de son propre père, Crosne de Forcalquier, et du père de celui-ci. Un ragot supplémentaire à trimballer – et il n'en était plus à un près.

— Monsieur, je suis heureux de vous voir ! Avez-vous fait bon voyage ?

— Merci Luc. Aussi bon que possible. Y a-t-il eu des soucis en mon absence ?

Les deux hommes voyaient très bien à quel type de problème il faisait allusion.

— Non, aucun. Vous n'êtes parti que cinq jours, ne mésestimez pas notre propre résistance au mal.

Le domestique sourit. Il savait que, malgré ses paroles, le baron ne cesserait de s'inquiéter dès qu'il aurait un pied en dehors d'Oppedette. Un vrai papa poule !

— Bien, fort bien. Je vais m'y atteler de suite, alors.

Il descendit de cheval et tendit les rênes à son interlocuteur. Celui-ci fronça les sourcils.

— Vous ne souhaitez pas manger quelque chose, avant ? L'œuvre vous met toujours dans un sale état, il serait plus prudent que vous preniez des forces.

Lazare balaya la suggestion d'un geste.

— Inutile. Offre une bonne ration d'avoine à Orphée et bouchonne-le avec vigueur. Il a bien travaillé et a réussi à tenir le coup sur plusieurs jours de trajet. Il mérite une récompense.

— Ça sera fait.

Tandis qu'il s'éloignait, Luc ne put s'empêcher d'ajouter à voix basse :

— Et vous, seigneur ? Quand vous accorderez-vous le repos ?

Le baron prit à peine le temps d'ôter sa veste et de se passer de l'eau fraîche sur le visage. L'instant d'après, il se dirigeait vers le cellier. La pièce avait été taillée sous la demeure, décalée d'un étage. Derrière l'une des étagères garnies de bouteilles s'ouvrait une crevasse. Elle descendait en un chemin étroit et tortueux et gagnait les gorges à mi-hauteur. Jadis, alors qu'on ne la nommait pas encore Calavon, la rivière s'était jetée avec tant de force sur les parois qu'elle y avait creusé de larges poches. Dans la plus enfoncée, un homme d'autrefois avait fait bâtir un château. Foin de confort ou même d'un simple pragmatisme de vie : à l'inverse de la bastide, celui-ci avait été prévu pour tenir un siège. Il possédait trois passages secrets et une piste, l'entrée « officielle », parcourait la pente jusqu'à lui. C'était à hauteur de ce bastion, mais bien plus loin dans les profondeurs de la colline, que se trouvait la Source.

Armé d'une lanterne, Lazare se glissa dans les tunnels. Certains passages s'égaraient vers des voies sans issue.

D'autres, plus dangereux, voyaient leur sol zébré de crevasses assez vastes pour laisser entrer un homme, puis se refermer sur lui quelques mètres plus bas. Dans ces failles infernales, l'écho mourait comme les autres. Ici, personne n'entendait la souris hurler.

Bien sûr, il y avait des marques, des indices discrets pour guider l'initié. L'enfant de la Source était son gardien depuis si longtemps qu'il n'en avait plus besoin. Ses doigts traînaient sur la surface rugueuse de la roche comme on caressait un animal familier – à croire qu'il cherchait à se faire pardonner son absence. Le silence couvrait ses pas. Même sa respiration, alors que la marche nécessitait quelques efforts, nouait avec l'air un pacte frappé de mutisme. Les écharpes de son souffle s'accrochaient aux rares stalactites, flottant parmi les gouttelettes en suspension. Troisième à droite, faire cinq pas et sauter d'un mètre... Il n'avait pas à réfléchir pour savoir où se situaient les chausse-trappes. Sa marche s'accélérait. La Source était là, qui l'attendait, qui l'appelait. Plus que ses propres parents, elle avait pris soin de lui. Elle lui avait tenu compagnie durant ces noires années au cachot, à des dizaines de lieues d'ici, alors que les hurlements de ses gens qu'ils ne pouvaient sauver résonnaient sous son crâne. Elle lui avait donné la folie et l'en avait tiré – mais à quel prix... Il lui avait voué servage, esclave d'une force surnaturelle qui n'appartenait ni au Ciel, ni à l'Enfer.

Sa course déboucha dans le laboratoire. Il s'agissait de la dernière pièce avant qu'il n'accède à sa précieuse maîtresse. Ses lèvres se tordirent en une grimace hideuse. En cet instant, il n'était qu'une bête affamée qu'une porte séparait de sa proie sanguinolente. Ses mains tremblaient en enclenchant les mécanismes d'ouverture – autant de leviers secrets qui protégeaient la souveraine d'Oppedette de ses ennemis. Enfin, le battant s'ouvrit. Son bras se leva ; la lanterne retrouva sa place séculaire, dans un globe de verre taillé de telle façon que le lieu s'illuminait sous ses rayons.

La Source brillait de la splendeur de cent ors. Cette escarboucle vivante et chatoyante – hermine d'une eau pure – possédait dans une seule de ses gouttes la majesté de dix aigles. Elle renfermait aussi la menace des chimères…

Lazare y plongea les poings, les déplia. L'onde vint se lover dans ses paumes. Elle pénétra l'épiderme en minuscules têtards fantomatiques. Il l'apporta à sa bouche et but. La première gorgée fut hésitante – premier baiser à une amante capricieuse qu'on a trop longtemps délaissée. Aussitôt que le liquide se fut enfoncé dans sa gorge, il but de nouveau. Ses gestes devenaient frénétiques. Il avala une troisième lampée. Des orvets remontaient de son estomac le long de sa colonne. Ils pénétrèrent dans sa tête par l'occiput. Avec eux entrèrent la paix et l'oubli. Le travail philosophal attendrait bien une heure. Luc l'avait dit : les villageois se portaient bien.

Oublier ses frères libres et puissants, qui vivaient selon leurs bons désirs. Oublier ses propres fers, lui qui n'avait jamais connu que la servitude, dans une soumission aigrie à un destin trop sévère. Oublier tout ce qu'il avait sacrifié, et ces pulsions qui le traversaient parfois, de ne plus se soucier de personne et de fuir ce lieu – lui, l'unique infecté dans les veines duquel coulait l'antidote. Oublier sa couardise, laide au point de chercher refuge dans une pâle fleur de dix-sept ans, à la sève vigoureuse et aux pétales si fragiles.

Oublier, juste une heure…

Quand Lazare se releva, il tenait l'une des pires migraines de sa vie. Ses frissons n'étaient pas seulement dus à l'atmosphère humide et froide. Les membres raides, il revint dans le laboratoire et enfourna une bûche dans le poêle. Les neurones aussi molasses que ses doigts, il se mit à l'œuvre. Dès le lendemain matin, plusieurs gourdes du remède circuleraient parmi ses sujets. Et, aussi inévitablement que le soleil se lèverait, son emprise se refermerait un peu plus sur ces humains dont il ne voulait rien, si ce n'était la liberté.

Chapitre 7

Rêveuse et dont la main balance
Un vert et flexible rameau,
D'où vient qu'elle pleure en silence,
La jeune fille du hameau ?

La Jeune Fille, Aloysius BERTRAND

Les tomettes étaient froides sous ses pieds nus. Le feu rouge du couchant donnait à sa chevelure l'image d'un brasier naissant de bois brun. Ces dernières semaines, Anne-Hélène avait suivi sa mère à travers le pays pour rencontrer journaliers et fermiers, ouvriers et mineurs. Elle avait aussi servi la révérence à quelques hommes d'influence. Marie-Constance tenait parole : elle la préparait tout doucement à prendre la tête du domaine. Son élève aurait dû en être ravie – et elle l'était ! – mais son bonheur s'avérait incomplet.

Avec une douceur sensuelle, son majeur frôla la cicatrice à son poignet gauche. Son regard se porta sur la commode. Un miroir de la taille d'une assiette lui renvoyait son reflet : l'image d'une demoiselle calme et avisée. Elle avait beaucoup changé depuis le printemps. Elle replaça ses mèches dans la coiffure bien ordonnée. Ses traits devenaient sévères, son expression celle d'une femme respectable. Elle était loin de se sentir en de telles dispositions. La chaleur particulièrement torride de ce début du mois d'août lui avait fait jeter ses vêtements à travers la pièce, ne gardant que la longue chemise de lin. Elle se leva, mais ce fut pour s'affaler sur son lit. Elle attrapa une mèche de ses cheveux et l'entortilla entre ses doigts.

Au-dessus d'elle, son bras dressé lui présentait la marque. Elle était survenue après sa maladie. Anne-Hélène ne gardait qu'un souvenir très vague de ce temps-là. De plus, une sorte de crainte l'empêchait de regarder trop avant dans sa mémoire. Sa mère n'y faisait jamais allusion, même si la jeune femme lui surprenait parfois des airs inquiets. Qu'était réellement cette cicatrice ? Quels soins lui avait-on appliqués pour qu'une telle marque apparaisse à cet endroit précis ? Les saignées se prodiguaient grâce à des sangsues ou en perçant le pli du coude. Elle hésitait. Elle avait l'impression de se trouver face à une porte fermée à clef, derrière laquelle trépignait une bête au souffle puissant et monstrueux. Peut-être n'était-ce rien qu'un bœuf hors d'haleine après avoir traversé la pâture au galop ? Mais il s'agirait là du vain espoir d'un lâche. Son âme savait que la créature n'attendait de sa part qu'un pas dans le labyrinthe pour se ruer sur elle et la dévorer. Son cœur, lui, devinait que, tôt ou tard, elle franchirait le seuil.

Elle se redressa d'un mouvement souple et déterminé. Ce soir, elle interrogerait sa mère à ce sujet. Si curée il devait y avoir, autant s'y soumettre de suite. Parfois, la peur et l'attente étaient plus douloureuses que le coup de grâce.

Marie-Constance savourait les dernières bouchées d'une salade de légumes, idéale lorsque la chaleur avait cogné toute la journée. La suite prévoyait des courgettes farcies, un plat simple et goûtu comme elle les aimait. Les récoltes seraient excellentes cette année et son héritière montrait un intérêt insoupçonné pour la gestion de son domaine. Tout serait parfait si ladite demoiselle, assise à sa droite, n'avait pas cette moue boudeuse qui, outre rappeler ses années d'insouciance, marchait de pair avec une propension aux petits caprices.

— Allons donc, qu'as-tu à chipoter ainsi sur cette pauvre tomate ? Qu'est-ce qui te tracasse, à la fin ?

Anne-Hélène croqua dans une carotte pour donner le change. Son nez se fronça davantage. Avec un soupir, la châtelaine posa ses couverts. Elle fit signe à la domestique de remporter le plat qui arrivait et se tourna vers sa descendance.

— Ma fille, quelle que soit la raison de ton inquiétude, je ferai tout mon possible pour y remédier. Je t'en prie, ouvre-moi ton cœur.

Son interlocutrice hésita, puis lâcha à son tour sa fourchette.

— Il s'agit de ma maladie…

Comme elle s'y attendait, sa mère se rembrunit. Toutefois, elle était bien décidée à aller jusqu'au bout de ses questions – surtout maintenant qu'elle s'était jetée à l'eau. Si elle reculait, l'affaire serait jugée entendue et remisée au grenier.

— Que s'est-il passé exactement ? Pourquoi ai-je cette cicatrice au poignet ? C'est moi qui me suis fait ça ?

Ses yeux brillaient, mais elle refusait de pleurer.

— Souffrais-je tellement que j'ai voulu me tuer ?

— Ooooh, ma toute petite…

Marie-Constance se leva et, en deux pas, la prit dans ses bras.

— Mon agnelle… Non, bien sûr que non ! Je suis tellement désolée, je n'avais pas deviné que tu recelais de telles pensées. Ce n'est pas toi qui t'es fait ça, mais l'un des instruments qui ont participé à ta guérison.

— Quelle guérison ? Quelle maladie ? Maman, pourquoi n'en parlez-vous jamais ?

La paume maternelle lissait les cheveux sans y penser. La tête de l'adolescente reposait contre son cœur.

— Je croyais que tu n'étais pas prête. Je me suis trompée. Tu as mûri si vite… Viens, installons-nous dans le petit salon, je te dirai ce que tu dois savoir.

Ses mains joignirent celles de sa descendante. Marchant de côté pour ne pas la quitter des yeux, elle l'entraîna à sa suite. Alors qu'elles passaient dans le couloir, la marquise ordonna que personne ne vienne les déranger.

Elles prirent place sur le canapé. Leurs doigts restèrent entremêlés. Dehors, les oiseaux chantaient le crépuscule. Des ombres mauves s'étendaient sur le sol et léchaient les murs. La châtelaine replaça une mèche de cheveux derrière l'oreille de sa fille. Elle était si pâle ! Son visage se détachait dans l'obscurité qui investissait la pièce à pas de loup. Pourtant, son regard farouche – deux mares claires qu'en cet instant troublaient ses tourments – laissait transparaître la force de son âme.

— Cette nuit-là, un empoisonnement t'a conduite aux portes de la mort. Je n'ai pas eu d'autre choix que d'appeler la Masco pour te sauver.

Anne-Hélène sursauta.

— La sorcière ?

Sa mère confirma d'un signe de la tête. Ses prunelles erraient dans le noir. Elle sembla s'en rendre compte et la fixa soudain droit dans les yeux. Sa pauvre petite devait savoir qu'elle pourrait toujours compter sur elle, même alors que l'opprobre de ses propres fautes planait au-dessus de son front en vautours décharnés.

— Oui. Je n'ai pas honte d'avoir fait commerce avec cette personne si c'était le prix à payer pour te sauver, toi. Elle a réussi à extraire le venin et tu as recouvré la santé.

Pas tout à fait, se dit la jeune femme.

Pas alors qu'elle avait ces visions étranges et que des pulsions interlopes l'habitaient, au point qu'il lui était difficile de revenir à la réalité. À présent, elle se demandait si ce n'était pas le cas avec le baron d'Oppedette. Lorsqu'elle l'avait rejoint dans la nuit, auprès de la rambarde, s'agissait-il réellement d'un élan volontaire ? Ou une sorte de délire l'avait-elle portée jusqu'à lui ?

En tout cas, désormais, elle savait ce qui s'était passé et pourquoi son esprit se trouvait embrumé à ce point quand elle réfléchissait à cette période.

— Ma chérie, ce n'est pas tout...

Le ton de sa mère lui glaça le sang. Il était doux et tellement triste...

— Qu'est-ce qu'il y a ? Je risque des rechutes ?

— Non, ta santé n'est plus en danger. Néanmoins, tu n'as plus toutes les possibilités que la vie t'offrait auparavant.

Anne-Hélène leva sa main jusqu'à sa joue. Les doigts étaient frais contre sa peau, tache fantomatique dans les ténèbres qui s'installaient.

— Oui, j'ai remarqué : je suis aussi blanche que de la craie. Je devrais faire plus attention, avec les étés qu'on a. Je me suis déjà pris quelques bons coups de soleil !

Elle sentit les poings de sa mère se crisper autour de celui qu'elle lui avait laissé.

— Il y a cela, en effet, mon agnelle…

Un éclat de rire amer coupa l'aveu. La marquise tressaillit. Le fiel se répandait dans l'expression de son enfant autant que dans sa voix.

— Au moins, je ressemble de plus en plus à ce surnom stupide. Je vous en prie, maman : l'agneau, lui, ne survit pas à la morsure du serpent.

Choquée, son interlocutrice se figea. Un silence se glissa entre elles. Il se mit à bâtir un mur, patiemment, comme il savait si bien le faire sur des fondations de défiance et d'aigreur. À mesure que les secondes s'écoulaient, il renforçait l'ouvrage. Marie-Constance se décida à abattre cet obstacle avant qu'il ne devienne trop résistant. La jouvencelle la prit de court.

— Ce n'est rien, maman, lâcha-t-elle dans un souffle. Continuez, s'il vous plaît.

— Bien, mais il faut que tu saches… Ce qui a changé en toi a aussi changé ton futur. Pour te faire revenir parmi nous, la Masco a eu recours à certaines plantes – des plantes aux propriétés violentes – qui ont abîmé ton corps. Ma chérie, tu ne pourras pas avoir l'existence consacrée à ton rang.

Elle chercha ses mots, la meilleure façon pour formuler cette horrible révélation sans se montrer trop directe.

— Tu ne pourras jamais transmettre le domaine à ta propre chair.

La respiration de l'héritière se suspendit. Sa main devint molle. La châtelaine, terrifiée, guetta la chute.

— Anne-Hélène ? Anne-Hélène ? Ma chérie…

Mais celle-ci ne vint pas. Très droite, toujours sans mouvement – pas même celui, discret, de la poitrine lorsque les poumons se gonflent –, la jeune femme semblait foudroyée.

Sa mère commença à paniquer. Elle lui saisit les bras d'une poigne ferme et la secoua.

— Anne-Hélène !

Celle-ci se dégagea d'un bond. Debout à côté du canapé, elle haletait – à croire qu'elle cherchait à rattraper les inspirations perdues.

— Maman…

Son ton étranglé rassura un peu la marquise. Si sa descendante exprimait ses émotions, cela serait plus sain et elle pourrait l'aider.

— Je suis désolée, maman. Je vous aime, mais je préférerais que vous me laissiez tranquille quelque temps.

Elle fit volte-face et s'enfuit.

Marie-Constance demeura seule. La disparition impromptue de sa fille, cette exigence que son cœur de mère ne pouvait entendre eurent raison de ses nerfs. Que lui resterait-il, si sa toute petite s'éloignait d'elle ? Il n'y eut que le chant des grillons pour répondre à ses sanglots.

Anne-Hélène ne sortait plus du château. Elle errait entre le troisième étage – désert depuis que sa chambre avait été transférée un niveau plus bas – et le deuxième, évitant soigneusement les pièces où se trouvaient les domestiques et les rares occasions où la marquise se rendait à son cabinet de travail. Elle descendait parfois jusqu'au premier pour se faufiler dans le bureau de son père. Elle y passait alors de longues heures ; elle se sentait aussi morte que lui. Après tout, il y avait le deuil de son avenir à faire. Elle l'entreprit avec une ardeur farouche, détruisant son identité pour faire bonne mesure avec cette vie qu'on lui avait promise depuis sa naissance et que le destin avait saccagée. Sa rage était d'autant plus féroce qu'une fêlure ravageait sa conscience : au premier instant où elle avait compris qu'elle ne pourrait pas avoir d'enfant, elle en avait été heureuse…

La honte de ne pouvoir accomplir son devoir, la crainte de vieillir misérablement l'avaient saisie, certes. Le poids de son éducation – qui l'accusait de faillir à une tâche essentielle – et la perte de cette qualité primordiale chez une femme de la noblesse avaient suffi à geler ses entrailles. Néanmoins, au moment précis où elle avait su… Le temps d'un battement de cils, l'ivresse de la liberté lui avait procuré le plus beau des vertiges. Le souvenir de cette émotion la mortifiait à chaque minute. On lui avait ôté sa mission. Quel homme voudrait d'elle si elle ne pouvait lui donner de marmots ? D'autant que le domaine de Varages n'était guère reluisant : assez riche pour y vivre moyennant une attention et des efforts constants, trop pauvre pour éveiller des convoitises alors que les usines pousseraient plus vite que les légumes, maintenant que l'Aigle était en cage. Lorsque sa mère mourrait et qu'il deviendrait évident qu'elle-même finirait vieille fille, qu'arriverait-il ? Calmement, elle y avait réfléchi, déroulant les fils des droits et héritages. Ce fut au détour d'une pelote qu'elle le comprit, dans un éclair d'effroi aveugle : ce mariage de la tante Hilaria, avec le comte de Forcalquier, allait la placer sous la tutelle de ce dernier !

Cette liberté avec laquelle elle se flagellait était en réalité aussi impalpable que de la vapeur d'eau. Il lui faudrait vivre durant plusieurs années avec cette épée de Damoclès accrochée au-dessus d'elle : dépendre, selon la loi, d'un homme qu'elle ne connaissait pas. Son comportement chaleureux, ses paroles mielleuses n'étaient qu'un écrin. Que voyait-on lorsque la boîte s'ouvrait ? Anne-Hélène ne quittait guère le bureau, désormais. Elle ne se nourrissait presque plus. L'eau lui suffisait. Elle la regardait pendant des heures, se demandant quel effet cela faisait d'en avoir les poumons remplis. Une ève si claire, comme jaillie de la roche… Elle ne pouvait mentir. Limpide, la mort en son sein serait-elle comme de plonger vers le ciel ? Les draps lactescents posés sur les meubles étaient autant de fantômes qui la pressaient de les rejoindre. Parfois, la demoiselle s'en couvrait. Qu'il était doux d'imaginer à ce contact le calme du linceul…

*

La fête de la Vierge passa. Elle fut une source d'inspiration où s'abreuvèrent les rêveries mortuaires berçant les veilles blanches de ses jours. Ceux-ci tournaient comme les aiguilles d'une horloge qu'on aurait oublié de remonter : le premier coup ne voulait pas sonner. Aussi Anne-Hélène décida d'engranger le décompte des nuits, puisqu'à chacune d'entre elles tombait une étoile. Tranchante, crissante, sa lumière glacée entamait la peau en un trait aussi pur et innocent que la lueur qui précède l'aurore. Hélas, même diluée dans une bassine, une goutte de sève mariée à l'onde n'atteignait pas la tendresse de ce rose dont l'aube se vêt.

L'éveil du coq rompait l'enchantement. L'âme s'alourdissait soudain. Les fers qui la rattachaient au corps se reformaient à la forge du soleil. Au petit matin, Anne-Hélène s'effondrait, rongée par le désespoir que ce monde ne se soit toujours pas évaporé.

Comment l'idée lui était-elle venue ? Dormait-elle en elle depuis sa maladie, dans une léthargie de larve désormais prête à prendre son envol ? Une première esquisse du plan naquit un après-midi, alors qu'elle tournait en rond sur le grand tapis de sa chambre. Une douleur vive la pinça au talon. Elle tomba par terre, surprise et meurtrie. Une aiguille de couture s'était plantée dans son pied. Avec précaution, elle la retira. Une gouttelette rouge coula le long de l'épine de métal. Fascinée, la jeune femme l'observa glisser, petite boule pourpre et poisseuse. Il lui sembla soudain appartenir à un conte, l'une de ces histoires terribles et merveilleuses où la princesse souffrait mille dangers à cause de la jalousie d'une marâtre ou d'une vieille sorcière acariâtre.

Quelque part dans son esprit, une porte s'ouvrit. Oh, elle s'entrebâilla à peine, mais juste assez pour laisser filtrer les rais d'une théorie lumineuse. Hélas, Anne-Hélène s'était enfoncée trop loin dans les ténèbres pour qu'une étincelle suffise à relancer la machine. Le feu follet ne se découragea pas. Il navigua dans la brume, remonta le courant en prenant garde à conserver sa flamme. Il se nourrissait de chaque indice que la vie voulait bien envoyer à l'héritière déçue. Le chemin fut long. Dans le monde au-dehors, elle continuait à errer, l'âme en peine – ou déjà envolée.

Vint la fin du mois d'août. Hilaria et Jean Pietro de Forcalquier se marieraient dans une quinzaine de jours. La demoiselle de Varages aurait dû être en train d'essayer des robes pour la fête. Marie-Constance avait bien fait de timides tentatives pour la tirer de sa retraite, mais elle avait vite compris que sa fille ne projetait pas d'honorer par sa présence le bonheur de sa tante. Comment aurait-elle pu se réjouir de cet événement qui allait l'enchaîner à jamais à la gent masculine ? Jusqu'ici dépendante de sa mère seule – laquelle l'avait élevée avec des idées très libres –, elle devrait désormais rentrer la tête en priant pour que cet oncle par contrat ne s'intéresse pas à son cas. Et puis, dans quel but aller se montrer à un bal quand on savait qu'aucun homme ne voudrait d'une infertile pour épouse ? Car elle ne se faisait pas d'illusion, dès qu'ils apprendraient que son ventre ne pouvait plus concevoir, ils fuiraient la queue entre les jambes – ou resteraient avec pour projet de s'unir au domaine et de badiner avec une poignée de maîtresses. Le maroufle aurait un large choix de bâtards dans lequel piocher pour l'adoption, profitant de leurs enfances anonymes pour repérer les plus compétents. Alors oui, comment s'amuser quand l'avenir était si lugubre qu'on lui préférait la limpidité aveuglante des sombres heures de la nuit et la solitude des grands orages ?

Un lundi, lassée de l'insistance de sa mère, la jouvencelle rompit la retraite en sa cellule pour gagner celle des collines. Elle avait emporté le fusil avec elle. Sa dernière promenade lui avait servi de leçon. De plus, un ange perché sur son épaule lui susurrait que la vitesse d'une balle ne donnait le temps ni à la douleur ni à l'effroi. Sur le dos d'Hercule, elle était partie en direction du nord-est, empruntant le chemin de Riez avant de bifurquer vers le ravin de la Vélanette. Elle n'avait pas vraiment de projet et se laissait porter par le vent, grain de pollen au milieu de la poussière aride. La terre, cuite et desséchée, pelait en une sorte de sable poudreux. La cavalière n'eut pas à la manger longtemps : dès qu'elle quitta la grand-route, une forêt se dressa autour de la piste sinueuse. Les arbres repoussaient les bourrasques ; leurs racines prévenaient la desquamation des sols. La promenade aurait été diantrement agréable dans ce frais humus protégé par les frondaisons, si ce n'étaient ces pensées qui embastionnaient son esprit plus efficacement qu'un bataillon.

Comme ils passaient auprès d'un ru, Hercule s'ébroua. Il avait bien mérité une pause. Anne-Hélène descendit de selle et le guida vers l'onde. Il y plongea le mors sans se faire prier. Elle-même en profita pour s'asseoir sur un rocher lisse et détendre un peu ses muscles. Il faisait beau, mais l'éclat du soleil avait baissé depuis la dernière fois qu'elle était sortie. L'automne approchait, et sa vie aussi déclinait. Un mouvement près de son pied attira son attention. Elle tressaillit : un serpent glissait dans l'herbe. Digne fille de sa mère, elle reconnut une couleuvre et fut aussitôt rassurée. L'animal était placide et sa morsure sans venin. D'ailleurs, en y réfléchissant, quel était donc ce poison qui avait si gravement menacé son existence ?

Sa pensée dériva bien vite, absorbée par l'évolution sinueuse. Le déroulé de ce corps simple à l'extrême la fascinait. On l'aurait dit porté par un courant invisible, à croire qu'une eau trop céleste pour ce monde visible coulait sous ses écailles et l'entraînait au gré de ses remous. Elle tendit la main. Sans marquer d'hésitation dans sa course, le serpent y grimpa et s'enroula autour de son poignet. Anne-Hélène plongea son regard dans le sien. Les pupilles rondes et noires, accrochées là comme deux baies au genévrier, la fixaient également. Un malaise diffus s'insinua en elle. L'image de la première femme tentée par Satan imprégna son cerveau. Elle hoqueta, troublée, puis se reprit. Était-elle encore si naïve pour se laisser avoir par ces fables de bénitiers ? La bête ne bougeait plus ; elle attendait. Avec lenteur, l'humaine avança ses lèvres. Les oiseaux suspendirent leur vol. Hercule cessa de remuer. Même ses oreilles qui s'agitaient, inquiètes, se figèrent. Les derniers chants d'amour des cigales s'éteignirent dans l'éclat des rayons qui tintinnabulaient, follicules d'or blanc sur les feuilles semper virens.

Et le doux flot du ruisseau, toujours, coulait en une caracole joyeuse.

Chapitre 8

> Autour de son front, je m'étonne
> De ne plus voir ses myrtes frais ;
> Sont-ils tombés aux jours d'automne
> Avec les feuilles des forêts ?
>
> *La Jeune Fille*, Aloysius BERTRAND

Lazare écrasa un sourire alors qu'un immense dogue dévalait les escaliers de pierre blanche au cœur du château de Sauvan. Un jeune serviteur lui courait après, mais cela n'empêcherait pas l'animal de faire son comptant de remous parmi les robes précieuses et les uniformes rutilants qui remplissaient la salle de réception. Ors, taffetas et velours se pressaient plus que les linges de batiste et de dentelle dans le trousseau de la promise. Le mariage de son frère était un véritable succès en termes de renommée. Les nobles se trouvaient plus qu'heureux de se réunir et de célébrer leur panache rendu avec tout le luxe qui convenait – l'ancienne noblesse, en tout cas. La nouvelle montrait un enthousiasme timide, mais le baron d'Oppedette voyait bien sur leurs traits apparaître des éclairs d'avidité qui s'évanouissaient aussitôt.

Le chien tamponna quelques jambes et fut la cause de plus de minauderies encore. Lazare s'ennuyait. Il avait espéré que la marquise de Varages et sa fille seraient logées en la bâtisse en raison de leur parenté avec la fiancée, mais Marie-Constance avait décliné l'invitation. Depuis leur rencontre en sa demeure d'Allemagne, il révisait son jugement sur la châtelaine. Certes, son tempérament benoît et généreux se vérifiait d'une bonhomie crasse. De toute évidence, aucune mansuétude n'était épargnée aux bienheureux qu'elle prenait sous son aile. Néanmoins, sa perception de l'âme humaine semblait plus fine que ses yeux de bonne vache laitière ne le laissaient supposer. Elle n'avait pas trébuché dans ses pièges. L'unique traquenard dans lequel elle avait sauté était son propre attachement à ses gens. Encore ne s'agissait-il d'un leurre que par sa volonté d'abattre les barrières de son interlocutrice, car il n'avait pas eu à mentir ce coup-ci.

Seule une vérité avait réussi à pénétrer les défenses de la marquise. Sans doute que, avec ce même instinct né d'une secrète communion avec les forces vives et saines de la nature, cette femme avait-elle percé à jour le véritable caractère du comte de Forcalquier ? Ou bien préférait-elle ne pas s'exposer à la rapacité de cette cour de campagne, pusillanime, à guetter la moindre repousse d'herbe verte dans leur carré ravagé par les guerres. Enfin, il serait fixé bien assez tôt. Le dogue avait été attrapé et le garçon tanné avec fracas. Une distraction appréciée, la salle de jeu n'ouvrirait qu'après la cérémonie. L'orchestre se tenait dans un coin, à la recherche de quelque auditoire au-delà du salon de musique déserté. Hélas, il ne formait qu'un mouchoir convenable sur les trous des conversations. Le baron soupira. Il restait une demi-heure avant le départ des troupes pour la cathédrale Notre-Dame-des-Pommiers, sise en la ville de Sisteron. Anne-Hélène ne paraîtrait pas avant.

D'un côté, il ne pouvait qu'approuver ce choix pétri de raison. Il aurait été sot de venir à Sauvan pour faire aussitôt demi-tour et repartir sur la même route en direction de la cité où se déroulerait le mariage. Cela n'était qu'un gaspillage de temps et une source de fatigue inutile pour les bêtes. Cependant, pour une fois, l'homme n'avait pas goût à l'efficacité. Mais bon, qu'aurait-il fait durant le trajet ? Chevaucher le flanc collé à la berline de ces dames ? Sa propre niaiserie le désespérait. Le visage fermé, il traversa d'un pas vif la bonne société empesée et monta l'escalier. Autant partir maintenant, il n'était vraiment bon à rien – pas même à presser quelques bourses.

La cathédrale avait été décorée en grande pompe. Les honneurs des lourdes tentures se trouvaient répandus aux pieds du comte de Forcalquier. Au sein de l'édifice, un bleu clair se déployait en lieu et place des cieux. Du pourpre sur le sol et les murs rappelait la richesse de cœur et de lignage du futur époux. Plus légers, des voiles blancs éclataient en taches insistantes et saugrenues. Des fleurs de cette même couleur pure où s'unissaient toutes les autres étaient nouées au bord des bancs, de façon à parsemer l'allée centrale de leur fraîcheur. Jean Pietro avait organisé les choses en grand – comme toujours. Deux rangées de tambours encore imberbes et bien faits de leur personne formaient une haie d'honneur depuis l'entrée de l'église. Là encore, Lazare reconnaissait la patte de son cadet : il adorait les entrées fracassantes.

Le baron grimaça en son for intérieur. Il affichait l'air tranquille et content d'un aîné heureux du bonheur de son petit frère. À présent que les bonapartistes se faisaient tirer comme des lapins, il avait intérêt à montrer le plus grand soutien à sa fratrie – qui, elle, avait eu l'heur de se draper dans la bonne bannière.

Une voiture aux armes des Varages s'arrêta à quelques mètres de lui. Trois femmes en sortirent, puis le cocher partit les attendre plus loin. Le baron laissa un sourire monter jusqu'à sa bouche, d'autant plus convaincant qu'il n'était pas feint. Marie-Constance, qui venait de l'apercevoir, parut touchée de cette attention. Il la salua en levant la main au chapeau. La politesse achevée, son regard se tourna vers l'héritière. Si rien ne parut sur son visage, son souffle, lui, mourut entre ses lèvres. Elle était magnifique.

Ne perdurait de la toilette du précédent bal que le blanc de la robe, qui l'enveloppait tel un linceul tendu sur des espoirs fauchés. Le tissu épais masquait davantage ses formes. La coupe se révélait plus sage, presque austère sur une demoiselle de sa beauté et de sa jeunesse ; sa coiffure, moins folle. Il n'y avait plus de pétales dans ses cheveux, ni de rire perlant aux coins de ses yeux. Pourtant, il émanait d'elle une sauvage assurance, une ombre mauve de la fatigue des esbats [1], qui confèrent puissance et savoir. Comment les deux femmes qui l'accompagnaient ne le sentaient-elles pas ? Par quelle poudre soufflée sous leurs paupières les badauds qu'elle croisait ne reculaient-ils pas face au spectre de sa puissance, ombre tenace sous les rais encore durs du soleil de septembre ? Elle ressemblait à une fleur vénéneuse

1. « Esbat » est un terme sorcier. Il désigne les célébrations qui ont lieu à chaque pleine lune. Les esbats sont souvent appelés dans le folklore populaire des « sabbats ». Or, pour les Wiccans et de nombreux Païens, les sabbats sont au nombre de huit et fêtent les changements de saison ainsi que le summum de chacune.

qu'un ancien buisson recouvrirait de ses épines afin d'en protéger la sève encore verte. Peu importait la marque à son poignet, désormais : sa présence tout entière exhalait ce parfum de brume aux aubes grises et de genévrier...

D'armoise et de mandragore égorgée...
De brindilles cassées par les danses des Follets...
De limon volé sous les pieds de la Tarasque.

Il lut dans ses prunelles d'escarboucle l'éclat des matagots. Elle était perdue. Elle était comme lui. Les traits d'Anne-Hélène se durcirent. Avait-elle compris qu'il savait sa nouvelle obédience ? Elle se détourna et alla saluer un bourgeois de Valensole tandis que sa mère avançait vers lui.

Avec une amabilité touchante, Marie-Constance entama la conversation. Lazare avait un mal de chien à se concentrer. Son esprit vaguait en bancs argentés qu'il peinait à rassembler. Un mérou nageait en périphérie, lourd et puissant. Un danger le guettait, mais il ne parvenait pas à l'identifier. La Source se taisait – ou peut-être se noyait-elle dans la saumure de ses hésitations ? La menace venait de l'enfant des Varages, mais de quoi s'agissait-il ? Bien qu'elle ait acquis une puissance étonnante sous un front aussi frais et ses mèches souples de noisetier, la malédiction plusieurs fois centenaire des gorges du Calavon écrasait la balance. Dans un ultime soubresaut, il se reprit. Il aurait assez de la soirée pour découvrir ce qui le troublait tant. L'instant se dédiait aux mondanités. Rejetant ses épaules en arrière, il réussit enfin à se consacrer à la marquise.

L'arrivée du couple phare de cette journée fut comme le bâtiment en question : énorme et d'une lumière à étouffer les étoiles. Les deux rangs de tambours roulèrent comme une nuit de tempête. Plusieurs invités grimacèrent, esquissant le geste de se couvrir les oreilles avant de se reprendre aussitôt. S'il avait pu, Jean Pietro aurait fait tonner les canons, lui qui les aimait tant, et qui leur devait ses galons. Il avança dans la nef, immense, comme en terre conquise. Lazare se tenait au premier rang, seul membre de sa famille. Joseph Dario n'avait pu rentrer à temps, un ouragan le maintenant amarré en des îles lointaines.

L'aîné soupçonnait qu'il l'avait fait exprès : le bourlingueur détestait les mondanités – et, à dire vrai, ce n'était pas plus mal qu'il n'y participe pas. La boisson ne le transformait pas en joyeux luron, loin, bien loin de là… Le comte de Forcalquier s'arrêta devant l'autel. Sa présence éclipsait même l'évêque qui avait consenti à les marier. Au plus près du maître des Cieux, on aurait cru qu'il en était le véritable seigneur. L'aiguillon de la jalousie vint se planter dans les boyaux de Lazare. Dans ces instants de majesté, il voyait en ce benjamin tout ce qu'il aurait pu devenir – ce qui aurait dû être sa personnalité, son héritage ! La bile lui entrava la gorge. Grâce lui fut accordée lorsque la fiancée pénétra à son tour dans la demeure divine, lui offrant un dérivatif bienvenu.

Hilaria se révélait semblable à tous ceux qui s'unissent par amour. Belle, rosissante, ses lèvres tremblaient alors qu'elle tentait en vain de cacher son sourire. Il ne comprenait pas comment, mais de toute évidence, elle était sincèrement éprise de son frère. L'attitude de la future épousée l'amusa. Elle essayait de garder la contenance et la superbe qui avaient tant marqué le baron lors du bal où ils s'étaient rencontrés. Pourtant, sa joie pétillait derrière sa retenue, fendillant son masque, la rendant plus humaine qu'il l'aurait supposée. En cet instant béni où elle remontait l'allée de son mariage, Hilaria partageait la beauté radieuse de sa sœur. Il aurait voulu maudire cette union, voler son bonheur à son frère. Avec regret, il abandonna ses vœux de vengeance. Il n'avait pas cœur à moucher la douce flamme qui transfigurait celle qu'il avait prise pour une statue de marbre, aussi froide que son cadet. En réalité, ils s'opposaient : d'un extérieur glacial, elle couvait les braises d'un tendre sentiment qui ne demandait qu'à s'exprimer. Quant à lui... Hélas, si ses colères portaient le feu d'un tir d'artillerie, son palpitant battait à vide, aussi stérile que les pierres du mont Ventoux. Un mauvais pressentiment l'étreignit.

Lorsque la femme rejoignit son presque époux, celui-ci lui prit les mains, s'octroyant un nouveau sourire à peine frémi. L'évêque dut toussoter pour qu'ils consentent à se tourner vers lui. Débuta alors la litanie en « us », « ae » et autres « ii ». La suite serait d'un ennui mortel. Pour tromper celui-ci, Lazare entreprit d'observer l'assemblée. Il était plus près des bas-côtés que du vaisseau central. Sa position faisait face à la vitre qui protégeait les reliques de saint Thyrse. Se désintéressant des chapes sacrées, il se concentra sur les reflets. Quelques vautours sautillaient au milieu d'un beau troupeau de moutons. Beaucoup paraissaient s'émouvoir, mais il soupçonnait que la situation, par ce qu'elle révélait de l'ancien pouvoir retrouvé et de l'union confirmée entre l'Église et la noblesse, les touchait davantage que la cérémonie elle-même.

Il s'autorisa un coup d'œil aux dames d'Allemagne. Marie-Constance tenait la main de sa fille entre les siennes. Cette dernière, quant à elle, affichait une expression dévastée. Revenant au miroir que lui offrait la vitrine, le baron fronça les sourcils. Il était vrai qu'Anne-Hélène tombait sous la tutelle de son frère, qui s'avérait à présent le seul homme de la famille. Toutefois, elle se marierait bien vite, elle aussi, et ne dépendrait plus que de son futur époux. Jean Pietro ne ferait pas de difficulté pour lui accorder son choix – à moins qu'il n'ait projeté de renforcer un quelconque accord par des liens conjugaux. En ce cas, la jeune femme ne pourrait que se soumettre. On ne disait pas non au comte ; cela fonctionnait déjà ainsi du temps du vieux Crosne.

À la pensée de la demoiselle unie contre son gré, il sentit une torsion au creux de son estomac. Elle méritait mieux que ça. Elle ne devait pas être enfermée. Un autre regard en coin amena en lui des sentiments mitigés. Elle possédait bien cette aura vibrante de force et de colère qui l'avait tant marqué sur le parvis. Néanmoins, en cet instant, son esprit semblait prêt à se briser – roseau à la tige trop fine qu'on aurait plié face contre terre. La perspective de passer sous la garde du cadet Forcalquier suffisait-elle à la mettre dans cet état ? Une nouvelle question à ranger dans la bibliothèque de l'énigme qu'elle constituait. Lazare s'aperçut qu'il se forçait à respirer lentement. Pour être honnête, il aurait voulu être près d'elle, connaître le danger qu'elle craignait, comme ce jour-là, sur la falaise ; tirer sur quelqu'un, abattre ses peurs. Il préférait la voir magnanime et glorieuse qu'en souris effrayée par la tempête. Il lui aurait donné un jardin de jasmin et de ronces.

Un soupir ponctua la fin de sa rêverie. Il n'était pas son père ; elle n'était plus une enfant. Pourtant, ce diable de réflexe traînait sous son crâne que de vouloir la consoler, écarter les dangers. Des fourmis couraient sur ses mains, le pressant d'agir, mais pour faire quoi ? Il ne la conduirait pas dans la cage d'Oppedette. Malgré sa détermination, la

Source lui soufflait que les gorges du Calavon lui plairaient ; que les collines de là-bas étaient aussi brûlantes, paillettes d'ajoncs et de coquillages grêlés, que celles à l'est de Valensole. La Source, ou son désir ? Le poison qui suintait dans sa vie, sève et fiel à la fois, lui brûlait la cervelle quand ses yeux se posaient sur elle. Plus il l'observait, plus se répandait sur sa langue une douceur de pétale, aussi velouté que la nielle des blés.

Un mouvement au fond de la cathédrale happa son attention. Dans un coin du narthex, des silhouettes recouvertes de hardes sombres s'agitaient. Rien de surprenant à première vue : le peuple aussi voulait assister à la fête. Cependant, quelque chose chez ces gueux-là le titillait. Il lui fallut trois secondes – un siècle pour quelqu'un de sa trempe – pour comprendre la raison de sa méfiance : leurs têtes n'étaient pas dirigées vers le transept. Tournés les uns vers les autres, ils formaient une lente farandole au ressac presque imperceptible. Entre deux frusques, l'éclat d'une pièce imprégna sa rétine. Une sueur froide le recouvrit. Ces misérables pratiquaient le maléfice de l'aiguillette sur le mariage de son frère, dans la nef même de la cathédrale ! Avec toute la discrétion dont il était capable, il se glissa au bord du siège et, d'un geste souple, se leva pour se fondre dans l'obscurité des collatéraux. Il n'avait pas même froissé l'un des rais qui passaient par les hautes croisées, que la Révolution avait blanchies. À sa gauche, dans la chapelle de la Vierge au rosaire, une Marie de marbre immaculé portait son fils sur sa hanche gauche. Sa main droite tenait un sceptre surmonté de la fleur de lys.

Lazare grinça des dents. Se préparait-il vraiment à défendre ce frère qui avait tout eu, la préférence comme la royauté ? Pourtant, alors qu'il cherchait la grimace moqueuse du destin sur les traits d'albâtre, la statue ne lui renvoya qu'un regard franc et bonasse. À croire que la marquise avait posé pour l'œuvre ! Avec sa bouche entrouverte, comme si elle s'apprêtait à engager la conversation, elle donnait l'impression de tendre le sceptre plutôt que de le brandir. Il aurait préféré la main d'Anne-Hélène, mais enfin, un supplément de pouvoir était toujours bon à prendre. D'un geste ironique, il salua la Sainte Mère et entreprit de remonter l'allée. Bientôt, il put compter les conspirateurs, au nombre de trois. Vu la nature de leur œuvre, il les soupçonnait d'être du beau sexe. Alors qu'il arrivait à leur hauteur, elles se mirent en branle et, frôlant les orgues lustrées pour la cérémonie, quittèrent la cathédrale. Ses pas emboîtèrent les leurs.

Dehors, le temps avait fraîchi. D'énormes nuages blancs pesaient dans le ciel, l'alourdissant jusqu'à lui en faire frôler le sol. L'air se parait d'un voile étrange, comme si le monde n'était plus tout à fait en phase avec lui-même. Les capuchons avaient tourné à gauche et suivaient la route bordée d'arbres. Lazare se hâta et les rejoignit en quelques foulées.

— Mesdames…

Elles firent volte-face, mais une seule leva le front vers lui. Il reconnut la Marinette. Son cerveau mit un instant à assimiler l'information : la vénérable péripatéticienne habitait du côté du plateau de Valensole, une longue route pour simplement assister au mariage d'un seigneur dont elle n'avait que faire. Avait-elle réellement traîné sa carcasse d'ancienne tout le long de cette route dans l'unique but de maudire l'hyménée ? Son regard se dirigea sur les deux autres manteaux : impossible de deviner de qui il s'agissait. Autant entrer dans le vif du sujet.

— N'allons pas par quatre chemins ; la haie d'honneur va se former dans un instant. Je vous ai vues porter l'aiguillette contre mon frère.

— C'est donc que tu observes là où d'autres détournent les yeux.

Écartant la réplique de la main – les jeteurs de sorts tarabiscotaient les cervelles aussi bien que leurs maléfices –, le baron reprit :

— Vous reconnaissez votre forfait ? Êtes-vous prêtes à en répondre devant la justice ? Voltaire et Diderot sont peut-être entrés dans les mœurs parisiennes, mais je peux vous garantir qu'ici, on trouvera un juge pour accepter la nature de vos actes.

— La justice des puissants n'est qu'un maléfice trop facile à nouer pour eux. Ils en usent et abusent, jouant de leurs prérogatives comme de grelots attachés à un joli hochet brillant. Tu sais bien, Lazare… Un hochet droit et fier comme un sceptre.

Nullement troublé, l'homme sourit. Puis, ses traits se durcirent tandis que son front passait à l'orage. Si elles pensaient l'impressionner avec des tours à deux sous, elles se plantaient de façon fort regrettable pour des diseuses de bonne aventure.

— Qu'êtes-vous venues chercher en ce jour ? La vengeance ? Le simple plaisir de nuire ?

La vieille eut une moue de dégoût.

— L'équilibre a été bafoué.

Elle cracha dans l'herbe avant de reprendre.

— Avec le coffre vient le trésor – or, deux frères ont séparé ce qui n'est qu'un tout. Ni l'union de Jean Pietro, ni la tienne ne seront fertiles. Tu portes le fardeau, ton mariage sera ta récompense. Lui qui usurpe la royauté sur ces terres, le sien sera son calvaire.

Le baron haussa les épaules. Autant écouter leur fable.

— Je ne compte pas me marier.

— Tu l'es déjà, par-delà les lois des humains et des dieux. Elle et toi, vous l'êtes par le seul commandement inviolable, celui qui tient les mondes en équilibre sur la pointe d'un fuseau.

Il ne comprenait pas de quoi elle parlait, mais l'identité d'une telle fiancée appartenait aux évidences.

— Anne-Hélène.

Marinette ne pipa mot. Le doute s'éveilla dans l'esprit du baron. La panique lui assena un deuxième soufflet. Si ce tortueux raisonnement était vrai… La délicieuse perspective d'épouser la demoiselle fut balayée par une autre pensée, brûlante, impérieuse. Elle évinça ses sœurs à coups de tison ardent.

— Si je n'ai pas de descendance, qui prendra ma suite pour contrecarrer la malédiction de la Source ?

D'un même geste, les trois femmes lui tournèrent le dos. Leur mission ici était achevée. Le baron ne l'entendait pas de cette oreille.

— Répondez-moi ! Qui prendra ma suite ? Il faut mon sang pour que l'antidote soit fabriqué, le sang des enfants de Crosne ! Est-ce que j'aurai un bâtard ? Seules mes relations avec Anne-Hélène seront-elles dénuées de fruits ?

Elles avançaient, longeant les murs de pierre blanche. Là-haut, un nuage plus sombre s'étirait sous l'astre. Son épaisse toison empêchait les rayons de pénétrer. L'obscurité recouvrait le monde. Même les oiseaux s'y trompaient et avaient cessé de chanter.

— Répondez-moi !

L'éclat de rage dans sa voix se répandit aux veines. Il s'élança, main tendue dans la volonté d'attraper l'une de ces maudites sorcières et de la forcer à dégorger ses secrets. Ses doigts se refermèrent sur une poignée de feuilles tombées d'un platane. Les femmes avaient disparu. À sa droite, clef grinçant dans une antique serrure, résonnait le croassement de trois corneilles.

Le monde reprit des couleurs. Tandis qu'il gagnait le parvis, le peuple réapparaissait autour de lui, jusqu'à former une foule aussi pressée que des grappes de raisin. Des vivats jaillirent : on applaudissait la sortie des mariés. Encore hébété par sa rencontre avec la Masco, Lazare eut du mal à sourire lorsque son cadet passa devant lui. Les sourcils de Jean Pietro tombèrent. Il calculait toujours tout quand ça concernait ses frères. Cependant, les spéculations attendraient, pour une fois. On ne se mariait pas tous les jours et son épouse avait un flair infaillible pour savoir quand ses pensées dérivaient loin. Voilà l'une des choses qu'il aimait en elle, et qui l'exaspérait au moins autant. Vivre à ses côtés allait être une gageure ; or, il adorait les défis. Et puis, si, dans un avenir vaguement lointain, il ne la supportait plus… Eh bien, ça ne serait pas la première fois qu'il se débarrasserait d'un poids mort.

Chapitre 9

Anne-Hélène se pencha, le visage plongé dans un grand mouchoir de batiste. Ainsi prostrée, elle donnait l'image d'une demoiselle touchée par le bonheur de sa tante, qui prononçait ses vœux à l'autel en cet instant même. Néanmoins, cette pensée n'aurait pu éclore que dans l'esprit d'une personne aveugle à ce regard qu'elle jeta en biais et qui suivait le parcours du baron d'Oppedette. Où se rendait cet homme, alors que son frère passait l'anneau au doigt de sa promise ? Elle aperçut trois silhouettes dans l'angle du narthex. Cette vision la remplit d'effroi. Une chair de poule lui poussa à l'envers de la peau. Ses membres devinrent de pierre, gargouille vivante bien incapable de garder l'entrée de son cœur alors que la terreur y toquait. Pourquoi un tel vertige ? Qu'étaient-elles en train de lui faire pour la mettre dans cet état ?

Le malaise qu'elle feignait l'instant d'avant se transforma en réalité. Elle sentit les mains de sa mère agripper ses épaules et la tirer en arrière, la poser contre le dossier. Quelqu'un l'éventa, un bras tendu au niveau de sa tempe – sans doute Virginie. La marquise lui parlait, mais elle ne l'entendait pas. La bouche s'agitait sur un silence que ne venait troubler que le latin consciencieux de l'homme d'Église. Une odeur âcre lui remonta jusqu'à la cervelle. Sa conscience la réintégra aussitôt, comme une porte qui claque. Marie-Constance lui tendait un petit flacon aux effluves puants sous les narines. Elle écarta la main tout en se redressant.

— Ce n'est rien… L'émotion, je crois, chuchota la nièce de la mariée. Comme quoi, il n'y a pas forcément besoin de l'excuse d'un corset pour se pâmer.

La châtelaine soupira, mais eut un petit sourire rassuré.

— Nous nous arrêterons à l'auberge sur le chemin de Sauvan. Tu pourras t'y rafraîchir. La cérémonie est bientôt terminée, essaie de tenir jusque-là.

L'héritière acquiesça et se concentra sur les nouveaux mariés. Ceux-ci se tournaient vers l'assistance. Le peuple avait déjà commencé à sortir ; il devait s'assembler sur le parvis pour y crier des vivats et jeter des grains de lavande par poignées. L'épisode l'avait laissée faible, mais elle parvint à donner le change et se releva sans tituber. Son amie apparut à sa droite. Elle lui offrit son bras tandis qu'elles remontaient l'allée centrale.

Le grand jour l'éblouit, mais elle mit un point d'honneur à garder ses mains baissées. Elle entreprit même de se dégager de l'étreinte de Virginie. Les trois femmes se placèrent au début de la haie d'honneur. En tant que proches parentes, elles s'en faisaient un devoir – et cela leur permettrait de s'éclipser plus vite. Hilaria était radieuse. Anne-Hélène n'aurait jamais cru voir sa tante arborer un tel bonheur. La joie ne lui ôtait rien de son maintien altier ; au contraire, elle lui apportait une sorte de sérénité qu'un sculpteur aurait rêvé de prendre pour modèle d'une reine des temps jadis, lorsque le monde était plus sage.

Quand les époux eurent dépassé le petit groupe, celui-ci rejoignit la berline qui prit la route de Mane. Marie-Constance se pencha sur sa fille.

— Comment te sens-tu ?

— Beaucoup mieux ! Je ne sais pas ce qui m'a pris… Peut-être la fraîcheur de la cathédrale alors que le soleil tapait si fort ?

— Tu es certaine que tu vas bien ? Tu n'as pas de vertiges, de palpitations ?

— Pas de mouches devant les yeux ? renchérit Virginie, mi-inquiète, mi-amusée de voir sa camarade aussi couvée par la marquise.

— Non, rien de tout ça. Ça va. J'ai peut-être un peu froid, c'est tout.

Aussitôt, sa mère attrapa un plaid qu'elle lui posa sur le dos. La jeune femme en saisit un coin et le plaça sur ses jambes.

— Là, ça ira très bien. Je ne voudrais pas tourner de l'œil à cause d'un coup de chaud, à présent ! Et quittez cet air sombre, toutes les deux. Ça va, je vous assure. Je vais m'allonger une demi-heure dans la chambre, avec les volets tirés. Ce repos pris, j'ai bon espoir que nous pourrons nous présenter pimpantes et fraîches à la réception, pour profiter des festivités en l'honneur de notre chère Hilaria ! Je ne laisserai pas un bête malaise me gâcher la soirée, et à vous non plus.

Ses deux compagnes sourirent devant sa moue.

— Une vraie tête de mule, apprécia la paysanne. Je crois bien qu'elle réussira à épuiser tous ses cavaliers – et moi avec, si tu me fais courir partout comme la dernière fois.

Au souvenir de son premier bal à Sauvan, Anne-Hélène battit des paupières, troublée. Elle serait amenée à fréquenter le baron, ce soir. L'avoir aperçu tout à l'heure, alors qu'ils faisaient face à la nef, avait provoqué une étrange contraction dans sa poitrine. Cet homme sombre, si taciturne que cela en éclipsait sa beauté, l'avait interpellée bien plus que lors de leurs précédentes rencontres. Ses cheveux mi-longs laissés à l'abandon, sans catogan pour les retenir, son bouc pointu qui rendait ses traits plus acérés encore lui donnaient assez bien l'apparence de Satan en ces régions superstitieuses. Un homme dangereux, qui avait malgré cela réussi à convaincre sa mère. Quel geste, quelle parole avait pu toucher la marquise au point qu'elle lui accorde, non le bénéfice du doute, mais sa confiance et une once de respect ? Est-ce que, de même que pour ce Jean Pietro devant lequel tous pliaient le genou, elle seule, demoiselle sans relations ni confident, percevait les monstres derrière ces masques ? Cela était-il lié à son malaise de tantôt ou ce dernier n'avait-il à voir qu'avec ses nouvelles pratiques, nouées dans les plus profonds ravins des collines mangées de bleu et révélées aux foyers des mas et des maisons ? Les questions qui cavalaient dans sa tête lui flanquaient le tournis. Elle préféra y mettre fin et s'occuper de commérages sur les toilettes aperçues et le bal tant attendu.

Elles arrivèrent à l'hôtel de Plaisance sans même s'en rendre compte. Si Marie-Constance et Virginie avaient commencé par forcer leur gaieté, elles s'étaient bien vite prises au jeu quand elles avaient vu qu'Anne-Hélène conversait avec enthousiasme, toute trace de son malaise envolée. Aussi ne firent-elles aucune difficulté lorsque cette dernière se retira seule dans sa chambre.

En un tournemain, l'héritière de Varages plongea le lieu dans la pénombre. Toutefois, elle ne se coucha pas. L'impression que ces trois femmes avaient laissée sur sa rétine et sous son crâne la hantait. Cela ressemblait par trop au mauvais œil... Que diable avaient-elles manigancé ? Lui avaient-elles jeté un maléfice ? L'avaient-elles saucissonnée dans un enchantement, la ficelant comme une araignée mettait un en-cas de côté ? Quoi qu'il en soit, elle ne se laisserait pas faire.

Elle attrapa une bougie sur la commode, l'alluma et la posa au sol. Ses pas l'amenèrent près de l'âtre, où un peu de cendres saupoudraient les coins. Elle en prit une poignée ; de ses bagages, sortit une craie et un petit couteau. Elle traça un cercle autour d'elle puis, par un geste cent fois répété, trancha une pomme dans le sens horizontal. Les cinq pépins en étoile apparurent – la magie contenue dans les fruits de la Terre, offerte avec les dons de vie et de mort. Elle porta le symbole à son front puis disposa une moitié du fruit devant elle et l'autre derrière.

Le cercle était clos, la Puissance appelée. Celle-ci réagit sur-le-champ, rugissante et avide. Au poignet de la demoiselle, sous le gant qu'elle n'avait même pas pris la peine d'ôter, le bracelet tressé autour d'une mue de serpent se contracta. Elle hoqueta. Le pouvoir l'étourdissait, l'éblouissant plus sûrement que n'importe quel alcool. Le sort de protection qu'elle s'apprêtait à jeter serait assez robuste pour la prémunir de toutes les vieilles sorcières ricanantes sous leur cape qui parcouraient la Terre.

Elle versa un peu de cire sur son mouchoir et entreprit de la modeler. Bientôt, une poupée se révéla, aux formes grossières mais indubitablement féminines. À l'endroit du cœur, elle incrusta une mèche de ses cheveux qu'elle venait de trancher. Elle posa l'effigie sur la moitié de pomme, dont elle orna le rebord d'un trait de poudre grise. Enfin, elle se mit à psalmodier. Sa main marquait le rythme, jetant des pincées d'escarbille au voisinage de son œuvre.

Cendres et fraisil,
Puissiez-vous bien brûler !
Et ainsi puissent brûler
L'œil et les cils
De qui regarde mal.
De qui déploie sur moi
Son sort depuis sa rétine,
Sa rétine s'enflammera.
Une fois mon sort noué,
Que les cendres réchauffées
Sautent par la fenestre
Et chevauchent la voie senestre
Jusqu'au logis
De ce mauvais œil.
Qu'il crame et qu'il crie,
Si son regard fut un souci
Pour moi et pour ma vie.
Jusqu'à ce que ce fruit,
Séparé puis réuni,
Soit de nouveau séparé,
Mal-regard et ses cils,
Cendres et fraisil,
Puissiez-vous bien brûler !

Un frisson la saisit, aussitôt remplacé par une chaleur étouffante. Elle n'y prêta pas attention et se tourna afin de récupérer l'autre morceau. Il fut lui aussi couronné de gris. Elle sortit de son aumônière quelques piécettes, qu'elle planta autour de sa dagyde comme on dressait une muraille. Le tout fut recouvert, formant de nouveau le fruit. Toutefois, celui-ci se trouvait allongé en son mitan par une ceinture qui brillait sous les tressauts de la flamme. Couvrant l'ouvrage de ses mains, l'initiée répéta le psaume. Les Puissances vrillèrent ses paumes, pinçant et chatouillant sa peau. Il y eut dans son ombre des liens qui lâchèrent, aussi légers que cassent les fils des boutons. Le sort était en place et il l'avait déjà libérée d'un fagot de rets. Satisfaite, elle emballa l'amulette dans le carré de linge. Elle pouvait reconnaître, à présent, que le choc reçu à l'église l'avait inquiétée... Mais il lui donnait l'impression d'être loin derrière, à présent : elle serait protégée durant les prochaines semaines. D'ici là, le trio méphitique se lasserait sûrement.

Anne-Hélène se posa un instant. Ce n'était pas si souvent qu'elle traçait le cercle ; elle pouvait bien en savourer une minute ou deux la quiétude et la force. La frayeur qui l'avait saisie tantôt tombait de ses épaules comme celles-ci se relâchaient. Elle fit rouler ses articulations, les paupières lourdes soudain. Allons, il lui fallait ranger avant que quelqu'un ne vienne entrebâiller la porte pour s'assurer qu'elle allait bien. D'une main un peu molle, elle attrapa le couteau qui lui avait servi à trancher les pommes et le planta dans le plancher.

Que les forces qui, dans ce cercle, ont été éveillées,
Dans le giron de notre Mère soient à présent retournées.
Par les galeries des montagnes, par les racines des lacs profonds,
Que mes chers visiteurs s'endorment :
en paix, nous nous quittons.

L'air s'allégea autour d'elle. Les esprits prenaient acte de son salut et commençaient à quitter la chambre. La magie qu'elle avait amassée s'éparpillait dans les interstices, saupoudrant la réalité pour mieux s'y dissimuler. Il lui restait encore à briser le cercle. Son index et son pouce mouchèrent la bougie, puis elle se leva. Du bout du pied, tel un enfant qui s'amuserait à marcher sur un muret, elle effaça la craie. Comme chaque fois, son premier pas glissa, butant contre le retour à l'ordre du quotidien. Sa chair, soudain flasque et fragile, fut ébranlée. Franchir la barrière qui retenait la magie était comme entrer dans la lumière crue du zénith : on se retrouvait séparé des choses avec une âpreté implacable. L'altérité des objets, des arbres, du vent qui portait le chant des fleurs se rappelait à elle de façon si cuisante que, l'espace d'un instant, elle en perdait les sens. Mais son enchantement se tenait devant elle : rien ne viendrait profiter de cette faiblesse. Il n'y eut que le désespoir pour se glisser tout contre son corps et la serrer de son linceul. L'étreinte serait passagère.

Les membres lourds, la tête sonnante et bourdonnante, elle entreprit de ranger ses outils. Par précaution, ne sachant quelles entités son travail avait pu attirer, elle jeta dans les coins de la pièce et sous la fenêtre un mélange de sa confection : une base de sel, à laquelle s'ajoutaient des aiguilles et de l'écorce de pin, du romarin et du thym, des zestes de citron séchés. Enfin, elle déposa avec maintes précautions la pomme dans sa malle, sous trois vêtements d'une pile qui n'avait pas été défaite.

Ses inquiétudes dissipées, elle s'allongea sur le lit afin de s'adonner au calme qu'elle avait dit rechercher. Un bref instant, elle se demanda comment elle avait pu savoir que ces encapuchonnées étaient des femmes… Mais, instinct ou prescience, cela n'avait plus d'importance.

Ses pensées dérivèrent jusqu'à Joséphine. Au jeu des différences entre cette visite et la précédente, une des plus marquantes restait l'absence de la bergère. Depuis qu'elles s'étaient revues, son comportement ne cessait d'inquiéter Anne-Hélène. La première fois au bourg, sa cadette s'était contentée de la fixer, les lèvres serrées, et un pli semblable lui barrait le front. Elle semblait observer une trace que personne d'autre ne voyait. La demoiselle de Varages s'était frotté le nez et les joues, pensant s'être mis de la suie ou de la graisse d'écurie. Cela n'avait rien changé : Joséphine avait continué à la fixer, puis s'était détournée dans un mouvement brusque et s'était enfuie. Enfin, pas tout à fait, mais elle avait marché avec une vélocité qui ne laissait pas de doute quant à son désir de mettre le plus de distance possible entre son ancienne amie et elle. Depuis, elles s'étaient croisées à quelques reprises et l'attitude de la bergère était très claire : elle ne voulait plus rien avoir à faire avec elle. Se demandant quel impair elle avait pu commettre, l'héritière avait décidé de lui proposer une trêve le temps du mariage. Elle se disait que Joséphine ne pourrait jamais résister à l'excitation et aux plaisirs d'une nouvelle soirée dans ce lieu de délices et de jeux. Elle s'était trompée.

Elle s'était levée très tôt afin de la trouver chez elle, avant que la benjamine n'aille travailler. À dire vrai, elle ne s'était pas couchée. Les étoiles avaient brillé si fort cette nuit-là, et la lune presque ronde l'avait captivée plusieurs heures sans qu'elle s'en aperçoive. Anne-Hélène y avait vu un bon présage. Elle avait frappé à la porte. La lavandière avait ouvert. Cette femme, encore jeune et pourtant marquée par des années cassée en deux, les mains pelées par l'eau froide, avait balbutié quelques politesses et appelé sa fille. Cette dernière arriva sans méfiance. Son visage se ferma aussitôt qu'elle l'aperçut. Les épaules crispées, elle sortit malgré tout – sa mère ne lui aurait pas passé l'impolitesse de claquer la porte au nez de leur visiteuse.

— Pourquoi t'es venue ?

— Et le « bonjour », c'est que pour tes moutons ?

Elle avait relevé le front, un défi dansant dans ses yeux.

— Eux au moins, ils fricotent pas avec le Fourchu.

La jouvencelle en était restée interdite – pas bien longtemps, cependant.

— Absurde. D'où tu tiens ça ?

— Tu crois que ça ne se voit pas ? Que je ne sens pas l'odeur de la sorcellerie sur toi ? C'est la même ombre qui s'accroche à tes pas que celle des vipères mortes déposées devant le seuil des maisons.

Comme son interlocutrice paniquait, elle avait repris sur un ton plus doux.

— Écoute, peu m'importe que tu danses avec le Malin ou avec les anciennes puissances. Je sais simplement que tu tournoies au bord du gouffre et je n'ai pas envie d'être à côté quand tu tomberas. La mort d'un agneau est toujours préférable à celle du troupeau qui aurait pu le suivre. Je sais pourquoi tu es là ; Virginie est venue m'en parler hier soir. C'est vraiment très gentil d'avoir pensé à m'inviter. Je suis heureuse que tu veuilles encore de moi comme amie, même si je t'évite. Mais je continuerai tant que tu auras cette… Que tu seras… Comme ça.

Elle avait baissé les yeux, face vers la terre. Une telle marque de timidité et de gêne, chez cette gamine si exubérante, avait glacé Anne-Hélène autant que ses accusations. Le silence s'était étiré, aussi frais que la brume du potron-minet. Ce fut la cadette qui le brisa.

— Bon, bah, j'me rentre. Va falloir que j'y aille, les bêtes n'attendront pas longtemps avant de faire un raffut de tous les diables. Enfin, je me comprends, té !

Ponctuant sa phrase d'un clin d'œil et d'une moue d'excuse, elle avait disparu. La demoiselle était demeurée bras ballants. L'aveu de sa camarade, les raisons de sa prise de distance l'avaient sonnée. Elle avait fini par prendre le chemin du retour, le cœur gros et l'esprit anxieux. Si une pauvrette des collines avait percé à jour ses pratiques, combien à Allemagne et dans ses environs seraient capables d'en faire autant – et surtout, qui ? L'accusation de sorcellerie n'avait pas la même ardeur selon la personne qui la professait. Et puis, meurtrie dans ses sentiments et l'âme moribonde, elle était confrontée à cette autre nouveauté : pour la première fois de sa vie, quelqu'un à qui elle tenait l'avait rejetée.

Dans la chambre de l'auberge, la jeune femme mordillait une mèche de ses cheveux. Décidément, elle ne parvenait pas à trouver une once de repos ! Était-ce dû à sa frayeur de tantôt, ou le souvenir de son entretien avec Joséphine la tarabiscotait-il à ce point ? Elle préféra écourter cette stupide attente d'un répit qui la fuyait. La demoiselle se leva et promena un dernier regard sur la pièce : tout était à sa place. Sa main attrapa une clochette posée près du chambranle. Elle fit un pas dans le couloir et sonna un bref instant puis, reposant l'instrument, gagna la fenêtre et ouvrit les volets en grand.

— Mademoiselle m'a demandée ?

L'héritière se retourna. La cameriste de la dernière fois, celle-là même qui l'avait préparée plus tôt dans la journée, se tenait sur le palier.

— Oui, entrez.

Elle alla s'asseoir devant la table où se dressait fièrement l'un des rares miroirs de l'hôtel.

— Avec toutes ces émotions, je crains bien d'avoir abîmé ma coiffure et défait ma mise. Je compte sur vous pour arranger cela.

— Bien, mademoiselle.

Elle s'exécuta sans prononcer un mot de plus. Les massages discrets de la brosse sur son cuir chevelu, la douce sensation des poils qui glissaient dans ses mèches déridèrent Anne-Hélène. Ses soucis envolés et brisés les bourbeux ressassements, elle se trouva une envie de taquiner la domestique.

— C'est assez rare, une fille d'auberge qui élève le mutisme au rang d'art de vivre.

— C'est qu'on n'a pas grand-chose à dire, mademoiselle. Demain, il y aura plus de ragots avec le mariage et le bal de ce soir. Toutefois, si vous me permettez, vous ne semblez pas du genre à aimer les commérages.

Un sourire mutin fleurit sur son visage.

— Et qu'ai-je donc l'air d'apprécier, d'après vous ?

— Il y a quelques mois, je ne dis pas que vous n'auriez pas tiré l'oreille pour un potin mais, sauf votre respect, mademoiselle, il se dit depuis les tours de Manosque jusqu'au lac de Sainte-Croix que vous avez changé. Moi, je crois que vous aimeriez savoir que le baron d'Oppedette s'est arrêté tantôt dans notre cour et a pris de vos nouvelles auprès de madame la marquise. Je crois que vous savez déjà ce qu'on dit sur cet homme, et que vous êtes femme à vouloir vous faire votre propre opinion. Enfin, je crois que vous serez curieuse de connaître ce que je pense de lui, une fois que vous saurez que j'ai dans son village mon ancien fiancé – mais je crois que vous ferez semblant de rien et que vous tenterez de remonter le poisson sans avoir l'air de tirer sur la ligne.

Le chant des dernières cigales prit ses quartiers dans la pièce. Il n'y eut que leurs stridulations, semblables aux bruissements des sistres, pour répondre à la cameriste. Un long moment s'écoula ainsi, empli de cette tension qui naît quand deux matous se surveillent l'un l'autre, leurs paupières mi-closes. Anne-Hélène observait le reflet de la servante. Aussi mignonne qu'une colombe, de grands yeux veloutés, de longs cheveux blonds étranges en cette contrée… Elles avaient à peu près le même âge. Alors que la coiffure était presque achevée, elle essaya un léger coup de patte.

— Excusez mon impolitesse, mais je ne vous ai pas demandé votre nom…

— Rose Denier.

— Rose…

— Et celui qui fut mon promis autrefois s'appelle David Tendello. Si vous avez l'occasion de parler au baron, auriez-vous la gentillesse de lui glisser un mot à son sujet, mademoiselle ?

Cette dernière hocha la tête alors qu'elle prenait note des tenants de cet échange de bons procédés.

— Bien sûr. Je serais heureuse de pouvoir vous rassurer quant à la santé de celui qui a su, de toute évidence, conserver sa place dans votre cœur.

Les joues de sa vis-à-vis se teintèrent légèrement.

— Il ne s'agit que des braises de mon affection. Je ne lui suis par rien attachée et mon honneur est intact. Voyez là plutôt la tendresse pour un compagnon avec lequel on aurait partagé quelques folies de jeunesse. Le souvenir de l'insouciance parvient si bien à nous émouvoir… Il touche les lieux, les objets et jusqu'aux personnes qui ont partagé nos fragiles exploits, lorsque l'amertume de l'existence n'avait pas encore gâché le goût de victoires et réduit en oripeaux les atours rutilants de nos aventures.

La demoiselle de Varages agita la main, rieuse.

— Je vous en prie, ne vous justifiez pas – en tout cas, vis-à-vis de moi. Il y a des prêtres pour juger les consciences, et des tribunaux pour les plus lourdes d'entre elles. J'aurais accédé à votre requête sans aucune explication de votre part.

Son regard accrocha celui de la camériste et pesa sur ses prunelles. L'instant d'après, elle farfouillait dans son nécessaire à maquillage tout en poursuivant :

— Quoi qu'il en soit, je vous remercie de me fournir un sujet de conversation avec le baron. À présent que la noce a scellé l'union de nos deux familles, il va bien me falloir lui causer plus longuement que ne tiendrait la peinture des fascinantes péripéties de la saison.

Elle se pencha en avant et appliqua avec soin du rouge sur sa bouche.

— Je vous remercie pour votre aide, Rose, et pour vos qualités… inattendues. Prévenez ma mère que je descends dans une dizaine de minutes. Nous n'avons que trop tardé à faire honneur à la réception de monsieur le comte.

L'interpellée salua prestement et s'en retourna.

Restée seule, Anne-Hélène s'observa dans la glace. Du bout des doigts, elle en caressa la surface. Sa fraîcheur aviva en elle le souvenir des ruisseaux à l'onde paresseuse.

— Miroir, miroir… murmura-t-elle, perdue dans ses pensées.

Elle ne voulait pas être la plus belle ce soir – même si son teint, semblable à celui du pâle Pierrot et aussi resplendissant que la Lune qu'il invoquait, lui aurait valu la jalousie des dames de la cour. Le châtain de ses cheveux en adoucissait le contraste. Elle examina sa coiffure. Encore une fois, Rose s'était surpassée. Quels secrets cette femme de chambre avait à lui offrir ? Quelques sombres travers de cet homme redouté et méprisé ? Des parcelles inavouables de sa vie sous Napoléon ? Pour ce qu'elle en savait, il n'avait pas quitté la France en compagnie de ses frères, alors que la menace grondait contre la noblesse. Elle se remémora ses yeux vifs, toujours à l'affût, guettant les proies sur lesquelles il n'aspirait qu'à fondre. Pourtant, ils semblaient parfois si vides… Comme si un grand froid logé dans ses entrailles étouffait la force de ses passions.

Ce soir, elle ne serait pas la plus belle – juste assez envoûtante pour qu'un papillon de nuit se prenne à sa flamme. Elle aurait soin de ne pas l'abîmer. En tout cas, elle ne le brûlerait pas davantage que lui le faisait, lorsqu'il la scrutait avec cette avidité qui contenait plus de rage que ne sauraient en invoquer l'or, l'argent, ni même les privilèges des puissants.

Chapitre 10

La saison avait semé ses feuilles d'or et de soufre sur la pelouse bien nette. Elles donnaient au jardin une petite touche d'heureuse folie qui convenait parfaitement à l'ambiance de la réception. Anne-Hélène inspira une longue bouffée d'air. Cela faisait une heure que la calèche était entrée dans la cour de Sauvan et elle ne supportait déjà plus l'ennui des mondanités. Sa mère l'avait traînée de barons en marquis, une farandole entrecoupée ici et là par une bouchée de bourgeois. Une vraie montée du Calvaire ! Elle n'en pouvait plus de toutes ces simagrées et des conversations monocordes vantant le retour du roi et les félicitant d'avoir ajouté le blason des comtes de Forcalquier à leur arbre généalogique. D'autant que, de tous les nobles assemblés dans les deux salles centrales, il n'y avait pas une trace de celui qu'elle recherchait. Elle s'était même faufilée dans la petite pièce cossue où se jouaient argent, chevaux, serviteurs et parfois domaines sous le couvert d'une pile de jetons. Elle ne l'avait pas vu ; en revanche, sa mère l'avait bien repérée, elle !

S'était ensuivi presque un quart d'heure d'explications patientes et exaspérantes, par lesquelles Marie-Constance, avec maints détours, lui avait démontré en quoi sa présence dans un lieu réservé aux hommes et aux compagnes de celles-ci – qu'elles soient ou non leurs légitimes – pouvait entacher sa réputation. Sa fille avait alors avancé la lassitude comme excuse, ce qui avait poussé la châtelaine à lui accorder une pause dans son labeur de tissage social. Virginie, la traîtresse, les avait quittées presque aussitôt arrivée. Elle ne pouvait être présentée à la plus haute couche de la société provençale. L'argument aurait pu passer si elle n'avait pas eu cet air ravi et soulagé au moment où la marquise lui avait annoncé la nouvelle. Anne-Hélène la soupçonnait d'être aux cuisines, à échanger potins et coups de main, ou dans les jardins, si elle avait eu le courage de rejoindre sans elle les demoiselles au sang moins bleu.

Voilà pourquoi la jeune femme marchait seule en direction du bassin accolé à la bâtisse. Il la bordait au nord ; une simple allée séparait l'étang artificiel des murs aux moellons épais. Là encore, des écailles rougeoyantes flottaient sur les eaux tandis que les platanes se déplumaient lentement. Un peu plus loin, la rambarde qui longeait la promenade à l'est offrait un point de vue saisissant sur la colline de Mane, enflammée d'ocre et de centaines d'étés par le soleil couchant. Une silhouette, d'ailleurs, s'y appuyait des deux mains. Un noble observait la perspective – à moins que ce ne fût le paysage de ses pensées ? Vêtu d'une redingote noire assez légère pour supporter la chaleur du déclin estival, il portait des bas de soie vert malachite et un chapeau haut de forme à la coupe fluide, qui rendait les bords supérieurs plus acérés. La poitrine d'Anne-Hélène se contracta. Il y avait quelques mois encore, elle aurait pu croire que sa réaction était causée par la peur ou l'appréhension. En juillet, elle n'aurait pas remarqué ce fourmillement qui irritait sa peau, la pressant d'aller chercher son remède contre le corps de cet homme. Lazare parut l'avoir entendue : son dos se raidit. Il se retourna. Bien que pleinement éclairée par les rais de l'astre, son expression demeurait intraduisible.

— Mademoiselle de Varages.

Il semblait ne pas vouloir quitter son point d'attache. Avait-il peur de dériver s'il lâchait prise ? Elle s'avança vers lui. Quand elle l'eut rejoint, elle accompagna sa réplique d'une révérence.

— Monsieur le baron.

L'échine toujours ployée, elle leva les yeux vers lui. Il se recomposa aussitôt un masque et rendit la politesse en la saluant à son tour. Cependant, il avait laissé échapper, un minuscule instant, l'intensité de ses sentiments – et l'âme de l'héritière grésillait encore de ce contact.

Il lui tendit le bras. Elle l'accepta. Cette proximité, loin de la satisfaire, aggrava son mal. Il avait un maintien énergique, presque dur. Pourtant, lorsqu'il glissa la main sur son coude pour mieux la guider, elle sentit de la douceur dans ce geste. Elle dut résister à l'envie de poser la tête contre son épaule. Elle savait qu'il l'aurait accepté – dans la complicité de la nuit. Hélas, celle-ci ne serait pas là avant une heure.

Il portait une cravate de soie blanche, à laquelle une broche d'argent était agrafée. Voilà une diversion bienvenue au trouble qui la gagnait.

— Qu'est-ce donc ?

Il suivit son regard.

— Une babiole quelconque. Elle n'a pas une très grande valeur : ce sont mes gens qui l'ont fabriquée.

— Vos serviteurs ?

— Les habitants d'Oppedette.

Elle nota la correction.

— Que représente-t-elle ?

— Un chien. Les caprices de l'érosion ont sculpté une grosse tête de canidé qui surplombe les gorges. Les villageois y voient le gardien des gorges de Calavon. Et comme je suis le maître de ces terres…

— Peut-être y voient-ils aussi une façon de rendre hommage à la fidélité que vous leur montrez ?

— Ça m'étonnerait fort.

La réponse avait claqué entre eux, brisant l'entente et leur tranquillité. D'instinct, la demoiselle s'était redressée et avait retiré son bras. La peine et le regret se peignaient sur les traits du baron. Pour une fois, il ne prenait pas la précaution de dissimuler ses émotions.

— Excusez-moi, Anne-Hélène. Je n'ai pas voulu… Vos questions sont tout à fait légitimes et je suis flatté que vous ayez pensé à cette explication. Mais nous avons assez parlé de moi et de mes ornements vestimentaires.

Ces paroles éveillèrent le souvenir de la promesse faite à la camériste. Toutefois, d'étrange façon, elle trouvait que le moment serait fort mal choisi pour l'aborder. Une fois encore, elle prit le parti de biaiser – et, pourquoi pas, de rajouter un soupçon de minauderie à la mixture.

— Et de quoi souhaitez-vous que nous discutions, monsieur le baron ?

Sur ses lèvres jouait un sourire naïf que venaient démentir ses yeux. Leur bleu céleste promettait des plaisirs bien peu catholiques et lui chuchotait des ébats dans les nuages, à en faire bouillir le soleil. Cet appel à la luxure s'avérait d'autant plus troublant que la demoiselle possédait encore une part d'innocence qu'elle ne pouvait cacher.

— Appelez-moi Lazare, je vous en prie…

La voix du baron s'était faite rauque ; son regard plus sombre. Néanmoins, son égarement ne fut que passager. Il se reprit aussitôt :

— Après tout, nous sommes oncle et nièce.

Rien de tel qu'un bon chaud-froid. Anne-Hélène grimaça.

— C'est à moi de vous prier de ne plus dire des choses pareilles.

Allongeant le pas, il en fit un de côté et se planta face à elle.

— Et pourquoi donc ? N'est-ce pas ce que déclare la loi ? L'union de votre tante et de mon frère a ainsi officialisé nos relations.

— Certes, mais cela vous convient si peu.

Elle commençait à s'échauffer. L'agacement colora ses joues, accéléra son souffle. L'agacement, ou leur proximité ? Son torse à peine espacé d'une main de sa propre poitrine ?

— Vous trouvez que je fais un mauvais oncle pour vous ? répliqua-t-il. Laissez-moi le temps, cela ne fait même pas une journée que je le suis.

— Vous ne comprenez pas ! Vous ne pouvez pas être mon oncle parce que…

Elle s'interrompit, rosissante, réalisant avec effroi qu'elle ne savait pas de quelle façon terminer sa phrase.

— Vous… Vous faites beaucoup plus jeune. Vous allez me vieillir, à raconter partout ces idioties.

Il éclata de rire et revint à ses côtés.

— C'est moi qui dis des idioties, vraiment ? Ne venez-vous pas d'en proférer une plus grosse que vous, là ?

Elle se tut, le museau plissé en une moue boudeuse. Il respecta son silence et continua à l'entraîner autour du bassin.

Ils marchaient en prenant leur temps. Quelques carpes s'agitaient mollement dans l'onde. La surface se troublait de vaguelettes qu'enjambaient les araignées d'eau. Le soleil s'était couché et l'ombre s'étirait, prête à régner une nouvelle nuit sur Terre. Anne-Hélène frissonna.

— Je devrais rentrer. Ma mère ne va pas tarder à s'inquiéter et il me faut encore saluer la moitié des invités avant que ne débute le bal.

— Vous avez raison. Je n'ai que trop abusé de votre temps. Après tout, la maison de Varages est bel et bien le charme et la raison d'être de cette réception. Allez donc sauver madame la marquise, qui doit s'empêtrer dans des conversations à plusieurs degrés. Présenter une belle demoiselle à marier sera une diversion parfaite pour couper court aux intrigues.

Elle se rembrunit derechef. Le baron s'attendait à une réaction de ce genre, mais pas à son intensité.

— Diantre ! Craignez-vous tant que cela le poids de mon frère sur vos épousailles ?

Elle fronça les sourcils.

— Je vois que vous avez déjà cerné le problème.

Il lui saisit le poignet, l'obligeant à s'arrêter. Puis, à l'immense surprise de sa prisonnière, il recouvrit ses mains des siennes. Un feu brûlait dans ses yeux, un élan qui, sous le photophore de ses traits si durs, avait la beauté de ces flammes noires que nourrissaient poètes et suicidés.

— Je veillerai à ce que vous ayez une union heureuse, Anne-Hélène. Quoi que fasse, pense ou envisage Jean Pietro, votre hyménée sera un gage de bonheur. Vous avez ma parole.

Ces mots emportés, qu'elle aurait pu davantage entendre de la part d'un damoiseau dont les rêveries embrumeraient le cerveau plutôt que dans la bouche d'un maquignon de sa réputation, la prirent de court. L'absurdité d'être protégée par un tel butor, la simple idée de remettre sa vie à un aventurier qu'elle n'avait croisé que trois fois la poussaient au rire. Pourtant, le sérieux de son ton, les paumes puissantes posées sur ses doigts lui donnaient envie d'y croire. Il se pencha, confirmant d'un baisemain parfait la gravité de sa promesse. Quand il se redressa, son expression était de nouveau dure et muette.

— Que savez-vous que j'ignore ? murmura-t-elle.

Il sourit, mais conserva sa fermeté.

— Ne puis-je donc faire preuve de galanterie pour la beauté du geste ?

Son regard se déplaça par-dessus l'épaule de la jeune femme. Ce qu'il vit acheva de lui faire rendosser sa nonchalance habituelle. Avant qu'elle n'ait eu le temps de répondre, il lâcha sa main et poursuivit :

— J'ai été flatté qu'il vous soit venu l'envie de badiner avec moi. Je prends comme un honneur que vous me trouviez digne d'intérêt pour ce jeu, mais permettez-moi d'être franc. Je ne veux pas plaisanter de la sorte avec vous. Cela serait nous faire courir un trop grand risque à tous les deux, bien que pour des raisons différentes. Alors, sur tout ce qui vous est cher, promettez-moi de ne plus tenter le diable, à moins d'être bien certaine que vous serez prête à en assumer les conséquences, quelles qu'elles soient.

Elle battit des paupières, décontenancée.

— Je ne vois pas ce que…

— Vous êtes plus séduisante que vous ne le pensez. Chaque acte, même fait dans l'insouciance et la légèreté du moment, peut avoir de graves répercussions. Prenez-en conscience, douce agnelle des collines qui tue les satyres à coups de fusil.

Les mots tombèrent comme une pierre dans son estomac. Elle hoqueta, le souffle coupé. Le baron semblait ne plus faire attention à elle. Un air de bonhomie s'affichait sur son visage tandis qu'il interpellait la marquise.

— Madame ! C'est toujours une joie de vous voir. Où en est la soirée ? Le buffet est-il servi ?

— À l'instant même, répondit celle-ci en parvenant à la hauteur de sa fille. Je venais justement quérir Anne-Hélène pour qu'elle se sustente un peu, surtout après la petite frayeur qu'elle nous a faite à l'église. Nous accompagnerez-vous ?

— Hélas, j'ai une petite course à faire en cuisine qui ne souffre plus aucun délai. Mais allez-y et profitez-en bien ; je vous rejoindrai plus tard.

Avec un hochement de tête, il prit congé des dames de Varages. Marie-Constance se tourna vers son enfant. La mine de celle-ci était tellement épouvantable qu'elle en sursauta. Ses mains fraîches papillonnèrent sur son front, sur ses joues...

— Anne-Hélène, que t'arrive-t-il ? Tu es encore plus pâle que d'habitude ; on croirait que tu as vu un mort !

— Il y a de ça... murmura la jeune femme pour elle-même.

Puis elle ajouta, un ton au-dessus :

— Je crois que mon malaise de tantôt se rappelle à moi. Merci pour votre sollicitude, mère, et vous avez raison : un repas sera le bienvenu.

— Alors ne tardons pas.

Elle glissa son bras sous celui de sa descendance et l'entraîna vers les marches du château.

— Tu ne devrais pas attendre d'être dans des états pareils pour réagir. Voyons, tu es assez grande maintenant pour veiller sur ta santé !

Tourmentée par l'aveu de Lazare, l'héritière avait beaucoup de mal à se concentrer pour donner les bonnes réponses.

— C'est vrai… La journée a été riche en émotions, je ne me suis pas assez méfiée des dernières qui se sont présentées. La surprise a joué en leur faveur, dois-je dire à ma décharge.

— Et de quoi s'agissait-il ?

Elle ne voyait pas de raison de cacher les propos précédant l'accusation de ce fouineur impénitent.

— Monsieur le baron s'est engagé à veiller sur mes fiançailles. Il interviendra auprès de son frère s'il pense que je ne serai pas heureuse avec les prétendants que monsieur le comte choisira pour moi.

Ce fut au tour de la marquise de faire grise mine.

— Voilà qui est fort aimable de sa part. Toutefois, lois de tutelle ou pas, il est certain que tu ne te marieras pas si ce n'est pas ton souhait. Il ferait beau voir qu'on m'enlève ma fille et la personne que je forme afin de me succéder à la tête de notre domaine !

Son agacement la poussa au mutisme. Anne-Hélène, quant à elle, se heurtait aux murs de l'ignorance. Qui avait parlé de son crime au baron ? Avait-il croisé cette bande de dégénérés alors qu'il cheminait vers Allemagne ou bien un paysan quelconque – qui, par ce fait, ne l'était plus tant – avait-il surpris le meurtre et le lui avait-il répété ? Un contrebandier ou un braconnier ? Après tout, un inconnu avait tiré deux coups de semonce pour la protéger : un homme, fort probablement, qui avait à cœur de garder l'anonymat et qui, jusqu'ici, n'avait pas souhaité marchander son silence. Néanmoins, elle ne voyait pas là une marque de bienveillance.

De toute évidence, il avait vendu la mèche à ce trafiquant notoire contre de la monnaie sonnante ou un autre profit au long terme. Dieu qu'elle s'en voulait de s'être laissée… d'avoir… La jouvencelle mourait d'envie d'exploser un autre oreiller ou de massacrer à la crosse le visage du premier qui la regarderait de travers. Celle qui avait embrassé le serpent, pour sa part, envisageait déjà les moyens de le faire taire. Nouer sa langue d'un fil noir trempé dans le sang d'un hérisson – ou sa gorge peut-être ? Le désarroi la traversa, suivi d'une puissante vague de jouissance : elle pouvait tuer. Elle ne l'avait jamais envisagé, mais elle pouvait éliminer tous les obstacles désormais – et s'en sortir indemne. Qui irait soupçonner l'innocente agnelle de Varages ?

Une petite voix lui souffla aussitôt la réponse : Joséphine, bien sûr… Elle grimaça. Elle ne serait donc jamais libre de ses actes ? Certes, une part d'elle-même, froide et lucide, pourrait faire taire la bergère d'une façon tout aussi définitive. Cependant, elle savait déjà qu'elle n'irait pas jusque-là. Elle joua un instant avec l'idée de se débarrasser de ses entraves : devenir sans attaches, pareille au faucon qui planait seul sous un ciel bleu de canicule. Comme prix à payer, il lui suffirait d'abattre un tendre geai des collines et une corneille de mauvais augure. Elle expira d'un souffle bref. Le souvenir de Lazare venait de s'imposer à elle, superposé à l'image des plumes d'obsidienne, luisantes et sinistres. Lazare, au regard si perçant, qui ne perdait sa distance que lorsque cela servait ses intrigues ; cet homme dont la stature immense l'immergeait dans les ombres. Ses cheveux noirs aux mèches sauvages ; ses lèvres rudes, crevassées par les chevauchées quel que soit le temps… Aussi libre qu'elle, animé d'une même rage – bien qu'elle ignorât l'origine de ce feu acerbe qui la consumait parfois. Si elle tuait cet homme, elle le ferait de ses mains, caressant sa peau hâlée, ses épaules larges qui tendaient sa veste, son torse dont elle devinait les formes sous ces chemises à la pureté narquoise. Elle se laisserait sans doute aller à lécher la sueur qui perlerait sur son front à l'approche de la mort, à mordre les doigts qui tenteraient de la repousser. Quand les dames de Varages pénétrèrent dans la salle de réception, l'éclat des chandelles heurta Anne-Hélène, blessant ses pupilles aux profondes turpitudes. Elle était perdue.

Chapitre 11

Lazare s'était empressé de quitter les dames de Varages, les abandonnant près du bassin dont les eaux s'assombrissaient avec le crépuscule. Il avait donné rendez-vous à un de ses fournisseurs au début du dîner : avec le coup de feu, aucun domestique n'aurait le temps de les remarquer. De plus, le repas étant servi dans la salle de réception et l'arrivée du tunnel joignant le château aux cuisines, sises dans les dépendances, se situant dans ledit salon ; ces concomitances se révélaient gages d'une demeure presque déserte en dehors de la pièce principale. Pour la tranquillité du marchand et pour s'éviter l'ennui de chercher un nouveau passeur, mieux valait être discret. Il rejoignit donc Jacques, au nom aussi banal que la dégaine – ce qui faisait de lui l'homme parfait pour ses affaires –, dans la pénombre d'un cagibi attenant à la salle à manger. Deux escaliers atterrissaient là, créant une loge fort pratique lorsqu'il s'agissait d'attirer la soubrette. Un notable de la maison de Sabran avait ainsi eu trois bâtards, de trois « conquêtes » différentes, engendrés dans cette violence mesquine et muette, aussi sordide que la niche qui l'avait abritée. En cet instant, les deux individus qui s'y retrouvaient étaient là de leur propre volonté.

— Et le voici, livré directement d'Espagne, qui a poussé sous un beau soleil et dans l'air frais des montagnes. Vous m'en direz des nouvelles.

Le passeur, sourire léger et l'air de refiler des aubergines, tendit du tabac au baron. Celui-ci le prisa avec un reniflement sec.

— Bonne qualité, le Jacques. Je suis toujours content de ton travail.

— Tant mieux, monseigneur, tant mieux. Je vous les dépose à l'agachon, comme d'habitude ?

— Faisons ainsi. Voici déjà pour toi.

Il glissa une bourse dans la main du trafiquant. D'aucuns auraient jugé son geste de la dernière imprudence, mais Lazare était certain de dénicher la marchandise là où elle devait être. Nul n'avait intérêt à le tromper, et personne ne l'ignorait.

L'homme sans visage repartit par la porte de service. Le noble déchu devrait attendre quelques instants avant de l'imiter. Les secondes s'enfilèrent sur l'écheveau du temps. Les pensées s'y cousaient aussi, dévidant la bobine sans qu'il pense à les retenir.

Le tabac se vendait de moins en moins maintenant que la paix revenait en France. La sécurité et la stabilité rétablissaient le commerce officiel. Son produit avait beau être d'une grande finesse et d'un arôme à la fois rond et puissant, il demeurait illégal, frappé du sceau de la contrebande. Lazare avait bien envisagé de le couper avec un peu d'opium… Mais, cela pouvait lui causer des ennuis bien plus graves qu'un peu de tabac importé en douce si ça se savait – sans compter que le prix de revient en pâtirait. Il avait une autre possibilité, une solution qui ne présentait guère que des avantages. Certes, cela mettrait en danger la vie de ses clients, mais le risque était très faible. Il pouvait utiliser la Source. À certains endroits, le calcaire s'était déposé voilà des centaines d'années. Les principes actifs les plus virulents s'étaient doucement éteints, pour ne laisser qu'une poignée d'effets secondaires… Absorbée en très petite quantité, cette poudre blanche agissait comme un euphorisant et créait une légère dépendance. Juste ce qu'il fallait pour relancer et pérenniser les ventes de son tabac espagnol !

Dans le secret de la niche, le baron grimaça. Il n'avait jamais aimé leurrer ni dissimuler. Son caractère le portait plutôt à être franc, même si chacun aurait juré le contraire. L'existence l'avait mené à la tromperie. Enfin, ce n'était pas tout à fait vrai : à chaque carrefour, on lui avait laissé le choix entre mentir et mourir – autant dire qu'il avait vite tranché. Là, pour la première fois, ce n'était pas un besoin vital. Il pouvait aussi faire une croix sur ce réseau-ci. L'introduction de vin anglais ne ferait pas long feu non plus… Il ne lui resterait que la production chinoise, qui demeurerait illégale encore longtemps selon toute probabilité – et ainsi, ne se retrouverait pas confrontée à un marché tenu au grand jour. Les revenus ne lui manqueraient pas pour vivre. À dire vrai, même sans contrebande, il aurait assez pour mener une quiète existence à Oppedette.

Néanmoins, cela signifiait abandonner les maigres parts de pouvoir qu'il avait gagnées à force d'intrigues, de chantages et de risques. Il avait chevauché seul sur des sentiers perdus ; il avait menacé des individus dont l'ombre suffisait à enflammer les toits des chaumières. Il avait tant donné pour se forger son propre héritage, alors que le vieux Crosne en fuite ne lui avait laissé que poussière de garrigue. Devait-il à présent choisir entre la solde de ses combats et les lambeaux de sa conscience ? Avait-il encore suffisamment de cette dernière pour qu'elle parvienne à aiguillonner son courage ? D'autres en profiteraient ; beaucoup n'auraient pas ses hésitations. Pourquoi lui ? Que lui aurait apporté une attitude honnête ces dernières décennies ? La déchéance, et sa compagne, la mort, au bout du chemin. Le devenir aujourd'hui ne le mènerait-il pas sur de pareilles coursives ?

Le moment de rejoindre la lumière des candélabres s'était présenté depuis longtemps. Il se redressa, arrangea sa veste et confectionna cette face distante et vaguement sombre qui le mettait à l'abri des questions. Ses réflexions restèrent derrière lui alors qu'il sortait de l'ombre. De toute manière, ça ne serait pas ce soir qu'il déterrerait la réponse à ses doutes.

Arrivée très tôt au salon de musique, la demoiselle avait espéré s'y reposer un peu, mais l'orchestre fut rapidement appelé dans la salle de bal : le temps des danses était venu.

Elle vida son verre en quelques gorgées et fit signe à un serviteur de lui verser de nouveau du champagne. Elle avait décidé de s'amuser ce soir. Toutefois, il lui faudrait l'aide de nombreuses bulles pour regagner l'état d'allégresse que les derniers mots du baron avaient chassé. Elle enchaîna les plateaux et les partenaires, volant aux uns leurs hanaps, aux autres leur entendement, s'abreuvant de spiritueux. Qu'avait dit Lazare, déjà ? Ah oui : qu'elle prenne garde à la séduction qui l'habitait. De quel droit lui avait-il glissé un tel conseil ? Comment pouvait-il nommer ainsi ses tièdes minauderies, pas même suffisantes à faire rougir les platanes qui avaient abrité leur conversation ? Elle lui en donnerait, de la séduction, à ce gougnafier !

La valse se révélait d'un niveau tout à fait correct. Le sextuor était excellent, jouant un air d'une grande fluidité aux rotondités primesautières malgré les fauves de la saison. Ses cavaliers se montraient aussi vigoureux que délicats – à croire que le gratin de la jeunesse provençale était venu ici faire étalage des lustres d'élégance infusés dans l'indigo de leur sang. Anne-Hélène tournoyait dans la vaste salle aux murs bleuet. Le lustre de cristal resplendissait comme les flammes de ses trente-six chandelles se reflétaient dans les médailles précieuses et le globe parfait, à la matière si fine qu'il paraissait devoir se dissoudre dans l'éther au moindre souffle de vent. Pourtant, il demeurait, jouant de la lumière et des regards de l'héritière. Les paroles des jouvenceaux glissaient sur sa conscience comme des libellules sur l'eau, la frôlant à peine. Elle y répondait d'un rire et les sentait alors défaillir dans ses bras, plus troublés qu'elle d'être parvenus à lui arracher cet éclat. La femme virevoltait dans le miroir de leurs yeux, recueillant la rosée de leur désir naissant comme autant d'hommages à sa liberté, à la sève qui gonflait ses propres lèvres.

À combien d'hommes avait-elle accordé une danse, ce soir ? Sa fontanelle semblait s'ouvrir vers les abysses stellaires. Elle se maintenait, vacillante, à un fil du gouffre qui la surplombait. Aubépine à la fleur virginale et au parfum sucré, elle avait abandonné un pétale au vallon de chaque cœur où elle avait virevolté.

Le baron se dirigea vers un buffet déserté pour se nourrir de quelques délicatesses. Près de l'entrée, deux guéridons supportaient une avalanche d'aumônières en batiste contenant de précieuses dragées, au blanc aussi immaculé que les vœux d'hyménée. Un tel déluge de raffinement montrait bien la puissance du comte. Nul besoin d'étaler des breloques tape-à-l'œil : ceux qui savaient reconnaître la richesse la lisaient dans les présents qui leur étaient destinés.

Lazare s'en approcha, le pas traînant. L'instant ne lui était guère profitable – il en serait autrement d'ici deux heures, quand les tables de jeu se seraient remplies et les consciences avinées. Il patienterait. Peut-être pourrait-il user de ce temps pour guetter Anne-Hélène ? Toutefois, la perspective de la voir dans les bras d'autres hommes ne l'enchantait guère… Arrivé près des pyramides de confiseries guindées de dentelle, il saisit une bourse. Par désœuvrement, il l'ouvrit et s'apprêta à croquer l'une des dragées. Son instinct lui souffla qu'un détail clochait. Il glissa une douceur entre ses lèvres, posa le sachet sur un coin de la table et en ouvrit un autre. Il s'agissait d'un détail infime que peu de gens remarqueraient. Les nouveaux mariés eux-mêmes ne s'en étaient pas aperçus. Chaque pochette devait contenir cinq bonbons afin de représenter autant de vœux pour une union réussie : fécondité, félicité, prospérité, santé et longévité. Or, il n'y en avait que quatre.

L'amande prit soudain un goût amer dans sa bouche. Il lui était facile de deviner quelle pénurie le destin désignait ainsi. La même le guettait : point de descendance pour ceux qui avaient brisé l'équilibre. L'inquiétude quant au futur de ses villageois l'enlaça de nouveau. Encore un problème à gérer – et si sa résolution pouvait attendre, elle n'en était pas moins vitale, bien plus que des préoccupations financières germant d'un esprit revanchard. Le baron eut besoin de champagne pour faire glisser son trouble. Un serviteur passa près de lui. Il soulageait son plateau d'une coupe lorsqu'il la vit : la demoiselle de Varages. Sa promise, selon la Marinette… et les caprices de sa propre inclination.

Sa vigilance se cabra, propulsant son intellect comme une machine bien huilée. Pourquoi elle ? En guise de quelle punition venait-elle le rejoindre dans le dédale de sa malédiction ? Quel crime avait-elle commis pour être ainsi sacrifiée au chien d'Oppedette, ombre damnée de son cadet alors qu'il était né pour devenir l'âme vivifiante et protectrice du comté ?

Elle virevoltait à travers la salle comme un papillon se frottait aux pistils : légère, gracieuse et affamée. Les ténèbres qui s'accrochaient à sa traîne roulaient en grondant à chacun de ses tours. Ses gestes les plus brusques envoyaient l'écume se fracasser contre les convives. Étaient-ils réellement aveugles à la puissance qui débordait d'elle et menaçait de la noyer ? Déjà, lors de son passage à Allemagne, il avait perçu cette force, ce profond puits qui creusait dans son être et touchait les abysses. Certes, il devinait que celui-ci avait à voir avec la malédiction qui les lierait tous deux, mais il ne s'agissait que de la conséquence – une conséquence dangereuse, voire mortelle. Ce jour-là, dans le salon confortable et sobre de la marquise, alors qu'il ne connaissait pas encore la prophétie des trois sorcières, Lazare avait pris sa décision. Il l'aiderait à sa manière, en lui prodiguant un conseil – ce dont il était plus avare que de sourires. Puisque sa mère avait quelques notions dans l'art et le savoir des plantes, il pourrait se permettre de jouer finement. Sur une commande de sa part, un narcisse d'or avait été ciselé. Il l'avait fait monter en broche et sertir d'un minuscule diamant plus clair que l'eau de roche. Cette soirée serait une excellente occasion pour remettre ce présent rien moins qu'innocent à la demoiselle…

La valse se termina. Les musiciens se jetaient quelques œillades pour s'accorder sur la suite. C'était le bon moment.

En trois pas, Lazare fut devant sa proie. Sans lui laisser le temps de comprendre, il lui saisit la main droite et posa la sienne au bas de son dos. Anne-Hélène masqua admirablement bien sa surprise. Quand elle leva les yeux, il sut qu'elle avait deviné quel visage son regard allait trouver. De manière tout à fait puérile, cette découverte lui remua le cœur.

L'intensité de la musique baissa. Anne-Hélène changea de bras. Le drôle qui la saisit ne lui demanda pas l'honneur de cette danse. Ses mains se refermèrent sur elle avec une assurance troublante. Elle ne connaissait que deux personnes capables d'une telle effronterie. Un instinct secret la renseigna sur le frère dont il s'agissait – ainsi que la coupe du costume. Son front se leva, chercha le regard de Lazare.

Une voix profonde et douce prit les devants, qui coupa court à ses reproches en les assenant en premier.

— Ne vous avais-je pas conseillé de ne tenter ni diable, ni dieux ?

Une taquinerie pour masquer son trouble mais dont la jeune femme n'avait pas conscience.

— À moins d'en assumer les conséquences. Quelles qu'elles soient, je suis de taille à m'y confronter.

— Vous n'êtes encore qu'une enfant.

Choquée, elle crispa ses doigts. Les ongles s'enfoncèrent dans le beau tissu de la veste.

— Et vous, un mufle !

Il rit, l'exaspérant davantage.

— Ne vous agrippez pas ainsi à moi, il me vient des envies de vous renverser sur un sofa et de dérober le seul vrai joyau de votre dot.

La phrase s'échappa de ses lèvres presque malgré lui. Sans s'en rendre compte, par habitude – ou parce qu'il ne savait pas se comporter autrement ? –, il jouait avec elle comme un chat flegmatique s'amusait d'une souris. Néanmoins, ce n'était pas un gibier qu'il tenait entre ses bras.

Comme il l'espérait, avec cette incertitude à la saveur piquante des paris, elle ne se désengagea pas.

— Et c'est avec ce genre de menaces que vous comptez m'intimider ? Vous me prenez pour une de ces oies blanches sur lesquelles festoient les godelureaux ?

— Je vous prends pour ce que vous êtes : une demoiselle étourdissante, aussi vénéneuse que vulnérable.

— Alors, vous vous méprenez plus que je le pensais.

— Vous n'aimez pas qu'on vous dise délicate, n'est-ce pas ? L'expression « sexe faible » doit vous faire bondir dans tous les recoins de Varages.

Le sang montait aux joues d'Anne-Hélène. Elle qui ne bronchait pas devant les insanités piaffait des quatre fers lorsqu'on la réduisait à une pauvre créature. Alors, qu'on puisse se moquer de cette force et de cette indépendance dont elle se faisait des points d'honneur, c'était insupportable !

D'un geste énervé, elle tenta de rompre leur couple.

— Lâchez-moi ! Je ne me ferai pas insulter par un comte déchu qui ne survit que de trafics et de chantages. Je parie que votre sang coule comme le plomb tant la fourberie s'y est imprégnée. Pas une de vos pensées ne peut naître sans être déformée par l'avarice !

Le coup porta. Les paumes sautèrent loin d'elle, tel un minot trop confiant se brûlerait à la brique qui devait le réchauffer. Un bref instant, ils se tinrent immobiles au milieu du flot mouvant des danseurs.

— Excusez-moi, c'était tout à fait déplacé.

Il n'eut que ces mots avant de la quitter. Son visage n'exprimait rien ; sa démarche était aussi nerveuse qu'à son habitude, lui qui alternait vivacité et langueur avec l'aisance des chats. Très vite, elle le perdit du regard. Un empressé lui tendit la main afin de poursuivre la valse, mais elle la refusa. Elle voulait garder encore un peu de la saveur de Lazare sur elle.

Quand il l'avait menacée de l'étendre sous lui, son corps s'était échauffé. Certes, le petit discours péremptoire qui avait suivi s'était révélé une douche froide parfaitement efficace, mais elle devinait son désir couver encore. Enfouir la tête dans le cou de cet homme, sucer sa peau, mordiller ses poignets… Tout le temps de leur valse, la conscience douloureuse de l'espace qui les séparait l'avait taraudée, la poussant vers les endroits les plus peuplés de la piste pour excuser leur proximité – fort involontaire, bien sûr ! Elle avait envie de sa chair, de sa senteur pétrichor. Elle voulait s'enfouir en lui comme dans un tombeau : affolée et condamnée à s'abandonner, dans une extase digne des dernières nuits de ce monde.

La tête lui tournait encore. Malgré sa colère, ses prunelles cherchaient celui que la peau brûlante de ses cuisses appelait son amant. Ce fut son reflet qu'elle croisa. « Vénéneuse »… Tel était le terme qu'avait utilisé le baron. Elle ne pouvait qu'y souscrire. À l'ombre du cristal, sa chevelure s'éclairait. Les mèches évoquaient davantage l'argent des feuilles de peuplier que la mate rondeur du noisetier. Sa carnation, si pâle qu'on discernait les veines, emmêlait son image. Épiderme et kératine se confondaient dans un flou fantomatique d'où ne ressortaient que ses yeux. Deux éclats de givre dont la pureté s'aiguisait contre le vide de ses pupilles, si profondes que l'absence devenait matière, flottaient dans une brume à l'identité indistincte.

Elle était belle, effroyablement belle. Elle n'appartenait plus tout à fait à cette terre animée par les caresses du soleil.

Pour la première fois, l'héritière de la malédiction eut peur d'elle-même.

Chapitre 12

Écoute, Bûcheron, arrête un peu le bras !
Ce ne sont pas des bois que tu jettes à bas ;
Ne vois-tu pas le sang, lequel dégoutte à force,
Des Nymphes qui vivaient dessous
la dure écorce ?

Élégies, Pierre DE RONSARD

Le retour de griffes fût sévère. La réplique l'avait cloué sur un pilori. Surpris autant que blessé, il avait sursauté sous le coup, puis était demeuré figé. Comme si le moindre geste avait pu le faire souffrir davantage, il était resté sans bouger, de corps comme d'esprit.

Que s'était-il passé ?

D'un coup de cravache, elle avait mis à nu la noirceur de son âme. Elle avait lu dans le miroir sans tain qui lui tenait lieu de conscience, exprimant les vices que le mat cachait si bien. Lui qui se demandait s'il pourrait empoisonner des inconnus pour quelques bénéfices pécuniaires, les paroles de la jeune femme avaient fendu son masque d'un coup de hache, clair et sans ambages. La lumière qui se répandait à présent dans son for intérieur ne révélait que miasmes et une humanité dénaturée en langues de pestilence.

Saisi par le paysage qui s'imposait à lui, Lazare n'avait réussi qu'à marmonner une vague excuse avant de sortir. Rien de ce qu'il entreprendrait ne lui permettrait d'être pardonné.

Dès qu'il se fut éloigné d'Anne-Hélène, la dissimulation reprit le dessus. Cette dernière était un habit trop souvent passé qui s'adaptait à lui sans même qu'il y prête attention, se moulant sur ses états d'âme pour en tirer le meilleur parti. Nul ne soupçonna la profondeur de son trouble, pas même Jean Pietro qui, pourtant, veillait aux ragots.

Depuis l'extrémité de la pièce, il dardait sur ses sujets un œil d'aigle, notant les alliances et les défections. Plus que la silhouette ou le visage de son aîné, il s'attarda sur le fait que son frère ait provoqué ce filet d'esclandre dans une valse entre bonne compagnie, lui qui tenait plus que tout à rester discret. Quelque chose s'était joué là, entre sa nièce toute fraîche et le baron d'Oppedette. Il nota l'incident dans un coin de sa mémoire. Si l'occasion se présentait, il saurait en profiter – et elle se présentait toujours.

La démarche plus décidée qu'il ne l'était lui-même, Lazare pénétra dans les écuries. Cette nuit, il rentrait chez lui. Il avait bien conscience de fuir – sans compter les nombreux pigeons auxquels il laissait les plumes. Ce n'était pas la meilleure chose à faire, mais l'incertitude le taraudait. Son avenir lui apparaissait comme un grand étang gelé dont la glace brisée s'éparpillait au gré des courants, sans ordre ni direction bien définie. L'éclat du givre lui blessait les prunelles ; il ne discernait pas les détails – or, il détestait voguer sans savoir où se diriger, ni ce qui se précipitait vers lui.

Il harnacha Orphée. La bête lui donna un coup de tête pour l'apaiser. Il lui flatta le flanc. Second coup de tête, puis un frémissement des naseaux. Pour finir, Orphée se coucha dans la paille. Il avait raison. Le baron ne pouvait pas partir ainsi. Il prendrait la route dès potron-minet. Cheminer de nuit ne l'inquiétait pas plus que cela, mais un départ aussi précipité s'avérerait par trop suspect. Toutefois, hors de question de demeurer ici, avec les bruits de la fête et le risque de se trouver nez à nez avec cette fichue demoiselle ! Sentant l'humeur de son maître changer, le cheval se redressa. Lazare prit le temps de le remercier d'une caresse avant de l'enfourcher. Ils quittèrent le château de Sauvan à pas feutrés, l'un l'encolure basse, l'autre l'air sombre. La nuit qui les enroba n'avait pas de lune en ses cieux. Pourtant, dans le noir, l'homme sentit une chauve-souris le frôler.

Le baron n'avait aucune envie de se rendre à Mane, où il devrait se confronter aux bourgeois et à la curiosité des gens du peuple. Quitte à s'enterrer pour ruminer son malheur, autant prendre le chemin de la mine. Il partit donc vers l'est, en direction du bois d'Asson. Peut-être n'irait-il pas plus loin que son ravin mais au moins se serait-il éloigné de la foule et de celle qui causait en lui d'aussi âpres regrets !

Le sentier à travers champs n'apporta en son sein que langueur et ennui. Les étoiles ne brillaient pas – la voûte devait être nuageuse. Autour de lui voltigeaient les pipistrelles. Ses pensées s'ébattaient de semblable manière. Le destin ne lui envoyait-il pas un message dans les paroles d'Anne-Hélène ? Devait-il réellement cesser la contrebande – du tabac et du vin, certes, mais aussi de l'épice aux doux songes ?

Anne-Hélène... La femme qui le hantait, qu'il avait tenue entre ses bras et qu'il avait perdue. Ne subsistait sur sa veste qu'une ombre de parfum, le fantôme de sa présence. L'absence creusait une fosse mortuaire dans la roche de son cœur. Dans une de ses poches, ce bijou qu'il ne lui offrirait pas, enrobé de papier de soie. Quelle folie l'avait mené, ces derniers temps ? S'imaginait-il vraiment lui faire la cour comme un jouvenceau de bonne famille ? Il y voyait clair dans son délire, à présent, et ne pouvait qu'éteindre d'un rire jaune ses anciens espoirs. Il n'y avait rien de beau, dans son monde. S'il devait y entraîner la demoiselle, cela se ferait dans la boue et la souffrance.

— Oh fan, vous faites bien triste figure pour une aussi joyeuse soirée, té !

Le ricanement avec lequel le baron scarifiait ses rêves s'étrangla dans sa gorge. Il porta les doigts à sa botte, où se glissait toujours un couteau de bonne taille. L'inconnu, à quelques mètres de lui, leva les mains pour protester contre une possible intention belliqueuse. Même si l'air était de poix, Lazare y voyait mieux qu'un simple humain. Il aurait dû repérer ce paysan à la mine égrillarde, planté entre deux arbres racornis. Celui-ci continua sur sa lancée :

— Allons, monseigneur, venez vous joindre à nous. Nous fêtons le mariage de notre bon comte avec la vieille Hilaria – et pour le célébrer honorablement, il n'y a rien de mieux qu'une belle et franche noce au milieu des bois !

Il avança et s'inclina, redressant son visage où fleurit une œillade.

— Nous avons de ces girondes aux formes goulues qui vous ôtent les soucis de la tête d'un homme aussi bien qu'elles vident ses bourses. Quittez donc cette grise mine ainsi que votre monture, et suivez-moi. Il nous manque un partenaire pour une partie de cartes.

Le visage de l'étranger respirait cette malice propre à la jeunesse. Il était beau, franc ; il avait des joues roses et des bouclettes blondes. Sa chemise défaite laissait voir un torse trop pâle pour avoir travaillé aux champs et trop musclé pour un gratte-papier ou un ouvrier. Malgré lui, Lazare sourit devant l'innocence du traquenard. Il tira son poignard.

— Camarade, tes paroles sont fleuries et ton front serein. Il m'aurait plu d'être ton compagnon, avec quinze années de moins et le goût de l'aventure encore là lorsque je hume le mistral. Ces femmes dont tu me narres les charmes doivent être de sacrées amazones, et je salue leur courage et leur vaillance. Mais, ni toi ni moi ne sortirions heureux d'une conversation qui s'étendrait au-delà de ces civilités. Laisse-moi donc poursuivre ma route et trouve-toi une autre proie, qui n'aura pas un goût de vieille carne. Je garderai de toi un bon souvenir, et toi de moi le présent que voici.

Il jeta à l'inconnu une bourse assez remplie pour donner à n'importe quel détrousseur de quoi réfléchir. Le jouvenceau l'attrapa au vol, la soupesa et la lui renvoya.

— Tu m'offenses, frère, si tu penses que nous ne sommes que de vils pillards de garrigue, les filles et moi. Garde ton or : je vais t'offrir quelque chose, moi que tu prends pour un de ces brigands à ta botte. Ariane !

Une femme apparut. Dans ses bras, une jarre bouchée.

— Voilà du vin, le meilleur que tu as bu et que tu n'auras plus jamais l'occasion de boire. Garde-le précieusement et si tu crois savoir qui je suis, sers-le le meilleur jour, à ton meilleur ennemi.

Sans lâcher son arme, le baron chargea la poterie devant lui. La paysanne lui fit un clin d'œil et lui envoya un baiser. Ses dents étaient taillées en pointe ; ses cheveux plus empêtrés que la barbe d'un vieux bouc qui aurait fourragé dans les ronces. Ne sachant comment recevoir cet hommage, le cavalier demeura coi.

— Gardien de la Source, toi qui as survécu aux tourments de la bascule des siècles, par ton exemple, je te considère un peu comme un père. Ce fut un honneur de te rencontrer. Même si je t'imaginais plus bavard, tu causes bien et tu vois mieux encore. Un dernier mot avant que je ne retourne courir sur la piste de l'écharpe : le narcisse, offre-le-lui. De bonnes choses naîtront de votre union… Je suis bien placé pour le savoir !

Avec un rire gracile, semblable aux trilles des mésanges et aux frisures des lilas, l'étranger recula. Son corps se fondit dans les ombres, à croire que les arbres se courbaient pour le protéger. Éberlué, Lazare tarda à le saluer à son tour. Cependant, il ne douta pas qu'une âme se tiendrait là à écouter ses paroles.

— Toi qui, par tes méfaits, as reçu le surnom de « la Sauce » ; Denis, empoisonneur et guérisseur, maître de la folie… Je suis aussi honoré de cette rencontre, et plus encore que tu m'estimas assez pour parler avec moi sans détour. Je prendrai grand soin de ce cadeau, qui sera employé en son juste temps. Je m'en retourne avec diligence accomplir ta prophétie. J'ignore quel est mon avenir et quelle sera la couleur des jours qui s'écouleront sur les rives d'Oppedette. Toutefois, puisque tu as eu l'affection de me nommer père, tu y seras toujours reçu comme un fils. Adieu, et guide ton ivresse en des lieux sauvages qui sauront t'accueillir avec bonheur.

Le cavalier porta une dernière fois son salut dans le berceau de la nuit. Des présences bruissaient de rires interdits et muets. Le message était passé ; la paix établie entre les deux hommes.

Ce soir, son cadet s'était marié avec une femme désargentée et sans relations. Il était temps, pour lui aussi, de changer de vie.

*

L'éclat des sabots éclairait la sorgue opaque. Orphée illuminait le silence immobile du fracas de ses fers sur les pierres sèches. Flottant au-dessus du corps luisant de la bête, Lazare se tenait tendu vers l'avant. Les bords de sa redingote claquaient telles les mâchoires des chiens aux jarrets de leurs proies. Il ne pouvait pas la laisser filer. Il s'en voudrait des années d'avoir si mal joué ses cartes, en cette partie qu'il ne pouvait pas perdre, et de s'être couché beaucoup trop tôt. Il fallait qu'il arrive à ce damné Petit Trianon de Provence avant qu'elle ne le quitte, embarquant avec elle ces espoirs fous que le dépeceur avait allumés.

Enfin, les grilles du château furent franchies. Fumant de ces brumes dont on tisse les cauchemars, la monture et son maître pénétrèrent dans l'écurie. Le baron y abandonna l'animal, jetant les rênes à un domestique stupéfait et lui confiant la jarre assortie d'un chapelet de menaces. Ces précautions prises, il s'élança vers les jardins. De jeunes personnes s'amusaient là, or Anne-Hélène aimait les rires et ces compagnies joyeuses et frivoles sur lesquelles elle régnait comme le soleil sur la sève. Il savait qu'il aurait le plus de chance de la trouver en ces lieux. Un freluquet le frôla. Il lui demanda s'il avait vu l'héritière de Varages. En effet, le blanc-bec l'avait aperçue quitter les jardins pour rejoindre la terrasse. Pierre-Louis, un de ses compagnons, avait assuré à la demoiselle qu'ils auraient là un très bel aperçu des lumières de Mane et pourraient deviser sans être brusqués. Il manqua d'ajouter quelque remarque de mauvais goût sur la vue du balcon auprès d'une aussi charmante jouvencelle, mais son instinct de conservation, encore vivace malgré les verres de vin enfilés, lui souffla que la plaisanterie ne serait pas au goût de ce gentilhomme qui lui serrait le poignet avec autant de vigueur. Ledit gentilhomme ne prit pas la peine de le remercier et fit aussitôt volte-face pour remonter les escaliers. Sans hésitation, il se dirigea à l'opposé du bassin. Il y avait là une sorte de chambre à part séparée par d'épaisses haies du reste du jardin. Le terrain s'avançait un peu dans le vide, suivant en cela le tracé de la roche. C'était là l'endroit rêvé pour entraîner une femme dont on souhaitait se voir accorder les faveurs.

Lazare passa les treilles qui formaient l'entrée. Une unique torchère se dressait au centre de la place, repoussant tant bien que mal les ténèbres – et ne parvenant guère à les extirper des coins. Il y avait là quelques couples enlacés. Avec un zeste de bonne volonté et d'application, on pouvait ignorer l'identité des amants qui s'enlaçaient sous les charmilles. Le baron n'avait guère la première à cœur et usait de la seconde de façon contraire. Il eut tôt fait de démasquer les pêcheurs de plaisir. Il n'y avait nulle trace d'Anne-Hélène. À la fois inquiet par sa disparition et soulagé de ne pas l'avoir vue en cet endroit, il repartit. Dans le jardin à la pelouse parfaite, un bruit d'eau lui fit dresser l'oreille ; un glouglou familier, calme, étouffé, aussi léger que le bond d'une sauterelle – et assez puissant pour creuser la roche, assassiner tout un village. La Source lui venait en aide. Il suivit son chant, arriva devant les escaliers de la salle de bal. Plusieurs invités se tenaient là, profitant de la chaleur douce de ce mois de septembre – une tiédeur pareille à la délicatesse mordorée des feuilles automnales. Personne ne le remarqua.

La nuit l'accompagnait, ou bien l'enchantement de ce Denis qu'aucun gendarme ne parvenait à saisir ? Il se rapprocha ainsi des abords du bassin. Ses souvenirs encore frais de la soirée le rattrapèrent. La présence d'Anne-Hélène en compagnie d'un godelureau à la vanité ronflante ne l'en cuisit que de plus belle. Était-ce une entreprise de l'un d'eux ou une duperie du hasard ? Ils se trouvaient dans l'ombre d'un platane assez large, son régiment et lui, pour les masquer aux regards. Elle avait son bras autour du sien, comme eux deux tantôt. Il ne l'imaginait pas aussi inconséquente. Pourtant, la menace qu'il avait glissée à son oreille aurait dû l'attacher à lui – si ce n'est par affection, du moins par prudence. Certes, leur dernier échange avait terni les timides germinations d'une inclination mutuelle. Toutefois, il pensait qu'elle aurait eu la jugeote d'espérer l'influencer par ses charmes.

Si les serviteurs avaient répandu la rumeur de son départ, elle se serait crue délivrée de la nécessité d'une telle comédie. Son cerveau, habitué à calculer les traquenards et visées de chacun, tournait en une spirale infernale. Ses jambes étaient rompues ; ses pieds pris dans les fibrilles des pissenlits. L'horrible sensation que son corps se scindait, que sa boîte crânienne jaillissait d'un tas d'argile reprit ses marques. Voilà des années qu'il ne l'avait pas connue. Des lustres qu'il ne s'était pas senti aussi débile. Elle rit. Le freluquet se penchait sur elle. Lazare imaginait sans mal le dépravé se délecter du parfum de pêchers en fleur qu'exhalait sa peau nue et lactescente. Son impuissance le couvrait de son givre aux cristaux aigus et affamés. En un seul halètement de dépit et de souffrance, il se retrouva scellé dans le tombeau de son passé. Ses membres raidis par la terreur refusaient de bouger. La mort posait son masque sur son visage ; son souffle glissait des mitaines de glace à ses mains. Il voulait vivre et les anciens serviteurs le saisissaient, ivres de rage. Il voulait vivre et les soldats le jetaient au cachot. Il voulait que ses gens vivent, ces villageois qui étaient plus que sa famille : ses enfants. La prison le retenait loin d'eux. Il savait, avec une certitude qui résonnait dans sa chair, qu'ils expiraient les uns après les autres sans espoir de remède.

Il voulait vivre – vivre pleinement, ne plus se cacher derrière le mépris ou l'envie pour se contenter de survivre, mois après mois. Il voulait tenter leur chance, quitte à s'y brûler les ailes. La présence d'Anne-Hélène restait l'unique réalité, amarre de chiastolite et d'étoiles. L'âme de la jeune femme vibrait sur une onde des tréfonds dans un monde en déclin. Là où la lune avait cessé de briller, le feu noir qui l'habitait rugissait de tout son soûl. Elle leva les yeux vers lui. La chrysalide éclata. Le long serpent de brume et d'airain jaillit de l'abîme. Il s'enroula dans le paysage, écrasant le château de sa taille, projetant ses anneaux jusqu'aux cieux. Elle mourrait s'il ne s'en mêlait pas. Il ne pouvait pas laisser cette créature magnifique se perdre – qu'il la possède ou non. On n'abandonnait pas un arbre sacré à la hache du bûcheron.

Lazare brisa la pierre de son tombeau. Son torse s'arracha aux racines qui l'enlaçaient. La première goulée d'air fut une gifle. Elle le poussa à inspirer la suivante. La hantise s'éloignait, emportée par les vents. Les chaînes avaient éclaté. Il fit un pas en avant.

Chapitre 13

Il n'y avait pas à dire, Lazare avait touché un point sensible. Ses paroles dansaient la gigue sous le crâne de la demoiselle depuis qu'il l'avait quittée. La sensation de ses mains sur elle était tout aussi insistante... Et l'air du dehors, encore tiède de l'étreinte de la terre et du soleil, ne l'apaisait guère.

Elle avait erré quelque temps, fuyant les lieux où Virginie aurait pu être. Son amie n'aurait pas compris son trouble, ni cette tendre et agaçante langueur qui la possédait à présent. Dans l'ombre rangée des jardins, un homme l'avait approchée. Il se nommait Pierre-Louis, il lui offrait un bouquet de lys blancs emprunté à la décoration du perron et se montrait tellement effronté qu'elle ne pouvait qu'en rire. À la lumière des torchères, il se révéla beau garçon et bien loin de sa première tentative de séduction. Ses mots et le velouté de sa voix la berçaient. Elle n'en était pas dupe, mais abandonner la résistance, déléguer à un autre le défrichage du chemin, entrer dans la normalité des gens de son âge était si agréable... Il l'avait guidée jusqu'au bassin – pour mieux voir les lumières de Mane, avait-il expliqué. Et peut-être, qui sait ?, surprendre une étoile filante et permettre à leur vœu le plus cher de se réaliser. À la façon qu'il avait de la regarder, elle devinait fort bien quel était son désir le plus pressant, en cet instant.

Le besoin brut d'un côté – ivresse radiante et turgescente –, de l'autre un cœur vert qui se flattait ; ce piquant qu'ont les roses quand la séduction débute et qu'il faut la saisir avec précaution… Elle s'était laissé envoûter par la perfection de cette simplicité. Les feux follets des premiers émois avaient quelque chose d'apaisant et de libérateur. Ils demeuraient sans surprise et éveillaient pourtant ce paquet d'étincelles qui brillaient plus que les brasiers de la Saint-Jean – à croire qu'ils mêlaient le Léthé à l'ichor et instillaient à ceux qui les goûtaient une amnésie bienvenue.

Pierre-Louis lui avait murmuré une futilité à l'oreille. Elle avait ri. Ces confiseries étaient des remèdes nécessaires lorsque l'angoisse avait noirci l'horizon au charbon. Un frisson avait crépité sur sa peau. Ses yeux, grands ouverts sur les ténèbres, s'étaient tournés vers le chemin qui longeait la balustrade. Il y avait là une ombre : un homme. Bien qu'elle ne pût discerner son regard, elle sentit les écueils de ses émotions dressés vers elle. Avides et terribles, ceux-ci formaient une armée de titans penchés sur des terres bénies, géants branlants qu'un souffle – son souffle – pouvait précipiter en bas de la falaise ou vers la victoire. Une digue céda en elle. Il lui sembla qu'elle défaillait et, pourtant, une force la maintenait debout, brandie telle une torche dans la nuit. Une part de sa conscience mesurait ce qui se déversait d'elle, une autre calculait l'attitude et les réactions de Lazare. Pourtant, les morceaux de son âme ne se rejoignaient pas. Elle luttait pour assembler le puzzle et comprendre, agir – retrouver son identité qui lui échappait comme se dévidait la bobine d'un cerf-volant emporté par la tempête.

Détachée de ses propres sentiments, elle observa le baron d'Oppedette avancer vers elle. Pierre-Louis s'interposa, mais Lazare l'envoya au sol. Le coup de poing avait des accents de coup de feu. La violence résonna sous les arbres en claquement de silex ; elle se nervura en fibrilles rougeoyantes dans la vision d'Anne-Hélène. L'homme la saisit. Elle se souvint qu'il avait déjà agi ainsi dans la soirée, mais ne parvenait plus à se rappeler ce qu'elle avait éprouvé alors. Il l'appela – en tout cas, un son sortit de sa bouche. Cela ne lui fit ni chaud ni froid. Le temps d'une respiration, elle le vit déstabilisé. Elle savait que le surprendre ainsi aurait dû l'amuser. Pourquoi ne ressentait-elle plus rien ? Il hésitait. Ses paumes frictionnaient les bras de la jeune femme comme pour les réchauffer – comme si la température lui importait d'une quelconque manière ! Sa bouche s'approcha de la sienne. Elle enregistra le fait, pas plus émue que si son cheval avait chassé une mouche. Soudain, son expression changea. Adieu, le baron hésitant : elle retrouvait face à elle le joueur décidé au visage d'acier. La caresse sur son bras gauche s'accentua. Elle s'aperçut qu'il le lui dénudait. Une pointe d'appréhension émergea quand elle sentit sur sa main le souffle des chouettes. Il lui saisit le poignet. Une bulle d'effroi éclata dans sa conscience, aussitôt suivie d'une lame de fond.

Ses émotions lui étaient soudain rendues, et elles hurlaient un chœur de typhons. Lazare s'était effondré à ses pieds. Les muscles crispés par la douleur, les poumons affolés, seule sa prise sur Anne-Hélène l'empêchait de s'écrouler complètement. Son front était levé vers elle. Elle l'effleura des doigts. Une sueur glacée y perlait. Sa caresse s'étendit à sa joue, glissa vers les mâchoires. Elles étaient aussi serrées que le filet de ses inspirations. Un crépitement intense traversa la jouvencelle. Voir cet homme à genoux, souffrir pour elle, à cause d'elle ; éprouver la pression asphyxiante de son regard sur elle – lourd de tant de désirs cachés, tus et renoncés – creusa une brèche dans le tourbillon hésitant de son âme. Une nuée ardente s'y engouffra.

D'un geste vif, aussi irréfléchi que l'assoiffé se jetant sur une jarre, elle coula son corps contre celui de Lazare. Elle l'embrassa. Le contact autour de son poignet se rompit. Une main se posa sur sa nuque, l'autre dans sa cambrure. Elle sentit sa peau s'échauffer davantage. Ses seins durcirent pour poindre vers le torse ferme qui s'emballait sous son emprise. Le baron luttait, la repoussant un instant pour mieux l'étreindre ensuite. Leurs langues se frôlèrent, attisant leur faim. Avec un râle, la demoiselle projeta son amant sur le sol. Une folie brûlante lui dictait ses actes – et elle se laissait conseiller bien volontiers. Elle se frotta contre lui, goûtant la force retenue de ce grand tacticien qui se maîtrisait avec peine. Il haleta. Délaissant sa bouche, elle attaqua sa gorge. Il gémit en retour. L'entendre ainsi à sa merci la consumait de désir. Son besoin si impérieux, l'exigence de satisfaire celui-ci lui faisaient oublier tout le reste. Quand Lazare lui attrapa les épaules pour la repousser, elle feula de colère.

— Anne-Hélène… Bonne Mère, reprends-toi !

Son intervention ramena la jeune femme à la réalité. Était-ce grâce à sa voix ou à cette expression qui apporta dans son esprit le visage grave de la marquise ? Jamais Marie-Constance ne pourrait être plus déçue si l'événement se savait : l'Agnelle se roulait sur une pelouse avec le frère aîné de son oncle ; à trois pas de l'assemblée fort nombreuse d'un mariage – des invités qui avaient de temps à autre besoin de se dégourdir les jambes ; et, juste à côté de leur enchevêtrement scandaleux, un digne héritier de la noblesse de Sabran se relevait en râlant et en vérifiant si son nez tenait toujours !

La voix de Lazare doucha de nouveau son affolement.

— Je prends cela sur moi, ordonna-t-il dans un murmure. Je ne suis pas à un scandale près.

Son timbre tremblait un peu. Anne-Hélène ressentit une étrange fierté – franchement déplacée en cet instant – à savoir qu'elle en était la cause.

— En remerciement, acceptez ceci. Un cadeau que je comptais vous remettre ce soir, quoi qu'il puisse se passer. Regardez-le souvent, et réfléchissez-y bien. Malgré sa beauté et sa liberté, une bulle de savon meurt lorsque éclate sa paroi.

Elle se renfrogna.

— Vous êtes le second à me parler de mort aujourd'hui. Cela devient ennuyeux.

Néanmoins, ses doigts se refermèrent sur le bijou. Elle le glissa dans son corsage en feignant de porter la main à son cœur puis – grande comédienne – elle mima l'évanouissement. Lazare, surpris, mit un temps à réagir. Pierre-Louis le retrouva ainsi : penché sur la demoiselle, de l'herbe plein les habits. Heureusement, l'obscurité était, une fois de plus, sa bénédiction.

— Éloignez-vous d'elle, vieux satyre !

L'insulte lui rendit sa vivacité.

— Monsieur, vous m'outragez par votre ton comme par vos insinuations.

— Lâchez-la, et nous parlerons réparation ensuite.

— La petite dame de Varages a fait un malaise. Je ne peux décemment pas abandonner ainsi une nièce qui, bien que récente, m'est déjà très attachée.

— Vous ne me trompez pas ! C'est à votre lit que vous voudriez la lier !

Le damoiseau, tout à son élan chevaleresque, n'eut qu'innocence dans la formulation de ses propos – une innocence que le baron avait perdue à la moitié de son âge.

— J'ignorais que vous aviez de ces pratiques. On en apprend tous les jours… Je suis fort aise pour vous, mais je souhaiterais que vous baissiez d'un ton et que vous alliez chercher une serviette et de l'eau fraîche pour permettre à votre dulcinée de revenir à elle.

Comme son bras touchait celui d'Anne-Hélène, il ne put manquer le fou rire que sa repartie provoquait chez elle. Heureusement, Pierre-Louis, aveuglé par la colère et la honte, ne remarqua rien.

— Ne vous moquez pas de moi ! Je sais très bien les outrages que vous lui feriez subir si je m'éloignais.

— Les mêmes que vous envisagiez ?

Au comble de la frustration, le jouvenceau se jeta sur lui. S'il avait eu une épée, nul doute qu'il l'aurait alors tirée. Lazare, lui, ne pensa même pas à saisir son arme. Il lui assena quelques bons coups, se retenant toutefois. L'idée était de faire le plus de tapage possible autour de leur bagarre pour que la simple suggestion du déshonneur d'Anne-Hélène n'effleure même pas les bouches ragoteuses. Elle serait la cause de leur dispute, certes, mais personne ne penserait à vérifier combien de temps elle était restée seule avec l'un ou l'autre.

D'ailleurs, la finaude se releva et, en larmes, courut vers la terrasse où se massaient déjà les convives.

— Au secours ! De l'aide ! Je vous en prie, aidez-moi à les séparer.

Quelques hommes s'empressèrent dans sa direction, brandissant des candélabres et tâchant d'y voir clair. Parvenue à leur hauteur, elle vit qu'il y avait autant de domestiques que d'invités.

— Que se passe-t-il ? lui lança un inconnu.

— Ces messieurs se battent, là-bas. L'un d'eux est le frère du marié.

— Pas étonnant, cracha un gentilhomme à côté d'elle.

Il ne fallut qu'un instant pour tirer les adversaires chacun de leur côté. À partir du moment où ils avaient été rejoints, ces derniers étaient soudain devenus muets, tombant d'accord sur un tacite respect d'Anne-Hélène et de sa vertu. Ils furent ramenés dans le château et guidés vers la bibliothèque, qui se trouvait à l'étage. Alors qu'ils subissaient l'opprobre du pilori, sur ce grand escalier, visibles par l'ensemble du hall, Marie-Constance apparut à sa fille. Elle la prit dans ses bras.

— Mon enfant, mais que t'est-il arrivé ? Est-ce que l'un de ces hommes t'a fait du mal ?

— Non, ne vous inquiétez pas.

Elle aurait bien voulu se dégager, cependant, elle comprenait l'inquiétude de sa mère et n'avait pas le cœur de la repousser.

— En revanche, je dois vous le confesser : j'ai fait un nouveau malaise. Je crains que toutes ces émotions ne soient trop pour moi. Est-ce qu'il serait possible que nous nous retirions dans une pièce moins exposée ?

— Hors de question ! Nous allons rentrer sur-le-champ, tu as besoin d'une bonne nuit de sommeil ! Décidément, cette rive-ci de la Durance ne nous réussit pas…

Elle voulut l'entraîner.

— S'il vous plaît, mère, j'insiste. Si nous partons maintenant, les gens croiront que j'ai quelque chose à me reprocher dans la scène qui vient d'avoir lieu. Je refuse que mon honneur et celui des Varages soient mêlés à cet esclandre.

La marquise l'observa, la mine indéchiffrable. Enfin, elle porta une main à sa joue dans un geste très doux.

— Tu as raison. Et tu es cent fois plus raisonnable que moi. Tu feras une marquise parfaite. Rejoignons le grand salon. Avec l'agitation là-haut, il sera désert.

Les deux femmes quittèrent la pièce en silence. Une porte plus loin, elles furent rattrapées par Virginie.

— Mais qu'est-ce qu'il y a ? Anne-Hélène, tout va bien ?

L'héritière lui étreignit le bras et eut un sourire attendri. Elle avait oublié à quel point cela soulageait l'âme et le cœur lorsqu'une personne sincère s'inquiétait pour soi.

— J'ai fait ma frêle à tomber dans les pommes pour la deuxième fois de la journée, sinon, je n'ai rien.

— On ne peut pas en dire autant du baron ni du couillon de Sabran – sauf votre respect, madame, se reprit la jeune femme avec une grimace.

La dame en question l'excusa d'un geste vague. La santé de sa fille la préoccupait davantage qu'une insulte à un benêt qui n'avait de remarquable que le bleu de son sang. Anne-Hélène, de son côté, se remémorait avec une sensualité gênante ses ébats, lorsque le seigneur d'Oppedette entra dans la salle. Les cheveux en bataille – dont quelques mèches collaient à son front –, débraillé, sa chemise défaite en haut du torse, là où des boutons avaient sauté… Elle qui n'avait jamais connu l'amour ni la complicité de la chair s'imaginait pourtant fort bien, et avec une facilité vénielle qui ne demandait qu'à se muer en capitale, l'homme dans une telle mise, au petit matin, alors que l'aube recouvrait d'un voile candide les ébats nocturnes. Sans y penser, sa main glissa vers la chute de sa gorge pour saisir l'objet qu'il lui avait offert. De quoi s'agissait-il ? Elle se figea, repoussa son trouble. Ce n'était pas le moment.

— As-tu un nouveau vertige ? s'enquit sa parente. Préfères-tu qu'on te porte dehors pour que tu puisses respirer ?

— Non, c'est bon. Je vais mieux. Asseyons-nous là, fit-elle en désignant le canapé à l'ivoire d'or damassé, et guettons la fin de cette affaire, que nous puissions rentrer à l'hôtel. J'ai tellement hâte de regagner Allemagne !

— Comme je te comprends…

Le regard de la marquise se perdit au-delà de ces murs. Elle était faite pour protéger sa terre, nourrir ses cultures et ses gens. Les soirées illuminées d'autant de chandelles qu'il y avait d'étoiles – un vrai gâchis, usage malavisé de la cire de ruches entières –, le vin bu en compagnie d'inconnus, ou tout comme, lui déplaisaient. Certes, elle voyait fort bien l'intérêt de fréquenter la bonne compagnie, de nouer et rafraîchir des relations, mais elle ne parvenait pas à se détacher de ses préférences aussi bien que savait le faire sa descendante.

Elle la contempla qui discutait, l'air de rien, avec Virginie. L'admiration gonfla sa poitrine. Elle avait tellement changé ! C'était comme si sa maladie lui avait donné la profondeur qui lui manquait pour grandir et devenir une femme responsable, une administratrice qui ne se laisserait pas menacer ni manipuler : la dirigeante parfaite pour un domaine, un rôle que son statut rendrait difficile à gérer. Le jour venu, la vieille marquise pourrait s'endormir en paix. D'ici là, il lui fallait affermir l'éducation de son héritière et veiller à sa santé. Ces malaises répétés l'inquiétaient ; dès qu'elles seraient rentrées, elle ferait contrôler son état.

Par la suite, les trois femmes n'entendirent que des bruits de couloirs concernant cette affaire. Bien sûr, les grands mariages apportaient souvent leurs lots de débordements – surtout en ces temps troublés, aux opinions sur les nerfs et sur les dents –, aussi ne fit-on pas cas de celui-ci, même si le propre frère du marié était concerné. La version la plus communément reprise était que le baron d'Oppedette avait demandé un entretien à la demoiselle de Varages pour mieux cerner sa nouvelle famille, que celle-ci avait fait un malaise et que Pierre-Louis de Sabran, qu'elle avait rencontré plus tôt dans la soirée, avait mal interprété la scène en voyant une fripouille notoire penchée sur le corps inerte de la jouvencelle. Évidemment, il y aurait toujours un malandrin pour glisser une remarque égrillarde quant aux tenues dépenaillées des trois intéressés. Néanmoins, la bonne société ne trouva rien à redire à cette histoire. Bien que plus d'un esprit jouât avec l'idée de taquiner ce scélérat de Lazare, aucun n'eut la folie de se mettre à dos deux des trois fils de feu Crosne, comte de Forcalquier au caractère dur et implacable et à la justice expéditive. Tout le monde aimait Jean Pietro – ou plutôt, l'admirait, le révérait. Pourtant, un secret instinct semblait les avertir que l'héritier du vieux seigneur irascible n'aurait guère plus de scrupules, surtout s'il s'agissait de protéger sa réputation et, par extension, celle de ses deux familles : de sang et d'alliance.

Dans la voiture qui les ramenait à l'hôtel de Plaisance, Anne-Hélène se rappela qu'elle n'avait pas parlé au baron de David Tendello, l'ami d'enfance de la servante. Elle éprouvait à la fois de la gêne et du dépit. La cameriste ne lui donnerait plus aucune information… En sus de l'irritation causée par ce contretemps, elle éprouvait un regret sincère.

Par-delà le vacarme de ses propres émotions, une voix fluette soufflait des rosées de pleurs. Elle était véritablement désolée pour la jeune femme : celle-ci avait eu dans ses inflexions cette tristesse sourde qui affleure aux chagrins si immenses et si anciens qu'ils ressemblaient à de gros rochers roulés par un torrent de larmes. Sans même cet accord entre elles, l'héritière l'aurait aidée, prenant sa peine à cœur. Alors que l'occasion s'était plusieurs fois présentée, elle n'y avait juste… pas pensé. Elle avait oublié.

La calèche se gara dans la cour de la résidence. Le trio en sortit. Marie-Hélène insista pour qu'elles s'arrêtent un moment dans la salle commune. Elle commanda trois tasses et une petite marmite d'eau. Lorsqu'on lui présenta le récipient, elle y plongea un sachet de lin contenant ces herbes dont elle avait le secret et recommanda une cuisson juste frémissante. Vingt minutes plus tard, les belles de bal trinquèrent au mariage d'Hilaria et de Jean-Pietro. Une senteur apaisante de lavande s'élevait des gobelets. La humant avec bonheur, Anne-Hélène supposa que les grains mauves s'accompagnaient de marjolaine et d'aubépine. Sa mère lui faisait parfois l'effet d'une bonne fée échappée de l'une de ces forêts enchantées qu'on trouvait dans les contes, où la nature et l'humain bavassaient ensemble comme de vieux camarades. Virginie tenait le gros de la discussion, plaisantant sur les travers des invités et faisant croustiller les commérages qu'elle avait saisis en cuisine. Toutefois, eu égard à la situation ambiguë que venait de vivre son amie, elle évitait les ragots colportant des couches de paille de blé et des baisers surpris.

Enfin vint l'heure de regagner les chambres. Les deux adolescentes se séparèrent et Anne-Hélène suivit sa mère à l'étage. Juste derrière elle marchait Rose. Elle aurait bien voulu retarder encore un peu leur entrevue, mais elle ne voyait pas avec quel argument.

Tout compte fait, mieux valait en finir au plus vite, se disait-elle, résignée.

Lorsque la porte se referma derrière la cameriste, l'empressement et l'espoir qui l'habitaient jaillirent sur son visage. Elle regarda la demoiselle avec des yeux extatiques. Le plus touchant – ce qui crevait le cœur de la parjure – était qu'elle ne se rendait pas compte que l'ardeur de ses espérances se lisait si bien, en dépit de cet air détaché qu'elle avait tant tenu à maintenir quand elle avait parlé de cet ami soi-disant d'autrefois. La détromper serait cruel. La honte rongeait Anne-Hélène alors qu'elle lui avouait son échec, prétextant ne pas avoir trouvé l'instant adéquat pour aborder ce sujet en toute discrétion. Elle fit valoir qu'une demoiselle ne pouvait rester seule avec un homme ; que les occasions mêmes de s'isoler lors d'un tel événement étaient infimes. Elle expliqua qu'il y avait bien eu un moment, ce soir-là, où elle aurait pu s'entretenir de ce David Tendello avec le baron, mais elle avait malheureusement subi le contrecoup de cette journée et s'était évanouie.

Rose ne répondit rien. Elle ne bougonna même pas l'une de ces remarques sarcastiques auxquelles elle l'avait habituée. À travers la pièce se répandait ce silence terrible, ce mutisme du vivant que l'on entendait après la chute d'un grand arbre fauché emportant une pièce de forêt avec lui. La caméristе acheva de brosser ses cheveux, plia sa robe et quitta la chambre – sans un mot, presque sans bruit, à croire que la pâleur qu'elle affichait l'avait transformée en véritable revenant. Anne-Hélène, mortifiée, n'avait pas osé relancer la conversation. Elle se sentait méprisable, une impression qu'elle avait rarement expérimentée dans son existence.

Une fois la servante disparue, elle fut longue à recouvrer ses sens. Elle réussit toutefois, au bout de plusieurs minutes, à émerger de cette rêverie fustigeante qui l'avait pénétrée comme le brouillard suintait des marais. La curiosité avait sonné le rappel : quel cadeau avait bien pu lui faire le baron ?

La jeune femme quitta la chaise pour se jeter sur le lit. Son grand sourire barrait la route aux soucis, repoussés pour un temps. Elle ferma les yeux, se remémora les sensations qui avaient jailli au contact de Lazare. Lazare, au regard enfiévré dans son visage si blanc ; Lazare, au torse aussi large et ferme que celui d'un combattant ; ce corps qui s'était tendu contre elle, qui avait frémi sous sa langue… Elle empoigna ses seins, remplaçant dans son esprit ses mains par celles, habiles et sûres, de son amant. Un soupir fila entre ses lèvres, suivi d'un nom qu'elle répéta et répéta. Le traversin s'était glissé entre ses jambes. Elle ondula à son contact, imaginant des fesses à caresser, des hanches auxquelles s'accrocher. Soudaine, imprévue, une vague de plaisir la renversa. Le feu qu'elle nourrissait avait explosé brusquement en une gerbe de couleurs et d'éclats, faisant grésiller toutes les parties de sa personne – une en particulier, intime, secrète… Elle y porta les doigts. Une seconde jouissance la saisit, plus forte encore, qui la laissa étourdie et sans souffle. Derrière ses paupières, au rythme assourdissant du sang dans ses veines, s'imprimaient les traits du gredin d'Oppedette. Trafiquant, maître chanteur, comte déchu, sang au bleu discret, dangereux, torturé et magnifique… Il lui avait semblé naître des ténèbres quand il avait marché vers elle, implacable – un esprit de la nuit et de l'orage.

Elle ignorait si elle était amoureuse – elle ne savait même pas si elle s'entendrait avec lui ! –, mais elle le désirait.

Enfin, sa main plongea dans son linge de corps pour en tirer le paquet qu'il lui avait remis. Elle l'ouvrit, le cœur battant. Un petit cri ravi lui échappa : c'était un bijou ! Une fleur magnifique, travaillée avec finesse, brillait de tout son or dans le creux de sa paume. Un diamant scintillait, minuscule, dont les feux prouvaient que la vigueur n'avait rien à voir avec la taille. Il s'agissait d'une broche. Sans doute avait-il pensé qu'elle pourrait ainsi garder ce souvenir de lui agrafé là où sa poitrine palpitait si fort à l'évocation de leur étreinte. Ainsi, sans se soucier de la tournure de la journée, il avait décidé de se déclarer auprès d'elle… Son sourire fondit un peu. Un doute s'insinuait dans ses réflexions. Et s'il s'était arrangé pour que quelque chose se passe cette nuit-là, d'une façon ou d'une autre ? Après tout, il n'en était pas à sa première manigance. Nerveuse, elle scruta les pétales à la recherche d'un indice. La forme de la corolle, si caractéristique, était celle d'une jonquille.

D'un narcisse…

Le bonheur qu'elle éprouvait se rétracta en une pierre froide qui tomba dans son estomac. Bien sûr, elle connaissait la légende ; elle n'était pas la fille de Marie-Constance pour rien. Ce chasseur, dont la beauté pouvait rivaliser avec celle des dieux, était resté pétrifié face à son reflet dans l'eau. Sa fascination pour sa propre image s'était révélée si grande qu'il n'avait pu se résoudre à la quitter des yeux ; il s'était laissé dépérir là. Quand on avait retiré son corps, on avait découvert au-dessous un lit de fleurs blanches, qui portaient désormais son nom.

Narcisse, celui qui n'aimait et ne se préoccupait que de lui-même. Était-ce réellement ainsi que Lazare la voyait ? Furieuse, elle jeta la broche de l'autre côté du lit. Le bijou rebondit et tomba au sol. Elle n'y prêta pas attention ; la remontrance la faisait d'autant plus souffrir que le morne silence de Rose donnait raison à ce malotru. Pourquoi avait-il accepté son baiser, alors ? Pourquoi y avait-il répondu avec autant d'impatience ? La simple attirance physique, songea-t-elle avec une grimace. L'orgie des sens. À présent, le fait qu'il l'ait repoussée prenait une tout autre signification. Quoique… Partager sa couche avec une femme qu'il n'estimait pas devait lui être familier. Le trafic et les magouilles allaient souvent de pair avec ces dames dont la compagnie était monnayée. Il devait réellement tenir à leur réputation – mais pas par souci d'Anne-Hélène. Et s'il voulait tout bonnement protéger la partie respectable de sa famille, ce petit frère assez puissant pour lui éviter certains ennuis ? Mais dans ce cas-là, lui-même s'avérerait un parfait égoïste… Était-ce le message qu'il avait voulu lui faire passer ? « Nous sommes pareils, toi et moi ? » Pouvait-elle fréquenter un tel homme, sachant qu'il la croyait aussi pusillanime que lui ?

Les larmes se pressaient sous ses paupières. Peu importait, au final. Elle s'était entichée d'un pendard qui, au mieux, la méprisait ; au pire, se méprenait sur son compte et pensait avoir trouvé une partenaire de rapines et de débauches. Les écailles lui tombaient des yeux. Comment avait-elle pu se montrer aussi sotte ? Elle qui se félicitait de percer à jour les âmes de ses proches, elle s'était laissé prendre aux rets d'un minable truand. Un homme dont la seule silhouette suffisait à amener du rouge à ses joues et des papillons dans son ventre.

Cette nuit-là, Anne-Hélène s'endormit en pleurant tandis que sa chair hurlait de frustration.

Chapitre 14

Ce matin de mars 1815 conservait toute la fraîcheur de l'hiver. La neige s'accrochait aux épines des buissons. L'équinoxe ne suffirait pas à chasser les frimas. Tant mieux. Cela retarderait d'autant la guerre.

Février venait de s'achever. L'avant-veille, Lazare avait reçu un courrier de son frère, une demande urgente de le rejoindre. Les termes en voilaient la raison, mais pas l'impérieuse nécessité. Le baron avait compris qu'il s'agissait là d'un événement qui les dépassait tous. Une part de lui s'en réjouit : peut-être qu'un peu de sang, de drames et de complots lui permettrait d'oublier ce vide en lui que même sa précieuse Source ne parvenait à combler. Il avait plus froid que jamais et, pourtant, ressentait parfois les paillettes d'un brasier courir dans ses veines. Hélas, lorsque le feu s'éteignait, c'était pour révéler un abysse plus profond encore, creusé par cette chaleur qui n'avait que roches et amers espoirs pour foyer.

Il avait donc salué Luc, enfourché Orphée et chevauché jusqu'à Sisteron, coupant par les sentiers de traverse lorsque le soleil de l'après-midi avait suffisamment fait fondre le verglas. Parvenu à la ville, son regard s'était porté sur la citadelle.

Elle s'accrochait à une curiosité géologique : d'immenses plaques de calcaire que l'eau avait découpées en grandes haches dressées vers le ciel. Posée sur le fil des lames, la bâtisse, enfant d'adoption de Vauban, était impressionnante d'angles et de beauté. Les grandes arches qui soutenaient le chemin jusqu'à sa porte lui donnaient des airs de temple antique. À son extrémité est, surplombant la Durance, la guérite du Diable s'avançait en équilibre sur un maigre tronçon de roche, sentinelle infatigable dont la droiture blanche poursuivait les strates en une étonnante et artistique stalagmite. Cheminer jusque là-haut était long et pénible : souvent, un vent sauvage et affamé s'engouffrait dans ce passage reliant la Méditerranée aux Alpes. Une position clef, qui expliquait les défenses de l'imposant monument.

Dès qu'il fut dans la citadelle, des domestiques se présentèrent pour le débarrasser et le mener au comte. Comme chaque fois, Lazare évitait de regarder autour de lui. Il ne voulait pas se présenter au ravisseur de son titre avec l'envie et la douleur dans les yeux. On l'abandonna au seuil du cabinet de travail. Jean Pietro recevait rarement quelqu'un dans l'antre de ses secrets. La porte avait d'ailleurs plusieurs verrous. Le seigneur déchu s'autorisa un froncement de sourcils. Tout cela ne présageait rien de bon. Un bref instant, il craignit un coup fourré avant de se reprendre : la manœuvre était fort peu probable et, de toute manière, s'il le souhaitait vraiment, son cadet finirait par l'avoir. Autant savoir tout de suite de quoi il retournait.

Il frappa deux coups. Une invitation à pénétrer dans le repaire du rapace lui parvint. Il entra. Son frère se tenait debout à côté de la cheminée. Un sombre manteau de velours rouge tombait de ses épaules, soulignant l'ébène de ses cheveux. Son air préoccupé n'était pas feint. De façon imperceptible, Lazare se détendit. Jean Pietro lui désigna un guéridon. Une bouteille ouverte et un verre, dont le jumeau jouait de ses reflets entre les doigts graciles du comte, l'attendaient. Il se servit et rejoignit l'âtre.

— Que se passe-t-il ?

L'avantage lorsqu'on n'avait aucune affection l'un pour l'autre et qu'on savait que toute tentative de manipulation ou d'intimidation serait déjouée, était qu'on perdait moins de temps. Le maître du comté fit remuer une fois encore le liquide avant de répondre.

— L'Aigle est de retour.

Lazare tressaillit. Alors qu'il avait tantôt parlé de « rapace »... Il ignorait avoir des dons de prédiction, pensa-t-il avec un sourire pincé. Sa tentative d'humour à lui seul destinée ne parvint pas à étouffer le début de panique qui le menaçait.

— Depuis quand ? Où ?

— Il a débarqué hier au Golfe-Juan. Il rameute des troupes.

— Il passera par ici. C'est la route pour Paris et il voudra gagner la capitale au plus vite.

— L'effet de surprise est son atout principal, j'en ai conscience. J'ai déjà pris mes dispositions.

— Et fait mettre aux fers ceux de tes soldats qui ont pu avoir des sympathies bonapartistes. Est-ce pour cela que tu m'as fait venir : pour dénoncer ceux que tu n'as pas reconnus ?

À peine avait-il achevé sa question qu'un éclat blanc passa devant le baron. Il venait de comprendre.

— Non...

Saisi, choqué, il n'avait pu retenir cette prière discrète. Le regard de Jean Pietro s'enflamma. Le baron sut qu'il venait de se piéger lui-même. Retrouvant son calme, il posa son verre et se redressa.

— D'accord, j'accepte. Mais cette fois-ci, je décide de mon prix.

Le visage de son interlocuteur se fit rusé. Jean Pietro adorait les négociations – une question de pouvoir sur autrui et de comment abuser de celui-ci pour le presser jusqu'à la dernière goutte de sueur. Lazare ne se faisait pas d'illusion : sur ce terrain, ils étaient bien du même bois.

— Il y a beaucoup de choses que je ne pourrai pas t'accorder, entama le cadet, doucereux. Les gens se poseraient des questions si je te donnais des richesses ou des terres…

— Surtout si, aux yeux de tous, je ne suis qu'un traître méprisable qui court ventre à terre rejoindre son maître dès que le Corse, sur son trône perché, siffle.

Car telle était la requête de son suzerain : qu'il file sur-le-champ lécher les bottes de Napoléon ; croiser les doigts pour qu'on l'accepte de nouveau au sein de son armée ; s'établir au plus près de l'état-major et trahir. Mordiou, qu'il avait haï ce rôle !

Les souvenirs de sa première rencontre avec Joseph Dario et Jean Pietro lui revinrent. Mais il avait changé depuis, et seul leur benjamin se tenait face à lui, aujourd'hui, pour lui proposer ce rôle de couard et de menteur, le reléguant un peu plus profondément dans les ombres qu'il ne pourrait jamais quitter.

Certes, à l'époque, Lazare se doutait déjà que ses deux frères n'avaient pas repris contact avec lui pour le simple bonheur d'agrandir la famille, alors que les avancées de l'Aigle continuaient à tarauder les royaumes d'Europe et les cœurs de leurs souverains. Il avait reçu une missive de leur part un soir d'automne. Les feuilles achevaient de quitter leurs branches lorsqu'un homme, si commun qu'il en devenait transparent, l'avait abordé sur le chemin qui menait de la rivière au village. « Sentier » aurait été un mot plus approprié.

Le seigneur était descendu juger du niveau de l'eau, que les averses de septembre avaient gonflée et que des nuages grognons gorgeaient une nouvelle fois. L'année 1810 tirait à sa fin. Il était sorti de prison avec le printemps, pour découvrir le village d'Oppedette dévasté. La plupart des habitants étaient morts, faute de remède à la malédiction de la Source – car on n'en guérissait jamais, on ne pouvait qu'en masquer les effets. L'âme du jeune homme était aussi ravagée que la poignée de familles restantes. D'ailleurs, pouvait-on encore appeler « famille » des foyers où erraient, le regard hanté, un frère et sa jeune sœur, une mère et son dernier enfant ? Il allait sur ses vingt-sept ans et, pourtant, appelait la Grande Ricaneuse de tous ses vœux. Comment survivre quand on se savait responsable de tant de cadavres, au point qu'un village entier avait failli être rayé de la carte ? Comment assumer les morts et les souffrances ?

Il n'avait jamais été qu'un bâtard de la vieille noblesse saccagée et de l'élan révolutionnaire suivi de sa Terreur noire. Il n'avait pas d'éducation, pas de valeurs, aucune foi en lui – encore moins en autrui. Les gens l'avaient reçu, s'étaient montrés réjouis de son retour – autant que faire se pouvait avec tout ce malheur qui planait au-dessus des maisons comme des corbeaux autour d'une charogne. Bien sûr qu'ils étaient accueillants. On ne rejetait pas l'unique individu capable de sauver votre sœur, votre frère ou votre enfant lorsque vous n'avez plus qu'un seul proche rescapé d'une fratrie de sept. Il avait souhaité arracher leur masque, savoir ce qu'ils pensaient vraiment. Il aurait voulu qu'on lui jette des pierres, qu'on le nourrisse avec les chiens, que les enfants faméliques le rouent de coups. Il méritait d'être puni. Le châtiment vint sous le manteau d'un homme transparent, un soir de novembre, près du lit du Calavon.

Peut-être que oui, confusément, il avait espéré un soutien, une consolation – la famille à laquelle la Terreur l'avait arraché. Une part de lui était restée ce petit enfant qui craignait les barreaux et les rats. Le souvenir de leurs morsures, ces bouches aiguës et voraces qui tentaient de déchiqueter un bout de jambe ou de bras, qui le dévoraient vivant, le réveillait encore lors de ces nuits qu'envahissait la tension du jour. Elles faisaient écho à celles de sa dixième année, trop souvent enfermé dans la cave pour se corriger d'avoir été fils de comte et futur seigneur, pour lui laver le goût de la soie et des sucres d'orge. De manière fort heureuse, le lustre et des poussières passés en prison lui avaient inculqué quelques réalités bien concrètes. Il s'était présenté au rendez-vous en envisageant le pire. Il avait eu raison.

Jean Pietro allait être nommé hauptmann suite à ses exploits à la tête d'une troupe de canons mobiles prussienne. Il était tombé sur cette compagnie dont le chef avait été abattu et en avait pris le commandement avec cette autorité naturelle qui l'arrangeait tant. Ses manœuvres lui avaient permis de porter des coups décisifs lors de la bataille ; il garderait donc la compagnie et ses canons. Joseph Dario, de son côté, revenait d'Angleterre. Il y avait acheté un navire et comptait se mettre au service de Sa

Majesté en tant que corsaire. De toute évidence, la Marine avait été une révélation pour lui et il ne souhaitait pas poser les pieds sur terre plus que nécessaire. Ils commencèrent par tenter de l'enjôler – enfin, surtout Jean. Joseph était incapable de dissimuler longtemps ses émotions et n'avait aucune maîtrise de lui-même. Dans le fond, ça arrangeait plutôt Lazare. Quand le puîné décida de jouer cartes sur table en leur demandant la raison de cette rencontre, puisque lui-même, vivant en France, n'avait plus ni droits de noblesse ni richesse, l'atmosphère connut un curieux mélange de détente et de crispation. Les trois frères comprirent qu'ils avaient une commune façon d'envisager les choses ; et, dans le même temps, que chacun d'entre eux aurait à jouer serré pour rafler la mise.

Jean commença par annoncer à Lazare le décès de leur père. De façon étrange, cette nouvelle soulagea l'héritier – qui ne pensa pas un instant à ses titres, avant d'apprendre qu'il ne l'était pas, héritier. Le vieux Crosne avait renié ce fils perverti par la morale révolutionnaire et les mœurs déviantes de la France bonapartiste. Il avait laissé le rang et les biens à Joseph Dario, lequel n'en avait que faire. Tout ce qui lui importait était de naviguer, aussi avait-il à son tour fait cadeau des dorures à Jean Pietro – non sans avoir soulagé l'héritage d'un sacré pactole, qui lui avait servi à acheter et armer le navire qui l'attendait sur les côtes anglaises.

Les deux fils d'Italie étaient sur la bonne voie ; leur avenir était assuré, et deviendrait radieux si le Corse chutait. Toutefois, un coup de pouce au destin leur faciliterait les choses. S'ils rapportaient à leurs deux pays d'adoption – la Grande Bretagne et la Prusse – des informations de première main concernant les manœuvres de l'ennemi, ses projets et ses effectifs… Si quelqu'un en qui ils pouvaient avoir confiance s'introduisait au plus près de l'intendance de l'Empereur, non seulement cela accélérerait la victoire de la coalition, mais en plus augmenterait leur prestige et les bénéfices qu'ils en tireraient. En échange, Lazare aurait le titre de baron d'Oppedette. Jean Pietro, tout suzerain qu'il était, ne s'arrogerait aucun droit de regard et donnerait le village et ses terres à la pleine et unique gestion de leur aîné. Il s'engageait en outre à défendre ses intérêts aussi souvent que cela ne mettrait pas les siens en péril.

Cet arrangement était un marché de dupes. Seul le gardien de la Source pouvait prétendre à un quelconque pouvoir sur Oppedette. Crosne, malgré sa cruauté et sa hargne, n'avait certainement pas omis d'en parler à ses enfants – non par l'effet d'une soudaine charité, mais parce qu'il avait été gardien lui aussi, autrefois, et qu'il est des lois auxquelles personne, pas même le moins humain des hommes, ne pouvait échapper. Par un droit plus ancien que les textes des parchemins, Lazare était maître de la Source et des territoires soumis à sa malédiction. Un sang par génération, telle était la règle – et il abreuvait déjà ses gens que son menton se trouvait encore glabre.

Néanmoins, l'époque était aux lettres et à la raison. Les Lumières avaient repoussé les croyances et cette vieille sagesse à l'odeur d'humus et de poussière au fond des combes et des esprits. Désormais, on était « éclairés », on ne portait plus foi à ces galéjades. Un accord signé en bonne et due forme garantirait la sécurité de la poignée de moribonds que Lazare avait pu sauver. Par devoir pour eux, parce qu'il pensait ne plus croire en rien et se voyait comme déjà mort, il avait accepté. Lui qu'on avait jeté en prison car il avait refusé de s'engager, ne voulant pas laisser ses gens sans le remède qui coulait dans ses veines, il s'était présenté pour entrer au service du Corse. Il avait payé sa servitude, déployant rouleaux d'or et caisses de charbon. Aux officiers, il avait offert une étrange poudre blanche qui se prisait comme le tabac. On médisait de lui, mais bientôt, on ne put plus se passer de ses petits présents. Et il avait trahi.

Il avait découvert que, s'il abhorrait ses méthodes et son esprit de conquête, il admirait l'homme. Livrer les plans de Napoléon, le compte de ses troupes et de leurs provisions, fut un déchirement imprévu. Il s'était aperçu qu'il possédait encore un fond de valeur – et s'en était mordu les doigts. Il excellait dans l'art des intrigues et de la duperie, et méprisait cela. Lui qui avait vécu dans l'ombre toute sa vie détestait se cacher. Il n'avait qu'un souhait : mener une existence tranquille sous le soleil de son village, sans cauchemars ni rats d'aucune sorte.

À présent, près de cinq ans après la première rencontre des trois fils de Crosne, il avait son village. Il lui manquait son soleil.

Lazare releva la tête.

— Je veux Anne-Hélène.

La tractation avait été houleuse, mais davantage par principe que par réels intérêts. Le baron demandait bien peu de chose en échange d'un service qui mettait sa vie en péril, et Jean Pietro le savait. Tout au plus avait-il ergoté qu'avec une telle union, Lazare pouvait prétendre au domaine des Varages et qu'il s'agissait d'une manière détournée de s'approprier des terres. L'aîné lui rétorqua que ce territoire-là se situait de l'autre côté de la Durance, dans le comté de Provence et que, eu égard aux limites de son rôle de suzerain, ce genre de considérations n'était pas de son ressort. C'était capillotracté, certes, mais sa mauvaise foi évidente sembla amuser le comte, qui finit par accepter. Il lui demanda simplement de ne pas en parler devant la comtesse qui pourrait s'offusquer qu'on monnaie sa nièce comme rétribution d'une manœuvre d'espionnage. La remarque surprit Lazare qui n'avait jamais vu son cadet prendre des gants avec personne. Les traits encore sévères, il affichait cette absence d'expression si familière. Il sut ainsi retenir le sourire qui frémissait derrière son masque.

Une heure plus tard, le baron d'Oppedette, de nouveau traître pour la meilleure cause qui soit – la sienne –, préparait son paquetage. Il dîna en compagnie de son frère et d'Hilaria et les conversations furent agréables. Aucun n'évoqua les craintes légitimes autour du retour de Napoléon. Les représailles contre les royalistes, alimentées par les libertés que certains nobles s'étaient permises dans l'ivresse de leur retour, avaient allumé quelques feux de brindilles. Ceux-ci n'attendaient que le mistral pour se transformer en incendie – un vent créé par les battements d'ailes d'un aigle, par exemple. Ils avaient trinqué à l'avenir.

Cette nuit-là, Lazare avait mal dormi. Dans les ténèbres de ses songes, des myriades de minuscules prunelles l'avaient fixé. Les paires d'yeux prenaient parfois des reflets rouges ; il les devinait agrafées à une masse grouillante et dévorante. Il s'était réveillé en sueur alors que des borborygmes rauques heurtaient sa gorge pour s'en échapper. L'homme s'était assis sur le rebord du matelas, heureux d'avoir réussi à se maîtriser suffisamment pour que personne n'entende ses cris. Il était des faiblesses que nul ne devait connaître. S'il avait dû révéler son inclination pour Anne-Hélène, il refusait que sa fripouille de frère ajoute un moyen de pression à son armurerie.

L'aube était venue sans qu'il parvienne à se rendormir. Il avait veillé, une chandelle allumée sur le secrétaire. La traîtrise avait un prix, celui de l'angoisse et des remords. Dans le royaume des rêves, ils avançaient masqués ; pour lui, ils avaient une mine pincée en museau chafouin. Ses terreurs d'enfant n'étaient pas cher payé pour une vie aux côtés de celle qu'il aimait – d'autant qu'elles ne dureraient pas. D'un autre côté, s'il n'y prenait garde, ce qui lui restait d'existence pourrait aussi se compter en semaines… L'aurore illumina le monde de son éclat d'or et de rose mêlés. Elle ne parvint pas à dissiper sa peur. Personne n'était au courant qu'il avait trahi – tout le monde pensait que c'était à cause de son engagement bonapartiste que le titre de comte et les territoires associés lui avaient été arrachés. Est-ce que cela le protégerait ? Il suffisait d'une personne, d'une fuite… Mais il n'avait jamais pris la peine de démentir, même après l'exil du Corse.

Le soleil naissant à l'horizon ne lui apporta aucun réconfort. Il songea à la Source, à la malédiction dont il était pétri, corps et âme. Il était une abomination. Après tout, le pacte passé avec les forces malfaisantes courant dans ce mince filet d'eau l'avait changé, avait marqué son esprit au fer rouge. Il était le candidat parfait pour l'infamie. Il serra les dents et se leva. Aucun espoir ne taraudait sa brusque détermination ; l'amertume des ténèbres et de l'humaine ironie le faisait. Il serait inflexible, mauvais et retors. Il dépasserait sa réputation. Les dracs le précédaient, les démons marchaient dans ses traces. L'Aigle ne serait pas Phénix ; il se consumerait bien avant.

*

Lazare, âme damnée du comte de Forcalquier et oiseau de mauvais augure, prit la route en cette froide matinée du 3 mars 1815. Il chevaucha en direction de Castellane, où Napoléon devait arriver dans la journée. Il avait dans ses fontes de l'or et des lettres de change ; glissés à sa ceinture, deux pistolets. Quelques heures plus tard, il aperçut le grouillement d'une troupe en marche. La majorité des uniformes venaient, sans surprise, de la vieille garde et de la garde corse. Cheminant en sens inverse, il fut très vite au contact de la tête. Cet état-major en cours d'élaboration, comme une idée dérivant dans l'intériorité d'un artiste maudit, avait quelque chose du revenant. Ses lambeaux d'autorité flottaient ici et là. Certes, il y avait la force de l'espérance, un élan qui bondissait du cœur de centaines de grognards dans une vénération commune. Pourtant, le baron sentait, sous ces airs de vigueur et de renouveau, la pestilence encore douceâtre des cadavres. Tout comme chutait chaque saison, ce temps des cabris ne durerait pas. Il n'aurait qu'à faire le dos rond.

Il ne s'attendait pas à ce qu'on l'accueille à bras ouverts, et bien lui en prit. On l'arrêta à trois rangs de celui qu'on nommait à présent le Père la Violette, cette fleur qui annonçait le retour du printemps. Il fut assez vite reconnu par l'un des lieutenants. On le soupçonna, le questionna. Il y en eut même pour essayer de l'intimider – ce qui aurait pu marcher si le pouvoir fragile du rapace ressuscité n'appelait pas à lui, dans un besoin ardent et désespéré, toutes les bonnes volontés. Le contenu de sa selle fit office de passeport; sa réputation d'intrigant, de passe-droits. On le garderait à l'œil, mais on le soupçonnerait seulement de vouloir profiter de cette occasion pour récupérer l'entièreté des terres de son père. Il fut mis de côté et s'enfonça dans la cohorte, avalé par la marée humaine.

Le lendemain, ils parvinrent à Digne. L'évêque ne semblait pas ravi de les voir… Le jour suivant, Lazare retrouva les arches de la citadelle de Sisteron. Le général Cambronne, parti en avant, avait réussi à leur libérer le passage. Le baron se demanda vaguement ce que son frère avait bien pu fomenter. Était-il seulement là, ou avait-il fui avec Hilaria et gagné Forcalquier? Ils marchèrent jusqu'à Gap et, le matin du 6, entamèrent leur trajet le plus long, le plus éreintant. Enfin, le 7 mars, ils touchèrent Grenoble. Lazare avait commencé à se forger une petite réputation aux cartes, ce qui lui valait toujours l'admiration d'une partie du peuple et le mépris d'une autre, plus importante. Il prenait soin de ne pas gagner trop gros, pour éviter les inimitiés et qu'on lui trace un deuxième sourire durant son sommeil. Napoléon aussi gagna en renommée ce jour-là. Le seigneur d'Oppedette ne le vit pas avancer seul vers le bataillon royal, ni exposer son torse aux fusils des soldats, les haranguant de se joindre à lui et à la voix du peuple. Il ne fit qu'entendre le récit colporté le long de la troupe. Toutefois, en professionnel, il n'en pensa pas moins que ce gars-là devait être un fabuleux joueur de poker.

Puis ce furent Lyon, Chalon-sur-Saône et, comme prévu, la capitale. Le 20 mars, l'empereur, couronné par les faits, s'installa au palais des Tuileries. Les couleurs de la République habillaient de nouveau la ville. Le roi Louis XVIII avait fui. On se ralliait de toutes parts à la gloire de l'Aigle. Ça allait durer un moment, cette affaire.

Le baron se dirigea vers le quartier Saint-Germain, où il loua un appartement près de la Seine. Il y avait de ces lieux où l'on s'amusait toujours... Que la ville soit envahie ou paisible, on dégotait des cafés où chantaient les comédiennes et buvaient les peintres – de quoi passer quelques moments distrayants en attendant que se fane la Violette et qu'il puisse encaisser la rançon de son propre avilissement.

Il y eut les batailles et les escarmouches politiques.

Il y eut Waterloo.

*

— Tu as été parfait, comme toujours. Ce rôle te va décidément comme un gant.

Cent dix jours après avoir quitté la Provence, le seigneur d'Oppedette était officiellement de retour. Debout dans le cabinet de travail de son suzerain, il avait une étrange impression de déjà-vu. Jean Pietro était adossé à la cheminée, un bon vin tournoyant dans son verre. Mais, cette fois-ci, il rayonnait. Une expression de profond contentement lui donnait l'air d'un gros chat qui avait enfin saisi la souris qui le narguait depuis des heures. Il semblait repu, et son corps détendu, sa posture alanguie le rendaient désirable en diable. Ses longs cheveux noirs s'éparpillaient sur une chemise blanche, laquelle mettait en valeur sa peau cuivrée. En vérité, il faisait plutôt penser à un dieu. Encore un avantage que Lazare n'aurait jamais – mais celui-ci, il le lui laissait bien volontiers. Sans pouvoir se l'expliquer, il n'aimait pas cette façon qu'avait Jean d'influencer tout un chacun, sans aucune distinction, par la seule grâce de son charme. Pourtant, lui-même usait sans sourciller de stratagèmes retors et de finesse d'esprit, cela à fin d'œuvres malveillantes.

Le cadet poursuivit, coupant court à ses réflexions.

— Quel dommage que tu n'aies pas de desseins plus vastes que ces trois masures pelées accrochées à la falaise.

— Ces trois maisons ne pourraient pas vivre sans ma présence, tu le sais très bien.

— Et ta régularité a failli tout gâcher ! Regagner tes terres alors que Napoléon lançait ses offensives était...

— Nécessaire. Et je suis remonté dès que j'ai été certain que tous allaient bien. C'est ce que fait un seigneur, Jean, enfonça-t-il. C'est ce que fait un suzerain : se préoccuper de son peuple, des villageois qui habitent, qui travaillent, qui vivent sur ses terres.

— Non. Un noble protège la tradition et l'ordre. Il s'assure que le domaine confié par son père sera transmis à l'un de ses enfants, en entier et sans trouble.

— Et où ça a amené le nôtre ?

— Le vieux s'est enfui. Il a abandonné son domaine, il n'avait plus aucun droit dessus – et sur nous encore moins !

La hargne de Jean, ses traits exaltés et son ton furieux répondirent à la question que Lazare se posait depuis leur première rencontre. La mort de Crosne de Forcalquier avait-elle été naturelle ?

Il se laissa tomber dans un fauteuil, las soudain du bruit de ce monde.

— Quand recevrai-je mon paiement ?

— La fille ? Dans quelques mois. On va attendre un peu que tout se tasse. Annoncer des fiançailles si tôt après la période étrange que nous venons de vivre paraîtrait suspect – surtout vis-à-vis de toi, supposé bonapartiste qui serait plutôt censé se faire discret.

Il soupira. Bien sûr, cette réflexion relevait du simple bon sens. Cependant, après ces trois mois à nager au milieu des crocodiles, il aurait aimé une présence à ses côtés. Il voulait simplement se reposer, se poser, construire un foyer qui, à défaut d'enfant, lui apporterait un peu de chaleur.

— D'accord. Nous arrivons aux premières moissons, de toute façon. Lorsque tu penseras que le moment est venu, fais comme les autres fois…

— Je siffle et tu accours ?

L'air se tendit soudain. Le visage fatigué de Lazare avait regagné la dureté de l'acier. *In petto*, il se morigénait. Il s'était laissé aller ; il avait montré sa faiblesse et, bien sûr, Jean en avait profité. C'était comme agiter un gigot dégoulinant de sauce sous le nez d'un chien.

— Ne me provoque pas. Nous sommes frères et j'aimerais que nos rapports restent cordiaux.

— Une belle excuse, pauvre petit Alceste qui soupire après sa Célimène. Qui te dit qu'une fille pareille voudra de toi comme mari ? Qu'elle acceptera de se cloîtrer dans un défilé aussi aride et tortueux que ton âme ?

D'un mouvement lent, faisant jouer ses muscles, le baron se leva. Il roula des épaules, puis tourna la tête vers son suzerain.

— Ça, petit frère, c'est mon secret. Et tu sais quoi ?

Un sourire carnassier apparut sur ses lèvres, couvrant sa figure d'un feu sanglant.

— Il te concerne aussi.

Chapitre 15

Tes compagnes sur la colline
T'ont vue hier seule à genoux,
Ô toi qui n'es point orpheline,
Et qui ne priais pas pour nous !

La Jeune Fille, Aloysius BERTRAND

Les remous du second envol de l'Aigle n'affectèrent que peu le domaine de Varages. Le temps s'y écoulait avec cette tranquillité hors des siècles qui l'avait déjà protégé lors de la Révolution, des années de Terreur et du premier règne de l'Empereur. Les moissons avaient été bonnes, les bagarres restaient rares. La poignée de grognards qui étaient retournés sur ces terres avaient vu leur maigre solde – cette galéjade de demi-pension qui en réduisait certains à la mendicité – compensée par des rations d'avoine et de blé, quelques bottes de légumes et la permission de chasser dans les bois. La colère n'avait même pas eu le temps de se former que Marie-Constance, par ses attentions, l'avait dissipée.

Au château, le soleil s'était levé et couché sur de nombreuses journées, toutes semblables. On aurait pu peindre cette année comme un troupeau de moutons blancs et cotonneux. Les bêtes auraient caracolé, riantes et insouciantes, dans un Éden perdu entre le lac de Sainte-Croix et le plateau de Valensole. Une seule tête restait sombre alors qu'approchaient le solstice et ses feux de la Saint-Jean. Anne-Hélène avait dans la bouche un goût de cendres. Lors de ses temps de relâche, elle errait parmi les sentes et les vaux discrets. La plupart du temps, elle suivait sa mère et parfaisait son apprentissage. Néanmoins, si elle s'appliquait, si chacun s'accordait à dire qu'elle égalerait très bientôt Marie-Constance en sagacité, aucune joie n'accompagnait ses mots ni ses conseils lorsqu'elle donnait la solution à un des problèmes du domaine.

Après l'hiver, lors de ces longues nuits où le monde s'endormait, elle avait trouvé refuge dans le cabinet de travail de feu son père. Sans sommeil ni rêve, elle avait réfléchi. Elle ne ferait plus de magie. De façon aussi brusque que celle-ci était entrée dans sa vie, elle la chasserait. Elle était parvenue à faire sans elle des années durant, elle pourrait bien retourner à ses anciennes manières. L'arrêt soudain de son art avait causé une fièvre profonde et agitée. Elle avait rejeté l'aide de tous – surtout de sa mère. La trop sage et érudite marquise aurait tôt fait de deviner la cause de ses souffrances. Des délires s'étaient ensuivis pendant des heures, farandole de peines et des dernières illusions qu'elle se faisait sur elle-même. Emmitouflée dans une couverture, Anne-Hélène avait guetté, à la fenêtre du disparu, et patienté jusqu'à ce que change le monde…

La neige était tombée. Autrefois, la jeune femme s'était, dans un moment d'égarement, imaginée le front couvert d'un voile immaculé. Ce jour-là, elle avait glissé, sous ses paupières perlées, le regard que portait à son suaire le condamné.

Quand le printemps était revenu, soufflant avec le pollen les graines de la guerre et des champs de cadavres, elle était restée en retrait. La joie ne la touchait plus, ni la blancheur des pommiers ou la sève ardente des premières feuilles. Le saule gracile se révélait aussi sec que le jonc tressé ; les fraises de petits cœurs sanguinolents qui expiraient sur le gazon. Seule la tendre présence de la lune lui apportait une consolation.

Enfin, d'un pas timide, elle était sortie du cabinet. Sa mère avait ordonné aux domestiques de ne faire aucune remarque, de l'éviter autant que possible. Elle lui était reconnaissante pour cette attention – et irritée par tant de perfection. Son âme avait l'inquiétude frémissante du chevreuil à l'orée des bois. Elle avait parcouru les couloirs, apprivoisant ces sensations qu'elle avait oubliées. Ses pieds nus avaient foulé la poussière de la cour. Elle avait marché jusqu'au ruisseau qui roucoulait à l'arrière de la bâtisse. Elle s'était assise dans l'herbe fraîche, avait fermé les yeux. Dans un murmure plus doux que celui du courant, la magie l'avait rejointe. La jouvencelle aurait dû paniquer, mais son esprit se révélait trop anesthésié pour que prennent même les prémices d'une émotion. Elle se contenta d'observer, sans affect ni passion. La nature entière brillait d'un fin réseau de forces. Il était si faible, plus ténu que la toile des araignées...

Elle n'aurait pas pu le sentir si elle ne s'était pas sevrée de ses orgies de puissance. Hésitante, elle tendit la main. Ses doigts fourmillèrent de bonheur. Elle la retira d'un geste sec. Hors de question de retomber là-dedans, alors qu'elle avait tant souffert pour en sortir ! Elle se releva, épousseta ses jupons. Puisque ces entrelacs semblaient se fondre dans la vie même, elle devrait faire avec. Cependant, jamais plus elle n'en serait dépendante. Jamais plus elle ne laisserait quiconque décider du chemin de son existence, pas même ses propres émotions. Elle deviendrait irréprochable, un modèle d'altruisme et d'efficacité. Ses sentiments étaient tombés morts sous le givre de janvier. La peine avait coulé avec le dégel. Il lui serait d'autant plus facile d'agir en automate que ses os n'étaient plus que les cerneaux rabougris d'une coquille vide. La future châtelaine était née, administratrice parfaite puisque simple ombre de son rôle. Elle fit demi-tour et retourna auprès de ses gens. Sans qu'elle s'en aperçoive, un sourire flottait sur son visage. Mirage d'émotions qui n'existaient pas, fantôme de ressentis en embryons saisis sous l'oreiller, les abîmes secrets de son âme pleuraient dans cette étrange grimace.

La Saint-Jean arriva très vite. On ne chômait pas en cette saison, et la moisson serait fournie. Les femmes préparèrent des tartes, des fougasses et de grandes panières de fruits. Les hommes égorgèrent deux cochons et autant de moutons. Un énorme tas de bois et de branchages fut arrangé en foyer sur la place du village. Anne-Hélène était déjà fatiguée des festivités. Hélas, en tant qu'héritière, elle ne pouvait manquer la célébration. En fin d'après-midi, Virginie vint l'aider à choisir sa tenue – tâche qu'elle délégua bien volontiers à son amie. Cette visite arrivait à point nommé : elle pourrait ainsi lui céder cette robe que la paysanne zyeutait depuis trois ou quatre ans. Toutes deux étaient en âge de se marier, et elle voulait que sa camarade d'enfance apparaisse à son avantage. Ce genre de festivités donnait bien souvent l'occasion de nouer les couples, à la faveur de la nuit et des rires. Si elle-même ne souhaitait pas convoler, le bonheur de Virginie passait par une union heureuse et elle ferait de son mieux pour permettre à celle qui avait toujours été à ses côtés d'avoir la vie qu'elle méritait.

Depuis le matin, la demeure était en effervescence. Des bouquets de blé et de fleurs des champs décoraient la grande porte et les montants de l'escalier. Virginie avait proposé de tresser des couronnes pour accompagner leurs toilettes, mais Anne-Hélène avait décliné. Il lui semblait pousser l'hypocrisie trop loin en affectant la joie, l'innocence et l'espoir au point d'en afficher ce symbole. Autant laisser vivre ces malheureuses plantes et les abeilles jouir de leur nectar. Le soleil se dirigeait vers l'horizon. L'heure était venue.

Les demoiselles descendirent les marches en s'amusant à prendre des poses. La paysanne n'en revenait pas de sa chance : avec une telle robe, elle ferait sensation ce soir ! Elle souriait et riait, et sa joie était si enthousiaste que sa camarade n'avait pas à se forcer pour l'imiter. Pour un peu, elle se serait sentie… normale. Une femme de bonne famille qui s'apprêtait à se distraire, à danser et à entreprendre quelques duels d'œillades avec de beaux jeunes hommes, ces fils de la garrigue et de la rocaille aux épaules larges et aux mots aussi doux que le velours des pêches.

Personne n'était dupe : il ne saurait être question d'approcher l'unique descendante de la marquise de Varages. Toutefois, cette amère nostalgie des jeux de l'amour, cette étrange langueur de se découvrir belle dans le regard de l'autre seraient comme une feuille de menthe fraîche sur son cœur de pierre fendue. Car au-delà de sa chute, au-delà de ce désert de roches dans lequel elle errait, s'ouvrait une soif terrible. Si elle voulait être honnête, sincèrement et profondément honnête, elle devait faire face à cette vérité : elle aurait souhaité avec ardeur que le baron d'Oppedette fût là cette nuit. Danser avec lui autour du feu, admirer son visage aux traits creusés par les flammes…

C'était impossible, bien sûr – la chute du Corse était avérée, mais il y avait tant à faire pour les intrigants avec cette nouvelle volte-face à la tête du pays. Lazare se trouvait sans doute à Paris, en train de manigancer pour becqueter quelques miettes. Et quand bien même, elle devait rester éloignée de cet homme, de ce bandit sans morale ni honneur qui lui avait de façon fort claire fait comprendre le peu d'estime qu'il lui portait. Hélas, trois fois hélas… Elle le désirait. Elle désirait son corps chaud, se blottir entre ses bras. C'était lui qu'elle voulait séduire et à qui elle voulait céder. Elle aspirait à son regard brûlant, et à lui seul, pour réchauffer ce corps que les froideurs de l'hiver n'avaient pas quitté. Encore un de ces songes navrants… Décidément, elle avait bien fait de remiser ses émotions au placard, entre le linge sale et les bocaux poussiéreux. Elles ne valaient rien, sauf à la faire souffrir.

Alors que sa sœur de cœur touchait du pied le carrelage du rez-de-chaussée, Virginie, quelques marches plus haut, perdit sa mine radieuse. Malgré ses efforts pour le cacher, Anne-Hélène allait mal. Elle l'observa et la jugea frêle. Quelque chose en elle évoquait ces trappes dissimulées sous le feuillage, qu'on creusait autrefois pour attraper le gros gibier : en apparence, tout allait bien, le sol était ferme et stable – mais à l'intérieur, il n'y avait que du vide. Et si c'était cette terrible maladie qui la rattrapait ? Si la Mort, tatillonne, revenait la chercher ? Serait-elle assez cruelle pour priver Allemagne de son Agnelle, laquelle, pâle et tremblante, n'avait jamais aussi bien porté ce sobriquet ? Le domaine de Varages serait-il sans même une héritière – la marquise, sans enfant ; elle-même, taraudée jusqu'à la fin de ses jours par la culpabilité ? La paysanne secoua la tête. Ce serait une bien grande merveille si la pénombre de cette nuit parvenait à dissiper les noirceurs qui les hantaient.

Elles sortirent de la demeure. Des demoiselles apprêtées se joignirent à elles et ensemble, elles se glissèrent dans les pas des badauds. De partout, des gens vêtus de leurs plus beaux costumes convergeaient vers le sommet du village. Celui-ci était bâti à flanc de colline ; l'église le surplombait. Quand les deux amies y pénétrèrent, elles furent saisies par le contraste entre la chaleur indolente du crépuscule et la température digne d'une cave bordelaise à l'intérieur de l'édifice. Pour l'instant, la sensation était agréable, mais dans quelques minutes, elles risquaient d'avoir froid. La noble s'avança au premier rang. Virginie s'assit derrière elle. Un instant plus tard, la marquise prit place à la gauche de sa fille. Le prêtre pouvait commencer.

Le sermon ne fut pas trop long. Il dura juste ce qu'il fallait pour laisser à l'obscurité le temps d'arriver. Le curé semblait s'en excuser, choisissant pour ses lectures des Évangiles des passages rocambolesques, tel le berger Joseph jeté dans un puits. Anne-Hélène écoutait d'une oreille distraite. Les mains jointes sur ses cuisses, dans une posture sage et recueillie, elle avait la tête ailleurs. Qu'était devenu Lazare ? Elle ignorait ce qu'il était advenu de lui durant le bref retour de l'Aigle. Ni sa mère ni elle n'entretenait de correspondance assidue avec Hilaria et Jean Pietro – tout au plus les salutations d'usage aux différentes fêtes et événements. Malgré ses griefs, elle espérait qu'il se portait bien. Oh, certes, elle n'aurait pas de nouvelles ce soir – mais la nuit de la Saint-Jean était réputée magique. Les sorcières y cueillaient leurs herbes tandis que les badauds agissaient de même pour se protéger des premières. Les damoiseaux et les garçons faisaient preuve de bravoure et bondissaient au-dessus des flammes. Recevoir un mot de lui, un signe qu'il vivait encore et n'avait pas souffert des troubles de ces derniers mois lui mettrait du baume au cœur. Encore fallait-il que son organe palpite toujours… Or, le creuset s'était fendu en même temps que sa confiance en l'homme et en elle-même.

Enfin, l'hymne à saint Jean-Baptiste retentit dans la nef. Tous attendirent sans bouger jusqu'à la fin, impatients pourtant d'aller danser. Au signal du prêtre, Anne-Hélène se leva. Les bancs se vidaient, à commencer par ceux du fond. Son tour vint en un temps record. Elle rejoignit Virginie sous un platane, en marge du parvis. Tout autour d'elles bruissaient des voix légères et joyeuses. La fête débutait, et les jeunes gens s'observaient par en dessous, choisissant celles qu'ils allaient inviter et espérant après telle ou telle personne. La paysanne gloussait comme les autres, mais parfois, son regard se troublait et revenait à Anne-Hélène. Elle avait alors cette expression de gêne et de pitié qui exaspérait l'héritière au plus haut point.

— Oooh, lança soudain cette dernière. Ce n'est pas Frédéric que je vois là-bas ?

Son amie piqua un fard. Elle fit mine de ne pas le voir.

— Houlà, j'ai une crampe au pied. Continue, je la fais passer et je reviens près du feu.

— Quoi ? Tu crois que je vais te laisser là toute seule ?

— Il le faudra bien, si tu veux être seule aussi pour ne plus l'être ensuite…

Elle appuya sa manœuvre d'un clin d'œil, y mettant toute la bonne humeur qui lui restait. Sa mascarade sembla convenir puisque Virginie lui sourit en retour.

— D'accord. Merci Anne-Hélène, je te revaudrai ça !

Avec un petit signe de la main, elle poursuivit sa route qui croisa mystérieusement celle du dénommé Frédéric.

Isolée, le rejeton des Varages s'enfonça davantage dans les ombres. Elle n'avait pas semé la sollicitude larmoyante de l'une pour tomber dans l'attention tenace de sa mère. Elle avait besoin de respirer, ce soir. Elle prit une ruelle transversale, puis obliqua et remonta la pente, alors que le feu se trouvait en bas. Très vite, elle atteignit les limites du village. La venelle devenait sentier, les murs en pierre des orées de chênes. Elle n'alla pas très loin, juste assez pour profiter du calme et de sa solitude. Du pied de la colline lui parvenaient la musique et des exclamations – le brouhaha d'une fête. Autour d'elle, la nature crépitait. Oui, à n'en pas douter, cette nuit était spéciale. Le pouvoir pulsait en elle alors qu'elle s'évertuait à le chasser. Il sonnait comme un avertissement, comme si quelque chose cherchait à la contacter. Les étoiles étaient belles et le ciel si clair. Non loin, un figuier exhalait ses senteurs sucrées – semblables au parfum d'une pêche, mais plus sirupeuses encore ; une odeur qui parlait de la moiteur des crépuscules à venir. Peu importait ce qui se déroulerait à présent. Elle irait boire un verre de vin, ferait semblant d'être vivante et attendrait le lendemain – lui ou un autre, ça lui était égal.

Elle quitta l'air doux aux senteurs de thym pour revenir dans la touffeur d'Allemagne. Le soleil du solstice avait tant chauffé les maisons et le gravier durant la journée qu'elle aurait cru pénétrer dans une étuve. Elle descendit les rues. Des lampions encore allumés jetaient des éclats de couleurs – vert, jaune, rouge sur le velours royal du théâtre nocturne. Ils s'agençaient en farandoles graciles, la guidant vers le foyer de la célébration.

Les festivités étaient déjà bien entamées. On mangeait, buvait et voltigeait autour du feu. Les paysans de plus de vingt ans ne tarderaient pas à se retirer – le travail du lendemain serait harassant, surtout avec cette chaleur. Les jeunots et les ouvriers resteraient encore un peu, baguenaudant parfois jusqu'à ce que les Trois Belles d'été se couchent sur l'horizon. Anne-Hélène s'approcha d'un pas tranquille. Elle s'arrêta à la lisière du cercle de lumière. Un tronc avait été posé là pour servir de banc. Elle lui donna une utilité. Elle n'avait pas envie de se joindre à la fête ; contempler les autres s'amuser, créer leur vie et leur bonheur lui suffisait. Certes, cela creusait avec d'autant plus de souffrances les contours de son propre vide, mais elle puisait dans leurs mines si heureuses une tendre consolation.

Elle demeurait là, sans bouger ni penser, telle une statue, quand un individu s'assit à ses côtés. Elle ne sursauta pas – à peine se pencha-t-elle pour lui adresser un sourire aimable. Ce qu'elle aperçut du coin de l'œil la saisit. D'un geste vif, elle se tourna vers l'étranger. L'homme n'était pas plus grand qu'elle et plutôt fluet, mais il émanait de lui une sorte de puissance vicieuse et affûtée. Et puis, il était beau à se damner !

Il avait les cheveux d'un blond très clair, coupés court. Ses traits fins empruntaient quelque chose au renard ou à la musaraigne ; il se tenait droit, les jambes jetées avec flegme, comme si le monde lui appartenait – l'œil vif et les gestes acérés. En parlant de ses yeux… elle n'en avait jamais rencontré de semblables ! Le vert des iris était si lumineux et prononcé qu'il en devenait phosphorescent, à croire que des lucioles s'étaient posées sur ses paupières. Il la regardait et ses pupilles animées la détaillaient avec autant d'intérêt qu'elle en mettait dans sa propre observation.

Prenant conscience de l'inconvenance de son application, la jeune femme en revint au bûcher. Elle sourit et, affectant une curiosité de politesse, ouvrit la bouche pour l'interroger. Il la prit de court.

— Voulez-vous un bout de mouton ?

Elle le fixa derechef, tant la question lui semblait saugrenue. Il poursuivit :

— Vous n'avez encore rien mangé ce soir, je me trompe ? Un peu de viande vous rendra des couleurs. Si vous avez trop chaud, je peux aller vous chercher des fruits.

Il plissa les paupières et pencha la tête vers elle.

— Vous voulez ?

Elle déglutit. Maintenant qu'il en parlait, c'était vrai qu'elle avait faim !

— J'en prendrais bien une bouchée, si cela ne vous dérange pas.

Il éclata de rire.

— Une châtelaine qui demande l'autorisation pour taper dans son propre cheptel, j'aurai tout entendu !

Il sourit de nouveau, et la malice qui apparut cette fois-ci était celle d'un enfant.

— On m'avait dit que le domaine de Varages était une petite merveille, mais je découvre qu'il n'est que l'écrin d'une merveille plus grande encore. Laissez-moi me présenter, car ma réputation ne saurait souffrir qu'on me qualifiât de rustre. Maître Hémont Tresmaje, médecin, botaniste et bien des choses encore.

Ce disant, il s'était levé et effectua une courbette du plus bel effet. D'instinct, la marquise en devenir se dressa pour l'imiter, tenant sa robe du bout des doigts et fléchissant les genoux comme le menton dans une élégante manœuvre.

— Anne-Hélène d…

Il l'interrompit.

— Je vous en prie, ne me faites pas l'offense de croire que je pourrais ignorer l'identité de l'étoile qui m'honore de son sourire. Votre réputation court dans tout le comté de Provence, sans même parler de celui de Forcalquier, demoiselle de Varages !

Un peu sonnée par ces éloges et sa méfiance revenue au galop, ladite demoiselle se rassit en murmurant des remerciements. Elle prit le pain couvert de morceaux de viande et de sauce que le voyageur lui tendait, mais ne se sentit plus autant d'appétit, à présent qu'elle savait l'homme familier des plantes et de leurs propriétés. Il la regarda observer son présent sans trop savoir qu'en faire et soupira.

— Les gens ont tendance à se méfier quand ils apprennent mon métier. Je ne suis pourtant pas empoisonneur, que diable ! Enfin, je ne sais pas trop si c'est à cause de ma profession ou de ma personne, je dois le reconnaître… Mais la seconde option est quand même fichtrement vexante.

— Monsieur, ce n'est pas…

— Très naturel de se demander, en ces temps troublés, qui est cet inconnu qui vient engager la discussion avec une héritière de la noblesse de sang en des circonstances si excentriques ? Allons, même moi, je trouve ça louche ! Donnez-moi cette tartine avant que la viande soit complètement froide.

Elle lui obéit, penaude et troublée. Ce drôle était tellement bizarre ; elle ne parvenait pas à le cerner. Que lui voulait-il, à la fin ?

— Que nous vaut votre visite ici, en cette nuit, monsieur Tresmaje ?

Il se tapota la bouche avec un mouchoir immaculé avant de répondre.

— En fait, je suis de passage. Je dois me rendre à Marseille quérir un ingrédient rare pour mes recherches. J'étais dans le coin, j'ai vu de la lumière, fit-il en désignant le feu d'un geste vague, et me voici ! Oh, mais dites-moi, quel est ce bijou que vous portez au revers de votre châle ?

La remarque la perdit plus encore. Elle avait pourtant vérifié avant de quitter sa chambre : la broche était invisible de la façon dont elle l'avait placée. Elle plaqua sa paume dessus avant de jeter :

— Rien, une broutille !

Elle s'en mordit les lèvres. Le regard du docteur se fit plus rusé.

— Puis-je le voir, s'il vous plaît ?

N'ayant aucune raison de refuser, elle la dégrafa. Au pire, les braves gars qui dansaient à trois enjambées d'elle se feraient un devoir de sauter sur l'inconnu si elle criait à l'aide. Hémont se pencha sur l'objet avec voracité. Il l'explora de ses doigts, le tourna dans un sens, dans l'autre.

— Un narcisse, n'est-ce pas ? Quel étrange choix… Craindriez-vous le péché d'orgueil, mademoiselle ? Ou s'agirait-il d'une licence pour vous y adonner ?

— Ne voyez dans cette fleur que le discret rappel des dangers de la jeunesse. Ainsi les Vanités offraient sans cesse aux puissants le miroir de leur propre fragilité, aussi mortels que quiconque et frères de chacun dans les maladies.

— Heureusement, je suis là pour régler ce genre de désagréments !

La contrariété avait rapidement tordu ses traits, mais il avait désormais repris ses airs enjoués. Il tendit la broche à sa propriétaire. Anne-Hélène n'avait pas la moindre idée de ce qu'il avait espéré trouver mais, de toute évidence, il avait fait chou blanc. Soulagée, elle avança la main – et aussitôt, glapit de douleur. La pointe de l'aiguille venait de lui piquer l'index.

— Vertudieu ! jura maître Tresmaje. Excusez-moi, je suis confus, je… Tenez.

Il lui proposa un mouchoir, aussi blanc que le premier mais encore bien plié. Elle le repoussa.

— Non, je vais le salir.

— J'insiste, c'est ma faute, ma très grande faute. Prenez, mademoiselle, le temps que le saignement cesse. Cela ne devrait pas tarder. Je suis désolé, vraiment… Vous allez me penser piètre médecin, à me montrer si maladroit.

— Il n'y a pas d'offense, je vous assure. Et il fait si noir.

Serrant le tissu autour de son doigt, elle cherchait des yeux la broche qui avait disparu dans l'incident.

— Attendez, je crois avoir aperçu un reflet, s'enthousiasma Hémont. Si fait, elle est là !

Avec la grandiloquence d'un général, il brandit le bijou, puis s'inclina devant elle.

— Le tort ne saurait être réparé en si peu d'épreuves, mais j'espère, en toute humilité, que vous aurez la magnanimité de me pardonner…

— Ce n'est vraiment pas grand-chose, je me blesse davantage en arrangeant les roses dans nos vases. Regardez, le sang ne coule plus.

En effet, aussi rendit-elle le linge à cet homme qu'elle ne parvenait pas à cerner.

— Mille mercis pour votre bonté, demoiselle de Varages. Que diriez-vous de vous approcher du buffet, afin que quelques mets et bons vins nous remettent d'aplomb après cette tragédie qui ne saurait, bien entendu, corrompre votre beauté ?

Elle pouffa, ne résistant plus à la bouffonnerie affectueuse de cet étrange médecin. Peut-être souhaitait-il simplement passer une soirée en bonne compagnie ? Elle-même, si taciturne au sortir de la messe, se découvrait des envies de marivaudages sans conclusion ni dessein.

Telle fut la suite de la soirée. Lorsque la marquise se retira, Anne-Hélène profita de l'occasion pour faire les présentations. Marie-Constance proposa sur-le-champ le gîte et le couvert au voyageur, qui accepta avec maints courbettes et entrechats.

Cet homme était vraiment incroyable, ne pouvait s'empêcher de penser la jouvencelle. Alors qu'ils n'avaient dormi que quelques heures, discutant jusqu'à ce que les flammes deviennent braises et que l'obscurité rende leur proximité indécente, le médecin se présentait au petit déjeuner frais comme un gardon. Toujours le même sourire charmeur, une gouaille contagieuse et le vert de ses yeux, exotique, subtils éclats de jade, d'émeraude et de malachite. La marquise et lui avaient entamé une discussion sur les propriétés médicinales des simples du jardin. Anne-Hélène avait été semée au bout de trois minutes de leur échange.

Pour s'occuper l'esprit, elle passa en revue les différentes tâches de la journée. Il faudrait aussi qu'elle aille voir Virginie ce soir ou demain, pour savoir comment s'était terminé son badinage avec Frédéric. Un poids sur sa tempe la ramena au présent. Marie-Constance se resservait de la chicorée et Hémont profitait de cette diversion pour observer sa fille. Que cette dernière ait remarqué son attention n'eut guère de conséquence : il se contenta d'agrandir son sourire et de lui faire un petit signe de la main. Elle pouffa et plongea le nez dans son bol. Elle ne parvenait pas à définir si l'intérêt qu'il montrait pour elle était un jeu, un divertissement qu'il lui proposait, ou réel, mais il s'y livrait avec tant de légèreté que c'était un plaisir de lui donner la réplique.

Il partit vers les onze heures, envisageant de chevaucher quelques kilomètres avant de subir la fournaise du zénith. La châtelaine lui avait remis un petit paquet de graines et des provisions. La demoiselle, pour sa part, lui avait offert sa main à baiser ainsi qu'un mouchoir fin, « pour le dédommager de celui qu'il avait perdu par sa faute ». Il protesta, frappant sa poitrine en l'assurant de sa responsabilité dans cette horrible maladresse, et quitta le domaine de Varages accompagné du rire ravi d'Anne-Hélène. Alors que la chaleur, qui s'annonçait implacable, faisait trembler l'air, la jeune femme eut un frisson. Un court instant, elle avait vu la silhouette de maître Tresmaje s'altérer. La première impression qui l'avait saisie lui revint soudain. Elle se demanda dans quelle mesure, en invitant cet inconnu sous leur toit, sa mère et elle n'avaient pas fait entrer le renard dans le poulailler…

Chapitre 16

Quel est ce chevalier qui file si tard
dans la nuit et le vent ?
C'est le père avec son enfant [...]
— Mon fils, pourquoi caches-tu avec tant
d'effroi ton visage ?
— Père, ne vois-tu pas le Roi des Aulnes ?
Le Roi des Aulnes avec sa traîne
et sa couronne ?
— Mon fils, c'est le brouillard qui s'étale.

Le Roi des Aulnes, GOETHE

Ce matin-là, Lazare sella sa monture alors que le froid crissait sur le cuir et l'épiderme. Voilà un an et une semaine révolus, il avait chevauché au-devant de l'Aigle, risquant sa tête et s'avilissant davantage dans la traîtrise et les basses œuvres. Depuis, il avait essayé de se racheter, cessant les trafics, réduisant son train de vie, guettant avec la patience ophidienne qui le caractérisait que la promesse de son frère se réalise et que vienne en son domaine la femme dont il était épris. Cependant, aucune nouvelle ne se présenta, ni demoiselle ni missive, d'Allemagne pas plus que de Sisteron.

Orphée broncha alors qu'il serrait la sangle d'un geste rude, aussi sec que l'air ambiant. Le gel avait figé les minuscules particules d'eau et donnait au baron l'impression de respirer des cristaux de neige. C'était moins désagréable que ça n'en avait l'air ; le froid lui éclaircissait les idées et l'aidait à contenir sa rage.

Un an qu'il attendait, le désir grandissant, de pouvoir approcher Anne-Hélène. Il imaginait les conversations qu'ils tisseraient ensemble, les délicatesses qu'il aurait pour la séduire, pour qu'elle lui pardonne de l'avoir monnayée comme un vulgaire objet. Une fois la confiance installée, il pourrait s'ouvrir à elle quant à ses doutes sur l'avenir du village, tenter de savoir ce que signifiait la marque à son poignet – mais non plus comme un secret qu'on arrache ; davantage comme la confidence qu'on octroie à la personne qui partage notre vie. Certes, encore fallait-il pour cela lui parler de la Source... Et, en amont, qu'elle devienne sa femme.

Son cadet lui avait dit de rester tranquille, de ne montrer aucune intention envers elle – ainsi, nuls racontars ne viendraient entacher leur union. L'eau avait coulé sous les ponts depuis l'exil à Sainte-Hélène. La France avait eu le temps de se reprendre, les nobles de rire – qu'ils soient de sang ou d'Empire –, le peuple d'hésiter entre la soumission et la rage, puis de choisir. À présent, Lazare comprenait que son frère avait misé sur une passion passagère. Jean Pietro pensait-il que son aîné avait si peu de constance et se détacherait, en moins d'une année, de l'amante qu'il avait exigée ? Ou croyait-il tant l'impressionner que le comte déchu ne viendrait point réclamer son dû... ? Dans ce cas, il se trompait lourdement et ce dernier se ferait fort de le lui prouver !

Ainsi, ce lundi 11 mars de l'an 1816, le baron d'Oppedette partit en direction de la citadelle de Sisteron, déterminé à ramener sa bien-aimée – ou, du moins, un papier de son tuteur légal autorisant leur union.

Il chevauchait dans le froid et les épines figées. Les galets de la Durance scintillaient de givre. Le délicat manteau tissait un voile de sacré et d'ineffable sur les pierres rondes aux couleurs simples : du blanc, du gris clair emprunté aux nuages cotonneux… Les branches n'osaient vivifier leurs bourgeons et ces arbres nus, loin de donner l'impression de désolation à laquelle le cavalier se serait attendu, invitaient les pensées à se poser sur eux. Le voyage lui laissa tout le temps de préparer son argumentaire au demeurant fort sommaire. Un accord avait été conclu, il entendait que celui-ci soit respecté. Son cadet avait beau être une ordure, il n'était jamais revenu sur sa parole. Sans doute allait-il tenter de louvoyer, ou s'adonner à ces menaces en demi-teinte qu'il affectionnait tant – et auxquelles Lazare excellait davantage. Qu'importait : comme le chien qu'il était, il ne lâcherait pas son os.

Il chemina jusqu'au soir, où il parvint à son but. Au-dessus de lui, dans les lumières déclinantes du couchant, se profilaient les hauts remparts et les arches de dentelle fine. Il passa la grille sans occasionner de remue-ménage. Tout juste le majordome retint-il une grimace quand il s'annonça : les maîtres s'apprêtaient à se mettre à table et quelques directives devaient être transmises. Un tel invité, quelque indésirable soit sa fréquentation, ne pouvait manquer de dîner en compagnie du comte. Tout le principe du sang bleu résidait là ; il n'était guère envisageable, hélas, de le jeter à bas pour un unique mouton noir. Ainsi Lazare se retrouva-t-il à souper aux côtés de Jean Pietro et Hilaria. Les plats furent bons, mais pas exceptionnels, et la conversation de moindre saveur. N'ayant pas grand-chose en commun, les deux frères échangèrent des platitudes. La comtesse fit des efforts pour amuser leur hôte et lui rendre la tablée agréable, mais ceux-ci se perdirent dans la fraîcheur ambiante.

Le baron nota que les relations entre les jeunes époux semblaient aussi pâtir de la saison hivernale. Déjà, le sort de la Masco commençait à prendre racine dans ce mariage à peine consommé. L'ouvrage que les trois femmes avaient brodé de leur aiguillette se révélait plus solide que le voile éthéré de la mariée, lequel devait jaunir dans un tiroir. S'il n'éprouvait aucune pitié pour son cadet, son regard s'attendrit tandis qu'il s'attardait sur la tante d'Anne-Hélène. D'apparence dure et sévère, il s'agissait en vérité d'une femme bien. Il n'y avait qu'à voir à quel point elle s'acharnait à le divertir par ses questions et ses piques, juste assez mordantes pour le forcer à répondre sans le blesser réellement. Elle n'avait pas à se donner ce mal : nul ne lui tiendrait rigueur si elle se contentait de l'ignorer – il y aurait même des gens pour croire que le dédain était la meilleure attitude à avoir face à ce bonapartiste déshérité. Néanmoins, il y avait chez elle une conscience des bienséances, un art même de la rigueur et de la bonne société en son sens strict. En tant qu'hôtesse, elle veillait à ce que les traditions soient respectées et la plus ancienne, la plus auguste d'entre elles, était le respect dû aux invités. Aussi, ces deux heures ne furent pas si longues et Lazare sortit presque apaisé de la salle à manger.

Cela ne dura pas.

— Tu es encore sur cette péronnelle ?! Plus buté, ça ne se fait pas, ma parole ! Dire que j'estimais Joseph Dario comme le plus têtu de nous trois, mais toi, sous tes airs détachés, tu remportes le pompon. Chapeau !

Le baron évacua la critique d'un revers de la main.

— Peu m'importe ce que tu vois en moi. J'honore toujours mes contrats et j'attends qu'il en soit de même pour tous mes commanditaires. Plus rien ne s'oppose à une union entre Anne-Hélène et moi. Je me suis renseigné : elle est toujours fille. À son âge, il ne faut plus trop tarder à la marier, sinon c'est son célibat qui fera jaser.

Les deux hommes se trouvaient dans une pièce du château qui tenait à la fois de la bibliothèque et du petit salon. Jean Pietro leur avait servi un digestif, mais son aîné préférait garder l'esprit aiguisé pour le moment. Le comte paraissait ne pas remarquer sa prudence, ni le danger de son trop grand calme en surface.

— Le souci, c'est que Marie-Constance est opposée à ce que son enfant chérie convole en justes noces, et de façon assez ferme. Mon épouse a fréquemment de ces houspillages, si typiques des donzelles, avec elle à ce sujet. Pour la marquise, c'est tout vu : la petite demoiselle sera l'administratrice du domaine de Varages et aucun mâle n'est en droit de prétendre le contraire.

— Sauf que ce droit, tu l'as pour toi. Ne me dis pas que tu as peur de te faire souffler dans les bronches par ta femme ?

La mâchoire du seigneur se crispa ainsi que ses paupières. La remarque avait porté, sans doute parce que Lazare ne plaisantait pas ; parce qu'elle contenait un fond de vérité – et un bon fond, du genre de la portion d'iceberg qui se trouvait sous la surface.

— Et toi, ne te voilà pas à ramper devant moi pour une de ces bonnes femmes, justement ?

Un dos se contracta – celui du baron, cette fois.

— Je ne fais que te rappeler les devoirs d'un suzerain, et l'un d'eux est le respect de ses engagements.

— Et tu en sais un paquet sur ce genre de respect, n'est-ce pas, monseigneur le traître compulsif ?

Ses poings se serrèrent.

— J'ai agi par loyauté envers ma famille et je lui suis toujours fidèle. Je n'ai jamais eu d'autres allégeances auxquelles j'aurais pu manquer. J'entends en revanche que ma famille me soit tout aussi loyale et qu'elle se montre digne de son nom et de l'apparence de respectabilité que j'ai aidé, autant que Joseph Dario et toi, à forger !

— Être honnête avec un scélérat est plus de la bêtise qu'une question d'honneur. Où est-elle, ta respectabilité qui te permettrait de parler de ces choses-là ? Cachée sous les ors gorgés de sang de l'Aigle abattu ?

Il faillit s'étrangler. Que ses frères fassent preuve de mauvaise foi, il s'y était préparé depuis le premier jour, mais à ce point… ?

— C'est toi qui m'as envoyé l'espionner, pour la gloire d'un roi dont je n'ai rien à faire et la fortune de notre famille.

— Et je t'ai payé pour ce travail.

— En m'accordant un domaine qui ne vaut rien et que tu n'aurais pas pu revendiquer, de toute manière.

— C'est toi qui l'as réclamé, que viens-tu pleurer sur le partage, à présent ?

L'homme rugit – de façon littérale –, de frustration et de haine. Jean Pietro recula d'un pas. Lazare ne s'en aperçut même pas.

— Il n'est aucunement question de cette bouffonnerie à laquelle nous nous sommes adonnés voilà bien des années ! Je te parle du Père la Violette et d'Anne-Hélène, non de la première ascension du Corse. J'ai remis le couvert pour vous, pour votre gloire, dans ces guerres sales et stupides qui tuent des grognards qui, eux, n'ont rien demandé à personne et encore moins reçu !

— P'têt' bien que s'ils l'avaient fait, ils auraient eu, tes pouilleux puants.

Le baron ne doutait pas que son cadet le plaçait dans le même panier qu'eux.

— J'ai demandé ma femme ! Tu as voulu un délai de paiement, j'ai accepté – et j'ai été déjà bien gentil de patienter toute une année. Tu ne vas...

— Il serait peut-être temps que tu te comportes en adulte, Lazarette ! Mordiou, on dirait un véritable gamin qui geint après son père : « Papa, papa, laisse-moi monter à cheval ! Papa, je veux participer à la chasse. J'suis un homme maintenant, laisse-moi venir ! » Allons, frangin, t'as besoin que je te la tienne pour voir si tu peux pisser ?

La fureur avait blanchi son visage et les jointures de ses doigts. Un bref instant, le châtelain pensa qu'il était allé trop loin. D'un coup d'œil, il vérifia qu'un certain vase se trouvait bien sur le manteau de la cheminée. Il l'avait placé lui-même, ainsi que l'arme chargée, gueule vers le haut, qui s'y dissimulait.

Le masque si vide de vie qu'affectionnait le baron d'Oppedette retomba sur son visage. Jean Pietro se détendit : ce ne serait pas aujourd'hui qu'il assassinerait son aîné. Ce dernier semblait se maîtriser, mais le grondement dans sa voix indiqua le contraire :

— Très bien. Un accord est un accord, je considère donc de mon plein droit d'emporter l'héritière des Varages avec moi. Tu régleras les petits soucis afférents auprès de sa mère et de sa tante.

Ce fut au tour du benjamin de blanchir.

— Tu plaisantes ?

— Autant que la dernière fois où tu plongeas ton regard dans celui de notre père.

Il pâlit plus encore, la gorge trop sèche pour déglutir – l'une des rares occasions de son existence où on lui coupa la chique. En trois pas, Lazare fut sur lui.

— Jusqu'ici, nos intérêts concordent. À toi les honneurs, la fortune et la gloire. Laisse-moi l'ombre, mais n'oublie pas : je l'ai choisie autant que tu as désiré ton monde. Ne va pas pour autant imaginer que je suis au-dessous de toi – non, surtout, ne me sous-estime pas. Les ténèbres possèdent leurs propres chiens que ne peuvent abattre ni le soldat ni le chasseur.

Le comte eut un sourire bravache qui, malgré tout, flageolait un peu. Il ouvrit la bouche ; déjà son invité avait rejoint la porte.

— Où crois-tu aller, à cette heure, avec le froid qu'il fait dehors ?

L'homme ne se retourna pas pour répondre.

— Depuis quand le froid arrête les enfants de Crosne, alors que nos propres cœurs sont plus cruels que le givre qui fend les pierres ?

*

La lune gibbeuse se reflétait sur le gravier qui couvrait le lit des sentiers. Ses rayons d'argent traçaient un chemin pour le chevalier impatient, galopant le mors aux dents. Ses yeux, animés par les bénédictions de la Source, voyaient se dérouler sous les sabots d'Orphée une piste lumineuse, mieux éclairée que par une centaine de torchères au garde-à-vous. Les heures filaient comme le vent à ses oreilles. Il avait choisi de suivre le cours de la Durance pour profiter d'un terrain plat et dégagé. Les eaux gonflées par les neiges et les pluies de printemps grondaient dans ses os. La vibration sourde et basse se mêlait au galop de sa monture. Le tumulte dans l'obscurité était assourdissant – pourtant, la fureur qui se déchaînait sous son crâne le surpassait en vacarme.

Autour de leur course insensée s'étendaient les ombres. Les spectres se rassemblaient aux carrefours afin de les voir passer. La fugitive cavalcade ne laissait qu'un éclair de poix sur la peinture des champs et des sous-bois. Le noir de la nuit se faisait plus noir encore, éclaboussé çà et là par les éclats d'absinthe que jetaient les prunelles des matagots. Le vent agitait les branches ; les grands chênes couronnaient sa charge guerrière. Le temps d'un songe, il lui sembla percevoir maintes présences de giboyeurs et leurs laquais : ces traqueurs d'humains que l'on fuyait, claquemuré derrière sa porte, si l'on ne souhaitait pas être emporté et dépecé. La Chasse sauvage ne lui fit aucun mal. Une même folie courait dans ses veines, et l'ichor de la violence avait cette saveur amère et suave. Le sang qui battait à ses tempes, qui coulait sur ses lèvres gelées, le rendait frère des ogres et compagnon de Mesnée. Les sinistres volutes que sa maîtresse infusait dans son âme s'exprimaient avec passion, dans un écho angoissé aux hululements des chouettes. Le loquet était tombé et le monstre sorti. Il avalait les kilomètres comme il dévorerait sa proie…

Alors qu'il approchait du lieu d'où partait le bac qui lui permettrait de rejoindre la rive gauche, Orphée trébucha. L'animal fidèle, aussi dévoué à son maître que n'importe quel habitant d'Oppedette, avait déjà accompli un exploit en galopant si loin et si longtemps – surtout après sa marche de la journée. Le baron possédé n'en avait cure. Son regard fiévreux se dirigea vers la tour à moitié démolie qui surplombait la ville de Manosque. Là, il trouverait une monture fraîche. Alors qu'il longeait un cimetière, des feux follets s'éveillèrent, fantômes pathétiques d'âmes hantées par les souvenirs d'ici-bas. Un calvaire veillait à l'entrée du bourg, croix tordue et défraîchie – ou bien s'agissait-il d'arbres maigrichons et valetailles qui, pitoyables gardiens des lieux, tentaient de freiner la progression du démon ? Lazare frappa au premier hôtel. Si l'aubergiste protesta en ouvrant la porte, il se tut bien vite, plus pâle qu'un cadavre, en voyant la mine du damné qui l'avait réveillé. Il lui procura son meilleur cheval – on ne marchandait pas avec le diable – et accepta de s'occuper d'Orphée. Le baron tourna bride et repartit, laissant les *Pater Noster* étouffer le cul béni.

Moins confiant, il n'osa pas pousser autant cette bête-ci. De plus, une fois la rivière franchie – le passeur dormait à cette heure, mais son élan ne saurait s'arrêter à ce détail ! –, il lui fallut s'enfoncer dans les collines. L'astre ne miroitait pas aussi bien sur la poussière ; les frondaisons gênaient la vue que Phébé portait sur ce monde. Si la Chasse s'était poursuivie sans lui, un feu violent continuait d'habiter le cavalier. L'impatience le rongeait, grignotant sa raison. Tant de mois à attendre et le fauve affamé dévoilait enfin sa voracité. Elle avait guetté, muette, secrète, et à présent elle l'emportait.

Le ciel se teintait de mauves et d'opales, révélant des nuages si fins qu'ils ne voilaient pas les étoiles. Le domaine de Varages était en vue. Rien n'en défendait l'entrée ; Lazare s'engouffra dans la cour comme un vent furieux. Il sauta de sa monture, cogna le battant sous le grand porche. Une jeune femme, sans doute une cuisinière, l'entrebâilla et le referma aussitôt. L'expression de terreur qui s'était inscrite sur ses traits n'émut pas le baron. Tout au plus lui fournit-elle un frisson pervers et jouissif. Un remue-ménage s'enclencha derrière les murs. Le poing revint taper les planches, mettant plus de hargne encore dans la force et le rythme. Il entendait pénétrer ici sur-le-champ. Qu'ils le fassent attendre davantage, palsambleu ! Et il se ferait fort de briser une fenêtre. Alors qu'il reculait, jaugeant les différentes manières d'entrer autrement que par la porte principale, celle-ci s'ouvrit. Dans le cadre se tenait Anne-Hélène.

Pâle, les cheveux mal coiffés – des épis s'échappaient de ses tresses –, elle portait encore la chemise dans laquelle elle avait dormi, couverte à la va-vite par une seconde au tissu plus rêche. Un long châle enrobait le tout, faisant office de ceinture et de passements. Toutefois, le point le plus intéressant concernant la mise de la demoiselle se résumait au fusil qu'elle pointait sur le malotru.

— Je ne sais pas ce que vous nous voulez, mais il est hors de question que je vous reçoive. Allez vous passer la tête dans l'auge à bestiaux, plongez un coup dans le Colostre, peu m'importe. On ne vous accueillera pas sous ce toit tant que vous serez dans cet état-là. Filez donc, monsieur le baron, et regagnez un peu de l'honneur de votre rang avant de vous représenter céans.

Elle était si forte et radieuse, ainsi déterminée… Il avait craint de la trouver abattue, grise enfant qui ne savait pas où faire sa place dans ce monde. Elle s'en tirait bien. Il avança d'un pas. Les mains se resserrèrent sur l'arme, tremblant un peu.

— Vous m'avez déjà vue m'en servir. Je n'hésiterai pas à tirer et vous le savez ! Reculez, tournez les talons et ne revenez que lorsque vous vous serez calmé.

L'homme s'approcha encore.

— Je sais que vous pouvez tuer quand votre sécurité est menacée. Ce n'est pas le cas.

Elle frémit.

— Pourtant, monsieur, vous devriez vous voir dans un miroir. L'émissaire du Malin au sommet de l'Armageddon n'aurait pas d'autre mine que la vôtre. Cessez ce jeu immédiatement ! cria-t-elle alors qu'il franchissait un nouveau mètre dans sa direction.

Le torse du visiteur touchait presque la gueule du canon.

— Vous ne me tirerez pas dessus.

Il fit un dernier pas.

La frayeur provoqua un grand frisson dans tout le corps d'Anne-Hélène, mais elle parvint à ne pas crisper les doigts de sa main droite. Ce ruffian avait raison : elle ne pouvait se résoudre à l'abattre. Pourtant, dans ses plus sombres crises de désespoir, elle avait rêvé de le tenir à sa merci, de le faire souffrir autant que lui l'avait blessée, incisant son âme pour y déverser les gouttes de son discours navrant. Mais, il y avait un gouffre entre vouloir la mort de quelqu'un et la lui donner – et malgré ses résolutions, malgré ce qu'il avait pu croire sur elle, elle n'avait pas encore franchi l'abîme.

Il lui ôta des mains le fusil de son père et le posa sur le sol. Ses bras l'entourèrent ; il l'entraîna à sa suite. Elle ne comprit pas, sur le coup, et la malheureuse poignée de domestiques rassemblés sur le perron non plus. Personne ne réagit quand il la hissa sur son cheval. Nul ne le suivit lorsqu'il remonta l'allée. Apparition fantomatique dans les brumes du matin, il ne laissa à ces humains qu'un filet de sueur glacée le long de leurs vertèbres, accompagné d'une migraine incertaine et bourdonnante.

L'aube avait fait place à l'aurore. Seuls les rayons du levant parvinrent à chasser ce brouillard lancinant qui étouffait les pensées des gens d'Allemagne. Hébétés, ils étaient restés à contempler le chemin par lequel l'héritière de leur marquise bien-aimée, leur Agnelle si bonne et paisible, avait été enlevée. À l'instant où ils avaient enfin compris que le drame n'était pas un cauchemar, que ce songe dont ils avaient l'impression de sortir avait été joué par des marionnettes de chair et de vie, la honte les avait saisis, plus cuisante que le chagrin. Comment expliquer à leur châtelaine qu'ils avaient laissé sa fille unique être emportée sans esquisser le moindre geste ? La dame était partie dans la nuit s'occuper de couches qui se présentaient mal. Elle avait pris ses herbes avec elle, du linge propre et avait embrassé sa toute-petite sur le front, lui recommandant d'être sage et prudente.

Elle qui venait d'aider une nouvelle existence à naître sur cette terre, qu'allait-elle faire en apprenant qu'on lui avait ôté la dernière raison qu'il lui restait de vivre ?

La charrette pénétra dans la cour une heure à peine après l'assaut. Le pas assuré de la jument, le balancement tranquille du plateau furent un crève-cœur pour les serviteurs. Le paisible sourire de Marie-Hélène acheva de les briser. Elle s'arrêta net en voyant leurs faces blêmes et égarées, leurs épaules voûtées, la poussière qui couvrait leurs habits.

Le silence de la mère quand elle apprit l'enlèvement fut plus strident que cent cris de détresse. Ses gens virent son visage prendre la couleur de la cendre. On raconterait, un jour, que ses cheveux avaient blanchi d'un coup.

Un homme lui avait arraché son organe palpitant, l'oiseau qui faisait battre ses paupières chaque matin pour affronter le jour.

Elle ne s'effondra pas, ne hurla pas ; elle n'eut pas un geste. Son esprit mourut là, tout simplement – et son corps, coquille vide, ne fut plus animé que par l'espoir fou et déchirant de retrouver son enfant.

Chapitre 17

La lumière toujours est tout près de s'éteindre
La vie toujours s'apprête à devenir fumier
Mais le printemps renaît qui n'en a pas fini
Un bourgeon sort du noir et la chaleur s'installe

Dit de la force de l'amour, Paul ÉLUARD

Lazare avait lancé sa monture dans un trot soutenu. Le soleil qui se levait lui permettait de mieux discerner les embûches du chemin et de tenir les rênes d'une main sûre. Beaucoup moins l'était, en revanche, celle qui maintenait la jeune femme contre lui. Alors que la terre se réchauffait, que le givre gouttait des bourgeons, sa fièvre le quittait. Sa raison que la nuit avait ravie reprenait doucement sa place. Encore hagarde de la tempête qu'elle avait essuyée, elle se hissait sur la rive de sa conscience par des gestes débiles et hésitants. Peu à peu, l'horreur de son acte lui apparaissait au grand jour. Son honneur lui intimait de faire demi-tour et de rendre la demoiselle, mais il savait qu'il n'aurait plus jamais la chance de l'approcher s'il agissait ainsi. Et puis, l'honneur, il avait bien vu ce que cela apportait… Son instinct lui conseillait de poursuivre, de chevaucher sans s'arrêter, aussi vite que le pourrait son cheval – ce qu'il fit.

Anne-Hélène semblait absente. Prenant bien garde à ne pas toucher son poignet, il rabattit sur elle les pans de son manteau. Elle n'était pas suffisamment couverte pour les températures de ce mois de mars. De façon étrange, elle ne disait rien, ne protestait pas. Le baron n'était pas assez stupide pour croire qu'elle avait accepté son rapt... Peut-être guettait-elle le bon moment pour sauter de l'encolure et s'enfuir ? Il resserra sa prise. Il ne la perdrait pas.

Au bout de deux heures de cette allure, ils atteignirent la ville de Manosque. Le seigneur d'Oppedette ne retrouva qu'avec peine l'hôtel où il avait laissé Orphée. Comme tout était si différent dans la journée ! L'aubergiste n'avait pas dû oublier la frousse qu'il lui avait causée la nuit dernière : l'homme ne pipa mot quand il demanda des vêtements pour la femme et qu'on lui amène de suite son cheval. Cela arrangeait ses affaires. Il lança quelques pièces et repartit aussitôt, ses fontes garnies d'une grosse miche de pain, de deux saucissons, de trois gousses d'ail et d'un litron de vin.

Il resta au trot la première heure, ne voulant pas non plus épuiser l'animal. Anne-Hélène avait beau être mince – voire porter la peau sur les os –, cela rajoutait quand même quatre dizaines de kilos à la charge de ce pauvre bestiau. Parvenu à mi-chemin entre Villemus et Reillanne, le cavalier consentit à réduire la cadence. Il se contenta d'aller au pas, passant au galop par moments, quand le terrain descendait en pente douce. Les secousses moins abruptes, le zénith qui approchait et jetait sa lumière crue sur le monde décidèrent l'héritière à sortir de son mutisme.

— Où allons-nous ?

Elle avait la voix claire et déterminée. Cela surprit Lazare, mais le soulagea aussi de la découvrir si combative.

— À Oppedette, sur mes terres.

— Cet outrage est donc de votre fait… ajouta-t-elle pour elle-même.

Sa remarque gifla le baron. Croyait-elle donc, elle aussi, qu'il ne saurait être qu'un sous-fifre, un lâche et un imbécile tout juste disposé à accomplir les basses œuvres d'autrui ? Elle poursuivait déjà :

— Puis-je savoir pourquoi vous m'avez enlevée ?

Il n'avait aucune bonne raison de lui mentir – au mieux, la surprise balaierait ses élans de haine.

— Pour vous épouser.

Le silence qui s'ensuivit n'eut rien d'éloquent. Il s'impatientait de connaître le fond de ses pensées, mais préférait la laisser venir à lui. Une démarche ridicule et paradoxale, quand on songeait qu'il venait de la ravir à son foyer, mais Lazare n'était pas à une contradiction près. Orphée marchait d'un pas tranquille. Il arracha une herbe et s'ébroua comme si des gouttelettes lui avaient sauté sur les naseaux. Les oiseaux piaillaient à qui mieux mieux, occupés à se chamailler pour un nid ou une femelle. Deux rouges-gorges leur coupèrent la route, s'attirant un frémissement d'oreilles de la part du canasson. La placidité de ce dernier avait cette sorte de chaleur qui montait des champs fauchés. La nature renaissait ; un air de printemps se goûtait dans la brise. Les épaules d'Anne-Hélène s'affaissèrent.

— Très bien, en quoi consiste le piège ? (Comme son ravisseur ne répondait pas assez vite à son goût :) Si vous vouliez réellement m'épouser, vous n'aviez qu'à quérir ma main auprès de ma mère. Ça aurait pris du temps, demandé des efforts, mais elle aurait fini par accepter. Pourquoi cette équipée inutile et extravagante ? Vous voulez faire de moi votre concubine ? Espérez-vous réellement que j'accepte de me rouler dans le stupre et le péché avec un bandit notoire ?

Son visage, rongé par l'inquiétude et le chagrin, pâlit davantage.

— Ou envisagez-vous de me vendre… ?

Cette hypothèse, si éloignée des pensées du baron, le prit tant au dépourvu qu'il éclata de rire. La demoiselle fit la moue, vexée.

— Non, petite fleur. Votre beauté aurait pu me rapporter un joli paquet d'or, certes, mais je me suis couché concernant les trafics. Même si je battais encore les cartes, je n'ai jamais donné dans le bois d'ébène. Je ne vais pas commencer aujourd'hui à filouter d'autres essences.

Il marqua une pause pour lui permettre de prendre conscience de toutes les conséquences de ces quelques phrases.

— Quant aux raisons qui ont motivé mes actes, disons qu'il y a une grande part de crainte. Quoi que vous prétendiez, je ne suis pas certain que votre mère aurait donné en justes noces sa précieuse fille unique à un « bandit notoire ». Disons aussi que je n'étais pas tout à fait moi-même cette nuit. Mon adorable frère a la fâcheuse capacité de me faire sortir de mes gonds.

La stupeur se peignit sur ses traits avec une candeur adorable.

— Eh oui ! Votre tuteur est tout à fait au courant de mes agissements.

Elle se rembrunit. Un voile passa devant ses yeux.

— L'autre fois, à côté du bassin…

— Lors du mariage de votre tante ? l'encouragea-t-il.

— Cela même. Vous m'aviez promis que vous veilleriez à ce que mon hyménée fasse mon bonheur.

Ce fut au tour de Lazare de se renfrogner. Il sentait le traquenard se mettre en place ; elle allait lui demander s'il projetait déjà, à cette époque, de faire d'elle son épouse. Elle avait raison de douter, à sa place, il aurait soupçonné un complot longuement mûri. Hermétique aux émotions qu'il laissait s'égarer sur sa figure, la captive poursuivit :

— Quelle foi porter à vos serments lorsque je vois la façon dont débute notre union ? Êtes-vous sérieux, monsieur, quand vous dites vouloir m'épouser et me rendre heureuse ? Avez-vous conscience des implications ?

Il fut tellement surpris par cette volte-face inespérée qu'il ne put qu'abonder dans la discussion, saisissant presque sans y penser la perche tendue. Toutefois, une partie de son intellect resta aux aguets. Il n'était pas exclu qu'elle fasse le dos rond le temps de trouver un moyen de s'échapper. Dans tous les cas, elle lui offrait l'occasion de la convaincre. En quelques phrases, il devait lui prouver qu'elle pourrait s'épanouir dans les gorges du Calavon, qu'Oppedette serait pour elle une nouvelle demeure.

— Je suppose que vous souhaiterez administrer le domaine ? Après tout, c'est à cela que vous avez été formée.

— C'est un bon début.

— Vous voudrez avoir votre liberté, parcourir les collines comme vous l'entendez. Je suis bien placé pour comprendre cette soif d'espace et de temps et je partage vos aspirations. Vous aurez votre monture et le droit d'aller où bon vous semble, tant que vous ne quitterez pas mes terres.

— « Nos » terres.

Il baissa le front pour acquiescer.

— Évidemment, où avais-je la tête ? Ai-je oublié quelque chose ou ces conditions vous conviennent-elles assez pour que vous puissiez envisager une cérémonie ? Car, troisième point, je tiens à légitimer notre vie conjugale devant Dieu et les hommes.

Elle le regarda avec un air étrange. Une tristesse, plus légère et prégnante que la brume flottant sur la forêt aux petits matins d'automne, se lisait dans ses yeux. Elle allait refuser. Il ne savait pas où il s'était trompé, ni à quel moment... D'un autre côté, il ne pensait pas discuter clauses et contrat alors qu'il l'avait enlevée voilà cinq heures à peine. Elle était si raisonnable, soudain. Son calme l'avait invité à lui dévoiler ses projets. Il se retrouvait dans ses silences et sa souplesse, face à l'adversité. Il avait eu tort de voir en elle un parfait reflet ; elle avait encore la sève de la jeunesse et une forme d'innocence. C'était mieux ainsi – mais il aurait du mal à la manipuler, si elle se montrait tantôt avisée, tantôt versatile.

Ses lèvres s'entrouvrirent. Elles avaient le velouté des pétales d'aubépine, leur délicatesse et leur blancheur. Jusqu'où son don l'avait-il entraînée sur le chemin de l'oubli ? L'hiver qui s'achevait n'avait pu la rendre aussi exsangue. S'était-elle perdue dans les brumes d'une existence morose ou avait-elle, en secret, flambé ses dernières étincelles rouge sang au brasier d'un art aussi avide qu'occulte ? Bien qu'il la jugeât très belle, cette pâleur extrême l'approchait trop du rebord de sa tombe pour qu'il puisse ressentir du désir. Son air de linceul lui donnait plutôt envie de la protéger, de la réchauffer, de ramener la vie en elle comme pour un oiseau saisi par le gel. Elle expira, et sa réponse glissa dans son souffle.

— Puisque les lois sont de votre côté, je vais m'attarder sur l'idée, monsieur. Croyez bien que je suis sensible aux mesures escomptées pour me rendre cette union agréable.

Mais celles-ci ne suffisaient pas, compléta Lazare en son for intérieur. Certes, il ne s'attendait pas à ce qu'elle saute de joie, mais cette figure fermée derrière un discours raisonnable ne lui offrait aucune prise ni ouverture. Il s'emmura à son tour. Hors de question de continuer à s'y tromper : c'était un adversaire qu'il tenait entre ses bras, non une alliée, encore moins une amie. Celle-ci eut un sourire horrible, cette grimace que l'on fait lorsqu'en réalité, la déception nous poignarde autant qu'une trahison.

— Je vois que nous nous comprenons, reprit-elle. J'aurais une requête – si tant est que j'aie mon mot à dire parmi l'expression virile de vos volontés.

Le baron resta de marbre, et seul le poing qui tenait les rênes se crispa.

— Faites donc, je vous en prie.

— Je souhaiterais que nous respections un temps de fiançailles. Laissez-moi vivre quelques mois à vos côtés avant de prévenir le curé.

Il releva un sourcil. Elle ne cessait de l'étonner ! Il ne comprenait guère l'intérêt de la chose… Peut-être croyait-elle qu'il allait lui donner le choix ?

Une brise un peu frisquette passa par là. Anne-Hélène détourna les yeux pour tousser. Ses mains resserrèrent sur son torse les pans de son manteau, ramenant également le châle dans son geste. Elle se voulait forte – et, dans bien des domaines, elle l'était –, mais Lazare sentait cette fêlure en elle, cette blessure dans son âme qui menaçait de la faucher à tout instant. Sans y réfléchir, il glissa les doigts dans ses cheveux. Elle sursauta et le fixa avec de grands yeux.

— C'est d'accord, s'entendit-il répondre. Vous serez courtisée en bonne et due forme. Restez avec moi une année et si, au terme de celle-ci, ma compagnie vous insupporte, vous rentrerez chez vous.

Son regard, toujours inquisiteur, se fit plus soupçonneux.

— De toute façon, je n'ai que votre parole pour garante de cet accord, avança-t-elle.

— Oui. Et cela peut en effet être une tentative de vous amadouer dans l'espoir que vous baisserez vos défenses et vous attacherez rapidement à moi. Durant quelque temps, vous serez dans l'ignorance de savoir si vous pouvez ou non me faire confiance et avoir foi dans ces belles paroles que je dégoise aujourd'hui. Je suis navré que vous ayez à souffrir cet inconfort. Néanmoins, j'ai espoir que, sous un mois ou deux, ce désagrément sera écarté.

Une centaine de questions brillèrent dans ses prunelles. Elle se contint. De toute manière, à partir du moment où elle se méfiait de ses réponses, il n'y avait aucun intérêt à formuler des interrogations. À la place, elle bredouilla une politesse sur un ton acerbe et se concentra sur le chemin.

Ils s'arrêtèrent une demi-heure plus tard dans l'ombre d'un bois. Elle mangea sans appétit, mais ne tenta pas de s'enfuir lorsque son ravisseur amena leur monture boire à un ruisseau. Elle réfléchissait. Lazare pouvait presque voir les rouages tourner sous son front. Il espérait qu'elle comprendrait l'intérêt de se marier avec lui, mais savait que c'était beaucoup demander après l'affront et la frayeur qu'il lui avait causés ce matin.

Lui-même ne savait toujours pas ce qui lui avait pris de s'engager dans une telle promesse : la relâcher une fois l'année écoulée ; la laisser seule juge de leur bonheur à tous les deux. La Masco le lui avait dit : ils seraient heureux ensemble. En théorie, il pouvait la forcer puisque c'était pour leur bien. En théorie… Dans la pratique, les choses ne se réglaient pas ainsi. Chaque fois qu'on l'avait obligé à se renier, une ombre froide s'était glissée en lui et avait arraché un petit bout de sa personne. Si Anne-Hélène devenait un de ces êtres fantomatiques qu'il avait déjà croisés, sans désir et le cœur vidé de ses émotions, autant épouser une peinture et coucher avec un gisant. Au final, ce qui l'avait poussé à accéder à sa requête étaient le simple bon sens et les bribes d'humanité qui lui restaient. Il n'était ni pire ni meilleur qu'un autre homme, simplement plus conscient des cicatrices et des tranchées que creusaient les abus.

En revanche, il l'avait enlevée. Plus les pas d'Orphée avalaient les lieues, plus il se flagellait pour cela. Les souvenirs de sa chevauchée lui apparaissaient derrière un verre fumé. Il se remémorait la rage et l'exaltation des lueurs vertes dans la nuit. Il désirait cette femme ; le souvenir de ses baisers, de son corps pressé contre le sien, le hantait dans ses rêves et distillait l'amertume des réveils solitaires. Il aimait son âme vibrante des champs d'hellébores, cruelle par sa beauté juvénile. Il avait savouré l'éclat d'apatite de ses yeux, lorsque la passion s'engouffrait à travers elle en une myriade d'aigrettes scintillantes. Cependant, les ardentes dispositions qu'il avait à son endroit n'expliquaient pas ce coup de folie qui l'avait saisi, cette précipitation étrangère à ses manœuvres habituelles. À moins qu'il n'ait, par la grâce du destin qui les reliait, perçu sa détresse ?

Chaque fois qu'il l'observait, ses soupçons se confirmaient davantage. Il ne savait pourquoi, ni à cause de qui, mais son âme s'éteignait. Pourtant, il lui avait donné un message avec le bijou. Se prendre dans les rets de son reflet avait un pendant tout aussi dangereux : ne pas voir celui-ci, oublier les frontières qui formaient son propre royaume. Qu'avait-elle pu comprendre de tout cela ? Quelles pensées avaient cheminé dans sa tête, depuis cette nuit où ils avaient valsé ensemble ? Lorsqu'il l'avait fuie, elle était l'enthousiasme printanier, une grande brassée de fleurs de pruniers et de cerisiers. Leur candeur rose chevauchait la brise dans les paillettes d'or du ponant. Elle portait à présent le manteau duveteux de l'hiver, ainsi que la mort qui rampait sous son couvert. Comment une année et demie avait-elle pu la voir mûrir au point de devenir cette coquille de noix aux cerneaux décharnés ?

Les vêpres sonnaient dans le lointain lorsqu'ils dépassèrent le Pra Gaillard et parvinrent aux gorges du Calavon. Autour d'eux, les terres nues des champs s'étiraient comme le roulis des vagues et allaient s'écraser contre le petit bois qui veillait non loin, imposant crânement sa présence aux villageois trop placides pour l'affronter. Quelques murs de pierres vierges de mortier formaient des terrasses, que des chênes aux troncs encore sveltes venaient renforcer. Le bourg apparut en haut de la colline. Il était propre, possédait des maisons solides et un petit clocher, mais paraissait bien chiche au regard de l'abondance dans laquelle vivaient les Allemagniens. Ici, le soleil se montrait plus rude et le sol trop calcaire – au point que la roche blanche semblait de sel, parfois. Le ruisseau courant au fond des falaises garantissait de quoi arroser les récoltes toute l'année, mais les paysans ne récoltaient guère plus que leur propre pitance. Si le tableau était paisible, il y avait dans les tiges, dans le piquant des buissons, une âpreté certaine. La comparaison avec le domaine de Varages mettait Lazare mal à l'aise. Il avait bien peu à offrir à sa femme : un village maudit aux récoltes médiocres. Il s'agissait davantage d'un fardeau que d'une dot.

— Oppedette ne paie pas de mine, mais au moins, ici, personne n'est pauvre. Tous mes gens ont des vêtements convenables, un toit au-dessus de leur tête et du pain dans leur estomac. Je sais qu'à première vue vivre dans ce lieu va vous paraître désagréable. Néanmoins, j'espère que la beauté des gorges formera un spectacle propre à toucher votre sensibilité, et que la gentillesse des habitants saura atteindre votre cœur.

Elle se retourna vivement, lui faisant face.

— Et vous ?

Sur le coup, il ne sut par quel bout prendre sa question.

— Moi ? Eh bien, j'ai suivi un chemin identique. Je me suis installé ici par obligation mais, à présent, je m'y plais et je considère cet endroit comme mon foyer.

— Ce n'est pas…

Des sanglots avaient jailli dans sa voix. Celle-ci se brisa avant de terminer la phrase. Anne-Hélène secoua la tête et, d'un geste décidé, fixa de nouveau le village. Le baron comprit un instant trop tard le vrai sujet de ses préoccupations. Il acheva le trajet en se traitant de tous les noms.

Comme à leur habitude, les Oppedetois se rassemblèrent pour fêter l'arrivée de leur protecteur. Quelques-uns surent se contenir, mais nombreux furent celles et ceux qui ouvrirent des yeux ronds en voyant une dame assise devant leur seigneur. Très vite, la nouvelle se répandit et atteignit l'extrémité du rang avant les cavaliers. Les vivats commencèrent à mi-chemin et ne cessèrent pas, même lorsque la porte de la bastide fut retombée. Luc se présenta, le visage fermé.

— Bienvenue, monsieur. J'ignorais que vous nous ramèneriez de la compagnie. Quelles dispositions dois-je prendre concernant mademoiselle ?

Le baron descendit prestement et tendit les bras pour aider la jeune femme. Elle l'ignora et glissa au sol. Sans rien laisser paraître, il se tourna vers son serviteur.

— Préparez-lui notre meilleure chambre et fouillez dans les malles pour voir s'il nous reste des vêtements qui lui siéraient. La demoiselle de Varages et moi dînerons ensemble, ce soir.

Puis, à l'attention de celle-ci :

— Je vais vous conduire dans ma chambre, le temps que vous vous remettiez de la fatigue du voyage. Je ne resterai pas ; lorsque vous serez prête, vous n'aurez qu'à me rejoindre dans le salon. Ne vous inquiétez pas : ma demeure n'est pas très grande, vous ne sauriez vous y perdre.

Il abandonna les rênes à Luc et ouvrit la marche.

Dès qu'il avait posé le pied sur les pierres de la cour, il avait senti son appel. La Source le demandait, impérieuse et persistante. Elle lui avait tant donné, l'avait aidé de toutes ses forces la nuit dernière, quand il avait eu besoin d'elle. À présent, elle le voulait. Elle l'attirait. L'injonction se faisait obsédante, aussi inexorable que la marche de l'araignée le long de sa toile. Pour la première fois depuis longtemps, Lazare n'eut pas envie d'y répondre. Toutefois, puisqu'il lui fallait abandonner son invitée pour que celle-ci fasse un brin de toilette, autant profiter de ces instants d'oisiveté.

Il guida Anne-Hélène dans ses appartements, lui présentant les pièces à mesure de leur avancée. Il attisa le feu, sortit du linge propre et la quitta avec un ultime avertissement :

— Surtout, ne buvez pas dans ces pichets. Si vous avez soif, appelez Luc. L'eau qu'on tire ici vous rendrait malade – il faut y être né pour la supporter, ou se familiariser peu à peu. Je ferai en sorte que vous ayez de l'eau potable tout le temps où vous logerez à Oppedette. En attendant, évitez même d'y tremper les lèvres.

Il partit.

Sa captive regarda le battant se fermer. Il avait dit « le temps où vous logerez à Oppedette », sans ajouter d'ultimatum et sans insister sur la décision à prendre dans une année. Il avait l'intention d'importer les boissons pour sa seule consommation, sans la forcer à s'habituer aux mœurs locales. Peut-être ne mentait-il pas ? Une année à tenir et il la relâcherait. Elle serait à nouveau libre – de partir ou de demeurer de son propre chef, cela restait à voir.

Chapitre 18

Pourquoi tes pleurs silencieux ? [...]
Ils coulent avec tant de grâce,
Qu'on ne sait, malgré ta pâleur,
S'ils laissent une amère trace,
Si c'est la joie ou la douleur.

La Jeune Fille, Aloysius BERTRAND

Seule devant une flambée qui reprenait doucement des forces, Anne-Hélène s'attarda un peu sur sa situation. Elle avait eu maintes occasions de le faire durant cette longue chevauchée, mais les dernières précautions du baron lui donnaient pour la première fois l'espoir qu'il ne mentait pas. De toute manière, il avait raison : elle aurait des mois pour se faire une opinion à son égard, sur ses réelles intentions et, ultime point particulièrement énervant, décider si elle allait accepter ou non sa demande. Après la forfanterie du matin, elle avait bien envie de s'enfuir dès qu'elle le pourrait. Néanmoins, elle tenait enfin l'opportunité d'être plus que l'héritière de Varages, de s'élever au-delà de l'ombre de sa mère, parfaite gestionnaire et marquise révérée. Elle était aussi curieuse de découvrir dans l'intimité ce croque-mitaine de la noblesse et son mystérieux village. Peut-être parviendrait-elle à croiser l'ami de Rose, ce David auquel celle-ci tenait tant ?

Elle attrapa la cruche et la bassine et les approcha de la cheminée. Un débarbouillage en règle était de mise, mais si elle pouvait éviter de se geler les arpions, autant ne pas sacrifier à l'austérité. L'entreprise ne fut guère agréable. Toutefois, se sentir propre l'aida à récupérer un peu de lucidité. Tandis qu'elle enfilait les habits qu'elle venait de quitter, elle songea qu'elle devrait vérifier cette histoire de permission accordée par son tuteur. Elle jugeait le comte assez indifférent à son bien-être pour la donner en mariage à la personne qui l'arrangerait le mieux – mais de là à la vendre comme une simple marchandise que le client viendrait chercher au magasin !

Quel genre d'homme pouvait ainsi jeter sa pupille dans une union sans même le lui annoncer ? Elle l'avait soupçonné retors, l'était-il à ce point ? Ou le baron lui mentait-il de la façon la plus éhontée ? Elle n'avait aucun moyen de communiquer avec le reste du monde. Si elle parvenait à se faire un allié en ces terres ennemies, elle pourrait lui confier son message. Sa requête résonnerait alors au-delà des gorges d'Oppedette. Pour cela, elle sourirait, ne lésinerait pas sur le charme dont elle avait souvent bercé ses propres gens. Il ne lui resterait plus qu'à repérer la bonne personne, une âme crédule et simple qui accepterait de lui rendre un petit service. Certainement pas Luc : le domestique lui avait lancé un tel regard quand il l'avait aperçue ! À croire qu'il la haïssait sans la connaître. À moins que son maître lui ait parlé d'elle ? Qu'avait-il pu dire, en ce cas, pour qu'il s'en fasse une idée si affreuse ? Peut-être ce David conviendrait-il, s'il s'avérait soupirer autant au souvenir de sa dulcinée que celle-ci mettait de conviction à feindre l'indifférence ?

Déjà – se dit-elle, pragmatique, alors qu'elle finissait de relever ses cheveux en chignon –, son ravisseur ne semblait pas pressé d'attaquer la nuit de noces. Elle pourrait conserver son honneur et n'aurait pas à supporter dans l'intimité un contact qui la dégoûtait. Un étrange vague à l'âme la pénétra à cette pensée, volutes de thé noir infusant dans une âme que la langueur avait tiédie. Elle se souvenait de l'avidité de ses cuisses, de l'ardeur de son ventre alors qu'elle s'était pressée contre lui voilà si longtemps, dans les jardins du Petit Trianon de Provence. Les lèvres implacables avaient emporté ses baisers sur les ailes d'un faucon de cuir et d'acier. Ce qu'ils avaient échangé cette nuit-là, précipités depuis les profondeurs dans des gerbes de lune, était une osmose de lave et d'étoiles. Leur danse s'était gravée dans son corps autant que dans son esprit, aussi fraîche que la brûlure du fer et douce comme ces plaines rabotées par les glaciers. Elle avait toujours cru qu'un nouveau contact avec le baron serait comme un rai de soleil sur le bourgeon – qu'elle s'ouvrirait, humide et tendre. Ses joues d'albâtre se teinteraient de rose ; les nervures de ses membres froids se gonfleraient d'une lymphe puisée dans les mers tropicales. Elle se voyait vacillante, l'ivresse de ses sens exacerbée dans son besoin d'abreuver leurs deux peaux.

Elle n'avait jamais imaginé que cette nouvelle rencontre se ferait en de telles circonstances. Le brasier attendu n'avait été qu'une chape de verglas. Le gel avait fendu son cœur, crispé ses entrailles. Ce chien l'avait emportée tel un butin, comme une sacoche que se lançaient les cavaliers aux relais de poste. Comment éprouver du désir quand les actes de l'homme qui l'avait séduite balayaient ses émotions d'un revers de main, reniaient jusqu'à son humanité ? Étouffant ses protestations, il avait par là même asphyxié la torche qui se consumait pour lui. Elle jeta un regard vers la cheminée. Un feu ne pouvait brûler sans espace – l'espace des mots –, sans qu'on lui laisse de l'air. En l'obligeant, Lazare avait tué dans l'œuf la poule qu'il avait voulu s'approprier. Même si elle finissait par consentir à l'épouser, il ne serait plus question que d'un intérêt pragmatique et pécuniaire. Au mieux, le contact avec cet homme la laissait froide. Lorsqu'il avait rabattu les pans de son manteau sur elle, au petit matin, elle s'était raidie, craignant qu'il ne tente de la caresser. Heureusement, il n'en avait rien fait. Même sans cela, son estomac s'était tordu et la nausée avait clapoté jusqu'à son œsophage. Pourquoi l'avait-il choisie ? Certainement pas pour ces quelques étreintes échangées sur une pelouse : il devait avoir connu bien mieux dans les bras des femmes de réconfort. Pourquoi tous ces risques alors qu'il la fréquentait à peine ? Et surtout, se croyait-il au-dessus de la société et de ses lois ou était-il à ce point fou et imbu de sa misérable puissance, si nombriliste qu'il ne se préoccupait pas du mal que ses actes pouvaient provoquer ?

Le dîner fut singulier et la nuit mauvaise. La chambre dégorgeait d'humidité. De toute évidence, cela faisait des lustres que personne ne l'avait occupée. À l'heure du coucher, Luc n'avait pas arrêté de ronchonner, d'accumuler les prétendues maladresses et de bousculer cette invitée atypique. Il s'y remit avec une joie manifeste le lendemain, dès le lever. Anne-Hélène conclut assez vite qu'il lui fallait une camériste – en premier lieu parce qu'il était hors de question qu'un homme l'aide à se préparer. Lorsqu'elle s'en ouvrit à Lazare, celui-ci lui rétorqua qu'elle pouvait aussi bien s'occuper d'elle-même toute seule et qu'aucun bal ni civilité de voisinage n'étaient prévus dans les prochains mois. « Ici, personne ne vous jugera sur votre garde-robe – uniquement sur ce que vous possédez au fond de vous », avait ajouté ce stupide animal buté et sadique. Avec quel cynisme ce monstre osait-il lui faire des leçons de morale ! Elle avait manqué s'étrangler et avait préféré tourner les talons.

Un peu plus tard dans la journée, la demoiselle – désormais maîtresse de son temps et ne sachant qu'en faire – avait décidé d'arranger ses appartements à sa guise. Elle savait qu'il lui faudrait sortir et se présenter aux villageois : tous l'avaient vue hier et la supposaient fiancée à leur seigneur. Elle devrait aussi jauger les terres et les semailles, prendre le pouls des champs et des vergers – se faire une bonne idée, en somme, de la valeur du domaine en tant que baronne potentielle. Celui-ci entrait en grande part dans sa ligne de comptes pour déterminer si elle accepterait le mariage qu'on tentait de lui imposer. Cependant, la fatigue et l'énervement dus à son rapt et à la chevauchée qui avait suivi étaient trop frais encore. Ses poumons soulevaient avec effort l'écorce qu'il lui semblait porter, la faute à ses sens anesthésiés. Son apparence était aussi frêle et trompeuse que celle d'un arbre creux. Ses pensées se perdaient dans le brouillard. Elle avait à peine la force de trier les vêtements que Luc lui avait apportés, alors affronter une foule de curieux… Elle préférait ne pas y penser, reléguant la tâche lorsqu'elle aurait le courage de se comporter comme celle qu'elle était censée être : une dame à l'âme résolue, à l'intellect affûté et aux manières irréprochables.

Son esprit vagabonda vers sa mère, son meilleur exemple et une source d'inspiration inépuisable. Comment aurait-elle agi à sa place ? De quelle manière aurait-elle géré l'opprobre, la captivité, aux côtés de cette étrange promesse d'avoir un jour tout pouvoir sur le domaine ? Elle aurait su être digne ; elle aurait trouvé les bonnes réponses, les phrases apaisantes ou cinglantes, et repéré par son instinct si juste l'instant opportun pour asseoir son aplomb, insinuer le doute… Marie-Constance, la bien nommée, avait toujours montré dans les épreuves une sagesse tranquille. Aujourd'hui, sa fille aurait été plus qu'heureuse de pouvoir lui demander conseil – mais tant de lieues les séparaient et la marquise n'était peut-être pas encore avertie de l'identité du ravisseur. Le comte de Forcalquier songerait-il à lui envoyer une missive avant que la châtelaine en quête de son enfant ne lui rende visite ? Un frémissement entre ses mains attira son regard. Une larme venait de s'écraser sur le tissu grossier d'un jupon. La jeune femme s'était juré de demeurer aussi impassible que savait l'être sa mère. Elle pleura sans bruit ni sanglot, dans le calme des nuages. Les gouttes de ses yeux tombaient en pluie fine – aussi naturelles, aussi anodines.

Ce soir-là, au souper, son expression était réservée, ses paupières fraîches et baissées. Semblable à l'ombre qui suit le passage des nuées, il ne restait aucune trace de l'averse sur ses doigts.

*

De ses premiers jours chez le baron, Anne-Hélène ne garda qu'un souvenir gris et flou. De temps à autre, le seigneur lui rendait visite, mais ils ne se voyaient guère qu'aux repas. Rongée par une apathie qui désagrégeait ses dernières miettes de vigueur, elle se contentait de se préparer chaque matin et, le soir, de vêtir sa chemise de nuit. Elle avait visité toutes les pièces de la bastide. Fagotée de tissus ternes, la démarche silencieuse et le visage plus pâle que les anges des tombeaux, son ombre dans les couloirs ne semblait déranger que la poussière et les chats – au demeurant nombreux et fort gros. Évanescente et délabrée, sa conscience s'effilochait alors que les secondes coursaient la lente danse d'un soleil blanc. Elle savait qu'elle devait se secouer, agir, écrire son destin, mais c'était comme si les braises réveillées par son enlèvement s'étouffaient sous les cendres monotones de ce triste endroit.

Bientôt, le jour et la nuit, reflets lugubres et moroses, se fondirent l'un dans l'autre. Elle qui n'avait jamais été somnambule se réveillait au clair de lune dans des pièces sans sommier. Lors de ces instants d'effroi et d'égarement, son poignet gauche la lançait avec force. La sensation lui évoquait un fil de métal chauffé à blanc qu'on glisserait sous sa peau, tout le long de l'articulation. D'ailleurs, la marque était boursouflée, plus épaisse et d'un noir violacé. Elle revenait alors, hagarde, dans sa chambre, bénissant ses explorations au début de son emprisonnement. Ses pieds se prenaient souvent dans un matou qui s'y frottait. Sa rétine accrochait parfois un reflet qui n'aurait pas dû exister.

L'on disait des choses peu communes sur Oppedette. On accusait le bourg d'être un repaire de brigands, une usine d'alcools frelatés et Dieu savait quoi encore. On murmurait qu'une noirceur méphitique en imprégnait la terre. L'héritière des Varages n'avait jamais voulu croire à ces sornettes. Néanmoins, dans l'écrin déchiré de ces ténèbres sans visage, son âme le devinait pour elle. Les gorges, la colline et tous ses habitants… Elle entendait leurs os claquer comme des drapeaux au vent, soufflés par une terrible malédiction.

Les nuits s'enchaînaient et la demoiselle aussi, de plus en plus exsangue, ses genoux rivés aux pierres de la bastide.

Lazare s'inquiétait de son état, mais elle observait ses traits tendus avec autant de désintérêt qu'il en avait porté à son opinion, le matin où il lui avait ôté une vie paisible. Un jour, elle vit se présenter à son chevet maître Hémont Tresmaje. Elle se laissa prendre aux nuances smaragdines de ses iris, d'un vert si intense et clair qu'il en paraissait bleuté par instants. Le voir là ne l'étonna pas outre mesure. Le médecin l'ausculta et s'éloigna dans un coin de la chambre en compagnie du baron. Il secoua la tête, puis se reprit avec un air gêné. Son expression tandis qu'il contrôlait son pouls, lui tâtait la gorge et pratiquait toutes ces choses que faisaient les docteurs, était bien assez éloquente. Il revint vers elle et, pour la première fois depuis un ridicule « Mademoiselle » qu'il avait marmonné en franchissant la porte, lui parla.

— Anne-Hélène, vous êtes malade et je ne vous cacherai pas que le cas me paraît préoccupant. Dites-moi ce qu'est le tatouage que vous portez à votre poignet gauche.

Elle le fixa d'un regard vide, s'attirant un soupir.

— Je sais que c'est difficile à croire au vu des circonstances, mais je ne veux que votre bien…

Un éclat de rire rauque et grésillant effrita les poumons de la jeune femme. Il lui prit la main. Elle le laissa faire, n'ayant pas la force de la retirer.

— Monsieur le baron m'avait mandé auprès de vous afin que je vérifie votre compatibilité avec l'eau qui est bue ici, car nous craignions une trop forte intolérance. Vous souvenez-vous de la goutte de sang que j'ai prélevée dans mon mouchoir ? J'ai mené des études et des expériences, or, même une personne qui aurait goûté notre eau ne devrait pas réagir ainsi. La seule variable que j'ignorais est cette marque à votre poignet. Elle est l'unique explication que je puisse concevoir, tous les indices me ramènent à elle.

— Quels indices ? coassa-t-elle.

Puis, sans leur donner le temps de répondre :

— S'agirait-il de la réaction de votre seigneur à son contact ? De toute évidence, nous sommes incompatibles.

Elle fixa son geôlier.

— Je ne comprends pas votre insistance à mon égard. Mais je m'y plierai. J'ai fait la promesse de demeurer en ces lieux durant toute une année et je la tiendrai, quitte à rester un peu plus longtemps si vos champs deviennent le berceau de mon ultime repos. Vivre ne m'apporte plus aucune joie, de toute manière.

Elle tendit le bras.

— Ce motif qui vous préoccupe tant est signe que je suis stérile. Je ne pourrai pas avoir d'enfants. Pas d'héritiers. Rien qui puisse intéresser un noble se respectant un tant soit peu, et ayant la moindre considération pour ses ancêtres. Je suis désolée pour vous, baron, mais vous avez misé sur la mauvaise pouliche.

Lazare, dont la mine s'était défaite à mesure qu'avançait son discours, se précipita à son chevet.

— Ne parlez pas de vous ainsi ! Qu'importe si vous ne pouvez donner un héritier à ce nom que j'exècre. Ce ne sont pas vos capacités de génitrice qui m'attirent chez vous. Mon intérêt pour les femmes ne se mesure pas à la largeur de leurs hanches, mais à tout ce qui fait votre richesse : votre fougue, votre indépendance…

Elle tourna la tête avec un soupir qui résonna tel un sanglot. Le baron se serait giflé. Quel mufle ! Il se désespéra de son manque de tact, lui qui était d'habitude plus patient et cauteleux qu'une murène sous son rocher. Étouffant une plainte à son tour, il rejoignit Hémont près de l'une des fenêtres.

Ce dernier se pencha et lui glissa dans un murmure :

— Je ne vois qu'une interprétation à cet état de faiblesse que rien n'explique : la Source la réclame.

— Je ne peux consentir à ce sacrifice. Ce serait la lier à jamais à ces terres, sans qu'elle ait le choix de son futur.

Ses propres paroles lui rappelèrent l'erreur qu'il venait de commettre mais, déjà, l'homme de science enfonçait le clou.

— Ce choix, elle l'avait déjà perdu au moment où vous avez perçu les hurlements du vent qui s'engouffre dans les gorges ! Elle ne peut survivre ici sans s'inféoder à la Source. D'ailleurs, elle ne peut plus survivre tout court : son organisme est dans un état de faiblesse si avancé que je ne suis pas certain de pouvoir y remédier, malgré toute ma science et quand bien même nous la libérerions de l'emprise de ces terres.

Le ton du baron chuta de plusieurs degrés.

— Je vous ai pourtant fait venir expressément pour éviter d'en arriver là.

Son interlocuteur rétorqua d'une voix claire et sans appel.

— Non. Vous m'avez appelé afin de trouver une solution pour vos gens. Enfin, vous vous doutez bien que s'il était facile de contrer ses effets, cela ferait belle lurette qu'un remède aurait été découvert !

Les épaules du seigneur se voûtèrent un peu plus.

— Vous avez raison. Pardonnez mon égarement.

Hémont leva la main, hésita, finit par la poser sur l'omoplate de son employeur. Les enjeux de ses travaux, l'implication qu'il y instillait avaient réduit la distance entre les deux hommes.

— Vous portez ce fardeau depuis trop longtemps, plus qu'un être doué de compassion pourrait l'endurer. C'est moi qui suis désolé que vous ayez à vivre cette épreuve.

En silence, il se retira et ferma la porte derrière lui.

Resté seul avec la malade, Lazare n'osa pas s'approcher d'elle. Son pauvre corps décharné lui inspirait trop de honte et de regrets. Il se dirigea vers la cheminée et appuya ses deux poings sur le manteau. Il n'avait pas voulu cela. Il avait souhaité qu'ils soient heureux, tous les deux ; qu'elle puisse l'aider à gérer son domaine, le guider pour garder le bon cap. Il était tombé amoureux de ces grandes brassées printanières qu'elle répandait sur son passage, une joie riante, sans crainte ni hésitation, que l'abîme lancinant chez elle rendait si profonde et tragique. Elle était la vie, le chant du rouge-gorge dans l'hébétude de l'aurore, l'odeur sucrée des abricots, et il l'avait déracinée pour la mener au tombeau. Quel gâchis ! Tant de grands sentiments, tant d'amour et de passion pour se retrouver – pas même comme deux inconnus ! – unis par les liens d'un bourreau et de sa victime. C'était à pleurer. Il passa sa paume sur son visage et fit semblant de ne pas sentir l'humidité sur sa peau. La Masco s'était plantée en beauté. La seule chose qu'il pouvait faire pour celle avec qui il aurait aimé nouer son âme était de veiller à ses côtés – et, quand il aurait assemblé assez de courage, lui révéler le secret de la Source afin qu'elle choisisse en toute connaissance de cause : la mort ou la malédiction.

Il s'approcha d'elle. Ses draps se soulevaient à peine à ses inspirations. Il voulut glisser ses doigts entre les siens, mais elle eut la force d'éviter son geste. Lazare ramena ses deux mains nouées à son propre visage, masquant celui-ci. Autant que faire se pourrait, il ne l'obligerait pas à gérer les sentiments de son assassin. Il resterait de marbre dans le rôle qu'elle voudrait bien lui consentir, pourvu que cela lui apporte quelque réconfort. Si elle souhaitait le haïr, qu'elle le fasse. Il avait de l'entraînement et jouait les cibles d'exécration d'une façon tout à fait convenable.

Elle s'agita. Il lui tendit un verre et l'aida à se redresser. Il avait bien veillé, dès la première heure, à ne lui fournir que de l'eau et des aliments non contaminés. Était-ce sa prudence, la responsable de son état ? N'y avait-il pas d'autre solution que la faire boire à la Source ?

Elle se recoucha et entama à brûle-pourpoint, d'une voix coassante :

— Puisque la mort est là, autant jeter les masques à bas. En vérité, je ne connais plus de sens à mon existence ; je ne me vois pas d'avenir. Je suis fatiguée du monde, des gens, de toutes ces choses à gérer. Si seulement tout pouvait s'effacer…

Le baron ouvrit la bouche, mais elle lui fit signe de se taire.

— D'une certaine façon, je vous suis reconnaissante : vous avez épargné à ma mère le spectacle de ma déchéance. Je n'aurais pas supporté qu'elle assiste à cette lente déréliction. Mon décès l'aurait entraînée après moi. Promettez-moi que vous prendrez les plus grandes précautions pour lui annoncer la nouvelle.

Il se pencha et, la contemplant de ses yeux sombres que le chagrin rendait aveugles, il accepta.

— Mais vous n'aurez pas à subir cette extrémité – du moins, pas avant un âge avancé, ajouta-t-il prestement. Il existe un moyen d'enrayer le mal…

— S'il vous plaît ! fit-elle avec une expression d'ennui et de dégoût.

Il s'interrompit, le cœur ravagé. Ainsi, elle préférait mourir plutôt que vivre à ses côtés, étreindre un suaire froid et les planches du cercueil plutôt que le tenir dans ses bras. Si tel était son choix…

Il se leva, l'âme en pleurs, plus détruit que jamais.

— Très bien. J'irai voir votre mère et je lui raconterai ce qu'elle doit savoir pour apaiser son deuil. Je veillerai à ce qu'elle reprenne goût à son existence – ou, du moins, qu'elle y trouve une utilité.

— Merci.

Elle était sincère, et cette reconnaissance poignarda Lazare plus sûrement que ses reproches. Il la contempla une ultime fois.

Le sang avait quitté ses joues et son front, à tel point qu'on ne pouvait plus la qualifier de pâle. Sa substance semblait se défaire comme les nappes de brume se dissolvaient au soleil. Elle n'appartenait déjà plus aux vivants. Pourtant, son apparence était calme et ses traits détendus. Un sourire troussait même ses lèvres, vestige de la gaieté débordante qui caractérisait l'Agnelle, en son temps. Des larmes brillaient sous ses cils. Les peintres se seraient battus pour donner son visage à leur chef-d'œuvre, à leur plus pure Madone, mère des Cieux immaculés.

Le baron se précipita hors de la pièce, repoussant Luc qui venait à sa rencontre. Il devait fuir. Il s'engouffra dans le cellier, dévala les chemins tortueux qu'il connaissait mieux que le labyrinthe scellé en son crâne. Il appelait l'oubli de toutes ses pensées, de tout son être. Le réconfort ne suffirait pas, l'exaltation était à proscrire. Seules les eaux du Léthé parviendraient à assommer sa douleur. L'élancement familier battit dans ses tempes. La Source l'avait trouvé. Elle l'entendait, elle comprenait son désir. Il parvint au laboratoire. Des camaïeux de verts se reflétaient sur la roche. Elle l'attendait. Il prit contact avec Elle, lui présenta ses hommages. Puis il se laissa tomber sur la paillasse installée là pour les heures de crise. Le silence l'envahit enfin – une paix sans repos. La Source prenait soin de lui. Il s'endormit.

Chapitre 19

Anne-Hélène marchait dans les couloirs de la demeure. Elle était parfaitement réveillée – ou bien parfaitement persuadée de l'être ? Elle avait repoussé ses draps, enfilé ses bottines et ouvert la porte. Depuis, elle avançait. Quel inquiétant remugle était parvenu à la tirer du lit, alors que ses forces l'abandonnaient à peine essayait-elle de se redresser contre l'oreiller ? Un appel battait ses oreilles dans l'épaisse houle de ses pulsations sanguines. L'obscurité jetait son voile bleu sur la chaux blanche des murs. Rien ne bougeait dans la bastide. Même les chats aux gros bedons, si ennuyeux d'habitude à heurter ses pieds, avaient disparu. Un mois s'était écoulé depuis son arrivée en ces lieux. Le temps s'était amélioré, mais l'air restait frais – froid, voire glacé pour une simple chemise de nuit. Pourtant, elle ne ressentait pas son manteau d'épines. Sans une bougie et sans bruit, elle se dirigeait vers le cellier. L'invite venait de là – ou plutôt, de quelque part derrière. Sans hésiter, elle tira l'étagère qui dissimulait le passage. La crevasse se présenta à elle, déchirure humide dont on ne pouvait deviner si la noirceur était de fiel ou de sureau. De toute manière, ce dernier ne promettait que de l'amertume. Elle n'y pensa pas avant d'y plonger. Les tunnels se répandaient devant elle, dédale mortel et pernicieux pour les ennemis du baron et les importuns. Elle devina le danger ; ses doigts, de leur pulpe délicate, pressèrent la paroi râpeuse. Elle fit un pas. Aucune trappe ne s'ouvrit, mais cela ne saurait tarder. Une pulsation longue et douloureuse lui enserra le poignet. Elle n'avait d'autre choix que de poursuivre.

La descente dans ces boyaux fut une lente dévoration. Pantelante, elle s'enfonça, la respiration chevrotante, alors que la mort pouvait se précipiter sur elle à chaque nouveau mètre gagné. De loin en loin, des lanternes éclairaient les coudes du passage. Hélas, lors des carrefours, aucune lumière ne venait la guider. Elle devait faire confiance à la douleur qui sourdait dans ses os : là où elle avait le plus mal était la juste voie. À force d'avancer dans les ténèbres et la terreur, sa conscience s'endormit. Le balancement d'un pied à l'autre l'avait doucement bercée, la reléguant bien au-delà de ce calvaire sans fin ni raison. Un hypnotiseur n'aurait été plus efficace à stupéfier son esprit. Le corps, ses instincts de chair et de survie prirent alors le manche des décisions. Ses gestes ne lui appartenaient plus. Une torpeur fiévreuse la hantait et créait un brouillard entre elle et la réalité. Ses expériences perdaient de leur densité. N'était-elle pas en train de rêver ? Le chemin n'en finissait pas. Il n'y avait que les cauchemars pour plonger les âmes dans ces terreurs de ténèbres et d'errances…

Une porte apparut. Elle ne voyait plus très bien, malgré les bougies posées sur une table mal ouvragée. Les ombres avaient été si prégnantes qu'elles s'étaient glissées dans ses globes oculaires. Un théâtre chinois jouait devant son regard, l'empêchant de distinguer de façon nette les formes et les couleurs. Elle tourna la poignée. Le verrou n'était pas tiré.

Elle entra.

Il s'agissait d'un laboratoire. Des fioles, des alambics, des tuyaux de verre fragile s'entrelaçaient et copulaient de manière fascinante. Ainsi, c'était là que le baron fabriquait ses alcools et ses drogues… À moins que le lieu ne s'avère l'antre de Tresmaje, médecin, herboriste, alchimiste et que savait-elle d'autre encore ? Un tel endroit, si sinistre et hermétique, ne pouvait donner naissance qu'à des démons prompts à torturer les hommes. Elle imaginait fort bien leurs légions se répandre dans les vallées et se jeter sur leurs proies, armées de la fourche des dépendances et de fouets dégouttant de poison.

Son esprit s'était réveillé devant ces révélations, tombées sur elle en un seau d'eau glacée. Elle s'approcha sans oser toucher – les papillons de nuit qui battaient des ailes dans ses orbites lui faisaient craindre de casser un élément. Malgré l'horreur de sa situation, la délicatesse du matériel se révélait un bonheur à examiner. Quelques minutes s'écoulèrent dans cette respiration en suspension. Anne-Hélène en était presque venue à s'apaiser quand une violente morsure à son poignet gauche la fit sursauter. La marque se gonflait, enflait sous sa peau, prête à déchirer l'épiderme. La jeune femme gémit et s'écroula par terre. Ce fut alors qu'elle la vit. Une lumière qui n'appartenait pas à la normalité des choses projetait ses écailles ophidiennes sur la paroi érodée. Elle se traîna jusqu'au fond de la pièce – si on pouvait qualifier ainsi cette anfractuosité qui ne devait rien à la pioche. La douleur se calmait comme elle s'approchait de l'objet. Elle ne voyait pas encore de quoi il s'agissait : l'artéfact reposait dans un creux taillé dans la roche, qui formait une sorte de berceau mural. Enfin, elle fut sur lui. Étrange… Il semblait enfoncé dans l'eau. Peut-être avait-il besoin d'être maintenu au frais ? D'autant qu'il devait contenir une flamme pour lancer de pareils éclats. Les chauves-souris nichant dans ses rétines ne lui laissaient rien voir. La curiosité l'emporta, accompagnée d'un vieux fond de prudence. Elle plongea sa main gauche dans la Source.

Il y eut un grand craquement, à croire que la colline s'effondrait sur elle. Un cri jaillit d'un coin de la grotte : Lazare, qu'elle n'avait pas remarqué, se leva d'un bond et se précipita sur elle. La falaise gronda à nouveau. Une cacophonie de tonnerres roula dans les galeries. L'homme saisit son bras, l'ôta du bassin et plaqua sa prisonnière contre la paroi. Il l'abandonna aussitôt.

— Que lui as-tu fait ?

Il geignait presque. Mais à quoi faisait-il allusion ? Le regard d'Anne-Hélène fouillait le liquide fluorescent. Pourquoi ne sortait-il pas l'objet, s'il tenait tant que ça à vérifier son état ?

Il se retourna vers elle, les traits écartelés d'angoisse et de colère.

— À la Source, que lui as-tu fait ? D'elle dépend le destin de dizaines de personnes ! L'existence de tous ces gens au-dehors, ceux qui t'acclamaient le long de la route, est enchaînée à ce filet d'eau. Alors réponds-moi : qu'as-tu fait pour provoquer ce cataclysme ?

La demoiselle, toujours plus terrifiée à mesure que le baron parlait, s'était réfugiée contre une commode. Sa langueur la quittait doucement – sans doute à cause de la peur qu'elle éprouvait. La gêne au niveau de sa marque, elle, avait bel et bien disparu. On aurait dit qu'elle s'était dissoute dans cette eau si précieuse. La captive jeta un œil à son poignet : la ligne n'avait jamais été aussi fine et délicate. Une personne distraite ne l'aurait même pas remarquée.

Le baron rugit, la faisant sursauter :

— Réponds-moi !

Il n'avait plus rien de l'être civilisé, du bandit rusé ou du geôlier doté de scrupules. Elle retrouvait la bête qui l'avait enlevée par une froide matinée de mars ; le chasseur implacable que les ombres et les frimas avaient engendré. Désormais, elle connaissait cette créature. Elle ne se laisserait pas cueillir comme un oisillon tombé du nid.

— Et que voulez-vous que je vous dise ?! Comment saurais-je quoi que ce soit, puisque j'ignore la nature de votre crachinette, là ?

Il avança d'un pas. Sa silhouette sembla grandir encore, nourrie par sa colère.

— Et que voulez-vous savoir, ma dame ? Vous vous intéressez soudain au domaine que je vous offre depuis plus d'un mois ? Alors sachez que cette Source est maudite, que ces terres sont abandonnées des dieux ! Toutes les personnes qui ont bu cette eau, mangé les fruits et les légumes, les céréales sortis de ce sol – celles et ceux qui se sont nourris des animaux paissant ici, des poissons nageant dans le Calavon –, tous sont condamnés. À plus ou moins longue échéance, ils dépérissent et finissent par mourir. Il n'existe aucun antidote. On peut seulement protéger les étrangers en important les denrées, puis les éloigner le plus vite possible. Mais les enfants de cette terre, les rejetons d'Oppedette sont condamnés dès avant leur naissance. Moi seul peux les sauver. Voyez cet attirail…

D'un geste ample, il désigna le fatras sur la table.

— Du matériel d'alchimie qu'utilisait mon père, et le père de mon père, et tous les mâles de mon ascendance directe. Si on ne peut guérir la malédiction, on peut l'atténuer, la retarder. J'ai appris dès mon plus jeune âge à fabriquer ce remède. Quant à l'ingrédient de base…

Il s'avança encore. Les yeux d'Anne-Hélène roulèrent d'effroi : ce dément avait saisi un grand couteau sur la commode. Craignant pour sa vie, elle se redressa, tenta de frapper le baron. Il la repoussa à sa place. Dans un même mouvement, la paume qui l'avait rejetée se referma sur la lame. Puis, d'un geste sec, Lazare s'ouvrit la main. Le sang coula en une fine rigole, évoquant la marque de l'héritière. Des gouttes tapotèrent le sol. Le baron reprit :

— Nous nous saignons jusqu'à notre mort pour permettre à ces gens de vivre. Ma vie est la leur ; je suis en chacun d'eux, mon esprit rattaché à leur âme comme la galle sur un chêne. Je suis responsable d'eux. Chaque décès est ma faute, et le Seigneur sait que j'en ai déjà un monceau sur la conscience. Personne ne causera plus de famine, de souffrances ni ne peindra les tableaux de ces mères et de ces pères qui enterrent leurs gamins – pas même toi. Ne me fais pas répéter ma question. Je veux savoir quels dégâts tu as pu causer afin d'y remédier sur-le-champ.

En réalité, sa prisonnière n'avait pas écouté ses dernières phrases. Des ombres étranges, aux formes approximatives, mais bien nettes, s'étaient hissées sur le rebord du bassin lorsque l'odeur métallique de l'épais liquide avait envahi l'air. Elle ne les avait pas vues tout de suite. À présent, les premières touchaient presque les bottes du baron. Elle était terrifiée. Une panique sacrée l'envahissait, la menant à puiser dans des ressources qu'elle ignorait posséder. La marche de ces ectoplasmes paraissait inéluctable. Une dizaine d'entre eux se tordaient sur le sol, rampant, tressautant pour atteindre les jambes de Lazare. Celui-ci semblait ne pas les voir. Il se pencha sur elle, menaçant, mais elle fixait ces vers nébuleux qui plantaient leur répugnante gueule de sangsue dans l'aura de leur protecteur.

La nausée la gagnait. Un vrombissement grave emplissait la pièce sans qu'elle parvienne à définir s'il s'agissait des paroles de Lazare, qu'elle ne comprenait plus, ou du flux de ses veines qui bourdonnait dans ses oreilles. D'autres créatures se laissaient tomber du bassin pour venir s'entasser sur le baron. C'était une marée sans fin. Des mains saisirent ses épaules. Elle hurla. On la remit debout. Elle ne sentait que la souillure du fluide rouge sur son bras. Son regard, hanté, se posa sur l'homme qui se tenait à sa hauteur. Elle observa les rejetons de la Source pénétrer son torse, s'emmêler aux fibres de son être. Ils s'intégraient au descendant de Crosne, se fondaient en lui, et leurs fluides coulaient dans son sang. Voilà ce qu'il donnait aux villageois, quel était son précieux remède : le poison lui-même, digéré par une âme humaine !

Les haut-le-cœur revinrent, plus forts. Elle se retourna et s'appuya sur le meuble. La bile forma une flaque à ses pieds. Lazare tenta de nouveau de l'attraper, mais elle bondit en arrière. Sans lui laisser le temps de réagir, elle franchit la porte et la referma, poussant la table aux lanternes contre le battant. Un coup sourd ébranla les planches. Il ne mettrait pas longtemps à les fracasser. Elle s'enfuit. Son souffle devint haletant au bout de quelques mètres ; ses jambes se mirent à flageoler. Elle n'irait pas loin comme ça. Pourtant, tunnel après galerie, elle courait. Les étranges sensations dans ses yeux s'étaient renforcées ; à présent, elle voyait dans les ténèbres vaguement balayées par les luminaires comme s'il s'agissait d'un jour d'orage. Mieux encore : les ombres la guidaient. Pouvait-elle leur faire confiance ?

En réalité, elle n'avait guère le loisir de se poser cette question. Loin dans les souterrains, un fracas se fit entendre. Lazare venait de se libérer. Elle essaya d'accélérer, les poumons en feu, les muscles acidifiés. Elle ignorait où elle était, mais cela faisait une éternité qu'elle n'avait pas croisé de lumière. Des histoires sur ces feux follets qui égaraient les voyageurs pour les noyer dans les marais lui revinrent en tête – mais il n'y avait pas de marais ici... Si ? Pour ce qu'elle en savait ! Le baron avait raison, elle aurait dû se renseigner sur ce village. La peur investissait son crâne. Elle cessa de réfléchir pour se concentrer sur sa progression. Souvent, elle glissait. Un dépôt poisseux avait investi ces segments inusités. Il y eut une porte, ou plutôt une fissure dans un mur – le panneau maçonné d'un passage secret, se dit-elle. Elle s'y coula.

La salle dans laquelle elle venait de pénétrer était une grande chambre depuis longtemps abandonnée. En son centre s'effondrait un lit rongé par les décennies. D'autres pièces de mobilier pourrissaient sur place. Elle fila dans le corridor, entra dans les appartements suivants, ressortit, alla vérifier plus loin... La stupéfaction se mêlait doucement à la peur. Elle était dans un château ! Comment avait-elle pu manquer l'existence d'une pareille bâtisse à Oppedette ? Troublée, elle s'approcha d'une fenêtre et s'y pencha. Un vent glacé fouetta sa gorge, saisit sa poitrine. Aussitôt, elle comprit deux choses : la première, qu'elle n'avait pas vu l'édifice car il était construit dans un gigantesque renfoncement à mi-hauteur du gouffre qu'avait creusé la rivière ; la seconde, qu'elle ne pourrait jamais s'échapper par là. Il lui fallait faire demi-tour.

Elle rejoignit la faille en trottant. Hélas, alors qu'elle passait la tête, le bruit d'une course résonna jusqu'à elle. Le monstre avait retrouvé sa trace ! Elle se jeta en arrière. L'effroi glaçait de nouveau ses veines et ses neurones. Hors de question de risquer une rencontre avec Lazare au détour d'une galerie ! L'étroitesse des tunnels la contraindrait à une proximité répugnante. Elle refusait que cette abomination la touche encore. Il devait bien y avoir une autre sortie… Elle repartit dans les couloirs, traînant la patte. Peut-être qu'en descendant autant que possible les étages, elle pourrait rejoindre les arbres qui avaient bien poussé depuis que la bâtisse avait perdu son rôle stratégique ? Elle craignit de ne pas prendre le bon chemin, mais, très vite, sut qu'elle ne s'égarerait pas – un solide pragmatisme avait guidé la construction du château. Parvenue au niveau le plus bas, elle regarda dans le vide. En effet, des branches s'élançaient jusque-là. Observant à droite et à gauche, elle repéra celles qui s'approchaient au plus près de la paroi. Elles se situaient à une dizaine de mètres plus loin sur sa dextre. Elle rejoignit le corridor. Nouvelle chambre, nouvelle lucarne : c'était la bonne. La ramure raclait les moellons. Tant mieux, elle n'aurait pas à sauter. Elle espérait que ses bras supporteraient l'escalade. De toute façon, elle devait essayer. L'horreur, qui la possédait depuis qu'elle avait vu l'homme – celui qu'elle avait désiré, pour qui son corps s'était échauffé – absorber ces bêtes grouillantes et visqueuses, remonta en elle comme une lame de fond. L'épouvante l'envahit, la rendit folle d'angoisse. Jamais plus elle ne subirait la présence d'une telle aberration ! Ces pratiques abjectes la révulsaient. Elle préférait manger à même le sol avec les chiens plutôt que partager la table de ce quartier de viande piqueté par la vermine. Un son léger troubla le silence. Il s'agissait sans doute des battements d'ailes d'une chauve-souris, mais ce fut plus que ses nerfs pouvaient en supporter. Anne-Hélène se jeta par la fenêtre.

Les branches l'accueillirent. Elle amorça la descente, ses forces fouettées par la pensée du cauchemar qui la poursuivait. Arrivée en bas, elle dévala la pente tant bien que mal. Les pointes de ses bottines s'accrochaient aux ronces et aux tiges souples des lierres. Quelques gros cailloux mal placés la faisaient trébucher. Elle persista : une fois son but atteint, il lui serait plus facile de progresser en longeant la rive. En effet, un sentier informel sinuait là. Elle prit sur la gauche. Mieux valait remonter le courant afin de s'éloigner du village. Les premières minutes dans le noir et le sous-bois détrempé lui apportèrent l'espoir. Elle allait s'en sortir ; elle allait quitter ce repli de la Création oublié des dieux. Puis son pied dérapa. Son corps épuisé chuta dans le vide.

Durant un bref instant, son esprit fatigué se figura que ses talons avaient déchiré le manteau même de la nuit. Elle ouvrit la bouche pour hurler, puis la referma aussitôt. Son réflexe fulgurant la sauva : elle tomba dans l'eau, mais n'en avala pas. Le froid la saisit, plus mordant que le vent d'avril. Le courant l'emportait. Elle n'était pas stupide et n'essaya pas de lutter. Elle se contenta d'un minimum de gestes pour maintenir sa tête hors des flots. Tout allait trop vite, ses pupilles ne parvenaient pas à s'adapter. À la peur du monstre qui la pourchassait s'ajouta celle de prédateurs autrement plus implacables : les remous, les tourbillons, les arbres cachés sous la surface où son pied pourrait se prendre, les rochers affleurants sur lesquels son crâne se fracasserait avec tant de facilité. Et ce froid qui la harcelait, plantant ses aiguilles jusque dans ses organes ! Elle avait de plus en plus de mal à bouger. Les muscles de sa cage thoracique se contractaient, ne laissant guère de place pour l'air. Elle suffoquait, se sentit plusieurs fois glisser dans l'inconscience, mais elle tint bon.

Enfin, les rives s'écartèrent. Le ruban des étoiles se fit plus large au-dessus de son front. Elle quittait les gorges. La rivière devint placide. La fugitive put nager et s'approcher des berges. Épuisée, glacée, elle s'effondra dans la boue. Elle avait du mal à y croire. Elle était sauve ; elle s'en était sortie !

Durant un long moment, elle observa le ciel. Les étoiles avaient disparu, voilées par quelque nuée. Puis, face à elle, la grande flaque de poix se dilua lentement. Une pâleur grise à l'air maladif se répandit comme la gale derrière le village d'Oppedette. L'aube déployait ses guenilles en guise de toile de fond. Les tuiles piquetées de vieillesse, les cheminées qui en sortaient comme autant de verrues se voyaient à peine de là où elle était. Pourtant, Dame !, que les abhorrait-elle !

Elle vida ses bottines, puis se remit debout, péniblement. Le poids des siècles et ses fantômes s'accrochaient à ses épaules. La fatigue et le froid navraient ses pieds, ses jambes, ses bras et jusqu'à ses côtes qui frémissaient sous la chair. La rivière continuait vers le nord. Elle pouvait la longer, ou bien prendre vers l'ouest et escalader la paroi. La meilleure solution aurait été de retourner dans l'eau, mais son corps glacé s'y refusait. De plus, elle avait vu les démons qui reposaient dans les flots ; la pensée de revenir à leur contact provoquait en elle de longs frissons de dégoût. Elle choisit la falaise. Des pistes s'y creusaient, elle n'aurait qu'à suivre l'une d'elles, celle qui semblerait l'éloigner au plus vite de ce lieu.

Au début, il ne s'agissait que de marcher entre de gros rochers. Sous les lueurs du point du jour, elle n'eut aucun mal à repérer le sentier de cailloux clairs au milieu des broussailles. Par la suite, il se divisait en différentes sentes. Elle opta pour la plus abrupte – celle qui l'amènerait au sommet aussi rapidement que possible. Prenant une grande inspiration, la jeune femme débuta l'ascension. Le premier quart d'heure fut aisé. Le chemin serpentait le long de la roche, s'insinuant parfois dans une anfractuosité. Si Anne-Hélène souffrait – la faim et la soif s'ajoutaient chaque minute à ses peines –, ses muscles fébriles tenaient bon et son pas restait sûr. Elle s'en étonnait d'ailleurs. À en juger par l'état de faiblesse dans lequel elle demeurait prostrée depuis des semaines, elle aurait pensé rendre les armes bien plus tôt. De manière étrange et fort angoissante, elle avait l'impression que le contact de sa marque avec l'eau du bassin dans la grotte lui avait fait du bien.

Le vent, qui baguenaudait déjà une brise fraîche et humide, se renforça. Une bruine se mit à tomber. La fugitive avait cru ne pas pouvoir se trouver dans pire situation, mais le souffle de l'air sur sa peau et ses vêtements mouillés contrecarraient les efforts de la marche qui auraient pu la réchauffer. La pluie était agaçante et, surtout, rendait les pierres glissantes. La progression devenait ardue, d'autant que le passage lui-même se faisait erratique. Son tracé disparaissait pour se révéler de nouveau plusieurs mètres devant. L'escarpement se raidissait. Les titanesques écailles de calcaire qui pointaient vers le ciel et qui, formant d'extraordinaires barrières, la protégeaient du précipice avaient mué. La paroi s'exposait nue, aride et dressée.

Anne-Hélène poursuivit. Bien loin au-dessous, le torrent grondait. Les gouttes se faisaient plus serrées, tressant un linge qui gênait sa vue. Enfin, le mur à sa droite fut remplacé par des buttes escarpées de buissons et d'arbrisseaux. Si l'entrelacs de tiges souples et solides, semblables à du fil de fer hérissé d'épines, formait un maillage qu'elle ne saurait traverser – surtout avec une telle pente –, elle profita du fait que la voie s'élargissait un peu pour s'asseoir. Exténuée, dans un état second, elle bascula la tête en arrière et ouvrit la bouche. Cette eau-ci, au moins, n'avait pas été contaminée par la Source ; autant en profiter pour se désaltérer, si cela se pouvait. Les maigres gorgées qu'elle tira des cieux ne l'apaisèrent aucunement. Elle ferma les paupières, juste un instant. Elle se sentait si pesante…

Un éclat de voix.

Elle rouvrit les yeux. Avait-elle rêvé ? Avait-elle, un bref moment, sombré dans les songes pour y découvrir l'écho de sa terreur ? Une phrase entrecoupée par les bourrasques lui parvint. Elle se redressa, le cœur aussi palpitant que celui d'un lapin. On était sur ses traces. Quelle autre raison pousserait des hommes, par un tel temps et à une heure aussi matinale, à s'aventurer sur un sentier brinquebalant ciré par la pluie ? L'affolement rejaillit dans sa poitrine ; l'angoisse lui serra la gorge. Elle reprit sa route d'un pas précipité, qui devenait plus hasardeux au fur et à mesure que le bruit de ses poursuivants se rapprochait. Elle courait presque. Les cailloux roulaient sous ses pieds. Les semelles lisses des bottines interdisaient tout espoir d'adhérence, lequel aurait été fort secourable dans ces circonstances. Elle n'en pouvait plus. Elle n'irait guère loin ainsi, et les veneurs seraient bientôt sur elle. Elle devait trouver une cachette. À sa dextre, les hautes broussailles lui barraient le passage ; les arbres rares et chétifs qui poussaient là, tordus par les rais sévères du soleil estival, ne suffiraient pas à la masquer. En revanche, à sa senestre, le prochain coude du chemin s'évasait en une structure à deux niveaux. Celui qui dominait le canyon était plus bas d'une taille d'homme, rompue en une sorte de haute marche. Elle pourrait descendre s'y pelotonner bien serrée contre la roche ; les gredins qui la traquaient n'y verraient que du feu !

Aussitôt pensé, aussitôt parcouru : avec moult précautions, la jeune femme se laissa glisser le long de l'échelon, récoltant un champ d'égratignures sur son torse, son ventre et ses cuisses. Elle se terra là, nichée contre les arêtes de calcaire aussi blanches et abîmées qu'un vieil os aux fibres creusées par les zéniths. Elle calma son souffle, tendit l'oreille. Le petit groupe se rapprochait. À son grand soulagement, elle ne perçut aucun aboiement. Aussi étrange que cela puisse paraître, ils semblaient ne pas avoir pris de chiens avec eux. Hélas, ce répit au creux de son inquiétude fut de courte durée.

— Anne-Hélène ?

Elle tressaillit. Sur l'ivoire de ses joues, les larmes se mirent à couler sans qu'elle y songe.

— Anne-Hélène, je sais que vous êtes là. Je vous en prie, ne bougez pas : vous risqueriez de tomber. Nous venons vous chercher.

Ses pleurs devinrent nerveux. Tous ces risques encourus, ces souffrances et ces peurs pour se voir à nouveau captive de ce monstre ! Ses dents s'entrechoquaient. Elle sanglotait, aveugle à ce qui se déroulait autour d'elle. Le baron continuait de parler, mais elle n'écoutait plus. Elle jeta un regard au-dessus d'elle. Il se tenait là, surplombant sa proie et la petite plate-forme qui l'abritait. Elle fit un pas en arrière, puis un autre. Une poignée de graviers, déplacés par ses gestes, roula en direction du précipice. Elle essayait de ne pas y penser. Une réflexion, insidieuse, se faufilait dans son esprit. Sur le coup, elle l'ignora, mais son instinct était tenace. Enfin, elle remarqua que son tortionnaire ne s'adressait pas à elle. Son regard passait par-dessus son épaule. Il parlait à une personne située derrière – mais il n'y avait que le vide à cet endroit-là... Non ?

Avec une lenteur figée, elle entreprit de se retourner. Les paroles de Lazare l'atteignirent soudain.

— Non, ne la regardez pas ! Héritière de Varages, regardez-moi, moi ! Ne faites pas ça. Non ! S'il vous plaît, ne la regardez pas, je vous en prie !

Son mouvement ne s'arrêta pas. Tout au plus trouva-t-elle étrange qu'il l'interpelle de cette façon. Puis elle comprit.

Irréel, flottant au-dessus du gouffre, son propre spectre l'observait : la funeste peinture de sa mort. La silhouette éthérée la fixait de ses yeux bleus trop clairs, comme si le trépas les avait voilés. Il y eut un bruit dans son dos, mais elle n'y prêta pas attention. La forme translucide et vaporeuse s'approcha d'elle. Soulevant son linceul, elle lui tendit la main. Son visage paraissait si calme, si confiant... Comme elle aurait souhaité arborer une telle sérénité !

Anne-Hélène avança d'un pas.

Et tomba dans l'abîme.

Chapitre 20

Sans ailes, sans plumes, je vole
à ta recherche. Je suis devenu un pétale
de rose et tu es comme le vent pour moi.
Emporte-moi pour une chevauchée.

RUMI

Lazare sauta.

À l'instant où ses pieds quittèrent le sol, il sut que ce n'était pas le fait de tenir une corde à pleine paume qui stopperait leur chute. Elle lui échapperait avec le choc. Il l'enroula autour de son poignet en deux rotations. Dans le même temps, il tendait la main droite vers Anne-Hélène. Son regard ne la quittait pas. La bouche de la jeune femme formait un O, comme si elle était surprise de découvrir qu'elle tombait – ou qu'il eût bondi à sa suite ? Il serra les dents. Ses doigts frôlèrent la chemise de nuit flottant au vent. Il aurait l'épaule déboîtée ; il espérait surtout que l'articulation ne lâcherait pas – auquel cas, ils finiraient tous les deux au fond du canyon. Son bras passa dans le dos de la demoiselle, l'attira contre lui. Ses jambes enserrèrent sa taille. Il la tenait. Une secousse violente lui trancha le ventre. Un voile noir obscurcit sa vue. Surpris, le souffle coupé, il lutta pour ne pas s'évanouir. Sa deuxième main, inutile sans qu'il sache pourquoi, se referma sur Anne-Hélène. Celle-ci se reprit enfin. À son tour, elle enlaça son torse et attrapa ses propres poignets pour verrouiller sa prise.

Suspendus au cœur des gorges, entourés de vacuité et de vent, ils oscillaient tous les deux au bout d'une corde attachée à la ceinture du baron. Là-haut, un Hémont ravi souriait de sa prévoyance.

Les hommes hissèrent leur seigneur et sa dame jusqu'à la plate-forme. Trois d'entre eux, dûment encordés, se pressèrent pour leur permettre de regagner le sentier. Lazare avait du mal à recouvrer sa respiration. Le docteur se pencha sur lui. Il le repoussa.

— Anne-Hélène… éructa-t-il.

Le savant haussa les épaules et s'exécuta. De toute manière, s'il parvenait à parler, c'était bon signe. La fugitive semblait ne pas avoir tous ses esprits. Néanmoins, elle réagissait à sa voix et au doigt qu'il passait devant ses yeux. Le couple d'apprentis Icare s'en tirait mieux que ce qu'il craignait. Il soupira, puis ordonna qu'on ramène ces deux fadas à la bastide. Jacquot, le plus fort de l'équipe, prit la demoiselle sur son dos. Deux autres entourèrent le baron et l'aidèrent à marcher. À dire vrai, sur les cinquante premiers mètres, ils durent le porter aussi, ses pieds traînant dans la caillasse. Puis Lazare réussit à retrouver l'usage de ses jambes. Tous ses muscles à partir du bassin lui avaient fait défaut après le choc qui l'avait quasiment scié en deux. Il espérait que ses intestins n'étaient pas réduits en charpie, qu'un de ses organes n'avait pas éclaté, ou que savait-il d'autre encore ? À ses côtés, Hémont l'observait du coin de l'œil. L'homme de science non plus n'était pas tranquille.

— Nous allons regagner Oppedette le plus vite possible. Au gué, on aspergera d'eau du Calavon votre ventre et vous en boirez un peu. Ce sera moins efficace que les flots purs de la Source, mais ça nous donnera un peu d'avance sur les éventuels dégâts subis par vos entrailles.

Le baron hocha la tête.

— Très bien.

Il se tourna vers la silhouette inanimée que portait Jacquot. L'un des gars avait recouvert le corps à demi nu de sa veste : David, comprit-il en parcourant la petite troupe du regard. Puis son attention revint à Hémont.

— C'est toi… pour la corde ?

Il avait dérapé sur le tutoiement sous le coup de la gratitude. Le savant eut l'air gêné. Il se gratta le crâne avec un petit rire fiérot.

— Disons que je le voyais venir gros comme une maison. Alors, pendant que tu parlais aux courants d'air, j'en ai profité pour t'attacher notre plus longue pelote à la ceinture.

Lazare prit un air grave.

— Ce que tu as fait, peu de gens hormis ceux d'Oppedette l'ont accompli pour moi. Les hommes qui nous entourent le savent désormais. C'est bien peu de chose qu'un hameau maudit, mais considère-le comme ta demeure. Si tu as besoin d'aide, d'un lit, ou d'une pitance, nous répondrons présents.

Les gars approuvèrent dans un murmure. Les joues du docteur se colorèrent.

— Merci…

Lazare ne lui laissa pas le temps de bredouiller davantage.

— Comment va-t-elle ? Est-ce qu'elle a été contaminée ?

Les sourcils blonds se froncèrent dans une mine sérieuse.

— Je ne saurais te répondre, ni pour l'une ni pour l'autre. Il s'est passé quelque chose en elle lorsqu'elle a touché la Source à même son berceau, c'est certain. En me basant sur mon simple ressenti… Disons qu'une conviction me taraude et insiste sur les similitudes que je perçois entre son état et les œuvres auxquelles je m'adonne. Il y a de l'alchimique en elle, une forme de transmutation philosophale. Aussi surprenant que cela puisse paraître, le contact avec cette eau lui a fait du bien. Enfin, ce n'est que mon opinion. Les analyses parleront plus sûrement. Ma théorie est que, de façon similaire à l'élément positif créé par l'addition de deux substrats négatifs, sa malédiction a été atténuée lorsqu'elle a rencontré celle de ces gorges. Quant à une potentielle contamination, il va falloir attendre les résultats de ses tests sanguins.

La démarche de Lazare s'était améliorée durant leur échange. Il souffrait, mais aucune de ses douleurs n'évoquait, à son sens, une hémorragie interne. Il ôta l'un de ses bras des épaules de Luc, ne s'appuyant plus que sur l'homme à sa gauche. Le sentier devenait trop étroit pour permettre à trois personnes de manœuvrer, de toute manière. Il saisit le poignet d'Hémont.

— J'entends. Mais pour le reste ?

Son ami secoua la tête.

— Elle n'est plus vraiment avec nous. Elle ne va ni mal ni bien. Son esprit a besoin de se reposer. Dormir ne pourra que lui être bénéfique ; je lui administrerai un somnifère dès qu'on sera rentrés. Hélas, quant à son état lorsqu'elle se réveillera… Je ne peux porter aucune garantie. Tu as sauvé son corps, certes, mais pour son âme, elle seule est en mesure de l'infléchir.

Le docteur et le baron reprirent leur marche. Après maints efforts et précautions, ils rejoignirent le fond des gorges. Le vent avait faibli, mais la pluie s'en donnait à cœur joie. Ils étaient trempés et chacun avait plusieurs glissades et trébuchages à son actif. La rivière avait enflé, leur permettant tout juste de la franchir à pied. Lazare s'y attarda, sentant avec soulagement l'eau s'infiltrer par ses pores et le pénétrer, guérir ses plaies. Anne-Hélène, à l'inverse, avait été transportée avec un luxe de prudence. Elle n'avait pas touché les flots – ce qui s'avérait un réel exploit, vu le gabarit atteint par le Calavon. La petite troupe gagna la bastide. À son passage, des villageois se pressaient contre elle. Ils venaient aux nouvelles, inquiets de voir leur seigneur dans une telle faiblesse. Son visage, d'ordinaire fermé et distant, était altéré par l'anxiété.

Guidé par Luc, Jacquot parcourut les couloirs de sa démarche de géant. Ses bras berçaient le frêle corps de cette femme belle, si belle, qu'une pâleur exsangue rendait semblable aux statues de la Madone. Il la déposa doucement dans son lit, puis sortit de la chambre après un dernier regard. Hémont le remplaça aussitôt. Armé d'une seringue, il ponctionna un peu de sang à sa patiente, lui donna ensuite à boire l'une de ses potions. Il fallait croire que la mixture était efficace puisque le visage d'Anne-Hélène se détendit derechef ; une minute plus tard, sa respiration était devenue lente et profonde. Il contrôla encore son pouls, tenant son poignet des deux mains là où les médecins ordinaires n'en utilisaient qu'une. Comme Lazare pénétra dans la chambre sur ses entrefaites, il prit le temps de l'ausculter également. Bien sûr, il aurait préféré le houspiller jusqu'à ce que le baron aille se reposer lui aussi, mais l'éminent scientifique avait très vite saisi que, non, il n'y aurait pas moyen de lui faire quitter les lieux. Il était déjà bien heureux que cet amoureux transi ait songé à changer de vêtements.

Le faisant à moitié s'étendre dans la bergère où il s'était installé – « effondré » serait une description plus juste de son mouvement –, le docteur palpa son ventre, cherchant à repérer par-delà la ceinture abdominale les lésions qui auraient pu éclater à cause du choc. À chacune de ses pressions, il demandait à son patient s'il avait mal et la nature exacte de ses sensations. Concentré, il repoussa l'une de ses mèches dorées qui venait lui chatouiller le front, puis sourit enfin.

— Bon, aucune séquelle grave en vue. Je te conseille quelques visites chez un rebouteux qui te remettra les intestins en place, voire les lombaires, mais tu ne devrais pas en mourir. Cela aurait été dommage, quand même ! Je vous en supplie, évitez de nous la jouer Pyrame et Thisbé, la petite demoiselle et toi.

Il rabattit la chemise et aida le baron à se redresser.

— Merci, Hémont.

— Ce n'est rien. Sur ce, je m'en vais, j'ai un échantillon à analyser.

Il partit en laissant dans la pièce un dernier sourire aux extrémités pointues, de cet air mutin et enjoué qui réchauffait les cœurs.

Lazare se releva. Il boita jusqu'au chevet de son amante. Les paroles de l'alchimiste le rassuraient car, s'il avait beau donner le change pour ne pas inquiéter ses gens, la secousse l'avait tout de même rudement cambré. Ici, à l'abri des regards, il pouvait abandonner le masque et traîner franchement la patte. Il tomba à genoux. Ses mains saisirent celles de l'endormie. Ses lèvres se posèrent dessus.

— Je te prie de me pardonner. Tu as touché le cœur de ma vie, et je n'étais pas prêt. Je n'ai même pas compris qu'elle t'avait adoptée, j'ai juste eu peur, comme…

Comme chaque fois, ajouta-t-il sans en souffler les mots. Comme de ces rats que des chats aussi gros que des marcassins débusquaient de sa demeure ; comme des ténèbres que ses yeux transperçaient, à présent qu'il avait prêté allégeance à la Source. Il avait passé son existence à fuir ses cauchemars, à les repousser par-delà les murs qu'il bâtissait. C'était devenu un tel réflexe que lui, le calculateur, le machiavélique aux sentiments montés en engrenages dont les valeurs se disposaient sur une balance, avait réagi par instinct : chasser le danger, éliminer la menace. La rage pourpre qui l'avait envahi n'avait d'égal que ses hurlements d'enfant, lorsque les rongeurs mordaient ses bras, ses orteils, ses joues – cherchaient à le dévorer vivant. Quelqu'un s'était approché du bassin qu'il avait juré de protéger, duquel dépendait le destin de tous ceux qui lui étaient chers. Cette personne en avait frôlé l'onde, déclenchant un tel cataclysme que les entrailles de la colline en gémissaient encore. Il aurait pu frapper le blasphémateur ; il s'était vu la saisir à la gorge, lui faire rendre l'âme et son secret. Il ne savait toujours pas ce qui l'avait retenu. Oh, il avait bien une petite idée, mais il avait vu trop d'horreurs et de perfidies pour croire au pouvoir de l'amour.

Et pourtant… Il avait sauté de la falaise.

L'homme lâcha les mains de sa promise et les observa – mais son regard partait loin derrière. L'avait-il réellement fait ? Il se passa les paumes sur le visage. Il savait qu'il aurait peur, plus tard. Il devinait que ses nuits se teinteraient d'un nouveau cauchemar. Il ne regrettait rien. Là-haut, devant le précipice, alors qu'il tentait en vain de négocier avec le spectre de la mort, il avait compris qui était réellement Anne-Hélène : non une récompense des dieux, ni un cadeau de la Source. Elle était sa rédemption, une main tendue qui le sortirait des sables mouvants. Il s'y enfonçait depuis si longtemps que les grains occultaient ses yeux, ses narines. Grâce à elle, il verrait enfin le jour, marcherait vers un avenir… Elle était l'espoir.

Lui serait une promesse : celle de ne jamais la laisser tomber.

*

Le lendemain, le baron était toujours en vie, ce qui corroborait le diagnostic d'Hémont. Anne-Hélène aussi s'était réveillée, et semblait même plus animée qu'elle ne l'avait été depuis son arrivée au village. Ses grands yeux étaient vifs, son maintien ferme… Jusqu'à sa carnation ivoirienne qui arborait de tendres reflets de crocus roses.

La première fois qu'elle avait posé son regard sur lui, elle avait tressailli et marqué une gêne compassée. Lazare était parti en conjectures, mais il y avait tant de raisons pour lesquelles elle pouvait se sentir mal à l'aise… Il préférait se concentrer sur ses visites suivantes, où elle l'avait accueilli avec un maigre sourire. Dès le jour d'après, elle quitta le lit et arpenta la bastide. Le troisième matin, elle insista pour visiter le bourg. Il n'y avait pas grand-chose à voir et ils en eurent vite fait le tour, mais son excursion ravit les Oppedetois. Nombreux furent celles et ceux qui vinrent lui glisser un mot sur la joie qu'ils avaient à la découvrir en bonne santé. L'héritière des Varages répondit à chacun avec la dignité et le charme qu'elle avait mis en œuvre dans son propre domaine. Le baron en était étonné et ravi, mais ne pouvait se départir d'une bonne dose de perplexité. Pour quelles raisons la belle avait-elle soudain retourné sa veste ?

Suspicieux, il s'en ouvrit à l'alchimiste alors que celui-ci venait lui annoncer les résultats des procédés appliqués sur l'échantillon de sang. Il s'avérait qu'Anne-Hélène était toujours innocente. Aucun miasme n'entachait ses veines ; la malédiction l'avait épargnée. Pour fêter cette heureuse nouvelle, le baron avait proposé à son ami un verre de whisky. Ils avaient pris place de part et d'autre de la fenêtre, appuyés sur le chambranle. Dans le petit jardin accolé à la demeure, la jeune femme virevoltait d'un bouquet de ciboulette au pied d'un rosier. Depuis qu'elle avait appris qu'Hémont, en plus d'épurer l'eau qu'elle consommait, ajoutait à sa nourriture une médecine qui empêchait les particules maudites de s'attacher à son organisme, elle s'adonnait avec passion au pauvre reliquat de pousses à moitié décharnées. Elle semblait décidée à rendre leur vigueur aux pitoyables plantes abandonnées par les habitants de la bastide, Luc compris.

Ce dernier se faisait d'ailleurs de plus en plus discret. Lazare soupçonnait que son serviteur lui demanderait bientôt son congé, même s'il ne comprenait pas les raisons qui le motivaient. La roue tournait, le temps modifiait son cours. Néanmoins, le seigneur n'était pas tranquille. Non qu'il craignît que son invitée ne s'échappât de nouveau. La réaction en chaîne que cette dernière avait provoquée, cette fameuse nuit, avait créé un lien indéfectible entre eux : désormais, le comte déchu pouvait la suivre à la trace. Il sentait sa présence aussi sûrement que si son cœur avait été transporté hors de son corps, les veines le reliant toujours à sa poitrine. Son amante ne semblait pas en avoir conscience – en tout cas, elle ne s'en était jamais ouverte à lui. Et c'était bien là que le bât blessait.

À quel point jouait-elle la comédie ? Dans quels buts ? Elle ne lui parlait jamais que de détails – tel aménagement pour le potager, tel enfant malade au village. Bien sûr, il était heureux qu'elle s'implique autant. Une telle attitude apparaissait comme un engagement tacite à demeurer ici, une fois l'année écoulée. Mais si le seigneur d'Oppedette était comblé par les capacités qu'elle révélait chaque jour, l'homme s'épuisait à guetter un signe, une marque de complicité. Ce silence le rongeait. Elle ne lui avait même pas accordé la possibilité de lui présenter ses excuses – elle l'avait interrompu dès qu'elle avait saisi ce que cachait son ton penaud. Aussi se résolut-il, en cette fraîche après-midi de mai, à demander conseil au seul camarade auprès de qui il osait exhiber ses doutes.

— Comment veux-tu qu'elle s'ouvre à toi si elle ne sait pas ce que tu ressens ?

Il le fixa, incrédule.

— J'ai sauté dans un précipice pour la sauver. Le message est clair, non ?

— C'est là où la raison n'a plus cours – et où tu te goures. Crois-tu être le seul à avoir peur de t'engager, et pire, de te tromper ? Un instant, tu bondis à sa gorge et le suivant, tu te jettes tête la première du haut d'une falaise pour la saisir au vol. Entre elle et toi, ce n'est pas la demoiselle qui fait figure d'inconstante. Au contraire, j'ai l'impression qu'elle sait très bien où elle veut aller, mais qu'elle a besoin que tu lui ouvres la barrière.

Le docteur ponctua sa phrase d'une longue goulée de liquide ambré. Ses paupières étaient mi-closes, pourtant ses iris aux feux d'absinthe, trop étincelants pour être honnêtes, scrutaient les réactions de son ami. Il jouait comme d'un art consommé au décryptage des émotions. Guetter celles d'un bluffeur tel que le baron, malandrin et trafiquant notoire, avait ce charme épicé d'une partie incertaine. Lazare se décida enfin.

— Je comprends. Nous attendons tous les deux le premier pas de l'autre, en somme.

— C'est cela, ronronna l'herboriste.

— Et arrive le moment où tu vas me conseiller quelque galéjade romantique pour l'entretenir de ma flamme.

— Ma parole, mais te voilà devenu un chantre de l'amour courtois ! se gaussa-t-il.

La pique ne parut pas si drôle à l'apprenti joli cœur. Il fronça les sourcils, prenant triste mine et n'amenant que plus d'hilarité sur celle d'Hémont. Devant les rires redoublés de son camarade, il hésita un instant, puis haussa les épaules.

— Sinon, que me conseillerais-tu ? Bouquets de fleurs, sérénades à son balcon, bijoux à foison ? Je n'ai plus l'âge pour ces gamineries.

— Dommage, c'est tellement toi, ça… Trêve de plaisanteries, je ne dis pas que des fleurs ou une attention de temps en temps ne lui feront pas plaisir, mais vous avez effectivement passé le temps des breloques et des naïvetés, tous les deux. Qu'est-ce qui, à toi, te donnerait à la fois l'impression de te rapprocher d'elle et du plaisir à l'accomplir ? L'aider au jardin ? Une lecture commune ? Admirer l'architecture d'une église ou d'un patelin du coin ?

Si une discrète grimace avait plissé les traits du baron lors de la première suggestion et s'était agrandie avec la deuxième, la dernière balaya sa moue. Il afficha cet air neutre et vaguement menaçant qu'il avait lorsqu'il réfléchissait.

D'un geste brusque qui fit sursauter son invité, il se redressa. De grandes enjambées le conduisirent à son bureau, d'où il tira une carte de la région. Il se plongea dans son étude, ses lèvres remuant en silence alors qu'il comptait le nombre d'heures que prendrait un trajet.

Avec son habituelle mimique retroussée aux coins, Hémont posa son verre sur un guéridon et lança un :

— Je te laisse, j'ai encore du travail.

Le baron releva la tête.

— Oui, bien sûr. Merci pour tes conseils.

— À plus tard !

L'alchimiste n'obtint aucune réponse, son poulain étant déjà reparti dans ses savants calculs pour gagner les confidences de sa belle. Le cœur gonflé de fierté à le voir en si bonne voie et à ce point impliqué, il quitta la pièce, son sourire plus large encore.

Ce soir-là, Anne-Hélène rentra avec une brassée de juliennes serrée contre sa poitrine. Leur floraison avait été tardive cette année – comme pour de nombreuses cultures. Il commençait à se murmurer, en France et au-delà, que les récoltes ne seraient guère fameuses. Certains esprits chagrins voyaient déjà fondre sur eux le spectre de la famine. Néanmoins, pour l'instant, il ne s'agissait que d'un bête retard du printemps. L'héritière des Varages, faisant honneur à son nom et à la réputation de sa mère, avait tout de même tenu à revoir la répartition et le type de plantations concernant celles pour lesquelles il était encore temps. Les Oppedetois l'avaient très vite adoptée et se montraient plus que ravis de recevoir l'aide d'une personne qui s'intéressait à eux et savait ce qu'elle faisait. Parfois, Lazare se sentait un peu jaloux du lien qui se tissait entre les villageois et la femme qu'il aimait. La primeur de ce privilège aurait dû lui revenir. Il était cependant heureux que ses gens trouvent en elle une dame attentionnée et bienveillante, sur laquelle ils pouvaient compter. Ils n'avaient été que trop peinés d'avoir un seigneur rongé par la culpabilité. Toutefois, pouvaient-ils réellement miser sur elle ? Lazare regarda, songeur, la femme glisser son bouquet dans un vase. Davantage que bienvenues, les certitudes étaient désormais nécessaires.

Sentant un regard sur elle, la demoiselle se retourna. Elle lui sourit. Ses lèvres avaient la même teinte que les fleurs délicates. Celles-ci, comme autant de gouttes de rosée sur les ajoncs du petit matin, parsemaient des tiges dotées d'une toison éparse et claire. Elles s'ouvraient en quatre pétales semblables aux langues des chatons. Le calice formait un long goulot qui disparaissait sous l'éclat violacé de nervures bien dessinées. La fraîcheur scintillante qu'arboraient les sommités emplissait la pièce de tintements de grelots. Les plantes parlaient de gaieté et de jeunes filles rosissantes ; de fêtes de mai à danser, des rubans multicolores dans les cheveux. Elles devisaient de l'adolescente qu'Anne-Hélène avait été, il n'y a pas si longtemps, et de son innocence qu'il avait contribué à éteindre en elle.

Il y avait eu cette broche au message trop obscur ; l'enlèvement à cheval, dont les sabots avaient piétiné aussi bien son honneur que ses sentiments. Il ne pourrait jamais racheter le mal qu'il lui avait fait. Il ne serait pas son vigoureux et pimpant cavalier du bal de mai. À cette pensée, son cœur se serra. Sans réfléchir, il cueillit une fleur et la piqua dans ses cheveux.

— Après-demain, nous partirons en excursion. J'aimerais vous montrer un lieu que je fréquente afin de me ressourcer, non loin de la Durance. Le voyage durera deux jours. Est-ce que l'idée vous sied ?

Surprise, ne sachant que dire, elle baissa le front puis le releva. Il lui sourit.

— C'est parfait. J'espère que vous éprouverez autant de plaisir que j'en ai eu à découvrir cet endroit.

La mâchoire de la femme s'affaissa sous le coup de la stupéfaction. Elle se reprit aussitôt et fit un petit signe de tête. Certes, il avait bien conscience qu'il affichait rarement ses émotions – sa joie moins encore –, mais quand même…

Sa vexation ne dura pas. Elle avait accepté, c'était le principal. Et il avait pu, du bout des doigts, caresser une de ses mèches… Elle se détacha de lui et retourna disposer les tiges. Il repartit en direction de la fenêtre et s'y posta. Son regard semblait perdu dans le lointain ; en réalité, il observait le reflet gracieux d'Anne-Hélène.

Elle était si belle, avec le nacre de cette julienne agrafé à la nuit de ses cheveux. Ses paupières baissées lui donnaient un air modeste que démentait l'efficacité de ses gestes. Soudain, ses pupilles, ricochant sur la vitre, dardèrent leur charbon sur les yeux du baron. Ceux-ci changèrent de cible, mais trop tard. Elle savait qu'il l'avait lorgnée. Il ne lui restait plus qu'à souhaiter qu'elle en soit davantage flattée qu'effrayée. Il soupira. Les conversations s'annonçaient difficiles. Mais bon, lui qui avait toujours su tirer son épingle du jeu et se positionner en négociateur n'allait pas se laisser intimider par une simple balade sans prétention ni ambition aucune, hormis se rapprocher un peu de cette personne qui était si avenante avec quiconque autre que lui… Si ?

Chapitre 21

Et la chaleur aura raison des égoïstes
Leurs sens atrophiés n'y résisteront pas
J'entends le feu parler en riant de tiédeur
J'entends un homme dire qu'il n'a pas souffert

Dit de la force de l'amour, Paul ÉLUARD

Le voyage n'avait pas été désagréable. Ils avaient déjeuné vers les onze heures et étaient partis sitôt le repas terminé. Les dénivellations s'étaient enchaînées ; maintes fois la route avait grimpé une colline pour piquer derechef vers des replis de champs et de forêts. Quand le terrain le permettait, Anne-Hélène se plongeait dans la lecture de traités concernant les cultures – larges plantations ou petits potagers. Elle envisageait d'un œil toujours plus inquiet le froid qui s'attardait et avait même augmenté ces derniers jours. Espérer de nouveau en un avenir l'avait raccommodée avec ses anciennes pratiques. Mais à présent, sa voie était toute différente. S'il lui arrivait de caresser les Puissances par ses mains et ses mots, elle engendrait une œuvre plus subtile. La magie jaillissait en harmonie avec les plantes et la nature. Elle suivait le cours de la sève et c'était en tressant des branches, en écoutant les herbes chanter leur amour de tel ou tel coin de terre, en nouant des rubans et des bris de miroir qu'Anne-Hélène usait de son Art. Suivant l'usage des paysans bien avant sa naissance, elle laissait des coupelles de lait et de bière pour les lutins des jardins – d'autant que ces dernières avaient la double utilité de tuer les limaces.

Enfin ! Tout cela était bien beau, mais ne remplaçait pas la science. Aussi s'appliquait-elle, consciencieuse, à ces épais volumes au savoir engoncé dans une terminologie à la complexité frivole et vaniteuse. Quand se pressaient tournants et boucles serrées, lors desquels le balancement de la berline coupait court à son activité, le baron tirait des cartes et lui apprenait à jouer à la bataille et au mistigri.

Le seul nuage à porter son ombre sur leur trajet avait été le moment où ils avaient longé le Petit Trianon provençal, ce château de Sauvan qui avait scellé leur destin à tous deux. Les mains de la demoiselle s'étaient alors crispées, sa mâchoire serrée. Durant tout ce temps, elle avait senti l'attention de Lazare sur elle, bien qu'il feignît de regarder ailleurs. Sans doute se demandait-il pourquoi elle ne bondissait pas hors du véhicule pour s'enfuir loin de lui et du fléau d'Oppedette. Si elle avait surgi au milieu des rues de Mane, appelant à l'aide et l'accusant de son enlèvement, il lui aurait été pratiquement impossible de la récupérer. Il garda sa question pour lui ; elle-même n'aurait su quoi lui répondre, n'étant pas au clair avec ses propres raisons.

Passé Forcalquier, la route se poursuivait dans le giron de cette grande vallée de la Durance. Très vite, Anne-Hélène s'absorba dans ses encyclopédies de botanique. Le baron en prit son parti et feuilleta le journal. En fin d'après-midi, ils parvinrent sur les rives de la rivière. Lazare se pencha vers elle, l'interrompant dans ses études.

— Nous ne sommes plus très loin, mais la dernière partie de notre voyage sera ardue pour les chevaux. Nous pourrions leur laisser récupérer des forces pendant que nous-mêmes prendrions une collation près de l'eau, qu'en dites-vous ?

Elle sourit poliment et sentit les muscles de son visage lui tirer. Ses yeux, surtout, étaient fatigués de ces heures de lecture.

— Cela me fera le plus grand bien. Je vous remercie pour cette attention.

Il lui sourit à son tour, d'un air un peu gauche, comme s'il ne savait pas quelle intention donner à sa mimique. Puis il se pencha hors de l'habitacle pour confier ses instructions au cocher. Alors qu'il se tenait face à elle, le corps en extension, les muscles de son torse et de ses épaules contractés sous le tissu pour résister aux cahots du chemin, la demoiselle sentit son cœur s'affoler et le rose lui monter aux joues. Elle n'était pas assez benoîte pour ignorer la cause de ses palpitations, mais l'impétuosité de son désir la surprenait. Elle se mordit les lèvres. Une violente envie de saisir le baron par ses hanches et d'embrasser son ventre la taraudait. De manière fort heureuse, il se coula de nouveau sur son siège. Elle avait déjà remarqué la souplesse de ses mouvements, mais s'étonnait d'envisager quel effet cela aurait de se cambrer sous son poids, de mêler ses jambes aux siennes au creux de leurs ébats. Elle rougit davantage. Ne sachant que faire pour masquer son trouble, elle lança la discussion sur un sujet embarrassant. Ainsi, espérait-elle, le réel motif de son empourprement passerait inaperçu.

— Vous êtes-vous remis de vos blessures ?

Il la regarda sans comprendre. Elle reconnut par-devers elle qu'elle y avait été de façon un peu brusque.

— Excusez-moi, je n'ai jamais eu la délicatesse de m'en enquérir… Lorsque vous avez sauté de la falaise pour me rattraper, vous avez dû être blessé. Vous n'avez pas l'air de trop en souffrir, vous avez donc guéri rapidement ?

Son visage se ferma. Il la jaugeait. Elle commençait à reconnaître la tête qu'il faisait dans ces situations-là. Ça ne l'arrangeait pas. Elle décida de pousser un peu plus loin.

— Est-ce la Source qui vous a remis sur pied ?

Son expression devint totalement hermétique. On pouvait presque sentir la chape de glace qu'il dégageait par son mutisme et son regard. Puis quelque chose changea. Sa figure se troubla, la tiédeur revint. Anne-Hélène n'aurait su dire ce qui venait de se passer – elle savait juste que ce n'était pas de son fait.

— En réalité, la chute ne m'a pas tant abîmé que ça, commença-t-il d'une voix incertaine. La chance était avec moi, et elle avait pour nom Hémont. J'aurais dû vous en parler avant, mais il vous a sauvé la vie autant que moi – il nous a sauvés tous les deux. Quant aux quelques désagréments qui ont procédé de ce… cet incident, vous avez raison : la Source m'a bel et bien aidé à y faire face et à recouvrer la santé. C'est un des privilèges qu'elle m'octroie, avec une excellente constitution, un vieillissement ralenti, la capacité de voir la nuit et celle de, parfois, percevoir des choses auxquelles les autres humains sont aveugles.

La demoiselle resta pantoise devant cette déferlante de révélations. Elle qui ne songeait qu'à détourner son attention… Et Lazare n'en avait pas terminé, même s'il affichait une mine réticente.

— Dernièrement, une disposition s'est ajoutée à cet attirail. Depuis votre venue dans le laboratoire, je peux sentir votre présence. Je sais vous situer sur plusieurs centaines de mètres. Veuillez me pardonner, je me rends bien compte que mes paroles ont des airs de menace, mais croyez-moi, je cherche surtout à être honnête avec vous.

Là, elle en tombait des nues.

— Vraiment ? fut tout ce qu'elle trouva à répondre.

Un frisson glacé la parcourut. Allait-elle chuter de la coupe de sa mère à celle de cet homme ? Elle qui, il y a quelques mois à peine, n'aspirait qu'à la liberté…

Il la fixait, attendant visiblement une réponse.

— Quoi donc ? demanda-t-elle sur un ton peu amène.

— Vous-même… N'avez-vous pas pareille aptitude à mon égard ?

— Aucunement !

Sa voix était devenue cinglante. Le comte déchu se claquemura aussitôt.

Les quelques minutes de trajet jusqu'à la Durance se firent dans un silence pesant et amer. Elles furent suffisantes, toutefois, pour permettre à Anne-Hélène de réaliser qu'elle avait menti. Car si ces péripéties dramatiques avaient offert à Lazare le don de la localiser, elle aussi savait désormais le situer plus clairement qu'il ne pouvait se désigner lui-même. La Source lui avait révélé l'âme de son gardien. Et si la première vision lui avait fait horreur, la seconde, la plus profonde et la seule qui comptait, avait banni toute frayeur. Lors de son saut de l'ange, le voyant se jeter à sa suite, elle avait reçu cette fulgurance que formaient parfois les concrétions d'intuitions prises dans les moments charnières de nos existences. Elle avait cru à une épiphanie subite, mais à présent qu'elle y réfléchissait, elle n'était plus très sûre de l'origine de cette révélation. Et, en y songeant bien fort, il y avait autre chose, comme un verrou qui aurait sauté dans sa mémoire…

La berline s'arrêta. L'héritière des Varages, toujours aussi vive, ouvrit la portière et bondit à terre avant de comprendre que ce n'était pas là un comportement séant. Son hôte sortit derrière elle. Il ne fit aucune insinuation, ne sembla même pas remarquer son inconvenance. Il fallait lui reconnaître cela : jamais il ne l'avait traitée comme un bibelot fragile. Il y avait bien eu l'épisode de la broche, pourtant... Se serait-elle fourvoyée quant à sa signification ? Alors que le domestique installait une couverture sur les galets et apportait un panier de victuailles, elle décida de poser directement la question à celui qui lui avait offert ce bijou – puisqu'il semblait en veine de confidences, autant en profiter.

— Cette jonquille que vous m'avez offerte au mariage de ma tante...

Il se tourna vers elle, sans autre expression qu'un regard par en dessous. L'habituelle physionomie vaguement menaçante qu'il adoptait dès que les circonstances l'inquiétaient, en somme ! La détermination d'Anne-Hélène ne s'irrita même pas à se frotter contre son masque de pierre. Elle reprit, d'une voix plus posée encore.

— Quelles raisons vous ont poussé à m'accorder ce présent ?

Il lui fit signe de prendre place sur le plaid et indiqua au cocher que ce dernier pouvait retourner près de la voiture. La demoiselle s'agenouilla sur le côté, puis posa sagement ses mains dans son giron.

— Du vin de noix ?

Elle acquiesça. Il reprit :

— J'avais senti certaines forces en vous. De ces pouvoirs qui doivent à la nuit, aux bêtes qui rampent et à l'obscurité, si vous me suivez...

Elle hocha de nouveau la tête de haut en bas.

— Vous êtes jeune et paraissiez alors si frivole... Voyant que nul, dans votre entourage, n'était en mesure de vous conseiller, j'ai souhaité vous mettre en garde sans me découvrir pour autant. Il est difficile de parler de sorcellerie et de puissances funestes tout en conservant les apparences de la respectabilité.

Elle dut faire une drôle de tête car il se reprit :

— En tout cas, de la normalité.

— Alors, cette critique de mon égocentrisme...

— Non pas une critique, mais un garde-fou. Je vous invitais à ne pas tomber dans un des travers les plus répandus chez les gens de pouvoir : croire que tout leur est dû et que leurs actes n'auront pas d'autres conséquences que servir leur bien-être. Ils ne regardent que la satisfaction de leurs toquades et dédaignent les répercussions. Bien sûr, l'inverse est aussi un piège : vouloir si bien faire qu'on s'en oublie soi-même. C'est ce que j'ai si mal imagé avec ma petite métaphore de la bulle de savon.

Décidément, elle s'était égarée bien loin du chemin qu'il avait voulu lui indiquer ! Tant de malheurs et de douleurs auraient pu être évités si elle lui avait fait confiance, si elle avait mis de côté les commérages et écouté ce que son cœur n'avait cessé de lui assener : que cet homme connaissait ses tourments mieux qu'elle-même ! Désormais, se dit-elle non sans une once de suffisance, l'inverse se révélait tout aussi vrai.

— À présent que je vous ai répondu et que vous avez pu juger de ma sincérité, poursuivit Lazare, accepteriez-vous de satisfaire à votre tour ma curiosité ?

Elle se pencha. Ses bras serrés contre sa poitrine firent pigeonner ses seins dans la robe mi-saison très décolletée qu'elle portait. Le petit spencer qui couvrait ses épaules ne gâchait rien du paysage, restreignant au contraire la vue sur les deux monts enneigés qui se dressaient sous l'étoffe.

— De quelle curiosité parlez-vous ? insinua-t-elle, la bouche en cœur.

Il la fixa d'un œil de charbon dans lequel crépita une étincelle. L'ensemble de sa figure demeura d'acier. Pourtant, il semblait bien à la demoiselle avoir vu s'entrouvrir ses lèvres et un halètement s'en échapper, plus rapide que l'attaque d'une couleuvre. Hélas, ce goujat n'eut même pas l'amabilité d'un ton altéré.

— Comment avez-vous trouvé le chemin jusqu'à mon laboratoire ? Les pièges sont nombreux à le parsemer et les méandres distrayants.

Elle se redressa et lissa les plis du jupon. Que lui dire ? Et quelles conclusions tirer de cette soudaine ouverture ? Il avait raison : il s'était montré honnête avec elle et paraissait désireux de tisser un échange sur un métier qui avait pour cadre la confiance et le respect pour navette. Elle décida donc de jouer le jeu.

— Je pense que c'est la Source qui m'a guidée – la Source et ma propre flétrissure. Comme si nos deux malédictions s'étaient appelées.

De la façon dont on berçait un petit animal sauvage ou un enfant malade, il demanda d'une voix douce :

— Et quelle est la nature de votre flétrissure ?

Un vertige la saisit. Deux versions d'une même réalité se fondirent soudain dans son esprit. Un ouragan essora son cerveau alors que sa mémoire se reconstruisait. La statuette. Les trois femmes et leur armée de chats. Son mariage avec la Mort. Tout lui revint en une violente rafale. C'était donc cela, les souvenirs barricadés pour lesquels la Source avait tiré la chevillette ?

Quelqu'un l'appelait.

— Anne-Hélène ! Anne-Hélène, réponds-moi !

Elle ouvrit les yeux. Elle venait de s'évanouir sur la couverture. Le sang battait dans ses tempes et elle entendait mal ce que lui disait Lazare. Elle devait le rassurer ; il allait croire qu'elle avait fait exprès de simuler la pâmoison pour éviter de répondre.

— Une prochaine fois…

— De quoi ?

— Je vous le révélerai une prochaine fois, ce qu'est ma marque.

L'homme se figea, puis recommença à passer sur son front un torchon qu'il avait mouillé à la rivière.

— Ne pensez pas à ces idioties. Dites-moi plutôt comment vous vous sentez.

Elle se redressa avec précaution.

— Je vais bien. Je me sens un peu ridicule, certes, mais à part celle à mon amour-propre, aucune blessure n'est à déclarer.

— Je vous en prie, ne plaisantez pas avec ça. Vous m'avez fait une peur bleue quand je vous ai vue tomber et rester gisante.

— J'imagine que mon malaise est dû à la fatigue du voyage. Nous ne quittions guère notre domaine lorsque j'habitais à Allemagne – et on ne peut pas dire que mes habitudes aient changé à Oppedette.

— Voulez-vous qu'on remette la visite à plus tard ? Le village de Lurs est tout près, j'y ai réservé deux chambres. Nous pouvons nous y rendre maintenant, si vous le souhaitez.

— Non ! Je vous assure, je vais déjà mieux. Reprenons la route plutôt que de jacasser !

Lazare prit sa main.

— Encore un instant, ma dame. Je serais plus tranquille si je vous voyais vous accorder un peu de repos avant que l'on reparte.

Le contact provoqua en elle un frisson d'émoi. Et ce « ma dame » prononcé avec une tessiture si profonde… Elle en roucoulerait presque ! Néanmoins, son amour-propre ayant déjà été suffisamment malmené, elle se contenta de tourner son regard vers la Durance. Les gris remous de l'eau pure roulaient et secouaient des cailloux ronds aux couleurs perle et tourterelle. Le lit, vaste et très plat, n'était qu'à moitié occupé par les flots. L'ensemble offrait une peinture paisible et mesurée, dont les galets s'exposaient en autant de plages où reposer l'esprit. Une image traîtresse : les crues brusques et violentes hantaient la mémoire des riverains depuis bien des générations.

Contempler ainsi la rivière fit émerger les contours d'une pensée. Oh, rien de bien défini, mais il semblait à la demoiselle qu'un sujet important avait été mis de côté, un détail qui la troublait et l'inquiétait. Cela avait rapport avec un autre cours d'eau… Le Calavon, peut-être ? Cette fameuse nuit où elle s'était échappée et dont le souvenir s'avérait aussi vaporeux que le spectre qui l'avait invitée à sauter… Cette fois où, de ce qu'elle connaissait à présent du terrain, les flots lui avaient fait remonter le courant. Sa rêverie s'interrompit. Ce n'était qu'une bêtise, sans aucun doute : on ne dérivait pas vers l'amont d'un torrent. Elle s'ébroua et reporta son attention sur Lazare. Il lui tendait une tartine de fromage de brebis, qu'elle accepta. Elle en profita pour avaler la pilule qui la préservait des effets de la Source. Depuis que le secret de celle-ci lui avait été révélé, Hémont lui fournissait directement la médecine nécessaire à son indépendance. Tant qu'elle prenait ses préparations et ne buvait d'autre eau que celle que l'alchimiste transmutait pour lui-même et pour elle, elle pouvait se nourrir sans risque des fruits d'Oppedette. À présent, elle savait d'où venait la saveur si particulière des plats qui lui avait été servis jusque-là…

La berline s'élança de nouveau. Ils suivirent la rivière durant une vingtaine de minutes, puis obliquèrent vers l'ouest. Ils se dirigeaient vers le sanctuaire abandonné de Ganagobie.

Elle ne parvenait pas à retrouver sa sérénité – ni à croire que sa mère lui ait caché cette vérité, effacée par son long délire. À moins que pour elle aussi les souvenirs aient été brouillés ? Découvrir que l'on aurait dû mourir, et que l'on avait été épargnée car fiancée à la Mort elle-même avait de quoi tournebouler même les âmes blasées. Elle comprenait mieux le lien qui l'attachait au gardien et représentant de la Source… Les émotions qui l'agitaient l'empêchaient de se concentrer, que ce soit pour lire, pour converser ou pour jouer, aussi se mit-elle à rêvasser. Bien des événements lui apparaissaient sous un jour nouveau. Toutefois, elle ne comprenait toujours pas pourquoi Lazare avait mal réagi à son contact avec la marque.

Les lacets de la route, réguliers et si serrés que les chevaux marchaient à pas prudents, berçaient les voyageurs. La demoiselle dodelinait de la tête. Ses pensées s'envolèrent dans ce ciel d'un bleu clair que les arbres, épars et peu feuillus en ces terres ravinées, laissaient voir. Elles se portèrent sur Virginie, sur Joséphine aussi. Est-ce que ses amies allaient bien ? Comment Marie-Constance leur avait-elle annoncé la nouvelle de son enlèvement par le baron d'Oppedette, frère de son oncle par alliance ? D'ailleurs, Lazare avait-il averti son suzerain au sujet de la période d'essai de sa « fiancée » ?

Dans cette farandole de personnages se glissa Rose, la femme de chambre de l'hôtel de Plaisance. Elle avait rencontré ce fameux David, un jeune homme de belle allure au visage pointu et au regard de chien battu. Il avait de ces manières galantes sans en faire trop et plusieurs villageoises tentaient d'entrer dans ses bonnes grâces. Pour ce qu'elle en avait vu, il ne s'intéressait pas à ces choses-là. Apparemment, il avait accepté plusieurs rendez-vous, mais donné suite à aucun d'eux. À son retour, il faudrait à tout prix qu'elle prenne le temps d'écrire un petit mot à la camériste. Peut-être pourrait-elle ainsi se racheter de la légèreté dont elle avait fait preuve, voilà un an et demi ? *Déjà !* songea-t-elle, alors que la voiture parvenait au niveau du plateau. Elle avait l'impression qu'un hiver éternel séparait le jour des noces et cette soirée qui s'ouvrait sur la riche odeur des muguets.

Davantage qu'à un plateau, la butte de Ganagobie ressemblait à un pic au sommet raboté. Du haut de ses six cents et quelques mètres, Anne-Hélène devinait que le panorama sur la vallée de la Durance serait magnifique. Ce dont elle ne se doutait pas, c'était que le lieu lui-même le serait aussi.

À plusieurs endroits affleuraient les têtes de roches souterraines. Ces monticules de pierre grise, cassés et lustrés en petites bosses, se trouvaient dignement vêtus d'un habit de mousse verte. En d'autres places – et parfois les mêmes –, des dalles d'un minéral identique étaient comme encastrées dans le sol. L'on avait abandonné de gros blocs de caillou entre les chênes verts et des tombeaux désertés creusés dans le grès s'ouvraient sur les nuages, non loin d'une église en ruine. Les aiguilles des pins d'Alep s'agitaient sous la brise. Il émanait de cette contrée à la végétation tenace, contrainte par les vents qui la visitaient sans cesse, un secret soulagement dans le repos de la solitude. Les moines ne s'y étaient pas trompés et avaient construit là un monastère, que l'État leur avait confisqué à la Révolution.

Le baron lui tendit le bras. Elle y glissa le sien et ils marchèrent sur un chemin aux pavés mangés par les herbes et le temps. Ils se dirigeaient vers l'est ; il la guida jusqu'à une avancée que la falaise jetait au-dessus du vide. Elle avait vu juste : le site déployait un paysage spectaculaire ! Cette immense vallée parfaitement délimitée, où les méandres aqueux déchiraient les champs et les jachères, montrait en son cœur une dentelle rehaussée d'arabesques argentées. L'ouverture ressemblait à la peau blême d'un homme, révélée par un jeu heureux entre les pans d'une chemise. Les cieux s'étalaient dans une clarté troublante. L'azur intense, céruléen en sa cime, se perdait à l'horizon dans une brume de taffetas blanc. La vastitude pénétrait l'âme et la conscience, décloisonnait les corps. Ni lui ni elle ne disait mot. Ils ne se touchaient pas. Dans cette réalité limpide où l'être véritable devenait une évidence, l'espace entre leurs deux chairs était déjà traversé par un réseau de connexions. Le regard happé par l'immensité et le vide à quelques pas d'eux, ils n'étaient que plus sensibles à la présence de l'autre.

Anne-Hélène frémit. Elle se trouva soudain trop proche du précipice et recula jusqu'aux frondaisons. Les souvenirs remontaient malgré elle : sa terreur alors qu'elle tombait dans l'abîme ; l'ivresse du soulagement, si intense qu'il manqua lui briser le cœur, lorsque sa chute fut bloquée. Elle avait alors compris. Lazare avait sauté. Sans se demander s'il s'en sortirait, ni dans quel état, il s'était sacrifié pour tenter de la sauver. De la même façon, chaque jour, il se donnait à ses gens – au sens propre de l'expression. Il avait accueilli les démons de la Source en tout état de cause. Il savait que son âme deviendrait une ferme d'élevage, et qu'il lui faudrait la partager, l'arrachant petit bout par petit bout en priant pour qu'à la fin, il lui en reste assez. Il avait agi ainsi parce que c'était ce qu'un homme bon aurait fait, sans réel choix mais imprégné d'abnégation et de courage – et parce que condamner tous les habitants d'un village n'était pas juste. À combien de ces immolations avait-il consenti pour Oppedette ou une autre cause ? Elle l'observa qui s'approchait, l'air soucieux.

— Excusez-moi, je n'ai pas pensé que votre accident au rocher du Chien cornu aurait ces conséquences. C'était très maladroit de ma part de vous amener au bord d'un gouffre.

— Je vous en prie, j'ignorais moi-même que je souffrirais de cette appréhension.

Il lui tendit de nouveau le bras et ils cheminèrent dans le sous-bois de buis et de lierre grimpant.

— Le « rocher du Chien cornu » ? reprit la demoiselle, curieuse.

— L'endroit où nous vous avons retrouvée figure, en venant du nord, une tête de chien, et une tête de dragon par le sud. Ceci explique son nom alors qu'il n'y a pas la queue d'une corne.

Elle rit. Elle se sentait heureuse et libérée, à croire que cette terre céleste favorisait la pousse des possibilités.

— Je comprends pourquoi vous aimez venir ici. Merci de m'y avoir emmenée.

Il saisit sa main et la baisa.

— C'est un plaisir, réellement.

Elle rougit et il eut le bon goût de ne pas le remarquer. Ils devisèrent ainsi durant près d'une heure, se taisant souvent pour savourer l'or précieux du silence. Enfin, le baron l'entraîna vers l'ouest. Prenant bien garde à rester loin de la falaise, il s'approcha d'un rocher et le couvrit du plaid qu'il était retourné chercher. Ils s'assirent côte à côte. Le soleil couchant alluma un brasier lorsqu'il toucha les draps de nuées posés sur l'horizon. De grandes giclées d'or et de fauve se répandirent dans le ciel, éclairant l'épaisseur moelleuse des nuages. Leur lumière dessina l'ombre violacée d'une colline derrière laquelle l'astre finit par s'éteindre.

Alors que la pénombre tombait sur le plateau, aucun des deux visiteurs n'osa bouger. Faire un geste romprait le charme de l'instant, aussi fallait-il qu'il soit bien choisi pour créer un sortilège plus beau encore. Anne-Hélène s'y aventura la première.

— Merci de m'avoir sauvé la vie.

Il se pencha dans le creux de sa gorge et murmura :

— Merci de m'avoir révélé la mienne…

Puis, tout doucement, leurs lèvres se rejoignirent.

Chapitre 22

Les précautions prises par Anne-Hélène s'avérèrent vitales. Si, auparavant, l'on traitait de pessimistes les esprits prophètes d'une nouvelle famine, désormais, c'étaient les apôtres d'une amélioration tardive qui étaient qualifiés d'autruches. Louis XVIII avait beau faire venir de la mer Noire des bateaux aux cales gonflées de froment, la faim s'installerait et des émeutes se déclencheraient en écho à la pénurie. Les mois de juillet et d'août s'étaient révélés particulièrement moroses. On parlait de lacs gelés en Suisse et dans les Alpes. La pluie n'arrêtait pas, noyant les plantations et faisant pourrir les fruits sur leurs branches. Les fleuves débordaient ; le Rhin dévorait des Allemands par brochettes. Les mines grises accompagnaient ces nuages bas et sombres. Ce qui aurait dû être la belle saison enterra les rires et le chant des cigales.

Des mois plus tard, les hommes d'Histoire et les gens du peuple nommeraient cette année 1816 « l'année sans été ». En attendant, ces époques bénies où l'abondance permet de réfléchir au passé, humains et animaux mouraient le ventre creux. On empilait des cadavres aux chairs rongées par les épidémies.

Et, durant tout ce temps, Marie-Constance cherchait son enfant.

Les premières journées d'automne se placèrent dans la continuité de la saison qui s'achevait. Les averses ne cessaient de se répandre, à croire que quelque mauvaise action avait rendu la nature inconsolable. Octobre s'ouvrit, et les feuilles jaunirent sans que les moissons soient suffisantes pour l'hiver à venir. À Oppedette, on prenait les devants. Si les récoltes étaient plus fournies que dans le voisinage, il n'y en aurait pas assez pour passer la froidure. Il fallait les conserver, se rationner dès le début et, jusqu'au plus tard possible, consommer des comestibles que le sol procurait sans culture. Plantains, pas-d'âne, consoudes et mourons des oiseaux… Des plantes dont Anne-Hélène n'aurait pas songé à se nourrir si elle n'avait découvert leurs noms dans ses livres, étoffaient à présent leurs assiettes ; des champignons aussi. Hélas, elle craignait que toutes ces ruses et leur modération ne soient pas suffisantes. Parfois, quand elle exprimait ses craintes auprès de Lazare, celui-ci la regardait avec une tendresse qui la mettait hors d'elle. Il était question de la vie des gens, que diable ! Il finit par lui dire qu'il faisait confiance à la Source pour les soutenir. Tant que lui serait là pour contrer les effets délétères de son venin, ses eaux sauraient se montrer bienveillantes. Ce fut au tour de la demoiselle de l'observer avec un air songeur. Il était étrange, voire franchement saugrenu, d'imaginer ce bandit notoire, ancien trafiquant et traître au roi, en maman poule attentive. Pourtant, il n'y avait pas d'image plus juste pour décrire ses attentions auprès des Oppedetois. Ces moments, qui lui rappelaient qu'ils ne pourraient jamais avoir de pitchouns à eux, la plongeaient dans une mélancolie douce-amère.

Elle était heureuse d'avoir rencontré Lazare ; que leur façon d'aborder la vie, leur vision de la suzeraineté et d'une égalité dans leurs prérogatives s'accordent aussi bien. Elle était plus que ravie que ce seigneur qui lui proposait de s'unir à lui, qui la respectait et admirait son savoir et sa ténacité, soit aussi un bel homme, aux épaules larges, aux muscles dessinés et à la sombre chevelure. Ils n'avaient guère donné de suite au baiser échangé à Ganagobie. Parfois, une caresse plus appuyée sur un bras, une paume qui s'attardait sur une joue… Même s'ils n'en parlaient pas, tous deux sentaient un souffle en suspension, comme un nœud pris dans la cire du temps qui demandait à être délacé avant que leur relation n'aille plus loin. Lui était coutumier de ces avertissements secrets murmurés par les sombres puissances qu'il servait ; elle en découvrait le principe. Nul besoin d'une bassine, de bougies ni de sortilèges pour entendre les confidences de cette fine toile d'araignée qui s'inscrivait une octave au-dessous du quotidien. Elle se laissait glisser sur le fil de l'évidence, dansait avec les feux follets de son intuition. Et, le cœur frémissant de soupirs inassouvis, ils patientaient.

L'équinoxe était franchi depuis une lunaison lorsqu'un grand bruit se fit dans la cour de la bastide. Il s'était amorcé à l'entrée du village et n'avait cessé d'enfler depuis. Anne-Hélène, derrière les fenêtres, fut surprise d'entendre la voix de David et une autre – une tessiture de femme – qui lui était familière. Rose Denier, reconnut-elle, stupéfaite. Elle demeura un instant les bras ballants avant de se reprendre. Les escaliers furent dévalés en un clin d'œil. À peine prit-elle le temps de s'envelopper d'une pèlerine qu'elle se jeta sous la pluie battante. Aussitôt, une couche de boue s'agrippa à ses bottes. Elle n'en eut cure. Devant elle, plusieurs paysans se tenaient massés autour d'un groupe de trois personnes. Elle vit la caméristе, sa chevelure blonde retenue en chignon. Elle avait l'air défait, pâle et très en colère. David essayait de lui attraper les mains qu'elle agitait en gestes brusques. De toute évidence, elle avait très envie de frapper quelqu'un. Quant au troisième membre de ce petit noyau…

— Maman.

Bien qu'elle n'ait pas parlé plus fort qu'à la normale, ce simple mot étouffa le vacarme. Elle n'en revenait pas. Davantage que de la voir se présenter ici sans un courrier pour l'en avertir, alors que la marquise avait toujours scrupuleusement respecté les convenances, l'état de la femme qui l'avait mise au monde, élevée, aimée, la sidérait – et lui brisait le cœur. Elle en resta médusée. Sa raison ne pouvait accepter ce qu'elle voyait. La sage et vigoureuse dame de Varages ressemblait plus à une mendiante à l'esprit égaré qu'à la suzeraine qu'elle était. Son dos cassé, sa chair qui avait fondu, fripant la peau, son teint gris et les arêtes caves de son visage… Anne-Hélène fit un pas, puis un autre. L'horreur qui l'étreignait effaçait le monde. Elle ne discernait que sa mère, cette mère qu'elle aimait tant, qui avait été son seul parent, son modèle et son étai, et qui semblait sur le point de se répandre en poussière, comme ces branches que le feu avait consumées jusqu'à la moelle et qui conservaient leur forme tant que nul ne les touchait.

Sa démarche hésitante s'affermit, devint une course. Elle s'effondra devant cette vieille femme, lui serra les genoux.

— Maman, que vous est-il arrivé ? Qui vous a mise dans cet état ?

Marie-Constance ouvrit la bouche, mais ce fut de Rose que vint la réponse.

— Vous osez le demander ?! Vous êtes la responsable, la seule et l'unique ! Voilà plus de deux saisons qu'elle bat la campagne à votre recherche, négligeant son domaine, ses gens et elle-même. Elle portait des guenilles lorsqu'elle s'est présentée à l'hôtel. J'ai failli ne pas la reconnaître ! Et vous étiez là à vous prélasser, en concubinage avec votre amant, tandis qu'elle souffrait du froid, de la faim et de la vermine ?

— Non !

La demoiselle pleurait des sanglots éperdus. Son corps était secoué de hoquets et de spasmes. Sa voix stridente paraissait vouloir déchirer les voiles d'un mauvais rêve.

— Jamais je n'ai abandonné ma mère ! lança-t-elle. Le comte devait la prévenir, c'est lui qui... Par tous les dieux, mais quelle est cette histoire ? Pourquoi retrouvé-je ma mère dans cet état ? Ma dame ! Je vous en prie, ma dame, dites-moi que c'est un cauchemar !

S'adressait-elle à sa génitrice ou à la Madone ? Personne ne le savait – et elle moins que les autres.

— Mère, pardonnez-moi !

Elle avait saisi ses mains et les baisait. Marie-Constance les dégagea avec douceur. Sa descendante sentait dans ses gestes qu'elle n'avait pratiquement plus de forces. L'amertume redoubla dans ses larmes. Elles lui rongeaient les paupières et ce muscle qui se démenait entre ses côtes. La marquise serra les poings de son enfant contre sa poitrine. Titubant de fatigue et de fièvre, elle se pencha vers elle.

— Ma fille, ma toute-petite... Je te retrouve enfin.

Sanglotant de plus belle, cette dernière essaya de lui répondre, mais sa gorge étranglée par l'émotion ne laissa passer qu'une longue plainte. Soudain, le corps contre lequel elle se pressait se raidit. Il se détacha d'elle. Décontenancée, elle tenta de l'agripper de nouveau, mais il s'éloigna encore. L'atmosphère avait changé. Animée d'un doute, elle fit volte-face. Lazare se tenait à quelques mètres d'elles. Silhouette noire et immense, que la pluie rendait plus sinistre encore, il incarnait pleinement le seigneur damné d'une terre maudite. Qu'avait-il besoin d'une telle apparence ? Anne-Hélène pesta en son for intérieur. Ne pouvait-il donc pas tomber un peu le masque en présence d'étrangers ? Puis elle comprit. Si personne n'avait averti sa mère, quelle image Marie-Constance pouvait avoir de cet homme ? Il lui offrait ce que la marquise désirait plus que tout, après le retour de sa fille : un nom à détester.

Elle se leva et le rejoignit.

— Tu n'es pas obligé de faire ça.

Il ne baissa pas les yeux vers elle. Son attention restait fixée sur l'intruse, qui lui rendait la pareille avec ce petit éclat de haine en plus.

— Je le mérite. Quelles qu'aient été mes raisons, quelles que soient mes excuses, je t'ai bel et bien enlevée.

— Anne-Hélène, éloigne-toi de lui !

Étonnant comme la voix de la dame de Varages s'était soudain affermie… Lazare avait raison : avoir devant elle l'objet de son exécration la vivifiait.

— Je suis désolée… commença la demoiselle en direction de sa mère.

Le baron l'interrompit d'une bourrade.

— N'envenimons pas la situation, chuchota-t-il sans que frémissent ses lèvres. Obéis-lui. Il faut l'amener à entrer dans la bastide. Elle va attraper la mort si elle reste sous cette pluie.

Une vraie mère poule, songea-t-elle à nouveau malgré les affres qui se creusaient en elle. Elle retourna donc auprès de Marie-Constance.

— S'il vous plaît, venez avec moi. Vous êtes trempée ; je vous donnerai des habits propres et nous pourrons manger ensemble…

— Jamais plus je ne partagerai ma table avec ce chien !

Elle cracha par terre pour confirmer ses paroles. Anne-Hélène en fut choquée.

— Très bien, nous mangerons à part. Mais venez, je vous en prie ! Vous aussi, Rose.

La camériste s'avança. Son regard inquiet ne quittait pas sa protégée. Elle aussi ressentait la nécessité pressante de mettre la marquise à l'abri.

— Madame, entrons, s'il vous plaît. J'ai froid et le voyage m'a éreintée au point d'en trembler.

La vieille femme semblait moins déterminée. À force d'insister, peut-être voyait-elle à quel point elle était fatiguée et son corps près de lâcher.

— Bien. Il est inutile que nous attrapions la mort alors que nous avons enfin retrouvé ceux que nous aimons. Anne-Hélène, viens donc et guide-nous.

La demoiselle rejoignit sa mère et lui proposa le bras, mais celle-ci avançait très droite, le port de tête altier. Malgré cela, elle boitait et paraissait hésiter à chaque pas, comme si le contact de la plante de ses pieds avec la terre était douloureux – toutefois, face à son ennemi, elle ne faiblirait pas. Elle passa le porche le front haut, les épaules jetées en arrière. Elle était venue exiger sa fille et une justice rigoureuse. Elle avait marché des mois sans savoir vers qui aller, endurant les privations et les ricanements des autres nobles. Tous avaient pensé que son héritière s'était enfuie avec un bellâtre. Elle n'y croyait pas. Son enfant avait le sens du devoir ; elle connaissait ses responsabilités, le sort d'Allemagne et du domaine de Varages qui tomberait dans son trousseau. Nul n'avait voulu l'écouter, personne ne l'avait aidée – jusqu'à sa sœur qui s'était détournée d'elle. À présent, les fruits de sa persévérance se répandaient dans son giron et ils étaient plus sucrés encore que ce qu'elle avait imaginé.

Alerté par quelques villageois, Hémont avait quitté son officine et rejoint le petit groupe. Il chemina un instant au côté de Lazare, puis s'approcha des trois femmes.

— Mesdames… salua-t-il avec une révérence profonde.

Et, à l'attention d'Anne-Hélène :

— Dirigez-vous vers le salon pendant qu'on fait préparer des chambres pour votre mère et son amie. Elles seront très bientôt prêtes et ces dames pourront y trouver un bain chaud et un peu d'intimité.

La voix de Marie-Constance résonna, froide et acérée.

— Si je m'étais doutée, monsieur, que vous veniez sur mes terres pour ourdir un tel complot, pour arracher une fille unique à une mère qui n'a plus qu'elle, vous ne seriez pas reparti avec des semences, mais avec une bonne volée de bâtons qui vous aurait passé le goût de vous asseoir.

Le docteur salua de nouveau.

— Je le sais, madame, et cette volée ne l'aurait pas été, s'accusa-t-il avec un sourire en coin qu'il épiça d'un petit air contrit. Mais ce que j'ai fait, j'en étais peut-être le seul capable et j'ai ainsi épargné à votre descendance d'être à jamais attachée à ce lieu. Cela vaut bien une amnistie, ne pensez-vous pas ?

La marquise s'arrêta net.

— C'est-à-dire ?

— Anne-Hélène n'est pas contaminée par la Source. Elle est libre de repartir avec vous.

Les yeux de la vieille femme se remplirent de larmes.

— Rose m'avait raconté… Ô seigneur ! Le Ciel soit loué, la Madone et tous les saints !

Elle entoura son enfant de ses bras. Celle-ci s'abandonna à son étreinte avec un sanglot de joie.

— J'ai cru que, même retrouvée, je t'avais perdue à jamais !

Elle se tourna vers l'alchimiste sans rompre l'enlacement.

— Je ne saurais vous pardonner votre félonie, monsieur. Toutefois, j'accepte de vous faire grâce, pour votre action qui a su préserver l'âme d'une personne qui m'est plus chère que moi-même.

Hémont plongea dans un nouveau salut.

— J'ai entendu nombre de paysans par les routes et les contrées vanter votre bienveillance et la justesse de vos verdicts. Vous êtes en tout point conforme à leurs paroles, marquise…

Un serviteur arriva sur ces entrefaites et lui glissa un mot à l'oreille.

— Ah ! On m'avertit que vos appartements sont prêts. Si vous voulez bien me suivre ! Un conseil concernant les bains : surtout, gardez votre bouche éloignée de l'eau.

Le feu crépitait dans la cheminée. On l'avait rallumé à la mi-juin et conservé depuis – sinon l'humidité imbibait les tissus, la literie et les murs. Lazare se tenait arc-bouté, les deux mains posées sur le manteau, la figure exposée aux flammes. Quelqu'un toqua à la porte de son cabinet. Il savait de qui il s'agissait. Il humait sa vie qui palpitait à chaque instant. Lorsqu'elle repartirait avec la marquise, il espérait – et craignait à la fois – continuer à percevoir son existence.

— Entrez.

Anne-Hélène pénétra dans la pièce. Un instant, elle admira la beauté sauvage et puissante qui émanait de cet homme. Sa posture le rendait d'autant plus désirable, son dos étiré, ses fesses offertes et les flammes qui aiguisaient davantage les ombres de son visage. Et au-delà de l'appétit charnel, elle sentit son cœur se troubler.

— Vous n'étiez pas obligé de jouer ce rôle. D'après les lois de ce pays, vous êtes dans votre bon droit. Comment auriez-vous pu savoir que votre frère refuserait d'avertir ma mère de votre arrangement ?

Il ne répondit pas de suite. Lorsqu'il le fit, son ton racla les basses. Ses mots n'étaient qu'un souffle et elle eut du mal à les saisir.

— Parce que vous y croyez, vous ?

Un peu perdue, elle le fixa. Il reprit :

— À ma bonne foi. Qu'est-ce qui vous fait croire que je n'ai pas menti sur tout : l'autorisation du comte de Forcalquier, ma conviction qu'il s'expliquerait auprès de sa belle-sœur, et pourquoi pas sur ce remède miracle qui vous empêcherait d'être contaminée ? Il n'y a aucune preuve hormis sa parole contre la mienne. Il est puissant, reconnu et la bonne société l'admire et boit ses discours. Je suis un trafiquant, un maître chanteur et un ancien bonapartiste. Il n'y a aucune preuve… s'attarda-t-il.

Elle s'approcha et se posta à sa droite.

— Il a joué finement.

Le noble déchu eut un rire bref, comme un aboiement.

— N'essayez pas de me faire gober que c'est moi que vous croyez !

— Et pourquoi pas ?

— Parce que je me fais rouler dans la farine chaque fois ! Et dire qu'on me prend pour un rossard, ils devraient voir de quoi mes frères sont capables ! Comment je fais pour oublier, pour ne pas comprendre ? Je suis moins qu'un chien pour eux, un bête outil qu'on manipule sans considération, sans craindre de le casser. Ils m'ont envoyé auprès de Napoléon ; mais qui en retire la gloire et les récompenses ? Eux ! Sans avoir risqué leur peau, le fondement bien au chaud ; et pour moi la honte de la défaite et la menace des Verdets ! Maintenant que Jean Pietro a retourné votre mère contre moi, comment pourrais-je espérer qu'on puisse vivre heureux, tous les deux ?

— Vous étiez leur espion ?

La voix s'était élevée, douce, limpide et presque innocente. Un frisson parcourut l'épiderme du baron.

— Nul n'est censé être au courant.

— Pourquoi ?

— Qui le croirait ? Surtout si mes frères témoignent contre moi.

— Moi, je vous crois.

Il jappa de nouveau, amer, et se détourna d'elle et du foyer. La demoiselle se glissa contre son dos, entoura son torse de ses bras.

— Lazare, les actes ne mentent pas. Cela fait des mois que nous vivons dans la même demeure, que je partage votre quotidien et vois votre dévouement pour vos gens et pour moi. Vous êtes quelqu'un de bon et de loyal.

Il partit d'un éclat de rire acide.

— Vous parlez à un traître – deux fois traître, même, feignant de duper l'un pour mieux berner l'autre. Sans vouloir remettre en cause votre maîtrise du vocabulaire, il me semble évident que ces adjectifs ne s'appliquent pas à moi.

— Et moi, je crois que la plus grande offense que vos frères vous ont faite, c'est de vous pousser à oublier qui vous êtes vraiment. À Ganagobie, vous m'avez dit que je vous avais révélé votre vie. Alors, écoutez ceci : vous êtes quelqu'un de bien. Si on met un couteau sous la gorge d'un enfant et qu'on vous donne le choix entre la mort de celui-ci et en marquer un autre au fer rouge de votre propre main, alors vous prendrez la tige et appliquerez le sceau. Les larmes et les cris vous mortifient parce que vous êtes bon, mais il arrive que la vie ne nous laisse que de mauvaises actions comme options.

Sa tirade terminée, elle se tut. Contre sa poitrine, elle sentait les côtes de l'homme qu'elle aimait se déployer à chaque respiration. Il ne répondait rien, alors elle se contenta de lui offrir son étreinte.

Au bout d'un très long moment, des bras se posèrent sur les siens.

— Merci.

Le timbre était ému. Le baron se retourna. Ses mains formèrent une coupe autour du visage de son amante. Elle lui sourit, et ce fut comme un nouveau soleil qui se levait sur son âme ravagée. Un sanglot lui noua la gorge. Elle passa ses bras autour de son cou, ferma les yeux. Doucement, il approcha ses lèvres des siennes. Puis il l'embrassa.

Il ne s'agissait plus du tendre baiser échangé devant un coucher de soleil, mais d'une passion dévorante, de l'appétit d'un affamé. Sa bouche prit possession de la sienne, comme s'il y cherchait sa rédemption – se fondre en elle, dans un élan d'extase et le transport des sens ! Elle lui répondit, plaquant ses paumes contre son torse, froissant sa chemise et explorant les muscles fermes. Ses doigts étaient frais sur sa peau brûlante. Il lui saisit les fesses et l'attira contre ses hanches. Elle gémit. Il sentit sa virilité feuler en retour, prête à bondir dans ce corps souple qui se frottait à lui. Mais le moment était mal choisi. Il s'en détacha, poignardé par une sorte de détresse. À voir les lèvres gonflées et les yeux sombres de la jeune femme, il émit un grondement bref. Sa turgescence lui hurlait de la déposer sur le tapis et d'assouvir leurs ardeurs, que cessent les tiraillements qui lui mordaient le ventre en coups de fouets sauvages et excitants. Néanmoins, ils n'avaient pas tenu jusqu'à ce jour pour gâcher leur première fois. Il lisait la même pensée dans les prunelles de sa bien-aimée.

Ils se séparèrent à regret, sans ajouter un mot. Contenir l'embrasement qui les consumait encore s'avérait déjà une occupation compliquée. Avant de sortir, Anne-Hélène caressa son bras, puis le dos de sa main.

— Je vais aller voir ma mère. Son bain doit être terminé.

— Je le pense aussi.

Ses doigts s'entremêlèrent aux siens.

— N'oublie pas ce que je t'ai dit.

Il lui sourit.

— Pas avec un baiser pareil en *nota bene*.

Elle rougit, le traita d'idiot et s'enfuit. Il serra les poings. La stupidité aurait été de lui courir après, comme il en mourait d'envie. Il alla s'asseoir à son bureau. Plusieurs lettres n'attendaient que sa plume pour s'envoler.

Chapitre 23

— Je ne fais que vous prendre une goutte de sang. Avec celle-ci, j'adapterai l'antidote à votre physiologie et obtiendrai, pour vous et mademoiselle Denier dès que je l'aurai ponctionnée à son tour, un médicament qui vous protégera parfaitement des principes actifs de la Source contenus dans les aliments qui ont poussé sur ses terres. En revanche, si son effet est immédiat, il ne dure que six heures. Je ne saurais que trop vous conseiller de prendre cette médecine à chacun de vos repas, à moins d'être tout à fait certaines d'en avoir absorbé assez récemment pour qu'elle agisse encore.

Marie-Constance enroula un mouchoir autour de son doigt. Son regard était songeur. Lorsque la femme de chambre lui avait parlé de la malédiction, elle s'était résignée à l'idée de ne plus jamais revoir sa fille dans la cour du château de Varages, ni explorer les collines ou chevaucher dans la campagne à ses côtés. À présent qu'elle savait qu'elle n'avait pas été infectée, un nouvel avenir s'ouvrait – l'ancien, celui qu'elle avait toujours prévu pour elles deux, mais tellement meilleur quand on y ajoutait la conscience de ce qui aurait pu être perdu à jamais !

— Et concernant l'eau elle-même ? s'enquit la camériste. Est-ce que votre médecine est assez puissante pour y remédier ?

— Hélas non… En tout cas, de façon moins fiable que pour la nourriture. Certains de mes sujets d'étude ont développé la dépendance, à hauteur de onze pour cent. Certes, cela ne fait pas un gros risque, mais il s'avère suffisant pour ne pas être négligé. Aussi, je traite de façon indépendante l'eau destinée à être bue. Par mesure de sécurité, depuis qu'Anne-Hélène vit ici, toute l'eau conservée en ces murs est purifiée. Vous pouvez donc boire à n'importe quelle carafe de la bastide. En revanche, à l'extérieur, abstenez-vous, s'il vous plaît.

Il tapota l'annulaire de Rose avec un petit linge propre, qu'il lui donna.

— Et voilà ! Maintenant, mesdames, si vous voulez bien m'excuser, je vais de ce pas préparer mon brouet de sorcier.

Son rire était comme une baguette couronnée de clochettes tintinnabulantes. Au moment où il tendait la main pour ouvrir la porte, la poignée tourna. Il s'écarta pour laisser entrer Anne-Hélène et la rassura d'un sourire.

— Elles vont bien, et elles iront encore mieux avec quelques heures de sommeil – voire des jours entiers en ce qui concerne votre mère. Je sais que vous avez demandé à ce qu'on ne touche pas aux réserves avant de n'avoir plus rien d'autre à manger, mais j'aimerais que vous fassiez une exception pour madame.

Il baissa la voix, l'air de rien, pour ajouter :

— J'aimerais *vraiment*.

La demoiselle acquiesça d'un geste de la tête, la mine inquiète et coupable.

— C'est fort aimable, reprit le docteur. À tout à l'heure ! Madame, mesdemoiselles…

Il s'échappa en refermant la porte derrière lui.

Il y eut un instant de flottement après son départ. La marquise, tout comme Rose, était un peu étourdie par cette visite. Elle peinait également à comprendre que sa quête s'était enfin terminée. Sa descendante s'approcha d'elle avec un maigre sourire – mais pas aussi maigre que la dame elle-même. En sus des outrages de son errance et de l'indigence dans laquelle elle avait vécu durant des mois, elle s'était fanée. Son regain d'énergie face au baron n'était dû qu'à la rage. Jamais plus elle ne serait cette femme digne et droite, qui avait toujours su s'accrocher malgré les malheurs. Cette dernière offense de l'existence l'avait dévastée.

Anne-Hélène avait du mal à retenir ses larmes. Ses lèvres tremblaient.

— Je suis tellement désolée… Nous étions persuadés que Jean Pietro vous avait avertie, d'autant que vous êtes sa belle-sœur.

Marie-Constance leva la main.

— Ce n'est pas ce qui m'importe pour l'instant. Je ne veux que savourer la joie de t'avoir à mes côtés. Viens là…

La jeune femme s'enfouit dans les bras tendus, donnant libre cours à ses pleurs. Si seulement elle lui avait écrit… Les premiers temps, elle avait été persuadée que Lazare n'accepterait pas qu'elle envoie du courrier mais, par la suite, ce genre de craintes n'avait plus eu lieu. Elle n'avait aucune excuse, sauf celle d'avoir été trop accaparée par sa propre histoire, par le jeu d'ombres de ses émotions. L'image du narcisse monté en broche lui revint. Encore une fois, une personne avait été blessée par son égocentrisme – sa propre mère, cette fois-ci ; son unique parent. Les paroles de son amant résonnèrent dans sa mémoire : ce n'était pas pour cette raison qu'il lui avait offert le bijou. Hélas, la flagellation était si bien ancrée en elle qu'elle ne pouvait s'empêcher de s'y adonner. La marquise lui caressait les cheveux. Sa bouche baisait doucement son front.

— Laisse couler les regrets. L'important est que nous soyons réunies. Et puis, je n'aurais jamais pu te revoir sans la gentillesse que tu as montrée envers Rose.

Étonnée, Anne-Hélène se recula. Elle vissa son regard au sien, cherchant les réponses dans ses prunelles.

— Mais… ?

— Te voilà redevenue une agnelle, à bêler, ma fille ? Allons, assieds-toi à côté de moi.

Sans un mot, la camériste avait approché un siège de celui de sa dame, puis était retournée dans l'obscurité – le jour n'avait guère été clair et la nuit tombait bien vite. Elle se tenait droite, à guetter. Elle semblait avoir complètement adopté le service de la châtelaine de Varages – si ce n'était par contrat, du moins par le cœur.

L'héritière prit place à la droite de celle-ci.

— J'ai longtemps erré sans savoir où aller. Nos gens avaient cru reconnaître la personne qui t'avait enlevée, sans en être certains : la nuit était si sombre et son passage fut si brusque ! Au départ, je n'y ai pas cru. Je ne voyais pas pourquoi cet homme, frère de mon beau-frère, aurait commis un tel acte à notre encontre. Comme tu l'auras deviné, j'ai aussitôt cherché un secours auprès d'Hilaria et de son époux. Ils m'ont dit ne rien savoir de cette affaire, ce qui m'a d'autant convaincue qu'il ne s'agissait pas du baron.

La demoiselle ouvrit la bouche. Néanmoins, elle songea que le moment était mal choisi et préféra remettre à plus tard cette discussion. Marie-Constance l'observa se raviser et reprit :

— J'ai rencontré d'autres personnes de notre rang. Puis je me suis rendue chez leurs paysans. Je suis allée voir des ouvriers, des hommes de loi, des vagabonds – jusqu'à devenir l'un d'eux, je dois bien l'avouer. Je ne me souviens plus très bien des dernières semaines... Je me rappelle qu'une nuit où la lune était pleine, la Masco est venue. Elles m'ont dit que j'avais assez souffert, et le monde avec moi ; qu'elles pallieraient la lâcheté et la mesquinerie des hommes. Elles m'ont dit : « Là où tout a commencé, là tu trouveras. » Alors, j'ai compris que nos gens avaient vu juste. Tout le monde connaît le titre du baron d'Oppedette, mais nul ne sait où se situe ce village. J'ai suivi le conseil des sorcières et je me suis rendue à l'hôtel de Plaisance. Rose avait reçu une lettre de toi, ce qui m'a confirmé ta présence en ce bourg. Surtout, elle savait comment y aller...

Anne-Hélène se tourna vers la caméristе, mais celle-ci gardait les yeux dans le vague. Elle n'avait visiblement aucune envie de partager son histoire. La marquise continua :

— Elle m'a recueillie, nourrie et aidée de bien des manières. Elle a quitté sa place pour pouvoir me guider jusqu'ici. Je lui suis très redevable.

Sa descendante hocha la tête, pensive.

— Je vois...

Sa remarque ne recouvrait pas seulement l'implication de la femme de chambre auprès de sa mère. Le souvenir des trois silhouettes encapuchonnées brûlait sa mémoire. Sa colère s'enflammait de leurs mots. « Mesquinerie » était un terme bien faible pour qualifier le cynisme et la cruauté du comte de Forcalquier. Que reprochait-il à son frère pour le torturer à chaque fois qu'il le pouvait ? Quel plaisir malsain retirait-il de la désolation qu'il semait ?

La marquise, loin de suivre le fil des pensées de sa fille, avait poursuivi dans les siennes.

— Je ne sais pas ce qui s'est passé, ni ce que tu as dû subir… Le jour où tu seras prête, je serai là – et je te défendrai coûte que coûte. Mais à présent que nous sommes ensemble, tout ira mieux. Tu vas pouvoir quitter cet endroit sinistre.

Anne-Hélène sursauta. Elle observa sa mère avec une attention soutenue. Oui, celle-ci avait changé. Son esprit blessé s'était crispé ; son acuité devenue myopie sous l'éclat cruel de la glace qu'elle avait trouvée sur chaque porte. Un doute émergea chez la demoiselle. Lentement, sa résolution se formait.

De manière exceptionnelle, les repas avaient été servis dans les chambres. Lazare s'était dit qu'il valait mieux ça plutôt qu'attiser les tensions autour d'une table, d'autant que ses invitées étaient épuisées et peu aptes à soutenir une conversation mondaine. Ainsi ne verraient-elles pas non plus qu'elles avaient droit à un régime de faveur. Le baron soupçonnait la dame de Varages de refuser de manger si elle s'en apercevait. Rose évinçait toute suggestion de quitter les appartements de sa maîtresse, aussi leurs plats furent-ils servis en même temps. Hémont arriva dans un synchronisme parfait. Il venait de terminer la préparation des antidotes et les deux femmes purent entamer leur dîner sans attendre. Il répéta ses directives, insistant sur le caractère irrémédiable d'une contagion, puis ressortit après leur avoir souhaité une bonne nuit.

Anne-Hélène le suivit, gênée par cet étrange lien qui s'était tissé entre la cameriste et sa mère. La préoccupation se lisait sur ses traits. Elle n'avait pas eu l'occasion de disculper Lazare auprès de la marquise – de toute manière, cette première soirée n'était pas la plus indiquée, elle aurait risqué de la braquer davantage. Elle s'inquiétait également pour le domaine de Varages, à l'abandon en ces temps de disette. Comment les Allemagniens et les habitants des environs s'étaient-ils sortis de cet été catastrophique ? Avaient-ils assez de réserves pour passer l'hiver ? Sauraient-ils demander l'aide du roi, qui avait, disait-on, fait provision de céréales auprès des Russes ? Enfin, il y avait cette insistance de sa mère pour qu'elle rentre avec elle. Marie-Constance ne l'avait pas laissée une seule fois s'exprimer sur ce qu'elle avait vécu ici – ce qui était un soulagement, d'une certaine façon. La demoiselle aurait été honteuse d'exposer sa joie des dernières semaines, sa fierté du travail qu'elle avait accompli pour prévenir la famine, en sachant ce que sa mère avait enduré durant tout ce temps...

— Vous voilà bien songeuse, souffla le docteur.

Elle sursauta. Elle l'avait pratiquement oublié ! Il éclata de rire.

— Merci de m'offrir cette illustration saisissante de mes propos.

Elle rougit, puis rétorqua, amusée à son tour :

— Et vous bien silencieux lorsque vous vous déplacez... Êtes-vous certain de ne pas appartenir à la discrète confrérie des voleurs ?

— Ma foi, il m'est arrivé de dérober quelques cœurs.

— On ne dérobe pas ce qui est donné.

— C'est exact. Alors, il s'agissait peut-être d'aumônières... Mais tous les deux sont destinés à être donnés, non ? Simplement, pour ces dernières, il faut parfois convaincre leurs propriétaires en jouant des ciseaux.

Ne sachant s'il plaisantait ou non, elle l'examina. Une bonne humeur éhontée s'affichait sur son visage. Impossible de deviner… Il balaya ses interrogations en revenant à la question initiale :

— Alors ? Nombre de soucis doivent s'agiter dans votre tête bien faite, mais souhaitez-vous partager avec un humble alchimiste certains de vos émois ?

— Non… C'est très aimable à vous d'avoir autant d'attentions pour mes états d'âme. D'ailleurs, je vous remercie grandement d'avoir ausculté ma mère et Rose.

— Je vous en prie, c'est mon devoir et un honneur de pratiquer mon art, glissa-t-il entre deux phrases.

— Mais je crains que vous ne puissiez m'aider dans les décisions que j'ai à prendre.

L'homme hocha la tête.

— Je comprends… C'est entre vous et votre conscience, en quelque sorte – entremêlée de quelques pelotes d'émotions bien cuisantes, sinon ce n'est pas drôle.

— Oui, tout à fait, fit-elle, surprise de la justesse de son appréciation.

Ils poursuivirent leur chemin en silence et parvinrent à la porte des appartements d'Anne-Hélène. Hémont se tourna vers elle.

— Il ne me reste qu'à vous souhaiter une bonne soirée, et que la nuit vous porte conseil.

— Merci ! Cela me serait utile, en effet. Bonne nuit à vous !

Elle ouvrit la porte et s'apprêta à la fermer. Au dernier moment, le docteur avança son pied dans l'entrebâillement.

— Mademoiselle, saviez-vous…

Sa voix était basse et précipitée.

— Saviez-vous que s'imprégner de la Source, comme le fait Lazare, provoque une très forte addiction ?

Elle le regarda sans comprendre. Face à son absence de réaction, il se décida.

— Côtoyer la Source, la boire, la transmuer, la faire couler entre ses doigts, s'y baigner… Cette eau agit comme une drogue sur lui. De même qu'un opiomane court toujours derrière sa prochaine pipe, il ne peut se passer de sa présence. J'ai réussi à faire baisser son besoin. Ma présence, nos conversations – mon amitié, oserais-je dire –, lui ont aéré l'esprit. Il restait déjà moins longtemps dans son laboratoire avant que vous n'arriviez ici. Mais depuis que vous êtes là…

Il hésita, gigota un peu, puis se lança.

— Je sais que ce que je m'apprête à dire va peser sur votre choix, Anne-Hélène, et je suis désolé de vous manipuler ainsi. Cependant, Lazare est mon ami et il en a suffisamment peu pour que je fasse tout mon possible afin qu'il ait une vie meilleure. Depuis deux mois, il ne retourne plus dans sa grotte que s'il y est forcé par la nécessité de produire le remède des villageois. Vous avez dissipé son addiction. Il faut croire que votre compagnie est plus intéressante que la mienne, la taquina-t-il, à moins qu'il ne s'agisse d'un effet secondaire lié à la marque de votre poignet. Toutefois, à l'image de la damnation des villageois, son mal ne peut être guéri, juste atténué. Si vous repartez, il sombrera de nouveau.

Il fit une autre pause afin de récupérer son souffle après cette ardente tirade.

— Je ne suis pas fier de ce que je fais, mademoiselle. Pardonnez à une âme sensible aux miracles – si rares en alchimie, et si magnifiques dans les affaires de cœur. Bonne soirée tout de même.

Et il la planta là.

La jeune femme en fut pantoise un long moment. Lorsque la stupéfaction se dissipa, elle se jeta sur son lit, attrapa son oreiller et flanqua aux meubles la plus belle raclée de toute leur vie.

— Mais quel… Méprisable ! … Misérable ! … Imbécile ! … Goujat ! … De tordu de maître chanteur !

Enfin, elle se laissa tomber sur le sommier. Le sieur Tresmaje avait grandement raison de se montrer honteux de son stratagème, indigne d'un gentilhomme, et même d'un homme honnête. D'un autre côté, ne venait-il pas de lui avouer à demi-mot – certes en plaisantant, mais avec un regard fort sérieux – qu'il ne se considérait pas comme appartenant à cette catégorie ? Et puis, elle ne parvenait pas à lui en vouloir tout à fait : comme il l'avait si bien dit lui-même, il voulait simplement protéger un ami. Pour aller au fond de la vérité, elle lui en était reconnaissante car, d'une certaine façon, il facilitait son choix.

Un bruit sec et sonore la réveilla en sursaut. Elle sauta hors de son lit, les sens en alerte, cherchant d'où pourrait venir le péril. Très vite, elle perçut des exclamations à l'extérieur. La chair de poule picorait sa peau ; elle prit le temps de s'emmitoufler dans un gros châle de laine avant de s'approcher de la vitre. Le son avait baissé mais de toute évidence une dispute était en cours – d'ailleurs, à présent qu'elle y repensait, l'éclat qui l'avait tirée de son sommeil ressemblait fort à une gifle. Au moins, personne ne farfouillait autour de la bastide avec de mauvaises intentions… Mais mieux valait s'en assurer, n'est-ce pas ?

Elle ouvrit la fenêtre le plus silencieusement possible et se posta derrière les volets. Comme elle s'y attendait, elle reconnut la voix de Rose.

— … t'es bien gardé de m'avertir que ce Tresmaje avait un remède !

— Il n'en est qu'à ses premiers essais ! argumenta David. Cela fait seulement quelques mois qu'il teste sa mixture sur lui-même et sur Anne-Hélène, et tu aurais voulu que je te le dise, ne sachant pas si le traitement est fiable à moyen terme ? Je t'ai demandé de partir pour éviter que tu subisses la malédiction qui m'a enchaîné ici. J'ai souffert de ton absence, année après année, me maudissant d'avoir eu cette idée stupide de venir nous installer sur ces terres abandonnées. Dire que je pensais que c'étaient les autres, les imbéciles, à ne pas profiter de ces champs déjà sarclés de leurs arbres et débarrassés de leurs caillasses… Dans quel état sombrerai-je si tu es contaminée à ton tour, malgré le savoir et toute la bonne volonté d'Hémont ? Ces longues nuits d'hiver à penser à toi, les fêtes de la belle saison où j'enviais ceux qui faisaient valser leurs amantes en les tenant par la taille… Tous ces sacrifices pour rien !

— Et moi, crois-tu que ça a été une peccadille de te laisser ? De recommencer ma vie sans rêves ni soutien, en pleurant sur ta perte et animée seulement par la volonté de manger à ma faim et d'avoir un toit au-dessus de la tête ? J'ai souffert aussi, et j'aurais aimé que tu respectes assez cette souffrance pour me toucher un mot de cette perspective ! Au moins, juste me prévenir qu'un docteur avait trouvé un traitement, me donner un peu d'espoir, rien qu'une étincelle…

Le jeune homme partit d'un rire doux et triste.

— Je te connais, Rose. Je ne te connais que trop bien. Tu aurais pris le risque.

— Est-ce si mal de tout tenter pour vivre aux côtés de celui qu'on aime ?

— Je refuse de t'attacher à ce lieu ; d'y assujettir nos enfants.

— Mais si je ne peux exister qu'à tes côtés, si je suis déjà enchaînée à toi… ?

Son intonation faiblit, parsemée de sanglots.

— Qu'importe si je me rends captive de ces terres, puisque toi-même ne saurais plus désormais quitter Oppedette ? David…

Sa voix se brisa. Un soupir, et elle parvint à reprendre :

— J'ai essayé – et de toutes mes forces, en riant, en souriant, en me montrant brave –, mais je n'arrive pas à vivre sans toi. Laisse-moi rester. Laisse-moi être un sujet de plus pour leurs expériences. Je vais le faire, de toute manière. Alors, s'il te plaît, ne me déteste pas pour ça…

Un mouvement d'air ; le froissement des tissus.

— Jamais, Rose ! Jamais je ne pourrais te haïr. Ce serait comme abhorrer le feu qui me réchauffe, le printemps qui fait fleurir mes pommiers. Quoi que tu fasses, que tu partes ou que tu restes, ce sera toujours toi que j'aimerai, la seule merveille dans mon âme.

Sans un son, Anne-Hélène referma les battants. Elle était rassurée quant à l'avenir de ces deux-là. Ce qui se passait à présent relevait de leur plus stricte intimité. Elle gagna son lit. Les draps étaient redevenus froids.

Le lendemain, un peu avant l'heure du déjeuner, Lazare et Marie-Constance se rencontrèrent. De façon plus exacte, le baron avait invité celle-ci à le rejoindre dans le salon.

L'héritière des Varages était présente. Un bon feu ronflait dans la cheminée. Octobre ne lésinait pas sur ses crachins et une bruine glacée tombait depuis l'aurore.

La marquise avait retrouvé des couleurs et semblait plus reposée. Le spectre de son ancienne dignité se faisait plus palpable. Elle se tenait droite sans effort et si sa peau demeurait craquelée, son apparence n'était plus celle d'une vénérable ancêtre prête à verser dans le tombeau. L'ambiance, en revanche, n'avait rien à envier aux mines plombées des enterrements… Les deux adversaires se tenaient face à face, prêts à en découdre. Il émanait de la dame une impression de désastre implacable et cruel – sans doute à hauteur du désespoir qu'elle avait subi par sa faute, pensa la demoiselle. Et tous deux, nota-t-elle, prenaient bien soin de l'ignorer, elle. Soit. Elle se consolerait en mangeant une pomme. Cela l'occuperait, puisqu'elle n'avait visiblement pas droit de cité alors que son destin se jouait là !

— Ma fille m'affirme que vous aviez l'autorisation de votre frère pour cette action. Je veux bien la croire – davantage elle que les hommes sans pitié qui se sont gaussés de ma détresse. Néanmoins, je vous imaginais plus intègre et j'aurais supposé que vous me demanderiez la main d'Anne-Hélène avant de l'emporter en travers de votre monture comme la dernière des catins.

— Aucune excuse ne saurait rembourser le tort que je vous ai fait à toutes deux et croyez bien, madame, que je suis sensible à votre magnanimité et à la clémence que vous montrez dans vos paroles.

Elle prit note de cette politesse avec un petit mouvement sec de la tête.

— Très bien. Vous comprendrez donc que nous repartirons pour Allemagne dès que cela sera possible. Nous fournir des chevaux et des vivres sera un premier geste de bonne volonté.

Le châtelain, surpris, jeta un coup d'œil à son amante. Cette dernière apprécia qu'on se soucie enfin de son avis ; sa génitrice, moins.

— N'essayez pas d'intimider cette enfant !

— Mère, je vous en prie ! Ce n'est pas un regard de Lazare qui saurait me contraindre ou modifier mon opinion.

— Anne-Hélène, laisse-moi régler cette histoire et quittons très vite cet endroit.

— Mais je ne veux pas partir !

Le baron releva la tête, stupéfait et ravi.

— Ma chérie, la rabroua une Marie-Constance aux lèvres pincées, tu ne sais pas ce que tu dis. Aujourd'hui, il te semble vivre une aventure exaltante. Demain, tu t'apercevras qu'il ne s'agissait que d'un miroir aux alouettes.

Il commençait à lui chauffer que sa mère prétende savoir mieux qu'elle les dispositions de son âme et vers quel choix d'avenir elle ferait mieux de se diriger. La dame poursuivait son entreprise de persuasion, sans comprendre qu'elle produisait l'effet inverse.

— Tu n'as pas pensé à toutes les conséquences. Tu es infertile.

À ces mots, elle planta son regard dans celui de Lazare, le défiant de réagir à cette nouvelle. La demoiselle, mortifiée, aurait voulu se rouler dans un coin pour cacher sa honte. Quelle mouche avait piqué la marquise pour aborder tout de go un sujet aussi délicat et intime ?

— Lorsque ce gentilhomme – l'assemblée perçut sans mal l'ironie grinçante qu'elle avait infusée dans ce mot – souhaitera une descendance afin de perpétuer son nom et la gestion de son domaine, il n'aura d'autre choix que de se tourner vers une concubine.

L'indignation fouetta les joues du comte déchu.

— Jamais je ne toucherai d'autre femme qu'Anne-Hélène.

Une petite voix, plus aiguë mais aussi plus posée, vint en contrepoint de celle de l'homme.

— Et si je voulais, moi, qu'il aille voir une autre femme et qu'on adopte le pitchoun ? Mieux vaut une descendance qui hérite du sang de l'un de nous deux plutôt que d'aucun.

Ses interlocuteurs en restèrent muets de stupeur. Elle en profita pour manger un autre morceau de la pomme qu'elle avait découpée en six, et fit passer la tranche avec une gorgée d'eau. Lazare s'approcha d'elle, bouleversé.

— Anne-Hélène, jamais je ne vous demanderai une telle abnégation dans notre relation. Votre dévouement est…

— Niais et immoral. Ce coquin aura le beurre et l'argent du beurre, si tu acceptes ce marché de dupes.

Il fit volte-face et toisa la marquise, scandalisé par ses sous-entendus. Elle ricana.

— Oh, inutile de me faire ce regard sombre, monsieur. Ce ne sont pas vos gros yeux qui m'impressionneront. J'irai loin pour protéger ma fille, très loin, aux plus hautes instances s'il le faut. Quant à votre probité, si vous saviez ce que j'en pense après que votre cadet m'a menti de façon si abominable, insensible aux affres d'une mère rongée par l'incertitude de ce qu'on fait subir à son enfant ! Et ce n'est certes pas ma rencontre avec votre second frère qui a amélioré mon opinion.

Les paupières du baron se plissèrent.

— Vous avez vu Joseph Dario ? Qu'a-t-il fait exactement ?

Marie-Constance cilla. Ses prunelles se détournèrent vers sa gauche. L'homme jura.

— Madame, je suis profondément désolé. Je ferai mon possible pour que vous obteniez réparation. Et si vous craignez pour Anne-Hélène, sachez que jamais je ne me permettrais un tel abus. Je respecte et j'aime votre fille, il n'est pas question que je commette cet outrage – ni sur aucune des femmes de mon domaine ou d'ailleurs, soyez assurée.

À son tour, la demoiselle perdit ses couleurs. Elle avait peur de comprendre… La dame de Varages, de son côté, n'en démordait pas.

— Ça fait beaucoup de « jamais » pour que je porte foi à chacun d'eux…

— Mère, s'il vous plaît, vous devenez désagréable.

— Je t'ai dit de me laisser régler cette histoire !

— Pourtant, c'est fait ; il n'y a plus rien à décider.

Un ange passa. À présent, les deux ennemis acceptaient enfin de lui accorder l'attention à laquelle elle aspirait.

— Comment cela, « c'est fait » ? bredouilla Lazare d'un ton hésitant.

Il fit un pas en direction de son amante, puis un autre.

— Ma mie, cette pomme…

— Quelle pomme ? Ah, celle-ci ! Oui, eh bien ?

— D'où vient-elle ?

Anne-Hélène leva la tête et tapota ses lèvres de l'index.

— Laissez-moi réfléchir… Du verger de David, il me semble bien.

— Évidemment, vous avez pris l'antidote de Tresmaje, ce matin ?

Elle eut un petit sourire contrit.

— Pas depuis hier.

Et elle avala d'un air gourmand le sixième et ultime fragment.

Chapitre 24

Lazare et Marie-Constance pâlirent de concert. C'était perturbant de les voir en harmonie, surtout juste après les mots qu'ils venaient d'échanger… Ils restèrent tous les deux immobiles, conscients qu'il n'y avait plus rien à faire : ce fruit n'était pas la première chose qu'elle ingérait depuis son lever. Avec une lenteur douloureuse, l'idée fit son lit dans leurs esprits. Lazare fut le premier à s'en remettre. Il franchit les quelques mètres qui le séparaient de sa fiancée – car c'était bien un tel engagement qu'elle venait de prendre devant eux –, enserra ses mains dans les siennes, se mit à genoux et les baisa. Puis il leva son visage vers elle. Dans ses iris malachite, que l'angoisse assombrissait trop souvent, brillaient une galaxie entière et des promesses de voie lactée.

— Ma dame…

Il y avait dans ces simples mots une adoration extatique. Il parvint à la faire frémir, à apporter à ses yeux les larmes des pluies d'automne, aux senteurs de feuilles rouges et de soirs alanguis. Elle se pencha en un geste doux, mesuré – un message aussi pour sa mère, afin qu'elle comprenne. Et elle l'embrassa.

La voix de la marquise flotta dans la pièce. Ses intonations douloureuses et résignées grêlèrent le cœur de la demoiselle, mais elle s'était elle-même coupé toute possibilité de repli – en sus, quelque vive que soit sa commisération, sa volonté restait ferme.

— Si tel est ton choix, ma fille, je…

Une toux rauque cassa sa phrase. Elle tenta de se reprendre, recommença, mais ne put achever. Anne-Hélène la scruta, inquiète. Sa mère se montrait nerveuse ; son agitation secouait ses mains et les traits autour de sa bouche, elle qui se révélait toujours si maîtresse d'elle-même.

— Je suis désolée, mais c'est trop… J'ai besoin d'un peu de temps. Je vais me retirer dans mes appartements.

Et, comme son enfant faisait mine de la suivre.

— Non, je t'en prie. Ta présence…

Elle ne termina pas sa phrase, les cils brillants de larmes qu'elle refusait de laisser couler devant elle. Elle fit volte-face et quitta la pièce, la démarche précipitée et une main sur son visage. Anne-Hélène renonça à la suivre. Elle ne pouvait qu'espérer que Rose soit dans les parages et aide la marquise dans sa détresse.

Elle soupira et se tourna vers Lazare. À présent que la surprise était passée, celui-ci revenait de son premier mouvement de joie pour mesurer l'ampleur du sacrifice.

— Pourquoi vous êtes-vous vous-même imposé ces chaînes ? Nous aurions abouti à une solution sans cela ! Votre mère aurait accepté cent fois de vous voir rester ici contre la garantie que vous ne soyez pas assujettie à la Source !

— Ma mère m'a cherchée durant des mois et depuis son arrivée, pas une seule fois elle ne m'a vraiment regardée. Elle s'est forgé une image de moi détenue contre ma volonté, captive d'un monstre et forcée de lui ouvrir les cuisses. Je ne suis pas aussi certaine que vous qu'elle m'aurait accordé la liberté de vivre à Oppedette. Peut-être se serait-elle imaginé que vous m'obligiez d'une façon ou d'une autre. Là, au moins, les choses sont claires. Même si c'est douloureux sur l'instant, je préfère que l'abcès soit crevé – et éviter qu'elle ne rajoute mon choix aux raisons de vous haïr.

D'une voix plus douce, elle poursuivit :

— Je suis aussi désolée d'avoir dû la blesser après tout ce qu'elle a subi pour moi. Nous ne méritions pas cela, ni elle ni moi, et vous non plus. Néanmoins, le responsable a un nom : Jean Pietro. Hélas, il a aussi le titre de comte de ces terres et l'oreille de plusieurs conseillers dans l'entourage de Louis XVIII… L'instigateur de nos malheurs ne sera jamais puni. Je vous dirais bien que nous pourrions prendre notre revanche sur lui en étant heureux malgré tout, si je ne proférais ainsi une banalité mille fois rabotée. De plus, cela ne change rien au fait que je me sens coupable vis-à-vis de maman, davantage encore après mon éclat de tantôt.

Lazare hocha lentement la tête.

— Mais il fallait qu'elle comprenne… commença-t-il.

— Que je ne suis plus sa petite fille, oui ; qu'elle ne peut pas m'imposer de demeurer à Varages afin de régir le domaine. Je me débrouillerai. Vous-même, il vous arrive de partir plusieurs jours et le remède n'est efficace que s'il est créé à partir de sang frais : si vos gens…

— « Nos » gens.

Il avait l'air de prendre la distinction au sérieux. Elle ne put s'empêcher de le trouver mignon.

— Soit, lui accorda-t-elle avec un petit sourire. S'ils peuvent s'en passer durant ces périodes, je le pourrai aussi.

J'irai à Allemagne une ou deux semaines – ce qui me laissera amplement le temps de me rendre compte de la situation des plantations ou des récoltes. Il me faudra juste une personne de confiance, et dégourdie, pour me porter un message jusqu'ici en cas d'urgence et l'affaire est résolue !

— On dirait que vous avez pensé à tout.

— Je n'ai pas beaucoup dormi, cette nuit.

Il effleura son épaule.

— L'angoisse ? Il est vrai que cette décision a dû être difficile à prendre, pour bien des raisons.

— Non, il ne s'agissait pas de cela.

Elle leva le visage vers lui, vrillant son regard dans le sien.

— Les draps étaient froids.

L'allusion devait être plus osée qu'elle le pensait car les joues de l'homme rosirent légèrement. Son trouble ne fit qu'alimenter le feu qui crépitait dans le ventre d'Anne-Hélène. Il se détourna.

— Au moins pour cela, respectons les règles. Je tiens à ce que notre union soit parfaite. Un mariage…

— Ne nous apportera rien que nous n'ayons déjà. Davantage de respectabilité, croyez-vous ? Ils s'en gausseront bien, ceux à qui la réputation importe, lorsqu'ils sauront où je résidais durant tous ces mois. Pourquoi ne pas profiter de la vie sans s'encombrer de ces considérations mesquines ?

Était-ce d'avoir revu sa mère et de ne plus être dans l'incertitude la concernant ? D'avoir affirmé son choix aux yeux des deux personnes qui comptaient vraiment pour elle ? Ou s'agissait-il d'un intrigant effet de résonance entre le gardien de la Source et la jeune femme qui avait enfin accepté de se vouer à cette dernière ? Il y avait comme une vibration entre eux ; elle pouvait en sentir la force magnétique qui faisait converger leurs corps, la poussant à avancer, à plaquer ses mains sur le torse ferme et bien dessiné. Le soupir qu'elle lui arracha par ce simple contact lui prouva qu'une même attirance palpitait en lui. Elle posa ses lèvres sur son cœur. Contre son ventre, une masse prenait de l'importance. Il lui saisit la main.

— Suivez-moi.

Sa voix était lourde de désir, prompte à la faire frémir. Elle lui obéit sans discuter. Ils se faufilèrent comme deux ombres dans les couloirs, alors que cette mi-journée d'automne peignait d'or et de satin les alvéoles de la demeure. Il l'entraîna dans une partie de la bastide, à l'opposé de ses propres appartements, qu'elle n'avait pratiquement jamais explorée.

— Pour ne pas être tenté, lui chuchota-t-il à l'oreille – à croire qu'il avait entendu ses pensées.

Enfin, il ouvrit une porte. La demoiselle s'y glissa avec un sourire, qu'elle perdit aussitôt. Juste à ses côtés, la truffe flairant son mollet, un chien noir gardait la chambre.

— Il a dû revenir après sa promenade. Les domestiques l'accompagnent quand ils le voient rentrer et tournent la poignée pour lui.

Il flatta la bête entre les deux oreilles, puis lui indiqua le couloir.

— Cerbère, dehors !

Il referma le battant et regarda Anne-Hélène avec une moue d'excuse.

— La nuit, il dort près de la cheminée. Ça me rassure de le savoir dans la chambre.

— Le plus grand ruffian de ce côté de la Durance a peur des cambrioleurs ? le taquina-t-elle.

Il eut un sourire un peu gêné. En voyant cette mine de gamin penaud, elle sut qu'il y avait encore de nombreux détails à découvrir sur l'homme qu'elle avait choisi d'épouser. Tant mieux, elle avait toujours aimé explorer! D'ailleurs, en parlant de ça… Elle franchit l'espace qui les séparait, lui entoura le cou de ses bras et l'embrassa. Surpris, il réagit derechef en l'enlaçant. Elle adora cette impression : se presser tout contre lui, enrobée par sa présence, sa chaleur et sa force. Il avança, la faisant marcher en arrière sans voir où ils allaient. Elle devinait qu'il la guidait vers le lit. Elle joua le jeu avec un petit rire, heureuse et étonnée de pouvoir s'abandonner dans une pleine confiance. Il y avait là quelque chose d'étourdissant, autant que l'amour lui-même. Il la renversa et elle rebondit sur le matelas avec un gloussement. Il la laissa le temps de tirer les rideaux de la fenêtre la plus proche, mais revint aussitôt s'asseoir. Elle se colla contre son dos alors qu'il se mettait pieds nus. Puisqu'il avait les mains occupées, elle en profita pour envoyer les siennes en repérage. Les insinuant dans les échancrures de sa chemise, elle tâta les pectoraux, puis obliqua vers les abdos tout en mordillant son épaule. Ses doigts faisaient frisotter le duvet qui partait de son nombril et plongeait vers… Elle n'eut pas l'occasion d'en découvrir davantage : il la rejeta en arrière et maintint ses poignets au-dessus de sa tête.

— Eh quoi, mademoiselle, auriez-vous envisagé de me faire bouillir le sang sans que je puisse vous rendre la pareille ?

Enfouissant son visage dans son cou, il pinça de ses lèvres la peau douce et sensible.

— Que non, fier damoiseau, répliqua-t-elle en pouffant. J'espère au contraire que votre vengeance sera implacable !

Mais très vite, l'envie de rire s'estompa ; les mains la libérèrent pour mieux appréhender les courbes de son corps. Elle ne demeura pas sans agir puisqu'elle put apprécier son dos musclé, puissant, la façon dont il ondulait à son contact. Ce fut au tour des fesses, dures – mais pas autant que l'organe qui se dressait contre son sexe. Alors que Lazare venait à peine de défaire sa robe, elle saisit sa verge à pleine main. Il se braqua, étouffant un gémissement, et retomba sur elle.

— Un peu de patience, ma mie… Ou c'est moi qui ne vais plus en avoir.

— Un peu comme cette nuit-là où vous avez chevauché jusqu'à moi… ? Et que diriez-vous de me chevaucher en journée, cette fois-ci ? ajouta-t-elle d'une voix mutine.

Il la fixa, interdit. Les yeux plongés dans les siens, elle vit ses pupilles se dilater jusqu'à devenir de grandes mares miroitant son désir. Avec un son rauque, il défit sa chemise, la passa par-dessus sa tête et l'envoya valser. Elle eut tout juste le temps d'admirer sa peau pâle, laiteuse, sublimant une musculature nettement dessinée, qu'il troussa ses jupons et s'y enfouit. Elle ne comprit pas jusqu'au premier coup de langue. Un cri lui échappa. Elle appuya ses deux paumes sur sa propre bouche, mais très vite, préféra glisser ses doigts dans les cheveux et sur les épaules de son amant. Quant à celui-ci, l'une de ses mains continuait à la dévêtir, profitant de sa tâche pour caresser un sein, le ventre, tandis que l'autre tapotait un endroit entre ses cuisses, un point de son intimité qui l'élançait tant qu'il en devenait douloureux. Un de ses doigts s'y insinua. Le plaisir fut si intense qu'un grand spasme la raidit. Mais l'intrus poursuivit.

À présent, la sensation devenait pénible. Il forçait, butant sur un obstacle. Elle savait de quoi il s'agissait, et l'appréhension calmait son ardeur. Percevant ses craintes, Lazare redoubla d'efforts. Sa langue effleurait ses lèvres, s'enroulait autour du petit berlingot qu'il prenait soin de ne jamais lécher directement. Il taquinait ses tétons, empoignait sa poitrine avec un surprenant mélange de fermeté et de délicatesse, et la tordait vers le ciel. Anne-Hélène ne tarda pas à onduler de nouveau, oublieuse de l'avenir, tout entière noyée dans la volupté du moment. Quand il la sentit débordante de plaisir, il perça la membrane d'un geste résolu. Elle se tordit, pressant ses deux paumes sur la blessure dans son bas-ventre. Lazare s'était aussitôt retiré. Il remonta jusqu'à son visage et déposa mille baisers sur ses joues et son front.

— C'est fini, ma mie. C'est terminé.

Son bras s'étira entre eux. Ses doigts écartèrent ceux de son amante et pressèrent son bijou d'amour. Très vite, cette euphorie languissante et délicieuse revint, calmant les crampes qui la secouaient encore. Il amena une dernière fois sa figure entre les jambes de la demoiselle. Avec une attention émue, il y suçota la friandise rouge et gonflée comme une fraise des bois. Trois coups de langue suffirent. La jouissance renversa la jeune femme. Tous ses muscles se raidirent tandis qu'elle mordait son poignet pour étouffer son cri.

Elle retomba sur le sommier, ravie. La souffrance de l'hymen déchiré n'était plus qu'un vague pincement au fond de son intimité. Lazare s'allongea à son côté et elle se blottit contre lui. Avec des mouvements lourds de chat repu, elle approfondit ses connaissances géographiques concernant le torse voisin. Il y avait là des cicatrices et des marques de brûlures. De toute évidence, elle avait aussi à se perfectionner en histoire…

— Mais, et toi ? s'enquit-elle soudain.

Il eut une mimique fiérote – sans doute flatté d'avoir réussi à chambouler sa compagne au point qu'elle n'y ait pas pensé avant – qui s'effaça bien vite pour faire place à une expression attendrie.

— Rien ne presse. Prends un peu de temps. Tu m'as déjà beaucoup donné en me laissant cajoler ton corps comme je l'ai fait.

Il se pencha à son oreille et murmura :

— J'ai profité de chaque seconde où tu t'es abandonnée à moi. Et j'adore ta façon de jouir.

Elle sentit ses pommettes s'enflammer. Il rit et ajouta :

— Tu as remarqué que tu m'as tutoyé ?

Puis, d'un air profondément sérieux :

— Pour te dire la vérité, tu m'as donné un orgasme, toi aussi. Quand je t'ai vue te livrer à ce point, sans hésitation, t'offrir à moi en toute confiance…

Il s'interrompit en s'esclaffant. Elle avait jeté un œil sur son entrejambe et ne paraissait guère convaincue.

— Les hommes peuvent jouir sans en renverser partout, ma douce… Je t'apprendrai – cela, et bien d'autres choses.

Elle sourit, songeant aux leçons à venir.

— J'ai hâte de m'y mettre. J'ai les études en marotte, surtout les cas appliqués… J'aime les observer de très près, soupeser tous les éléments.

Elle souligna la phrase en se pourléchant les lèvres. Lazare répondit aussitôt à l'invitation ; il l'embrassa avec ferveur. Alors que la fièvre saisissait de nouveau leurs corps, l'homme songea que, lui aussi, mettrait un point d'honneur à être très appliqué – et impliqué – dans les avancées de son élève et la régularité de ses leçons.

Lazare était assis sur le lit, en train de boutonner sa chemise, quand il s'éclaircit la voix. Elle pivota vers lui.

— Parmi tous les plans que tu nous as concoctés, il y a un cas de figure que nous n'avons pas envisagé.

Elle prit le temps d'ajuster sa coiffure avec les quatre épingles qui lui restaient avant de se détourner de la psyché et de marcher jusqu'à lui.

— De quoi s'agit-il ?

— As-tu pensé que, moi, je pourrais te suivre et aller vivre à Allemagne ?

Elle le scruta, tentant de deviner si sa question était du lard ou du cochon.

— Tu le proposes sérieusement ?

— Je voudrais juste savoir si tu y avais réfléchi.

— Oui, un bref instant – puis j'ai rejeté l'idée.

— Pourquoi ?

— Parce que tu es le gardien de la Source maudite dont dépendent les existences de dizaines, voire de centaines de personnes. Tu te flagelles assez souvent avec cette histoire pour que je ne me fasse aucune illusion sur ta propension à déménager.

— Donc, tu ne m'as pas demandé de te suivre parce que tu savais que je refuserais, c'est ça ?

Il la fixa à son tour.

— Je regrette, Anne-Hélène, mais ce n'est pas une bonne raison.

— Comment ça ?

— Tu ne peux pas me dire que tu as choisi d'habiter ici parce que tu savais que je n'irais pas vivre là-bas.

Elle se renfrogna.

— Pourtant, c'est ainsi. Que veux-tu que j'y fasse ? Que je t'assomme et te traîne par les pieds jusqu'à notre donjon pour t'y enchaîner ?

Il balaya son agacement d'un geste de la main.

— Je veux que tu trouves tes propres raisons d'emménager à Oppedette. Si tu ne le fais pas, un jour, tu me reprocheras de t'être enterrée ici pour mes beaux yeux. Que tu les formules ou non, les regrets seront dans ton cœur.

Soufflée par la justesse de ces craintes, l'héritière des Varages acquiesça.

— Je vais y réfléchir.

— Merci.

Il se leva et la serra contre lui. Elle se blottit davantage, fourrant son nez contre son torse.

— Mais pour l'instant, mes pensées ont un autre point d'ancrage, j'en ai peur.

*

Anne-Hélène aperçut sa mère à deux reprises dans l'après-midi. Elle n'osait aller la déranger dans la chambre où la marquise faisait retraite. Elle n'était pas très fière de son attitude, même si elle continuait à croire qu'elle répondait à une nécessité. Leur invitée – Rose logeait désormais chez David – ne parut pas au dîner, ni au déjeuner du lendemain. Enfin, le soir venu, elle leur proposa de se rejoindre autour d'un toast. Étonnée et vaguement inquiète, la demoiselle accepta. Quelle ne fut pas sa surprise lorsqu'elle découvrit que la caméristе, son prétendant, Hémont et le curé du canton étaient aussi invités ! Elle battit des paupières en entrant dans la salle, chercha Lazare des yeux. Le traître lui adressa un sourire contrit. Puis Marie-Constance s'avança.

— Ma fille, maintenant que je te sais libre et heureuse de la vie que tu t'es choisie, je vais retourner à notre domaine.

Il a dû beaucoup souffrir de cet été qui ne fut qu'un long soupir de larmes.

Toute l'assistance saisit l'allusion, mais chacun eut le bon goût de ne rien en montrer.

— Avant cela, pour rassurer mon cœur de mère et parce qu'il est de mon devoir de veiller à la bienséance te concernant, j'ai souhaité que des fiançailles officielles aient lieu. Le père Eusèbe, précisa-t-elle en désignant l'homme d'Église, bénira votre engagement.

La demoiselle eut du mal à rendre au prêtre son sourire. Au final, jusqu'au dernier moment, sa parente s'était immiscée dans ses décisions. Bien sûr qu'elle se considérait fiancée au baron, là n'était pas la question ! Mais quel besoin avait eu la marquise d'organiser cette petite réception impromptue ? De décider de l'heure, du jour, d'où et de qui ? Anne-Hélène prit une longue inspiration. Sa génitrice était inquiète, voilà tout. Si tel se révélait le prix auquel consentir pour que celle-ci la laisse ensuite mener son existence comme elle l'entendait, ce n'était pas si cher payé.

Elle parvint donc à sourire de façon à peu près convaincante. L'atmosphère récupéra quelques degrés. Seul Lazare conservait un air sombre. Il marcha jusqu'à elle, mit un genou en terre. Elle baissa la tête et leurs regards se rencontrèrent. La mâchoire du châtelain se crispa.

— Hors de question qu'on se fiance dans ces conditions.

Il se redressa et fit volte-face. Sa main saisit celle d'Anne-Hélène.

— Mon père, lança-t-il au religieux, je jure devant Dieu de l'épouser. Et pour sacraliser un peu plus toute cette affaire, nous filons à un monastère !

Entraînant la jeune femme à sa suite, il partit en courant. Tandis que la marquise et le capelan roulaient des mirettes, Rose et David s'enlaçaient avec tendresse. Leurs visages reflétaient cette complicité affectueuse qu'avaient les couples à l'amour vivace envers ceux qui leur ressemblaient. Quant à l'alchimiste, pour ne pas déroger à ses habitudes, il riait à s'en démettre les côtes !

Ce fut donc à Ganagobie, un soir semblable à celui de leur premier véritable baiser, que Lazare s'agenouilla devant la femme qu'il aimait, porta à ses lèvres les doigts d'albâtre et posa la question rituelle. Les rayons safran dansaient dans la nuit de ses cheveux, révélant des reflets acajou. Ses yeux malachite avaient la même fraîcheur embuée que la végétation perlée de pluie. Les erreurs, les combats et les doutes se peignaient dans ses traits, dans le pli dur de sa bouche. Elle épouserait un homme blessé, mais aussi, et malgré ce qu'en pensaient lui-même et les autres, un compagnon droit et intègre, capable de beaucoup pour ceux qu'il chérissait – de se jeter d'une falaise, par exemple.

Elle lui sourit. Le vent jouait avec ses mèches, comme dansaient les branches de peupliers avant l'orage. Sa beauté foudroya le gardien de la Source. S'il ne l'avait pas déjà aimée à corps perdu, il aurait pu lui dédier son âme. Ses dents parurent, chapelet d'ivoire où s'accrochaient les prières du soupirant. Puis vint la réponse.

— Oui.

Avec délicatesse, il baisa le creux de son poignet gauche. Sous ses lèvres, la marque frémit en oscillations serpentines.

Épilogue

La Saint-Jean arrivait à grands pas et les préparatifs de la fête battaient leur plein. La première moitié de cette année 1817 laissait espérer que le temps en avait terminé avec son coup de folie : les céréales grandissaient dans les champs, les fruits printaniers avaient été récoltés et l'on ne tarderait pas à assaisonner les tomates en salades ou en croque-au-sel.

Anne-Hélène revenait de sa visite au domaine de Varages. Mère et fille avaient toujours du mal à se séparer lorsque l'heure de rentrer à Oppedette arrivait. Néanmoins, les perspectives qui l'attendaient dans ce petit village où elle avait pleinement pris son rôle de châtelaine la comblaient d'enthousiasme. Sans parler des retrouvailles avec Lazare… Elle frissonna en songeant au baiser qu'il lui donnerait pour l'accueillir, puis à sa tendre et vigoureuse façon de lui montrer qu'elle lui avait manqué, plus tard dans leur chambre. Sans s'en apercevoir, elle pressa son cheval. David claqua de la langue pour intimer au sien d'accélérer. La présence d'un homme décourageait la plupart des malandrins qui se seraient avisés de la solitude de cette fort jolie jeune femme.

En ce qui concernait les plus butors d'entre eux, sa suzeraine portait un fusil en bandoulière et, l'ayant vue l'utiliser, le paysan se sentait plutôt en sécurité. Pour sa part, il s'éloignait avec difficulté des terres fertiles d'amandiers et de miel. Alors que le plateau de Valensole disparaissait dans leur dos, ses pensées restaient saisies dans les cils de Rose et l'ourlet de ses lèvres. La camériste avait choisi d'entrer officiellement au service de la marquise. Elle y était heureuse et ils pouvaient vivre leur amour sans que personne y voie à redire. Il adorait le moment où elle l'apercevait, remontant l'allée qui menait à la cour du château : son visage s'éclairait soudain, ses joues et sa gorge s'épanouissaient dans cette délicieuse couleur qui lui avait donné son nom. Elle manifestait tant de joie à chacune de ses venues ! Et, pour ses départs, parvenait à faire bonne figure… Elle préférait mille fois cette vie à l'existence sans horizon qu'elle avait bradée jusqu'ici, lui disait-elle.

Ce séjour-ci avait serti deux événements d'importance. Si l'un avait fleuri dans la lumière, l'autre se terrait dans le secret. Anne-Hélène était partie un matin, avant l'aube. Elle avait interdit à David de la suivre. On se trouvait sur les terres où elle avait grandi ; elle savait bien mieux que lui ce qu'elle faisait. Il demeura donc dans les bras de Rose. Lorsque la baronne revint, ses traits étaient apaisés – une bonne chose alors, té ! Quant à l'annonce qui fit grand bruit, il s'agissait de la désignation d'une simple paysanne, Virginie – jouvencelle fiancée à un certain Frédéric –, en tant que régisseuse de l'héritière des Varages. Elle tiendrait son rôle auprès de leurs gens lors des absences de celle-ci. Si, pour l'instant, la nomination n'avait pas beaucoup d'intérêt, cela offrait à la demoiselle le temps de se faire connaître des paysans et ouvriers des environs, mais aussi et surtout d'apprendre les ficelles de la gestion d'un domaine.

David se demandait ce qui avait bien pu pousser sa suzeraine à faire ce choix. Il y avait des choses qu'il ne comprenait pas sur elle – sur le baron non plus, d'ailleurs. Les autres Oppedetois semblaient accepter ces faits de bonne grâce. Lui avait davantage de mal, sans doute parce qu'il restait, malgré toutes ces années, une sorte d'étranger au clocher. Cependant, quand un spectacle comme celui qui se déroulait sous ses yeux se produisait, il ne pouvait empêcher un frisson de terreur sacrée de secouer son échine – et une révérence extatique le saisissait, prompte à le jeter à genoux et lui faire tendre la gorge, quémandant la grâce de sa dame. Devant lui, sans se douter de rien, la baronne chevauchait dans l'air vibrant de cagnard. Son image dansait dans les yeux de celui qui l'escortait : plus pâle que les arêtes de calcaire qui affleuraient ici et là, la chevelure semblable tantôt au bois des noisetiers, tantôt au plumeau des joncs, elle était suivie par une nuée de papillons.

Il y avait là des citrons de Provence, arborant les teintes de ces agrumes aux derniers jours avant la récolte ; des machaons, ces grands porte-queue au jaune plus doux, que des motifs charbon découpaient en fabuleux éclats de joie. Leurs voilures postérieures enchâssaient leur dentelle d'aniline et de cobalt. Les insectes aux larges ailes virevoltaient derrière elle en une masse serrée, tressée, qui formait une longue traîne de gloire flottant au-dessus du chemin de poussière que gardaient des haies d'ajoncs. Au-dessus de sa tête, les petits apollons, soleils du Parnasse, dessinaient une couronne de velours crème tacheté de noir. Leur robe évoquait l'hermine des rois. Des ocelles rouge vif ajoutaient des touches de puissance et de rage, flocons de lave plus rutilants que des escarboucles. Pour une raison obscure, en vue d'un destin plus hermétique encore, la nature avait décidé de sacrer cette femme. Et David était bien placé pour savoir que, lorsque ce genre de puissances s'en mêlait, mieux valait suivre le courant…

Ils parvinrent aux gorges alors que le soir s'annonçait. Le chant des cigales s'éteignait sous le brouhaha des hommes et des femmes qui rentraient chez eux après leur journée de travail. Avant même que la bastide ne soit en vue, une demi-douzaine de personnes s'étaient présentées à Anne-Hélène pour la prévenir que des visiteurs étaient arrivés avec les embruns du matin. Ces individus aux mines joyeuses et aux regards en coin bénéficiaient à présent de l'hospitalité du baron. La dame les remercia. Elle donna congé à David et, sitôt qu'elle eut mis pied à terre, rejoignit ses appartements. Une domestique lui préparait un bain. Elle s'y coula avec délectation. Tout à l'heure, quand elle en aurait fini avec les mondanités, elle pourrait annoncer deux bonnes nouvelles à Lazare : l'acceptation par la marquise du choix de Virginie en tant que régisseuse, mais aussi sa rencontre avec Joséphine.

La pitchoune était devenue une jouvencelle, plus sage, plus grave. Elle cabriolait toujours dans les collines lorsqu'elle n'aidait pas sa mère. Cependant, ses silences et, par moments, sa parole avaient acquis une profondeur qui avait marqué l'ancienne Agnelle. Cette dernière avait craint que son amie refuse à nouveau de discuter, mais celle-ci l'avait simplement accueillie d'un sourire et d'un : « Tiens, te revoilà ? Moins de ténèbres, je te préfère comme ça ! » Elle avait accepté sans se faire prier de devenir son alarme, celle qui viendrait la prévenir si quelque chose n'allait pas à

Allemagne ou dans les environs, et l'une des rares personnes à pouvoir cheminer jusqu'à Oppedette. Son accord avait soulagé d'un poids la demoiselle de Varages. Elle avait plus que confiance en son intégrité et en son jugement, et si la bergère avait refusé, Anne-Hélène n'aurait pas su qui solliciter.

Ce fut lavée, vêtue de frais et l'esprit alerte qu'elle pénétra dans le salon où Lazare et Hémont entretenaient leurs hôtes. Elle ne les connaissait pas. Ses poumons retinrent un soupir de soulagement : il ne s'agissait pas d'Hilaria et de Jean Pietro, ni de ce frère qui courait les mers, ce Joseph Dario qu'elle souhaitait ne jamais rencontrer. Tuer le cadet de son époux ne lui semblait pas apte à favoriser une relation saine au sein de leur couple. La petite troupe qui se trouvait là était bien trop dissipée, trop ouvertement effrontée et trop affamée de la vie et de ses plaisirs pour que l'un de ses membres appartienne aux fils de Crosne. Elle lui faisait plutôt penser à ces enfants de la misère, nourris de rancœur et abreuvés de folie. Les mauvaises herbes avaient appris à sarcler autour d'elles, à porter de beaux fruits et à se pavaner de fleurs, mais la roche sur laquelle elles avaient poussé conservait une amertume dans leur sève. Le plus jeune et le plus beau d'entre eux la fixait avec un air de défi et d'inquiétude. Sa moue était bravache, mais son regard ourlé de mauve se montrait avide. Un instinct de mère qu'elle ignorait posséder lui donnait envie de prendre dans ses bras ce matadore aux lèvres encore tachées de lait.

— Anne-Hélène, ma femme, la baronne d'Oppedette et héritière du domaine de Varages, la présenta Lazare.

Elle esquissa une révérence, ce qui parut enchanter ces gens.

— Anne-Hélène, reprit le châtelain, voici Denis la Sauce, un… artisan renommé dans la région. Il a aussi de très bonnes connaissances en herboristerie, il devrait te plaire.

Le damoiseau se leva et, plongeant dans un salut fantasque où ses bras formaient de multiples arabesques, acheva sa démonstration d'un baisemain tout aussi burlesque. Sa vis-à-vis ne put retenir un rire qu'elle couvrit de sa paume, ce qui le rendit fier comme Artaban.

— Ma dame, c'est un honneur de vous rencontrer !

— Denis n'est pas tout à fait étranger à notre relation… compléta le comte déchu. Disons qu'il a su paraître au bon moment pour donner le bon conseil.

— Et, par un hasard d'une félicité extrême, voilà que le destin me remet sur votre chemin afin de vous révéler une magnifique nouvelle !

— Pour être plus exact, sa bande et lui ont détroussé un messager de la cour de France qui m'apportait un courrier.

— Or, comme le baron ci-présent avait eu ce geste honorable et digne d'un véritable gentilhomme de nous inviter en sa demeure prendre un peu de repos et de bon temps…

— Et vider les meilleurs crus de sa cave, murmura un Hémont mi-figue, mi-raisin.

— Nous nous sommes dit que l'occasion était trop belle et qu'il n'aurait guère été urbain de rester en possession de ce document alors que la possibilité de rendre la pareille à un geste d'une telle magnanimité nous était offerte !

Anne-Hélène se pencha vers l'alchimiste.

— Il est… éloquent, n'est-ce pas ?

— Un peu trop pour ma pauvre cervelle…

À haute voix, il ajouta :

— Les dernières analyses doivent être prêtes. Je suis au regret de vous fausser compagnie.

— Quelle perte déplorable ! lança Denis avec désinvolture. Juste au moment où j'allais proposer un toast.

La demoiselle serra les dents, songeant avec appréhension à la dernière fois où un tel événement s'était produit dans ce salon.

— Mais, poursuivit cet hôte fort loquace, c'est au maître de céans de vous révéler la Noël !

Curieux, Hémont et elle se tournèrent vers ledit seigneur. Celui-ci s'éclaircit la gorge.

— Il y a quelque temps, sur les encouragements de mon épouse, j'ai décidé de demander la reconnaissance de mes actes durant la guerre. J'ai fourni plusieurs preuves, notamment des faits datés et trop précis pour être inventés ou déduits. Se sont ensuivis des échanges de courriers, que Denis et sa troupe ici présents ont eu l'amabilité de laisser passer…

Les détrousseurs levèrent leur verre en s'exclamant.

— Et le dernier en date m'annonce que le roi accède à ma demande.

Il s'approcha de sa femme. Ses prunelles brillaient tandis qu'il entourait ses hanches de ses bras.

— Ma chère, vous n'êtes plus baronne, mais vicomtesse.

— Ce n'est pas…

La stupéfaction lui fit ouvrir des yeux ronds et scia ses jambes. Elle se rattrapa à la chemise de son amant, qui riait de joie et de sa surprise. Ce dernier précisa :

— Ce titre se comprend tel qu'on l'entendait autrefois. J'ai désormais le pouvoir judiciaire sur Oppedette, les gorges et la campagne environnante. Nous formons une circonscription indépendante, qui n'a plus de comptes à rendre qu'au roi lui-même !

— Plus de vassalité envers votre frère, plus de craintes ni de chantages… C'est fabuleux ! Oh Lazare, c'est absolument merveilleux !

Alors qu'il tenait Anne-Hélène serrée contre lui, le tout nouveau vicomte s'aperçut que son invité lui faisait des gestes discrets. Sur le coup, il s'en offusqua : Denis semblait dessiner la silhouette d'une femme aux formes marquées et il le soupçonna de suggérer certaines choses qui ne regardaient que l'intimité de leur couple. Puis il comprit : l'empoisonneur rappelait à son bon souvenir la jarre de vin herbé qu'il lui avait offerte, la nuit de leur rencontre. Lazare baissa lentement les paupières, les rouvrit ensuite. Oui, il avait toujours cette fiole de venin et ne comptait pas s'en défaire. Même si la loi était désormais de son côté, il ne faisait confiance à aucun de ses frères pour la respecter, ni à ceux qui ne verraient en sa réhabilitation qu'une magouille politique sortie d'un chapeau par des mains bien graisseuses. Denis eut un sourire en coin et leva son verre dans sa direction. Hémont n'en avait pas perdu une miette.

Ce fut d'ailleurs ce dernier qui vint réveiller Lazare et Anne-Hélène en pleine nuit, quelques heures après le toast. Il serait plus exact de dire qu'il sonna le branle-bas pour toute la bastide, puisque les aboiements de Cerbère se révélèrent particulièrement tonitruants. Le châtelain se dépêcha d'ouvrir, affolé à l'idée qu'un malheur ait pu arriver aux siens. Mais l'alchimiste le repoussa et pénétra dans la chambre. Il agitait ses bras et les quelques feuilles couvertes de notes qui se trouvaient au bout, sans prendre garde à la tenue d'Ève qu'arborait sous ses draps l'héritière des Varages.

— J'ai refait dix fois les tests, et ils m'affirment toujours la même chose ! J'ai analysé son sang de six manières différentes, tenté de prendre les résultats en défaut, mais je parviens toujours à cette conclusion… Pourtant, c'est impossible, rien de moins qu'un miracle !

Il parlait comme un possédé ; ses yeux brillaient sans voir le monde et ses cheveux, déjà peu disciplinés habituellement, s'étaient dressés en pétard dans l'explosion de son enthousiasme. Le vicomte lui saisit le coude et le guida vers un fauteuil. Son épouse, vêtue d'un saut-de-lit, apporta deux chandelles.

— De quoi nous entretiens-tu ? le questionna son employeur. Je ne comprends rien à ton charabia.

Hémont prit une grande respiration, essayant tant bien que mal de se ressaisir.

— Chaque fois qu'un étranger nous rend visite, je récupère un peu de son sang à des fins d'études – surtout pour produire l'antidote, mais pas seulement. Il se trouve que le fluide de ce Denis la Sauce présente des caractéristiques similaires au tien.

Lazare fronça les sourcils.

— Je crains de ne pas comprendre…

— Ou de trop comprendre, n'est-ce pas ? Cet homme-là a la capacité physiologique de devenir le prochain gardien de la Source.

L'actuel devint tout à coup très pâle.

— C'est une galéjade ?

Le docteur se renfrogna.

— Jamais je ne me permettrais !

Le châtelain se laissa aller lourdement contre le dossier de la bergère. Anne-Hélène en restait aussi interdite que lui. Hémont secoua sa main comme pour chasser les mouches.

— Je sais : moi aussi, je me dis que ça aurait pu beaucoup mieux tomber. Pourvu que les futurs Oppedetois ne récupèrent pas son goût pour la cancane à travers le remède !

La vicomtesse fut la première à recouvrer ses esprits. Elle entoura ses bras autour du cou de son époux et posa le front sur le sommet de sa tête.

— La liberté. On nous a envoyé la liberté. Tu n'es plus obligé de te créer une descendance, ni de te ronger les sangs quant à l'avenir de ce village. Il existe une deuxième lignée capable de danser avec la malédiction.

— J'ai du mal à y croire…

Ses yeux clignaient comme ceux d'une chouette dérangée en plein jour.

— Je sais, mais les faits sont là, insista l'alchimiste en malmenant ses papiers froissés.

Lazare entrelaça ses doigts avec ceux de son amante. Il semblait un presque noyé qui se voit enfin tiré hors de l'eau.

— Alors, je peux te rester fidèle et sauver le village malgré cela ! Encore faudra-t-il le convaincre, bien sûr… murmura-t-il pour lui-même, son sens pratique revenant au galop.

— Avec un titre de vicomte, rétorqua Hémont, les volontaires se bousculeraient au portillon ! Et même si ce n'est pas lui, vous pouvez lui proposer d'adopter l'un de ses enfants. Un toit qui abrite de la pluie et du froid, un ventre rempli, des vêtements propres… Autant de choses qui sont difficiles à obtenir lorsqu'on loge dans les collines.

— Nous réfléchirons à cela tantôt, intervint la dame d'Oppedette. Pour l'instant, savourons cette excellente nouvelle !

— Tu as raison.

Il lança un regard tel à son épouse, animé de luxure moite et sémillante, que le docteur se leva en toussotant.

— Voilà, je tenais à vous informer dès que j'ai été certain de la validité des tests.

— Et nous t'en remercions grandement.

— Alors je vous laisse…

Le couple le salua. Tandis que l'alchimiste fermait la porte derrière lui et s'éloignait sur la pointe des pieds, les lèvres d'Anne-Hélène et de Lazare se cherchèrent, se frôlèrent…

— Je t'aime, ô ma vibrante épouse de songes et de mystères, lumière du printemps qu'il ne m'a pas été donné de vivre.

Elle rit contre sa bouche et répondit simplement :

— Je t'aime, gardien de ma nuit.

Leur baiser avait la saveur des grenades.

La lumière toujours est tout près de s'éteindre
La vie toujours s'apprête à devenir fumier
Mais le printemps renaît qui n'en a pas fini
Un bourgeon sort du noir et la chaleur s'installe

Et la chaleur aura raison des égoïstes
Leurs sens atrophiés n'y résisteront pas
J'entends le feu parler en riant de tiédeur
J'entends un homme dire qu'il n'a pas souffert

Dit de la force de l'amour, Paul ÉLUARD

Remerciements

Je les ai déjà citées en dédicace, mais je remercie tout particulièrement Patricia Blondelle, Célia Warnier et Jessica Liandrat, qui m'ont accompagnée et encouragée tout au long de ces mois d'écriture et de doutes. Merci de m'avoir soutenue et d'avoir rendu palpitant ce travail solitaire. Merci à Patricia et Jessica de supporter mes questions et mes demandes « pour la veille » depuis toutes ces années (je sais, je suis toujours à la bourre, pardon…).

Merci à Arnaud pour sa présence quotidienne et d'avoir su gérer lorsque l'écriture m'appelait, pour les précisions historiques et les balades provençales. Sans oublier que c'est toi qui as découvert « l'année sans été » !

Merci à Guy Lamazère, mon père, pour ses encouragements de loin et pourtant très présents. Puis c'est top qu'on ait pu vous voir, Véro et toi, lors des sessions de repérages ! Merci aussi de nous avoir hébergés.

Merci à celle sans qui ce livre n'existerait pas, tout simplement : mon éditrice Florence Lottin, qui m'a fait confiance et m'a permis, au fil de nos discussions, d'envisager un contexte historique, alors que j'ai toujours été très frileuse de ce côté-là. Merci pour ta gentillesse et le plaisir que j'ai d'échanger avec toi à chacune de nos rencontres.

Merci à ceux qui m'ont permis de devenir romancière : Pierre Jourde, pour ces deux années d'atelier à la fac de Valence ; Cécile et Mathieu Guibé, des éditions du Chat noir, pour notre longue histoire commune et avoir publié mon tout premier roman.

Merci à mes sources de motivation – ça, c'est vous, lectrices et lecteurs ! –, à vous qui me suivez et m'encouragez *via* Facebook, qui venez me voir en dédicace. Petite pensée en particulier à Sara Strega, des « Carnets d'une livropathe » ; puis au comité « Coup de cœur Ados » du Salon du livre de Saint-Lys, pour m'avoir accordé mon premier prix littéraire (youpla la !) : Alice, Claire, Emma, Florentine, Mélissa, Théo ainsi que Nathalie, qui a encadré ce concours.

Merci à celles qui m'ont dit qu'un de mes textes leur avait fait du bien. Vous ne pouvez imaginer le bien que *vous* me faites en témoignant de cela.

Merci à mes sources de sérénité et de boisson, c'est-à-dire mes bien-aimés salons de thé ! Un immense, gigantesque poutou à Cédric Pichon et à Fanny Laplane, du salon Le Moderni'thé à Toulouse, où j'ai dû écrire un bon tiers du roman. Grâce à vous, j'ai pu me poser dans un cadre agréable, où se concentrer sur l'écriture devenait plus facile. Mes salutations aussi à Pascal et son équipe du salon Ô thé divin, ainsi qu'au Solaneko.

Merci à mes sources d'inspiration : Frédéric Mistral et son poème *Mireille*, Jean Giono et ses *Récits de la demi-brigade*, *Le Moine*, de Lewis traduit par Artaud, et *Le Tour d'écrou* d'Henry James – ainsi qu'aux enseignants qui m'ont mis le nez dedans.

Petite pensée pour Asphodèle, du blog « Même les sorcières lisent », qui avait partagé lors de l'un de ses jeudis poétiques *Le Dit de la force de l'amour*, de Paul Éluard, devenu depuis un élément essentiel du roman.

Merci à mes sources d'informations telles qu'Enghien et son article sur le forum CoCyclics ; le site des Portes du Sidh qui m'a permis de créer le rituel de protection et en particulier l'incantation, laquelle s'inspire d'un sortilège toscan ; la guide du château d'Allemagne-en-Provence et le personnel du château de Sauvan, que je vous conseille vivement de visiter, d'autant que le guide est l'un de mes meilleurs qu'il m'ait été donné de rencontrer – et passionné, avec ça !

Merci à des lieux aussi magiques d'exister. Mon amour et ma reconnaissance pour la terre de Provence, ses collines arides et entêtées (ou entêtantes ?), ses chênes mêlés de pins, son eau fugace et indomptée, ses empiècements de verdure arthritique aux parfums vivaces.

Merci à la nature d'être une telle muse ; aux légendes et aux mythes de nous accompagner depuis si longtemps. Merci aux Païennes et Païens de bonne volonté – et surtout les francophones, je dois l'avouer – de m'avoir permis d'appréhender ces histoires différemment, encouragé à chercher pour eux ma propre interprétation.

Merci aux alliés pour les coups de pouce donnés tout au long du roman – pour ceux que j'ai reconnus comme pour les autres.

Puis des bisous à vous tou-te-s ! ☺

N° d'édition : L.01EUCN000727.N001
Dépôt légal : janvier 2016
Achevé d imprimer en décembre 2015 en Espagne par Liberdúplex

Cet ouvrage a été mis en page par IGS-CP
à L'Isle-d'Espagnac (16)